THILO WINTER
Die Herde

Weitere Titel des Autors:

Der Riss
Der Stich

DIE HERDE

THILO WINTER

THRILLER

Lübbe

Cradle to Cradle Certified® ist eine eingetragene Marke
des Cradle to Cradle Products Innovation Institute.

Originalausgabe

Copyright © 2025 by
Bastei Lübbe AG, Schanzenstraße 6–20, 51063 Köln

Bei Fragen zur Produktsicherheit wenden Sie sich bitte an:
Produktsicherheit@bastei-luebbe.de

Vervielfältigungen dieses Werkes für das
Text- und Data-Mining bleiben vorbehalten.

Textredaktion: René Stein, Kusterdingen
Umschlaggestaltung: Kristin Pang
Einband-/Umschlagmotiv: © shutterstock.com: Volodymyr Burdiak | Vandathai

Satz: hanseatenSatz-bremen, Bremen
Gesetzt aus der Adobe Garamond Pro
Druck und Verarbeitung: GGP Media GmbH
Printed in Germany
ISBN 978-3-7577-0067-6

5 4 3 2 1

Sie finden uns im Internet unter luebbe.de
Bitte beachten Sie auch: lesejury.de

Prolog

Shuanxi, China

Der Tag, an dem das Dorf Shuanxi zerstört wurde, begann mit einem Fest.

Shenmi trat aus dem Haus, um die Laterne über der Tür anzuzünden. Sie war die Letzte, die anderen Dorfbewohner hatten ihre Lichter schon Stunden zuvor aufgesteckt, da war es noch gar nicht richtig dunkel gewesen; einige hatten sogar schon am Morgen mit den Vorbereitungen für das Mondfest begonnen. Dabei war es doch dazu da, den aufgehenden Vollmond in diesem September willkommen zu heißen, ihn mit den Laternen anzulocken, damit er sein Licht über den Feldern ausgoss. Nur der vom Mondlicht gesegnete Reis versprach eine gute Ernte.

Shenmi lächelte. Sie konnte die Ungeduld der Bauern verstehen. Immerhin lag das letzte Mondfest schon vier Jahre zurück – Jahre, in denen es so wenig geregnet hatte wie nie zuvor in der Provinz Yunnan. Die Reispflanzen waren verkümmert. Wegen der Dürre und Missernten hatten drei der neun Familien aus Shuanxi inzwischen aufgegeben, hatten ihre Höfe verlassen und waren nach Kunming gezogen, um sich in der Stadt als Tagelöhner zu verdingen. Die anderen hatten durchgehalten, darunter Shenmi und ihr Vater, und in diesem Jahr war ihre Hartnäckigkeit belohnt worden.

Der Regen war zurückgekehrt. So viel Wasser war auf die

Felder gefallen, dass man meinen konnte, die Natur wollte in kürzester Zeit nachholen, was sie zuvor versäumt hatte. Auf den Terrassen, die an den Hängen der Hügel angelegt waren, leuchtete der Reis in Smaragdgrün. Der Regen lief über die Ränder der Geländestufen und verwandelte das Land in ein Wasserspiel.

Jetzt hing der Himmel voller Kürbisse. Gelb, rot und rund schmückten Laternen die einzige Straße im Dorf. Auf das Seidenpapier waren schwarze Drachen getuscht, die Beherrscher des Wassers, und mit kunstvollen Schriftzeichen der Name des Ortes. Shuanxi bedeutete »doppeltes Glück«.

Shenmi holte die Schachtel mit den Zündhölzern unter ihrer Schärpe hervor. Mit einem letzten Blick zum Himmel vergewisserte sie sich, dass es an diesem Abend keinen Regen geben würde, dass kein Guss die Lichter würde verlöschen lassen. Merkwürdig: Erst wünschte man sich das Wasser herbei, dann hoffte man darauf, dass es trocken blieb. Sie schüttelte den Kopf. Der Mensch ist ein merkwürdiges Tier.

Ein Schrei ließ Shenmi innehalten. Sie legte den Kopf schief und lauschte. Irgendetwas streunte durch die Nacht. Allerdings hatte sie in ihren siebzehn Lebensjahren noch nie ein Tier so rufen hören, weder die Stumpfnasenaffen noch die Schwarzhalskraniche klangen so, auch nicht der Kleine Panda, wenn er nach einer Partnerin suchte. Shenmi wartete, aber der Laut wiederholte sich nicht.

Sie riss das Zündholz an, hütete die kleine Flamme in der hohlen Hand und reckte sich, um das Licht in der Laterne zu entfachen, doch sie reichte nicht an den Docht heran. Selbst wenn sie sich auf die Zehenspitzen stellte und das Zündholz am äußersten Ende hielt, fehlte eine Handbreit. Shenmi presste die Lippen zusammen. Sie war klein und leicht, ihre Füße von der Landarbeit kräftig. Eine ganze Weile konnte sie auf den Zehen balancieren, dabei sogar ein wenig hüpfen. Die Laterne mit der Kerze hing trotzdem zu weit oben.

Das Zündholz erlosch. Shenmi sank auf die Fersen zurück und stieß die Luft aus. Wie um sie zu verhöhnen, erklang Musik aus der Versammlungshalle, dem größten Gebäude des Dorfes. Nun würde sie zu spät kommen. Wäre sie doch nicht so vorsichtig gewesen! Es gab keinen Regen. Der Vollmond schien ihr ins Gesicht. Es war ihr, als spürte sie sein Licht auf den Wangen und der Stirn. *Komm*, schien er ihr zuzurufen, *singe, tanze, iss und trinke*.

Das wollte sie ja! Aber nicht, bevor die Laterne vor ihrem Haus leuchtete.

Eine Brise kam auf. Die roten und gelben Lichter entlang der Straße schaukelten – die Drachen tanzten im Takt der Musik. Der Rhythmus von Trommeln war von der Versammlungshalle her zu hören, dazu erklang die aufpeitschende Melodie einer Bambusflöte. Mehrere Menschen im Dorf spielten dieses traditionelle Instrument, aber Shenmi erkannte den Stil ihres Vaters sofort. Niemand spielte die Shakuhachi so wie er.

Sie seufzte. Ihrem Vater wäre es leichtgefallen, das Licht über der Tür zu entzünden. Er war hochgewachsen und hatte die Laterne ohne große Mühe dort angebracht, aber Shenmi hatte ihn fortgeschickt, und nun war auch die Gelegenheit verstrichen, ihn aus der Halle zu holen.

Pah! Sie würde es auch ohne ihn schaffen! Sorgte sie nicht für ihn und den Haushalt, seit ihre Mutter vor acht Jahren gestorben war? Dabei half ihr schließlich auch keiner. Also zog sie das nächste Zündholz aus der Schachtel und sprach ein kleines Gebet darüber. Dann warf sie einen finsteren Blick zur Laterne hinauf. Wenn es ihr jetzt nicht gelang, würde sie ... würde sie ... Was konnte sie schon tun? Sie war nur ein Hani-Bauernmädchen.

Es fiel Shenmi schwer, die Haarnadel aus ihrer kunstvoll gesteckten Frisur zu ziehen. Eine Stunde hatte sie vor dem Spiegel verbracht, um ihr kräftiges schwarzes Haar zu drei perfekten Knoten zu winden – in solchen Momenten vermisste sie ihre Mutter besonders. Wohl oder übel musste sie ihren Kopfschmuck opfern. Sie riss sich ein Haar aus und band damit das Zündholz an die Haarnadel. Dann entzündete sie es, hielt die Konstruktion in die Höhe und stellte befriedigt fest, dass sie den Docht der Kerze mit diesem Trick erreichen konnte.

Im nächsten Moment wurde sie an den Hüften gepackt und in die Höhe gehoben. Die Flamme stieß gegen die Laterne, das Zündholz stach durch das Seidenpapier und setzte es in Brand.

»Loslassen!«, rief sie. Noch bevor ihre Füße den Boden berührten, wusste sie, wer sie da rücklings überfallen hatte. Sie fuhr herum. »Hani Tao!« Die Empörung in ihrer Stimme war so hell und voll wie der Mond. »Was fällt dir ein? Schau, was du angerichtet hast!«

Zwischen ihr und dem jungen Mann schwebten glühende Papierfetzen zu Boden. Shenmi trat sie aus. So böse, wie sie es mit ihrem rundlichen Gesicht vermochte, funkelte sie ihr Gegenüber an. Tao war groß, so groß, dass er den Kopf beugen musste, wenn er eines der Häuser betrat. Niemand sonst im Dorf hatte so breite Schultern und so große Hände. Dennoch hatte Shenmi keine Mühe, jetzt Taos Finger von ihrer Taille zu streifen. Mehr Anstrengung kostete es sie, nicht die Beherrschung zu verlieren, als sie Taos Lächeln sah. Seine Zähne blitzten im Mondlicht, und seine tiefen braunen Augen funkelten freudig und erwartungsvoll.

»Heute ist Mondfest«, sagte er mit Bestimmtheit und klang dabei so, als halte er sich für den Erfinder des Fests, vielleicht sogar für den Vater des Mondes selbst.

Shenmi wusste, worauf Tao hinauswollte, doch sie beschloss, nicht darauf einzugehen. Sie wich einen Schritt zurück und zeigte auf die verkohlten und zertretenen Papierfetzen. »Wie soll ich denn nun die Drachen ehren?«

Er schaute zu dem Drahtgeflecht über der Tür, lediglich ein Gerippe war von der Laterne übrig geblieben. »Ich wollte dir doch nur helfen, das Licht anzuzünden. Du sahst so klein und hilflos aus.«

»Ich brauche deine Hilfe nicht, Hani Tao. Und das Mondfest ist für mich vorbei.«

Ihre Worte wischten das Lächeln aus seinem Gesicht. »Vorbei? Aber wir waren doch verabredet.«

Seine Enttäuschung drang durch ihren Zorn und versetzte ihr einen Stich. Seit Jahren, seit sie Kinder waren, wurde sie von Tao umworben. Bei den Hani-Bauern war es üblich, dass sich junge Paare während des Mondfestes verlobten. Nach altem Glauben übertrug sich dann die Fruchtbarkeit der Felder auf die Braut und versprach reichen Kindersegen. In den vergangenen Jahren hatte Shenmi Tao hingehalten, hatte angeführt, dass ihre Verbindung unter keinem guten Stern stehe, wenn es keinen Regen gab, wenn der Reis nicht wuchs. Erst dann, wenn die Drachen zurückkehrten, werde es so weit sein. Und das war nun der Fall.

Ein flaues Gefühl breitete sich in ihr aus. Angst. Vor einer Veränderung in ihrem Leben. Davor, was der riesige Tao mit ihr anstellen mochte. Davor, dass sie sich fortan um zwei Männer würde kümmern müssen – und in der Folge auch noch um Kinder. Der Gedanke ließ sie erschauern. Andererseits war das der Weg, den jedes Hani-Mädchen ging. Ihre Mutter hatte ihn beschritten und ihre Großmutter, ihre Nachbarinnen und die Frauen in den umliegenden Dörfern. Shenmi war sich ihrer Pflicht bewusst. Außerdem gab Tao einen ganz passablen Gatten ab. Er trank nicht, war gut zu seinem Vieh und arbeitete hart.

Sie schaute ihn lange an. Sie konnte dafür sorgen, dass er sich davonschlich wie ein geprügelter Hund. Das wäre so leicht. Shenmi scharrte mit den Zehen durch die Reste des Seidenpapiers. »Triff mich nach dem Tanz im Reisfeld meines Vaters. Beim Schrein des Jadekaisers.« Das Lächeln kehrte auf Taos Gesicht zurück. Shenmi zögerte. Hatte sie es ihm zu leicht gemacht? Das ließ sich ändern. »Bis dahin sorgst du für eine neue Laterne, ich erwarte nichts weniger als die größte und schönste des Dorfes.« Damit ließ sie ihn stehen und lief auf die Versammlungshalle zu. Die Musik klang verführerisch. Shenmi wollte tanzen.

*

In diesem Jahr feierten die Bewohner von Shuanxi, als wären sie selbst die Drachen. Jedenfalls konnte sich Shenmi an kein Mondfest erinnern, bei dem die Stimmung so ausgelassen gewesen war und sogar die alte Helian Cui mit dem Gehstock den Takt zur Musik geklopft hatte – ihre miesepetrige Miene legte sie dabei allerdings nicht ab. Shenmi ließ sich von den Klängen davontragen. Sie tanzte mit jedem Mann des Dorfes, und als der letzte von ihnen sie küssen wollte, erinnerte sie sich an Tao. Mittlerweile durfte er genug Zeit für seine Aufgabe gehabt haben. Nun würde sich zeigen, ob er es ernst mit ihr meinte. Sie gab vor, einen Moment verschnaufen zu wollen, und löste sich von der tanzenden Menge.

Die Gelegenheit zu verschwinden kam, als die jungen Männer damit begannen, das Dach abzudecken, um das Mondlicht hereinzulassen. Das Ritual war Teil des Mondfestes. Alle schauten gebannt zur Decke der Halle hinauf und applaudierten jedes Mal, wenn ein Büschel Stroh zu Boden segelte. Die Frauen löschten die Lichter, damit das Mondlicht seine Wirkung besser entfalten konnte. Shenmi schnappte sich zwei Mondkuchen und schlüpfte durch die Tür ins Freie.

Tatsächlich hing über der Tür ihres Hauses eine neue Laterne. Sie war größer als die alte, schöner war sie allerdings nicht. Der Drache darauf war von zittriger Hand gezeichnet und glich eher einem Huhn. Statt des Dorfnamens hatte Tao ihrer beider Vornamen auf das Seidenpapier gemalt. Die Laterne schwang im Wind, und als das Huhn tanzte, musste Shenmi lachen.

Da hörte sie den Schrei. Es war derselbe wie zuvor, aber kräftiger diesmal, näher. Der Laut explodierte in der Nacht. Bestimmt war es der Schrei eines Tiers, trotzdem klang er nicht wild wie etwa der Ruf des Schneeleoparden, den Shenmi bei einer Wanderung in den Bergen einmal gehört hatte. Dieser Ruf klang wie ein Befehl. Aber von wem? Und wer sollte das Kommando befolgen? Shenmi schmeckte etwas Metallisches auf der Zunge, die Luft schien sich elektrisch aufgeladen zu haben.

Sie warf einen Blick zurück zur Versammlungshalle, dort zeigte sich niemand; entweder hatten die anderen den Schrei nicht gehört, oder sie maßen ihm keine Bedeutung bei. Vermutlich wussten die Alten, welches seltene Tier so rief. Kurz überlegte Shenmi, ob sie zum Fest zurückkehren sollte, dann entschied sie sich dagegen. Wenn sie Tao noch länger warten ließ, würde er sich vielleicht von ihr abwenden. Und so viele Männer in ihrem Alter gab es im Dorf nicht.

Shenmi lief die unbefestigte Straße Richtung Süden aus dem Dorf hinaus, ließ die letzten Häuser hinter sich, huschte an den Scheunen vorbei. Das Mondlicht modellierte die Pflüge aus der Dunkelheit heraus, an den Karren lehnten Reisstampfer und Bambusdämpfer, die tiefen Atemzüge der Ochsen waren zu hören. Vielleicht hatten die Zugtiere geschrien, vielleicht hatte ihnen der Vollmond einen Traum von Freiheit eingeflüstert. Gewiss gab es eine Erklärung. Sich zu fürchten, an einem Abend wie diesem, war töricht. Mit einem Mal fühlte sich Shenmi, als würde sie noch immer tanzen, aus dem Dorf heraus, in ein neues Leben. Mit Tao. Vielleicht.

Von Shuanxi aus war es einfach, die Reisterrassen zu erreichen, denn das Dorf lag auf der Kuppe eines Hügels, und die Felder erstreckten sich unterhalb an den Hängen. Shenmi lief den Plankenpfad entlang, die Blätter der Reispflanzen raschelten in der Brise. Sie zog die Schuhe aus und tappte barfuß durch den Reis, das kühle Wasser umschmeichelte ihre Fesseln. Der Geruch von nasser Erde und reifen Pflanzen lag in der Luft, mischte sich mit dem von blühenden Wildblumen, die an den Rändern der Felder wuchsen. Das Aroma war so einladend, dass Shenmi am liebsten die ganze Nacht zwischen den Reispflanzen herumgelaufen wäre. Sie war sicher, dass der Mond auf sie herablächelte.

Beim Schrein des Jadekaisers hielt sie inne. Das kleine Bauwerk erhob sich auf einem Felssockel am Rand der dritten Terrasse. Es war an einer Stelle errichtet, wo die Felder in die ungebändigte Natur übergingen, und hatte die Aufgabe, zwischen den Geistern beider Welten zu vermitteln.

Die Gittertür des Schreins war geschlossen, und Tao war nirgendwo zu sehen. Er hatte sich doch nicht etwa davongemacht? Das lidlose Auge des Mondes stand am Himmel und schien Shenmi direkt anzusehen.

»Tao?« Shenmi flüsterte. Irgendetwas hielt sie davon ab, die Stimme zu erheben.

Ein Rascheln ließ sie zusammenfahren. Das Geräusch war vom Saum der Felder gekommen, von dort, wo der lichte Wald begann. Sie hielt sich eine Hand gegen die Brust, um ihr schnell schlagendes Herz zu beruhigen. Ihre Lippen formten Taos Namen, doch kein Laut drang aus ihrem Mund. Sie trat ganz dicht an den Schrein heran, um sich in seinem Schatten zu verstecken.

Sie schrie auf, als sich Arme um ihren Leib schlangen. Tao zog sie an sich. »Da bist du ja endlich«, keuchte er in ihr Ohr. »Ich dachte schon, du hättest mich vergessen.«

»Vielleicht wäre das besser gewesen.« Shenmi versuchte, zu Atem zu kommen. »So wie du mit mir umspringst.«

Augenblicklich lockerte sich sein Griff, aber die Hände blieben, wo sie waren. »Hast du die Laterne gesehen? Hat sie dir gefallen?«, fragte Tao. Sein warmer Atem roch nach bitterem Baijiu. Er hatte sich Mut angetrunken.

»Die Laterne ist groß«, erwiderte Shenmi, »und hässlich. Genau wie du.« Sie konnte nicht anders, sie musste lachen.

Tao stimmte ein. Dann sagte er: »Willst du die Laterne meines Lebens sein?«

Diesmal blieb Shenmi das Herz beinahe stehen. »Deine Komplimente sind genauso ungelenk wie du selbst«, protestierte sie und hoffte, dass er nicht hörte, wie hingerissen sie von ihm war.

Sein Gesicht kam näher. Das Mondlicht tanzte auf seiner Nasenspitze. Sie legte die Hände gegen seine Wangen, raue fleischige Wangen, auf denen frische Bartstoppeln zu spüren waren.

Etwas raschelte im Wald. Ein dumpfes Klopfen war zu hören. Holz splitterte.

Shenmi erstarrte. Taos Lippen trafen auf ihren Mund, aber sie erwiderte den Kuss nicht, stattdessen schob sie ihn weg. »Was war das?«

»Irgendein Tier. Ein Nachtvogel, der die Affen aufscheucht. Komm her!« Er packte sie an der Taille, so wie vorhin im Dorf, hob sie hoch wie ein Blatt Papier und presste sie gegen den Schrein. Dann stemmte er die Hände rechts und links von ihrem Kopf gegen die Wand.

Sie konnte nicht mehr weg, ob sie wollte oder nicht. Aber sie wollte keinen Augenblick länger hierbleiben. »Lass uns verschwinden«, sagte sie. »Hier treibt sich etwas in der Nähe herum. Oder jemand. Hast du vorhin die Schreie gehört?«

»Das waren Feng und Nong E. Die beiden haben sich auf der Terrasse über uns verabredet. Ich kann noch viel lauter schreien. Du musst mir nur einen Grund geben.«

Shenmi versuchte, einen von Taos Armen beiseitezuschieben, doch seine Hand war scheinbar mit den Ziegelsteinen verwachsen.

Er beugte sich vor und brachte seine Lippen neben ihr Ohr, so dicht, dass er mit seinem Kinn ihr Ohrläppchen berührte. »Hab keine Angst, Shenmi«, flüsterte er. Sein Atem, den sie vorhin noch als warm und aromatisch empfunden hatte, stank nach Schnaps. Die Wärme seines Körpers verwandelte sich in einen Glutofen, der ihr den Schweiß aus den Poren trieb.

»Aber da ist etwas im Wald.« Ihr gefiel das Flehen in ihrer Stimme nicht, aber sie konnte es nicht unterdrücken.

»Jaja. Ich werde dich beschützen«, raunte Tao. Seine Stimme war noch tiefer geworden. Er legte eine Hand auf ihre linke Brust und biss in ihren Hals, dass sie zusammenzuckte. Dann presste er sich mit seinem großen schweren Körper an sie.

Jetzt wünschte sich Shenmi, dass der Schrei von vorhin noch einmal erklingen würde. Er würde Tao zur Besinnung bringen, würde ihm beweisen, dass sie allen Grund hatte, furchtsam zu sein. Was hier geschah, war falsch. Alles in ihrem Körper sträubte sich dagegen, von Tao festgehalten zu werden. Sie wollte davonlaufen.

Ein Zischen erklang, gefolgt von einem Platschen. Es hörte sich an, als habe jemand einen schweren Stein aus großer Höhe in den Reis herabfallen lassen. Shenmi lugte über Taos Schultern hinweg, da war ein Schatten, der die Nacht verdunkelte. Er wuchs und wuchs, schließlich verdeckte er den Mond und saugte dessen Licht in sich auf.

»Tao!«, schrie sie.

Er löste sich abrupt von ihr. »Was ist denn? Stell dich nicht so an. Ich habe dein Spielchen mit der Laterne mitgemacht, und zum Dank führst du dich auf wie ein kleines Mädchen. Du …«

Dass er plötzlich verstummte, lag vermutlich an dem Entsetzen in Shenmis Blick. Tao fuhr herum, dann sah er, was sie so in Angst versetzte.

Im nächsten Moment rannte er los. Seine Füße klatschten auf das Wasser, als er den Hang hinaufjagte. »Die Drachen«, rief er in Richtung der Häuser. »Die Drachen sind gekommen.« Das Dorf antwortete mit dem Klang niemals enden wollender Musik.

Shenmi nahm Taos Flucht nur am Rand ihres Bewusstseins wahr. Zwar wurde sie nicht länger von dem schweren Leib des jungen Mannes gegen den Schrein gedrückt, rühren konnte sie sich trotzdem nicht.

Der Schatten ragte über dem Reisfeld auf. Er war so hoch wie ein Haus – und er hatte Flügel. Sie flappten an den Umrissen seiner undeutlich zu erkennenden Gestalt. Dann schoben sich Wolken vor den Mond.

Waren wirklich die Drachen gekommen? Shenmi fühlte sich der Tradition und dem alten Glauben verbunden, aber dass es tatsächlich Drachen gab, daran hatte sie nie richtig geglaubt. Da erkannte sie, dass hinter dem Schatten, der auf sie zukam, weitere folgten. Das Krachen und Splittern im Wald kehrte zurück. Jetzt waren auch die Affen zu hören, ihre Schreie hallten durch die Nacht. Es war zwar dunkel, aber für die Natur war die Nacht zum Tag geworden. Die Welt stand kopf.

Der vordere Schatten trat auf Shenmi zu, die anderen setzten nach. Mit jedem Schritt bebte die Erde, und der Gong im Schrein vibrierte durch die Erschütterung. Nun war sie doch davon überzeugt, dass etwas Übernatürliches vor sich ging. Sie sank auf die Knie und begann zu beten.

Auf einmal stieg ihr ein bekannter Geruch in die Nase, eine Mischung aus Gras, Staub und Dung. Das Aroma erinnerte sie an die Ausdünstungen der Ochsen im Stall an einem heißen Tag. Den Duft von Drachen hatte sich Shenmi anders vorgestellt, viel edler und mit einer Note von Feuer und Rauch.

Als sich der Mond wieder durch die Wolken stahl, erkannte sie, dass eine Herde Elefanten auf sie zutrottete. Die Augen der großen Tiere blitzten im silbrigen Licht, die Stoßzähne glänzten, und die Rüssel strichen durch den Reis und verursachten jenes zischende Geräusch, das sie vorhin gehört hatte. Nun war zudem ein tiefes Rumpeln zu hören.

Ihr Erschrecken verwandelte sich in Erstaunen. Es gab keine Elefanten in diesem Teil von Yunnan – ebenso wenig wie Drachen. Mit zitternder Hand tastete Shenmi nach etwas, mit dem sie sich wehren konnte, einem Stock oder Stein, aber ihre Finger glitten nur über glatten Fels.

Zum Davonlaufen war es zu spät. Das Leittier hatte den Schrein erreicht. Der Elefant stapfte so nah an Shenmi vorbei, dass sie ihn mit ausgestrecktem Arm hätte berühren können. Sie hielt den Atem an und schaute zu der majestätischen Gestalt auf. Wie zuvor die Wolken verdunkelte jetzt der Leib des Tiers den Mond. Und mit einem Mal wusste Shenmi, dass die Elefanten nicht Weisheit und Glück brachten, wie es allgemein angenommen wurde, sondern Unheil und Zerstörung.

Es dauerte eine Weile, bis die Herde an dem Schrein vorbeigezogen war, und Shenmi schaute den massigen Körpern hinterher. Sie hielten nicht an, um die Felder zu plündern, sie zogen den Hügel hinauf wie ein träger Sturm und hielten auf Shuanxi zu.

Teil 1

Kapitel 1

Kunming, China

Peter

Was für ein Theater! Die Kameras klickten, und die Blitzlichter flackerten. Dabei wusste jeder, dass moderne Kameras keine mechanischen Geräusche von sich gaben und dass die Lichtempfindlichkeit digitaler Technik so hoch war, dass Fotografen kaum noch Blitzgeräte benötigten. Schon gar nicht an einem sonnigen Spätsommermorgen im Freien.

Aber so lief es halt, wenn die chinesische Regierung – und sei es nur die Provinzregierung von Yunnan – zu einem offiziellen Termin einlud. Diese Leute wollten den ganzen Zirkus, die volle Aufmerksamkeit, das komplette Programm. Sie wollten, dass alle Welt zusah und staunte.

Das würden sie bekommen! Peter würde schon dafür sorgen, dass es was zum Staunen gab. Nur ahnten die Chinesen noch nichts davon. So ruhig, wie es ihm möglich war, ging er auf die Absperrung zu und reihte sich in die Schlange der Wartenden ein, holte den Ausweis hervor und betrachtete ihn. Der Mann auf dem Foto sah beinahe aus wie er selbst. Helle Haut. Ein eigensinniger Zug lag um seinen Mund. Die kupferfarbenen Augen strahlten Intelligenz aus – und Ungeduld mit dem Fotografen.

Das sandfarbene Haar war kurz geschnitten und zu einem Scheitel gekämmt. Es war Peters Vater, der ihm von dem Foto entgegenblickte, aber ebenso hätte er einen kleinen Spiegel in der Hand halten können.

Peter hatte sich unter dem Namen Abel Söneland in die Gästeliste eintragen lassen. Den Ausweis, einen Führerschein, hatte er sich von seinem alten Herrn geliehen, ohne dessen Wissen. Vater und Sohn verband eine starke Ähnlichkeit, der Altersunterschied war nur erkennbar, wenn sie nebeneinanderstanden. Was nicht mehr häufig vorkam.

Um der Ähnlichkeit willen hatte Peter sich den kleinen Zopf abgeschnitten, den er sonst im Nacken trug. Die Brille mit dem schwarzen Rand hatte er nicht auswechseln müssen. Vielleicht, das gestand Peter sich schweren Herzens ein, hatten er und Abel auch denselben Geschmack.

Peter rieb mit dem Daumen über das Bild. Wenn sein Vater von diesem Missbrauch erfuhr, würde es das ohnehin zerrüttete Verhältnis der beiden Männer vollends zerstören. Aber hier ging es nicht darum, die kümmerliche Bande einer schwedischen Familie zusammenzuhalten, hier ging es um etwas viel Größeres.

Mit der Schlange rückte er langsam nach vorn. Die Septembersonne brannte auf sein dichtes Haar. Er war schlaksig und hochgewachsen, deshalb fiel es ihm nicht schwer, über die vor ihm wartenden Chinesen hinwegzublicken. An der Absperrung kontrollierten zwei Männer in dunklen Anzügen die Zugangskarten, Presseausweise und was man ihnen sonst noch unter die Nase hielt. Weiter vorn, am Flussufer, flammte das Blitzlichtgewitter mit unverminderter Heftigkeit auf. Die Honoratioren und Wissenschaftler, die das Staudammprojekt vorstellen würden, das sie »Drachenmauer« nannten, standen in einer Reihe vor einem Podium. Sie lächelten so dauerhaft in die Kameras, dass Peter schon vom Zusehen Lippenkrämpfe bekam.

Sein Telefon klingelte. Er griff hinter sich und zog den Apparat aus der Seitentasche des Lederrucksacks, ohne diesen von den Schultern zu nehmen. Seine Arme waren lang, er hatte dieses Merkmal von seiner Mutter geerbt. Affenarme hatte sein Vater sie immer genannt und mit seinem beißenden Zynismus angefügt, dass Peter damit wohl besser im Wald leben sollte. Dass sein Sohn einmal Zoologe werden und tatsächlich so viel Zeit wie möglich in der freien Natur zubringen würde, hatte sich Abel Söneland, der berühmte Archäologe, wohl nicht träumen lassen.

Peter schaute auf das Display. Das gab es doch nicht! Ausgerechnet in diesem Augenblick rief sein Vater an! Sein Daumen schwebte über der roten Taste, dann überlegte er es sich anders und tippte auf die grüne. »Danielsson.« Er wusste, dass es seinen Vater auf die Palme brachte, wenn er sich mit dem Mädchennamen seiner Mutter meldete. Nach ihrem Tod hatten sich die beiden Männer so gestritten, dass Peter die Namensänderung im Einwohnermeldeamt von Stockholm beantragt und seinem Vater eine Kopie der Meldebescheinigung per Post geschickt hatte.

»Wo steckst du?« Abels Stimme klang so nah, als stände er direkt neben Peter. Ein Grund mehr, auf moderne Kommunikationsmittel zu verzichten.

»In Kunming«, gab Peter zurück. »Das hatte ich dir doch geschrieben.« Also gut, die digitale Technik hatte auch Vorteile. Immerhin konnte er sich mit seinem Vater schriftlich austauschen und musste nicht mehr so oft mit ihm sprechen.

»Kunming? Das liegt in China.«

Die Schlange rückte ein Stück weiter vor. Die Blitzlichter erloschen. Die Leute vor dem Podium schüttelten sich die Hände.

»Du kennst dich aus, Papsen. Dann weißt du bestimmt auch noch, dass ich einer der wenigen Experten weltweit für die Erforschung und Rettung der Zwerggans bin. Und einige der wenigen noch lebenden Exemplare überwintern nun mal in China.«

»Red keinen Unsinn. Erledige, was du da unten zu erledigen hast, und dann such dir schleunigst einen Flug nach Teotihuacán. Ich brauche deine Hilfe.«

Vor Überraschung blieb Peter die Sprache weg. Sein Vater bat ihn um Hilfe? Was wollte der alte Archäologe von ihm? »Teotihuacán? Das liegt in Mexiko.« Zu spät fiel ihm auf, dass er genauso redete wie Abel.

»Ich erklär dir alles, wenn du hier ankommst. Ich habe ein Zimmer in meinem Hotel für dich gebucht. Reserviert ab morgen. Für Verpflegung zahlst du selbst.«

»Aber …« Peter musste nicht auf das Display schauen, um zu wissen, dass sein Vater die Verbindung unterbrochen hatte. Er drückte die Rückruftaste, doch Abel ging nicht ran. Natürlich nicht!

Ihm blieb keine Zeit sich aufzuregen, denn jetzt ging es ein gutes Stück vorwärts, und ehe er es sich versah, stand er vor den Kontrolleuren. Die beiden Chinesen lächelten ihm freundlich zu und verbeugten sich, ihr Körperumfang und die Muskeln, die ihre Jacketts an Schultern und Armen ausbeulten, ließen keinen Zweifel daran aufkommen, dass sie niemanden einlassen würden, der dazu nicht berechtigt war.

»Ihre Einladung, bitte«, sagte der linke Sicherheitsmann auf Englisch, während der rechte eine Hand ausstreckte, um das gewünschte Dokument in Empfang zu nehmen.

Peter reichte ihm den Ausweis. »Abel Söneland«, sagte er und zeigte dasselbe ungeduldige Gesicht wie sein Vater auf dem Passbild.

Der rechte Sicherheitsmann schüttelte den Kopf. »Ihre Einladung, Sir«, wiederholte er.

Hinter sich hörte Peter das Scharren von Schuhsohlen. »Ich

bin Abel Söneland.« Natürlich kannte der Mann den Namen des schwedischen Archäologen nicht, dazu war er zu jung. Aber damit hatte Peter gerechnet. »Rufen Sie Chen Akeno an.«

Der Name des Parteisekretärs ließ die beiden Männer erstarren. Peter hielt ihnen einen Zettel entgegen. »Hier, das ist die Telefonnummer von seinem Büro.«

Die Sicherheitsleute besprachen sich auf Mandarin, dann winkte der eine Peter zur Seite, während der andere damit fortfuhr, die Einladungskarten der Gäste zu überprüfen.

Peter schluckte gegen die Trockenheit in seiner Kehle an. Jetzt kam es darauf an. Er spielte hoch, doch der Einsatz war jedes Risiko wert. Der Sicherheitsmann drehte ihm den Rücken zu, einen Rücken so breit wie eine Talsperre. Dabei sprach er in ein Gerät, das ihm aus dem rechten Ohr ragte. Seine Stimme klang leise, unterwürfig und aufgeregt. Vermutlich hätte er nicht gedacht, dass er einen so wichtigen Anruf tätigen würde, nicht an diesem Morgen und vermutlich auch an keinem anderen Morgen in seinem Leben.

Nach einer Weile nickte der Mann, verbeugte sich vor seinem unsichtbaren Gesprächspartner und blaffte laut »Shide«, was jawohl bedeutete. Dann wandte er sich wieder Peter zu. Nach einem letzten prüfenden Blick auf das Passbild gab er ihm den Ausweis zurück und bat ihn, durch die Absperrung zu treten.

Als Peter das Dokument entgegennahm, zitterten seine Finger leicht. Erschrocken schaute er den Sicherheitsmann an. Hatte der etwas bemerkt? Der Chinese hielt den Ausweis fest, sein Blick tastete über Peters Gesicht, dann kehrte das Lächeln auf seine Lippen zurück, und er verbeugte sich ein weiteres Mal.

Geschafft! Ein befreiendes Lachen stieg in Peters Innerem auf, und er musste sich eine Hand vor den Mund halten, damit es nicht auf verräterische Weise aus ihm herausplatzte. Doch schon beim Anblick des Podiums wurde er wieder ernst. Der lange

Tisch für die Redner war mit rotem Tuch verkleidet und stand direkt am Ufer des Panlong. Es war ein geschickter Zug, das Staudammprojekt nicht in einer Kongresshalle zu präsentieren, sondern die Natur als Kulisse zu wählen. So wurden die Männer und Frauen auf dem Podium von leuchtenden Farben eingerahmt: dem Blau und Grün des sanft dahinströmenden Flusses und den Blüten der Asiatischen Iris, der Blauen Gauklerblume und des Gilbweiderichs. Die Luft war klar und frisch an diesem Dienstagmorgen und brachte den Geruch von Tannennadeln von den Bergen herunter, gemischt mit dem Aroma des Wassers. Vor dem Podium waren Stuhlreihen aufgestellt, die Platz für etwa dreihundert Gäste boten. Zwischen dem Gestühl und der Bühne knieten die Fotografen. Ihre Bilder hatten sie längst im Kasten, aber scheinbar waren sie dazu angehalten worden, in Bereitschaft zu bleiben, denn in ihren Posen sahen sie aus wie Adoranten, jene Gläubige, die auf den Knien zu den Göttern auf dem Podium beteten.

Peter entdeckte einen Platz in der Mitte einer Stuhlreihe. Dort würde er von anderen Gästen umgeben sein und nicht so leicht von den Sicherheitskräften erreicht werden können, was ihm kostbare Minuten verschaffen konnte. Entschuldigungen auf Englisch und Mandarin murmelnd, zwängte er sich an den Wartenden vorbei und ließ sich auf den mit einem roten Kissen gepolsterten Stuhl nieder. Er zog den Rucksack von den Schultern und stellte ihn zwischen seine Trekkingschuhe, an denen noch der verkrustete Schlamm seiner Wanderung entlang des Flussufers klebte. Am Abend zuvor hatte er nach den Überwinterungsplätzen der Zwerggänse gesucht und tatsächlich einige gefunden – gleich neben der Baustelle der Drachenmauer. Die Entdeckung hatte die letzten Zweifel beseitigt: Der Bau des Staudamms musste verhindert werden.

Peter musterte die Leute auf dem Podium. Der Mann in der

Mitte war Long Chenfa, ein Abgesandter des Innenministeriums in Beijing, der daneben Ruan Yun, der Provinzgouverneur. Die anderen kannte Peter nicht, sie mussten Honoratioren aus Kunming sein, Wissenschaftler und Ingenieure. Eine einzige Frau war unter dem guten Dutzend Männer. Sie saß am äußersten Ende des Tisches und lächelte ihrem Nebenmann zu, der offenbar versuchte, sie zu beeindrucken, jedenfalls meinte Peter das an dessen Gesten zu erkennen.

Nachdem ein Gong ertönt war, endete das Summen der Gespräche. Spannung lag in der Luft. Wie auf Befehl verschränkten die Leute auf dem Podium die Hände auf dem roten Tischtuch.

Dann begann der Panlong, über die Ufer zu treten und in den Himmel zu fließen.

Kapitel 2

Kunming, China

Peter

Natürlich hatte Peter mit einem technischen Feuerwerk gerechnet, mit Videos und Animationen in höchster Qualität, von den überhitzten Prozessoren zwanzig miteinander verbundener Supercomputer errechnet. Trotzdem war er sprachlos, als er sah, was sich vor seinen Augen abspielte.

Der Fluss stieg aus der Landschaft empor, um durch die Luft zu fließen. Natürlich war das nur eine Projektion, aber sie war so perfekt, dass Peter für einen Augenblick glaubte, es sei die Wirklichkeit. Dass es den Menschen um ihn herum genauso erging, war an dem Schnaufen der Erstaunten zu hören, dem die Stille der Atemlosen folgte.

Der Panlong schwebte in seiner vollen Breite in die Höhe und begann sich vor aller Augen zu drehen. Digitale Wassertropfen regneten von den künstlichen Ufern herab und fielen in den echten Fluss. Das fliegende Flussbett neigte sich, bis die Zuschauer es aus der Sicht eines Vogels oder – was wahrscheinlicher war – einer Drohne betrachten konnten. Nun setzte Musik ein, es ertönten Klänge wie im chinesischen Nationalzirkus, mit scheppernden Becken, Pauken und Fanfaren. Mitten auf dem schwebenden Fluss erschienen die Umrisse eines Bauwerks, es war nicht schwer zu erraten, dass es sich um die Silhouette des künftigen Staudamms handeln sollte – der Drachenmauer. Dann wurde die Darstellung deutlicher, bis der Damm schließlich majestätisch zwischen den Ufern des Panlong thronte. Das Wasser hinter der Mauer begann sich zu stauen und bildete einen See; was Monate dauern würde, geschah in Sekunden. Die Landschaft, bis dahin in dunklem Grün abgebildet, begann nun in den herrlichsten Farben zu erblühen. Überall rings um Damm und See sprossen Herbstblumen, ganze Felder von Selleriegrün, Pflaumenblau, Buttergelb, Kastanienbraun und einem geradezu mörderischen Rot vereinten sich zu einem bonbonbunten Bild. Peter schloss die Augen – die Aufdringlichkeit der Farben verursachte ihm ebenso Übelkeit wie die Lüge dahinter. Der Damm würde kein Leben hervorbringen, im Gegenteil.

Als Nächstes erlebten die Zuschauer eine Kamerafahrt das Bauwerk hinunter, bis es über ihren Köpfen aufragte, dann schoss die Drohne die Wand hinauf wie ein Fahrstuhl mit Raketenantrieb, und man sah die Straße, die oben auf dem Damm die Ufer des Panlong miteinander verbinden würde. Menschen gingen darauf spazieren, sie trugen gelbe Schutzhelme und hielten Werkzeuge und zusammengerollte Pläne in den Händen, einige schauten auf und winkten. Die gesamte Dammstraße war mit Flaggen geschmückt, sie flatterten im Wind und trugen Schriftzeichen. Peters Mandarin reichte aus, um die gängigen Schlagworte des chinesischen Patriotismus, des Fortschritts und der Einigkeit entziffern zu können.

Nun öffnete sich die Staumauer an vier Stellen, und Wasser sprudelte hervor, stürzte in Zeitlupe die Wand herab. Das Wasserkraftwerk hatte seinen Betrieb aufgenommen. Der Anblick versetzte Peter einen Stich. So weit durfte er es nicht kommen lassen.

Das Donnern des herabstürzenden Wassers vermischte sich mit dem Applaus der Gäste. Peter hielt seine Hände gefaltet, womit er sich einen fragenden Blick seines Nebenmanns einhandelte. Auf dem Podium trat ein junger Mann ans Mikrofon, stellte sich als Moderator vor und begrüßte die Gäste. Sein Anzug war modisch und beinahe geckenhaft geschnitten; er wies Elemente der traditionellen chinesischen Kleidung auf, die fließende Seide war mit Goldapplikationen besetzt.

Peter krallte beide Hände in die Sitzfläche. Der Moderator stellte die Männer auf dem Podium vor, dann bat er die ganz links sitzende Frau zu sich. Niemand, so sagte er, könne so viel zu dem Staudammprojekt sagen wie Dayan Sui, »die erste Ingenieurin, die erste Frau, die einen Damm in China baut, und die schönste Chrysantheme des Tages«.

Die Aufgerufene erhob sich und ging mit weit ausholenden Schritten nach vorn, wobei sie nach ihrem auf Schulterhöhe geschnittenen dunklen Haar tastete. Die Geste schien unnötig, denn ihre Frisur hatte keine Finessen, die in Unordnung hätten geraten können. Trotzdem wiederholte sie den Griff. Das ließ sie unsicher wirken, doch der Eindruck verschwand, als sie sich vor das Mikrofon stellte. Der Moderator wollte ihr dabei helfen, den Ständer auf ihre Höhe einzustellen, aber sie zischte ihn an. Auch wenn er tapfer lächelte, seine Entrüstung konnte er kaum verbergen.

Peter schätzte die Ingenieurin auf Anfang vierzig. Ihre Haut hatte den bronzenen Ton von Menschen, die sich viel im Freien aufhalten. Ihre Wangen und ihre Stirn schimmerten, und ihre Hände bearbeiteten den Mikrofonständer so energisch, als wollte sie ihn würgen. Trotzdem führte sie ihre Bewegungen präzise aus, und es lag ein Hauch Eleganz darin. Als ihr Blick schließlich über die Gesichter der Gäste streifte, nahm Peter ein Funkeln in ihren Augen wahr. Er beugte sich vor, nicht nur, um besser hören zu können.

Dayan Sui stellte sich als Technische Leiterin des Staudammprojekts vor. Sie bedankte sich bei den Regierungsvertretern für das Vertrauen, das diese in ihre Fähigkeiten setzten, und versprach, die Erwartungen zu erfüllen. Eine ganze Weile verging mit Dankesworten und Floskeln, bevor sie endlich zur Sache kam.

Die Ingenieurin bezeichnete den Panlong als wildes Tier, das gebändigt werden müsse; mit gesenkter Stimme beschwor sie die Zahl der Menschen, die bei Hochwasser ihr Leben hatten lassen müssen – eine fünfstellige Zahl in den vergangenen hundert Jahren –, und machte eine dramatische Pause. Dabei faltete sie die Hände wie eine Marmormadonna. Fing sie am Ende etwa noch an zu beten?

Nun war es aber genug! Peter reckte den rechten Arm in die Höhe. Dayan Sui schien ihn nicht zu bemerken, fuhr mit dem Vortrag fort, beschrieb die Schönheit des Staudamms und die Vorteile, die er bringen würde: Wohlstand durch Energie aus den Kraftwerken, Wohlstand durch die Unternehmen, die sich in Kunming ansiedeln würden, Wohlstand durch Arbeitsplätze, Wohlstand, Wohlstand, Wohlstand.

»Was ist mit der Natur?«, rief Peter in den nächsten Satz der Rednerin hinein, alle Regeln der Etikette missachtend. »Der Damm wird viel zerstören.«

Dayan Sui kam für die Dauer eines Wimpernschlags ins Stocken, dann redete sie einfach weiter, folgte ihrer auswendig gelernten Ansprache, als sei nichts geschehen. Peter stand auf. »Der Bau dieses Damms wird das Ökosystem des Panlong drastisch verändern und Probleme für die Tierwelt verursachen.«

Endlich verstummte die Ingenieurin. Nun war die Reihe an Peter, sich nicht unterbrechen zu lassen. »Die Fließgeschwindigkeit des Wassers wird durch den Damm gebremst«, fuhr er fort. »Das stört das ökologische Gleichgewicht des Habitats. Außerdem hat der Fluss dann nicht mehr genug Kraft, Müll davonzuschwemmen. Durch diese beiden Faktoren wird die Wasserqualität sinken. Brutstellen von Vögeln und Laichplätzen von Fischen droht die Vernichtung, damit kommt es zur Abwanderung von Tierarten. Die Folgen für die Menschen in den Dörfern entlang des Flusses sind unabsehbar.«

Eine Bewegung von links ließ Peter innehalten. Durch die Stuhlreihen näherte sich eine junge Frau in einem weiten weißen Anzug und lächelte ihm zu. Peter hatte mit dem Einschreiten des Sicherheitspersonals gerechnet, doch hatte er Kerle wie die beiden Männer am Eingang erwartet.

Die Weißgekleidete entschuldigte sich in alle Richtungen, als sie sich durch die Reihen zwängte. Schließlich erreichte sie Peter und verbeugte sich. »Bitte«, sagte sie mit sanfter Stimme, »Dayan Sui kann diese Fragen mit Ihnen nach der Präsentation erörtern. Hier ist die Telefonnummer ihres Büros.« Sie hielt ihm eine Karte hin.

Peter ärgerte sich über sich selbst, weil er sich aus dem Konzept bringen ließ. Diese Leute waren clever. Die Ingenieurin nutzte die Gelegenheit jedoch nicht, sondern stand wie versteinert vor dem Mikrofon. Er bedankte sich für die Karte und steckte sie in seine Hemdtasche. Dann sah er sich um. Aller Augen waren auf ihn gerichtet. Gut so! Aller Ohren hoffentlich auch. Zwei Kameramänner hatten ihn ebenfalls ins Visier genommen. Mit ein bisschen Glück würde er es in die Nachrichtensendung am Abend schaffen. Dann wäre seine Mission erfüllt: den Tieren am Panlong eine Stimme zu geben.

Er öffnete seinen Rucksack, zog ein Bündel Papier hervor, hielt es in die Höhe, das war seine Art, Flagge zu zeigen – die Flagge der Wissenschaft. »Das hier sind die Ergebnisse einer Untersuchung am Xiaolangdi Damm, am Gelben Fluss. Zwölf Jahre lang haben Zoologen dort die Lebensweise und die Verbreitung der Silberkarpfen untersucht und mit Zahlen aus der Zeit vor dem Bau des Damms verglichen. Die Ergebnisse zeigen, dass sich die Laichzeiten der Tiere durch die veränderten Umweltbedingungen verzögern und der Laich eine um 5,28 Prozent verminderte Qualität aufweist. Insgesamt gab es 16,23 Prozent weniger Fische. In einigen Teilen des Flusses verschwanden die Silberkarpfen sogar vollständig. Diese Zahlen stammen aus den Jahren vor dem Dammbau, 1980 bis 1990, und aus der Zeit danach, den Jahren 2006 bis 2018. Das bedeutet, es sind relevante Daten, keine Schlaglichter aus einer übereilt angefertigten Studie.« Peter musste pausieren, um Luft zu holen. Sein Herz schlug schnell. Er versuchte, sich nicht weiter zu ereifern, denn wer keinen Atem hat, verliert.

Die Frau in Weiß hielt ein Mobiltelefon hoch, dann zog sie die Hand zurück und ging in Richtung Bühne davon. Sie hatte ihn fotografiert. Peter beschloss, das zu ignorieren. »Was sagen Sie dazu?«, rief er der Ingenieurin zu.

»Danke für diese Hinweise«, erwiderte sie kühl. »Was das Müllproblem betrifft: Dessen sind wir uns bewusst. Im Budget des Dammbaus ist eine Summe für die Entfernung von Abfall aus dem Wasser im unmittelbaren Dammbereich enthalten.«

»Und was sagen Sie zu den Folgen für die Fischpopulation?«, hakte Peter nach.

»Zum einen«, kam die Antwort, »ist der Panlong nicht der Gelbe Fluss. Es gibt hier keine Silberkarpfen.«

Bevor Peter protestieren und die reiche Tierwelt des hiesigen Stroms aufzählen konnte, fuhr Dayan Sui fort: »Und diese Untersuchung, die Sie da zitieren, von wem stammt die?«

Peter kannte die Namen auswendig. »Collier, Fentin-Santacruz, Colita und Schmidtlein.«

»Waren chinesische Forschende beteiligt?«, wollte sie wissen.

»Ich …« Peter blätterte zu der Liste derjenigen, die mitgewirkt hatten. Darauf standen mehrere asiatisch klingende Namen, die aber weiter hinten aufgeführt waren; überdies ließ sich nicht erkennen, ob es sich um Chinesen handelte.

»Meine Damen und Herren«, wandte sich die Ingenieurin wieder an das Publikum. »Wir alle hier wissen, dass die westlichen Industrienationen mit allen Mitteln versucht haben, den Staudamm am Gelben Fluss in Misskredit zu bringen. Die Untersuchung, die unser Gast uns dankenswerterweise vorgestellt hat, ist Teil dieser Propaganda, einzig und allein dazu gedacht, Chinas technologische Entwicklung zu behindern. Die Staaten, aus denen die genannten Forschenden kommen, haben Angst davor, dass unsere große Nation sie überflügeln könnte.« Sie ließ einen Augenblick verstreichen. »Und diese Angst haben sie zu Recht.«

Applaus brandete auf. Peter ballte eine Faust um die Papiere und rief in den Beifall hinein: »Die Vernichtung von Lebensraum durch Staudämme betrifft nicht nur China. Weltweit verhindern diese Anlagen die Fischwanderung. Die Tiere erreichen ihre Laichgründe nicht mehr. In einigen Teilen der Welt sind die Bestände bis zu sechzig Prozent zurückgegangen. Das ist gleichbedeutend mit der Zerstörung der Biodiversität in Flüssen. Nicht nur hier. Aber hier als Nächstes.«

Ein Windstoß kam den Fluss hinunter, die Männer auf dem Podium mussten die vor ihnen liegenden Papiere festhalten, und Dayan Sui presste eine Hand gegen ihren Kopf, als ihr Haar in Bewegung geriet. Das Mikrofon verstärkte das Rauschen der Bö, und für einen Moment war die Landschaft am Panlong ringsumher von einem orkanhaften Tosen erfüllt. Peter konnte sich des Eindrucks nicht erwehren, dass die Natur ihm zustimmte.

Es war der Ingenieurin anzusehen, dass sie ihren Vortrag fortsetzen wollte, aber im Widerstreit damit lag, dass sie Peter zunächst in die Schranken weisen musste. Sie trat von einem Bein aufs andere, schien die Blicke der Honoratioren hinter sich zu spüren. Ein bisschen tat Peter die Frau leid.

Das änderte sich, als die Weißgekleidete auf die Bühne stieg und der Ingenieurin ihr Telefon reichte, jenes Gerät, mit dem sie Peter zuvor fotografiert hatte. Dayan Sui strich mit einer energischen Geste über den Bildschirm, dann sprach sie mit fester Stimme ins Mikrofon. »Peter Danielsson. Sie sind aus Schweden zu uns gekommen. Sie sind Zoologe und waren einmal an der Universität von Stockholm beschäftigt.«

Oh nein! Peter wusste, was jetzt folgen würde.

»Sie waren auch einmal für eine große internationale Tierschutzorganisation tätig.« Dayan Sui schüttelte theatralisch den Kopf. »Man hat Sie aus allen Positionen entfernt. Sie sind mehrfach vorbestraft. Wegen Widerstands gegen die Staatsgewalt, Beamtenbeleidigung, versuchter Körperverletzung und Nötigung.« Sie hielt sich eine Hand gegen die linke Wange. »Wegen Einbruchs und Diebstahls.«

»Der Diebstahl ist eine Lüge«, rief Peter empört. »Eine Verleumdung dieser Tierfänger, die …« Da erst bemerkte er, dass er ihr in die Falle gegangen war und die anderen Vorwürfe stillschweigend bestätigt hatte.

»Es wäre besser für Sie, wenn Sie die Veranstaltung jetzt verließen«, forderte ihn Dayan Sui mit einer Stimme auf, die vor Überlegenheit nur so strotzte. »Und China ebenfalls. Sonst müssen Sie die Konsequenzen tragen.«

Blicke bohrten sich wie Speere in Peters Rücken und in seine Brust. Die Animation des digitalen Flusses stand still, das Gewässer hing in der Luft, und es schien, als rausche auch der echte Panlong nicht länger.

Peter hielt die Papiere in die Höhe. »Falls Sie daran interessiert sind … ich lasse Ihnen die Untersuchungsergebnisse hier. Ihnen allen.« Er legte den Stapel auf das rote Kissen seines Stuhls, setzte den Rucksack auf und machte sich auf den Weg zum Ausgang. Das Schweigen, das ihm folgte, war so laut, dass es ihm noch Stunden später in den Ohren dröhnte.

Kapitel 3

Kunming, China

Sui

Dieser Schwede! Was fiel ihm ein, in ihren großen Auftritt zu platzen? Für diesen Augenblick hatte Sui gelebt! Um heute an diesem Ort zu sein, auf dem Podium vor mehr als dreihundert Menschen zu stehen und den Staudamm zu präsentieren, für dessen Bau sie die verantwortliche Ingenieurin war, hatte sie sich als junge Frau erst gegen ihre Mutter und dann gegen eine ganze Horde Männer durchsetzen müssen: bei der Vergabe der Studienplätze an der Technischen Universität in Fuzhou, bei der Bewerbung um einen Job im Bauministerium und beim Konkurrenzkampf unter den Kollegen um die Leitung des Drachenmauer-Damms am Panlong. Und dann, im Moment ihres Triumphes, hebt dieser Kerl seine Hand und versucht sie zu maßregeln.

Sui stürmte in ihr Büro, gefolgt von Ling Jia. Die Schritte ihrer Assistentin waren maßvoll, wie immer. Brachte diese Frau denn nichts aus der Fassung? Sui schleuderte ihre Umhängetasche auf das dunkelblaue Sofa und fegte dabei die Blumenvase mit der einzelnen rosa Dahlie vom Beistelltisch. Die Vase polterte auf das Parkett, und eine kleine Wasserlache ergoss sich über den Boden.

»Ich kümmere mich darum«, kündigte Jia an und krempelte ihre weiße Anzugjacke auf.

Mit Mühe verkniff sich Sui einen bissigen Kommentar. Sie lief ins Bad und starrte in den Spiegel. Dann riss sie sich die dunkle Perücke vom Kopf, ließ das groteske Ding ins Waschbecken fallen und fuhr sich durch die graue Mähne, die darunter hervorgekommen war – ihr echtes Haar.

Sie verdrängte die Erinnerung an jenen Tag. Das lag weit zurück. Langsam atmete sie aus. Nachdem sie ihre Lungen von ihrem rauen Atem befreit hatte, um Einklang in ihrem Innern zu schaffen, lachte ihr Spiegelbild sie aus. Ihr Schopf sah aus wie ein Vogelnest nach einem Taifun. Sie strich das lange Silberhaar glatt, kämmte es erst mit den Fingern, dann mit dem groben Holzkamm und schließlich mit der roten Bürste. Die Farbe der Bürste hatte sie gewählt, weil das Rot durch ihre hellen Strähnen zog wie Blut, das durch Adern rann. In diesen Momenten fand Sui Gefallen an ihrem Makel. Sie und ihre Mutter waren die einzigen Menschen, die davon wussten. Und das musste so bleiben, denn eine Frau ihres Alters, deren Haar bereits ergraut war, schien für das Bauministerium untragbar zu sein; dort war jedes optische Detail mit einer Botschaft aufgeladen. So galt eine Frau ohne hochhackige Schuhe als bescheiden und unterwürfig – in Suis Position unmöglich. Trug sie hingegen Absätze, durften die nicht so hoch sein, dass sie damit ihre Vorgesetzten überragte. Das Haar der ansonsten gut aussehenden Chinesin war grau? Das entsprach aber nicht den Vorstellungen, also musste eine Perücke her. Alles war eine Frage der Ausgewogenheit, und die galt es zu erreichen, das galt für die Arbeit am Bauprojekt ebenso wie für das eigene Aussehen. Der Architekt des Staudamms kam zu Besuch, um sich den Fortgang der Arbeiten zeigen zu lassen – was war seine Lieblingsfarbe? Entsprechend suchten Sui und ihre Mitarbeiterinnen ihre Kleidung aus und schmückten den Empfangsraum des Büros. Wäre sie ein Mann, würde niemand von ihr einen solchen Aufwand verlangen, der einer Demütigung gleichkam. Ihre Mutter hatte recht behalten: Sie war in eine Männerwelt eingedrungen, und nun musste sie nach den dort herrschenden Regeln leben.

Sie legte die Bürste auf die Ablage unter dem Spiegel. Ihr Haar hatte sie gebändigt, das Silber floss in Kaskaden ihren Nacken entlang und bis über die Schultern. Es war wie der Panlong: am schönsten, wenn es frei sein konnte. Leider gab es diese Momente immer nur für kurze Zeit.

Es klopfte an der Badezimmertür. »Telefon, Sui.« Das war Jias Stimme, fließend wie Seide, aber doch kraftvoll. »Soll ich rangehen?«

Sui schluckte. »Ich komme«, rief sie, fischte die Perücke aus dem Waschbecken, schüttelte sie aus und zupfte sie zurecht. Das Kunststück, ihr echtes Haar mit der einen Hand so zu halten, dass sie das Kunsthaar mit der anderen darüberziehen konnte, beherrschte sie nach all den Jahren. Die Bewegung war Teil ihres Nervensystems geworden. Jetzt noch rasch die grauen Spitzen unterstecken. Perfekt!

Sui öffnete die Tür, schenkte Jia ein Lächeln und ging zu der Sitzgruppe, wo ihre Umhängetasche stand wie ein Schaustück in der Auslage eines luxuriösen Geschäfts – Jias hatte sie wohl so drapiert. Sui zog das Telefon daraus hervor, auf dem Display stand der Name ihrer Mutter.

»Hallo Ma«, sagte Sui.

»Hast du es schon im Fernsehen gesehen?« Die Stimme von Dayan Bao war die einer zweihundertjährigen Eiche, deren morsche Äste im Wind knarrten.

Die Worte ihrer Mutter riefen Rührung in Sui hervor. Damit hatte sie nicht gerechnet: dass ihre Mutter sich nach dem Verlauf der Präsentation erkundigte. In der Regel ignorierte die

Siebzigjährige alles, was mit dem Beruf ihrer einzigen Tochter zu tun hatte. »Die berichten schon im Fernsehen davon?«, hakte Sui nach. »Das geht aber schnell.«

»Wie lange sollen sie denn damit warten?« Bao bellte ein Lachen heraus. »Das Dorf ist doch schon gestern Nacht zerstört worden.«

Sui runzelte die Stirn. »Was für ein Dorf?« Dann ging es ihrer Mutter doch nicht um den Erfolg der Tochter. Ein Brennen breitete sich in Suis Kehle aus. Das Gefühl war ihr wohlbekannt.

»Vergiss deinen Staudamm mal für einen Augenblick und informier dich darüber, was in der Welt vor sich geht. Schalt den Fernseher ein, kleine Sui.«

»Ma, ich habe jetzt keine Zeit für so was.« Trotzdem griff sie nach der Fernbedienung des Bürofernsehers und seufzte. »Welches Programm?«

»Alle berichten darüber, mein Kind.«

Sui schaltete Kanal eins ein. Auf YETV, dem Bildungskanal von Yunnan, war ein junger Mann zu sehen; er stand vor einer Tafel, die das Modell der Drachenmauer zeigte. Die Berichterstattung über das Projekt hatte tatsächlich schon begonnen. »Ma, ich habe jetzt wirklich keine Zeit.«

»Kanal vier«, kam es aus dem Apparat.

Sui wechselte zu YNTV, dem Nachrichtensender. Dort war ein Waldbrand zu sehen, gefilmt aus einem Helikopter. Der Kameramann hatte Mühe, sein Aufnahmegerät ruhig zu halten. Rauchschwaden flogen vorbei und verdeckten die Sicht, der Pilot steuerte in eine andere Position, dann war das Flammenmeer direkt unterhalb des Hubschraubers zu erkennen. Ein Waldbrand. So etwas war hier um diese Zeit eher selten, zumal die vergangenen Monate mit viel Regen gesegnet gewesen waren. Sui erkannte Häuser in den Flammen – oder das, was davon übrig geblieben war. Sie schaltete den Ton lauter.

Ein Reporter berichtete über eine Feuersbrunst im Dorf Shuanxi, im Süden, die durch Elefanten aus dem Xishuangbanna-Nationalpark ausgelöst worden sei. Eine Herde von fünfzehn Tieren war in der Nacht mitten durch Shuanxi gezogen und hatte Laternen mit brennenden Kerzen zu Boden gerissen, die an den Häusern aufgehängt gewesen waren, weil die Bewohner das Mondfest gefeiert hatten. Da die Flammen trockenes Holz und Stroh blitzschnell in Brand gesetzt und die Elefanten darauf panisch reagiert hatten, war das Ausmaß der Zerstörung enorm. Tote hatte es nicht gegeben. Aber zwei Dorfbewohner waren mit Verbrennungen ins Krankenhaus gebracht worden, nachdem sie versucht hatten, das Feuer zu löschen. Das Bild im Fernsehen veränderte sich, jetzt war eine junge Frau zu sehen, höchstens siebzehn oder achtzehn; ihr Gesicht war mit Ruß beschmiert, durch den Tränen helle Rinnen gewaschen hatten. Sie trug festliche Kleidung, die an vielen Stellen schmutzig und zerrissen war, und erzählte irgendetwas von Drachen.

Sui schaltete den Fernseher stumm. »Das ist furchtbar, Ma, aber ich habe Wichtigeres zu tun, als die Nachrichten zu verfolgen.«

»Sie kommen«, sagte Bao. »Sie kommen. Und alles wird sich ändern.« Das schaffte nur ihre Mutter: Schlechte Nachrichten mit ein paar Worten noch schlechter zu machen. »Es sind nur ein paar Elefanten«, sagte Sui. »Nichts weiter. Man wird sie einfangen und dorthin zurückbringen, wohin sie gehören.«

Eine Bewegung im Augenwinkel lenkte ihre Aufmerksamkeit weg vom Fernsehbildschirm. Jia winkte von ihrem Empfangstisch herüber und formte mit den Lippen stumme Worte.

»Ma, ich muss Schluss machen. Ich melde mich, sobald ich ...« Da bemerkte sie, dass Bao aufgelegt hatte.

»Sui. Das Büro des Gouverneurs hat gerade eine Nachricht geschickt. Er will, dass du eine Stellungnahme zu den Ereignissen bei der Präsentation abgibst.«

Das hatte Sui befürchtet. Eiswasser lief ihren Rücken hinunter. Sie hielt noch immer die Fernbedienung in der Hand und kehrte zurück zu YETV, dem Bildungskanal. Dort lief Werbung, von der Präsentation war nichts zu sehen.

»CNN«, rief Jia. Sui schaltete weiter.

Da stand sie, vor der Kulisse der perfekten Animation, mit ihrer perfekt sitzenden Perücke und ihrem perfekt ausgewählten Kostüm, während sie die perfekt vorbereitete Rede hielt. Das Bild wackelte, die Aufnahme eines Amateurs, vermutlich mit dem Mobiltelefon. Und dann …

Der Schwede schoss aus den Stuhlreihen empor wie ein Delfin aus dem Meer und konfrontierte sie mit seinen lächerlichen Forschungsergebnissen. Jetzt erkannte Sui, was dieser Danielsson mit seinem Auftritt beabsichtigt hatte: Er wollte die Aufmerksamkeit der Presse, und er hatte sie bekommen. Die chinesischen Medien hatten den Störversuch des Schweden zwar ignoriert, aber irgendjemand hatte die Kamera seines Telefons auf Danielsson gerichtet und die Aufnahme an CNN weitergegeben – und wer weiß an wen noch.

Der Damm war gebrochen, bevor er gebaut war.

Kapitel 4

Kunming, China

Sui

Die Tuschezeichnungen an der Wand von Ruan Yuns Büro sahen wertvoll aus. Die schwarzen Federstriche auf gelbem Papier zeigten die bizarren Kalksteinformationen des Steinwaldes, die Schlucht des springenden Tigers und die Altstadt von Lijiang in einem grafischen Stil. Die Zeichnungen standen in geschmackvollem Kontrast zu den tiefrot gestrichenen Wänden des übertrieben kleinen Raums. Der Provinzgouverneur saß hinter seinem Schreibtisch und schaute zur Seite aus dem Fenster, über die Dächer von Kunming, als Sui eintrat. Statt des Anzugs, den er bei der Präsentation getragen hatte, war er nun mit einem schwarzen Tangshuang bekleidet. Beinahe verschwand er in dem weiten Gewand.

»Nehmen Sie Platz, Ingenieurin«, bat er Sui. Sie ließ sich auf dem Armstuhl aus Rosenholz nieder. Es folgten die üblichen Floskeln, Ruan erkundigte sich nach ihrem Wohlbefinden, ob sie schon etwas gegessen habe und wie es ihrer Mutter gehe. Sui hatte nie mit dem Gouverneur über ihre Mutter gesprochen, doch sie musste davon ausgehen, dass er wusste, wer Dayan Bao war. Dass er nach ihr fragte, war mehr als höfliches Geplauder.

Er wollte etwas andeuten, vielleicht steckte sogar eine Drohung dahinter.

»Danke, es geht ihr gut«, antwortete Sui. Doch statt sich umgekehrt nach der Familie des Gouverneurs zu erkundigen, kam sie gleich zur Sache. »Sie wollten mich sprechen?«

Erst jetzt drehte sich Ruan Yun vom Fenster weg und legte beide Arme auf die Schreibtischunterlage – die blassen, fleischigen Arme eines Bürokraten. Er nahm einen Bleistift auf. Die Geste diente als Signal, dass der offizielle Teil des Gesprächs begonnen hatte. »Ich habe die unangenehme Aufgabe, Sie für Ihre schwache Leistung am heutigen Morgen zu tadeln, Ingenieurin Dayan. Sie hätten diesen Europäer aufhalten müssen. Er hätte gar nicht zu Wort kommen dürfen. Sein Auftritt ist höchst unerfreulich für die Regierung.« Er machte eine dramatische Pause. »Für die Regierung in Beijing.«

Empörung wallte in Sui auf. War es denn ihre Schuld, dass die Sicherheitsleute geschlafen hatten? »Dieser Mann hätte die Kontrollen nicht passieren dürfen«, sagte sie unverbindlich. Es wäre ein Fehler gewesen, jemand anderen verantwortlich machen zu wollen, ein Fehler, auf den Ruan Yun gewiss wartete.

Seine Stimme wurde kühler. »In den internationalen Nachrichten ist zu sehen, wie Peter Danielsson während Ihrer Rede aus dem Publikum aufspringt, das Wort ergreift und die Drachenmauer dafür verantwortlich macht, dass Tiere sterben. Es wird nicht lange dauern, bis es hier von Umweltschützern aus dem Westen wimmelt. Wie gedenken Sie darauf zu reagieren?«

Sui zögerte keinen Wimpernschlag lang. Sie hatte mit der Frage gerechnet und sich auf der Fahrt zum Büro des Gouverneurs eine Antwort zurechtgelegt. »Der Störenfried ist Zoologe und beobachtet den Zug der Zwerggänse. Diese Tiere leben im Sommer in Skandinavien und in Russland, einige überwintern bei uns, an den Ufern des Panlong.«

»Die Zwerggans«, unterbrach der Gouverneur. »Ein kleiner Vogel, der zu viel schnattert. Das ist ein passendes Bild für diesen Menschen, nicht wahr?«

»Es gibt nur noch wenige Tiere dieser Art«, fuhr Sui fort. »Am Panlong wurden zuletzt nur wenige Dutzend Paare gesichtet. Ich schlage vor, dass wir uns diese Situation zunutze machen und uns um die Überwinterungsplätze der Zwerggans kümmern, das heißt, die Tiere beobachten, füttern, zählen und sie schützen.«

Ruan Yun wippte in seinem Ledersessel vor und zurück, dabei drehte er den Bleistift zwischen seinen Fingern. »Damit tun wir aber doch genau das, was dieser Schwede verlangt. Er hat es Ihnen wohl angetan.«

»Ich mag keine Männer, die größer sind als ich«, gab Sui zurück. »Das passt nicht dazu, dass ich ihnen geistig überlegen bin.«

Zuckten die Mundwinkel Ruan Yuns etwa? Das hatte Sui noch nie erlebt. Sofort wurde der Gouverneur wieder ernst. Er schien begriffen zu haben, dass er den Scherz auch als Beleidigung auffassen konnte. »Ich verstehe nicht«, sagte er. »Warum sollten wir dem Mann einen Gefallen tun?«

»Den Gefallen tun wir uns selbst. Wir schützen eine vom Aussterben bedrohte Art. Da es nur noch wenige Tiere gibt, müssen wir nur geringe Maßnahmen ergreifen: Ein kleines Areal zum Schutzgebiet erklären zum Beispiel, das erfordert kaum Aufwand und beeinträchtigt die Bauarbeiten nicht.« Sie überließ es Ruan, das Fazit zu ziehen.

»Wir filmen die geretteten Vögel und laden westliche Fachleute ein, unseren Erfolg ebenfalls zu dokumentieren. Das wird unser Ansehen in der Welt als Tierschützer festigen, jegliche Kritik an der Drachenmauer wird verstummen. Das ist klug, Ingenieurin Dayan.« Er notierte etwas mit dem Bleistift auf seine Schreibtischunterlage.

Sui verbeugte sich und lächelte.

»Setzen Sie das sofort um«, verlangte Ruan Yun. »Beginnen Sie noch heute. Wir haben gute Nachrichten dringend nötig, denn diese Gänse kommen wie gerufen, um von den wild gewordenen Elefanten abzulenken, die im Süden alles niedertrampeln.«

Noch heute? Sui zögerte. Sie hatte alle Hände voll damit zu tun, die Baustelle zu organisieren. Außerdem … »Ich müsste zunächst herausfinden, wann die Zwerggänse überhaupt bei uns ankommen und wo genau ihre Überwinterungsplätze liegen.«

»Dann tun Sie das, und zwar schnell. Ich will die Kameras aller Journalisten auf den Damm gerichtet haben. Lassen Sie meinetwegen als Gänse verkleidete Tänzerinnen auf der Baustelle auftreten. Hauptsache, unser Staudamm steht gut da und niemand interessiert sich mehr für die Elefanten.«

»Aber die sind doch längst in den Nachrichten«, wandte Sui ein. »Ich habe vorhin selbst gesehen, wie …«

»Es geht nicht darum, was ist, sondern darum, was sein wird.« Ruan Yun legte den Bleistift weg und griff zum Hörer seines Telefons. Die Unterredung war beendet.

Sui verbeugte sich erneut und verließ mit gestrecktem Rücken das kleine Büro. Die Perücke verursachte Juckreiz an ihrer Stirn, und dahinter ballte sich ein dunkler Kopfschmerz zusammen.

Kapitel 5

Kunming, China

Peter

Das Zimmer war mit dünnen gelben Tapeten verkleidet, die von den Erlebnissen anderer Hotelgäste erzählten. Peter hatte versucht, nicht darüber nachzudenken, ob der Fleck über seinem Kopfkissen von Blut oder Rotwein oder etwas anderem stammte. Die meiste Zeit seines Aufenthaltes über war ihm das auch gelungen. Das Bett bestand aus einer harten Matratze auf einem knarrenden Holzgestell, und die Tagesdecke mochte einst rot gewesen sein, inzwischen war sie vom Sonnenlicht zu einem sanften Rosa gebleicht worden. Neben dem Bett stand ein kleiner Tisch mit einer verstaubten Lampe, deren Schirm so schief war, als hätte er die Last der Welt zu tragen.

Die Aussicht durch das schmale Fenster erlaubte einen Blick hinunter auf die belebte Straße, wo der Verkehr der Stadtautobahn von Kunming pulsierte. Der kleine klobige Fernseher, ein Veteran aus dem vergangenen Jahrtausend, brummte leise vor sich hin, denn die Lautsprecher funktionierten nicht. Er zeigte Bilder aus einer Welt, die weit entfernt zu liegen schien.

Peter stopfte seine Habseligkeiten in die Reisetasche aus dunkelbraunem Leder. Sein Flug würde erst um halb elf am Abend starten. Was sollte er mit den vier Stunden bis zum Einchecken anfangen? Seine Mission in China war erfüllt. Fünf internationale Nachrichtensender hatten über das Staudammprojekt berichtet – und am Ende der Einspielung gezeigt, wie Peter dagegen protestiert hatte. Beinahe hätte er sich selbst nicht wiedererkannt, so schlecht war das Bild des kleinen Fernsehgeräts.

Die Auseinandersetzung um den Bau des Staudamms am Panlong hatte gerade erst begonnen. Die Chinesen würden zwar versuchen, alle Bedenken auszuräumen, und sich von niemandem davon abhalten lassen, die Drachenmauer zu errichten, daran hegte Peter keinen Zweifel. Aber sein Weckruf würde nicht ungehört bleiben, Umweltorganisationen würden sich einschalten, es würde ungemütlich werden für die chinesische Regierung. Und da, wo es ungemütlich ist, verändert man entweder seine Position, oder man wechselt das Mobiliar.

Peter zog den Reißverschluss der Reisetasche zu. Sein Telefon klingelte. Er wühlte es aus seiner Wildlederjacke hervor und beging den Fehler, es sich ans Ohr zu halten und den Anruf anzunehmen, ohne vorher nachzusehen, wer am anderen Ende war.

»Hier spricht dein Vater.« Wie am Vormittag klang die Stimme von Abel Söneland viel zu nah.

Peter wünschte sich ein Telefon von der Qualität des Fernsehers in diesem Hotelzimmer. Seine Kiefermuskeln mahlten.

»Ich bin auf dem Weg zum Flughafen«, sagte er schnell.

»Ich habe einen Anruf von Chen Akeno erhalten«, sagte der Archäologe. »Du weißt ja wohl, wer das ist.«

Die Vorstellung, das Gespräch einfach abzubrechen, war so verlockend wie der Gedanke an ein kühles schwedisches Bier in einer finnischen Sauna. »Ja, ich weiß, wer Chen Akeno ist.« Und dann ersparte er sich ein langwieriges Verhör, indem er von sich aus erzählte, was geschehen war. Wie er sich als Abel

Söneland ausgegeben hatte, um durch die Kontrolle zu kommen, und dass Abels Freundschaft mit Chen Akeno dabei geholfen hatte.

Am anderen Ende der Welt herrschte für einen Moment Stille. »Weißt du, wie es in einem chinesischen Provinzgefängnis zugeht?«, fragte Abel schließlich. »Falls nicht, wirst du es herausfinden, jedenfalls wenn du nicht schleunigst das Land verlässt. Chen Akeno hat mich angerufen und gefragt, warum ich mich nicht schon längst bei ihm gemeldet habe, da ich doch in China sei. Ich war wie vor den Kopf gestoßen – wie kam er darauf? Weil ich von nichts wusste, habe ich ihm natürlich gesagt, ich sei in Mexiko. Chen war sofort alarmiert und wollte den Sicherheitsdienst des Innenministeriums einschalten. Peter! Dieser Mann ist ein hochrangiger Politiker der chinesischen Regierung. Was glaubst du, was du da tust?«

Peter konnte nicht länger besonnen bleiben. »So viele Tierarten sterben aus, nur weil die Mächtigen noch mächtiger und die Reichen noch reicher werden wollen. Das will ich verhindern. Weißt du etwa immer noch nicht, worum es mir geht?« Er keuchte. Es war wie immer, wenn er mit seinem Vater sprach. Selbst wenn es nur darum ging, über das Wetter zu reden, gerieten die beiden Männer unweigerlich aneinander. Peter spürte, dass ihm sein Hemd am Rücken klebte. Dabei war es nicht mal besonders heiß im Zimmer.

»Der Zweck heiligt nicht alle Mittel, mein Sohn.«

»Wenn es um das Überleben von Tieren geht, dann ist mir jedes Mittel recht, und es ist mir egal, ob das einen chinesischen Spitzenpolitiker stört.« Oder einen alten schwedischen Archäologen, wollte er noch hinzufügen. Da fiel sein Blick auf den Fernsehbildschirm.

Er ließ das Telefon sinken. Abels Stimme kam noch als Krächzen aus dem Lautsprecher, aber Peter drückte ihn weg. Er setzte sich auf das Bett. Die alten Stahlfedern in der Matratze quietschten, es klang wie das Aufheulen eines Alarms.

Mit der abgegriffenen Fernbedienung versuchte er, den Fernseher lauter zu stellen, hörte aber weiterhin nur das Brummen. »Verdammt!«, rief er und warf die Fernbedienung gegen die Wand, was dazu führte, dass das Bild flackerte und erlosch. Wieder fluchte er und schlug mit der flachen Hand gegen den Kasten, doch der Apparat starrte ihn mit seinem blinden grauen Auge bloß vorwurfsvoll an.

Da war ein brennendes Dorf zu sehen gewesen. Die Aufnahme war von einem Hubschrauber aus gefilmt, die Rauchschwaden waren so dicht, dass Peter meinte, er rieche den Qualm bis in sein Zimmer. Dann war, ebenfalls vom Hubschrauber aus beobachtet, eine Herde Elefanten durchs Bild gelaufen. Dem Laufband am unteren Rand zufolge waren die Tiere aus dem Xishuangbanna-Nationalpark gekommen. Schließlich waren diese Kerle vor der Kamera erschienen, Männer in Tarnanzügen und mit Gewehren so lang wie die Schatten, die die untergehende Sonne hinter den Bäumen eines Waldes wirft.

Peter suchte auf seinem Telefon nach der Onlineversion eines chinesischen Nachrichtensenders. Er musste wissen, was da vor sich ging. Diese Leute wollten doch nicht etwa eine ganze Herde Elefanten abschießen! Der Apparat vibrierte in seiner Hand. Nicht jetzt! Er würde sich später weiter mit seinem Vater streiten, erst musste er herausfinden, was es mit dieser Jagd auf sich hatte.

Es klingelte und klingelte. Genau genommen quarrte und wuchtelte es, denn Peter hatte als Klingelton den Balzruf der Zwerggans aufgespielt. Er wühlte durch die Nachrichtenseiten, aber nirgendwo war etwas von Zerstörung durch eine Elefantenherde zu lesen. Jedenfalls so gut er das beurteilen konnte, denn sein Mandarin war so holprig wie das Spiel eines Orchesters ohne Dirigenten. Dafür kehrte das Quarren und Wuchteln zurück.

Atemlos vor Aufregung nahm Peter den Anruf entgegen. »Ich habe jetzt keine Zeit für Chen Akeno.«

»Herr Danielsson? Sind Sie das?«

Er erkannte die Stimme von Dayan Sui sofort. Sie klang höher, jetzt, da sie durch ein Mobiltelefon drang und nicht durch eine teure Verstärkeranlage.

»Was wollen Sie? Woher haben Sie diese Nummer?«

»Spreche ich mit Peter Danielsson?«, beharrte die Frau am anderen Ende.

»Ja. Ich habe meine Tasche gepackt und einen Flug für heute Abend gebucht. Genügt Ihnen das?«

»Herr Danielsson, bitte stornieren Sie den Flug. Ich möchte Ihnen ein Angebot unterbreiten.«

Das musste ein Trick sein, um ihn daran zu hindern, das Land zu verlassen und in Europa weiter gegen den Staudamm zu kämpfen. Keine Frage: Sie wollte ihn mundtot machen.

»Ich habe Sie gefragt, woher Sie meine Nummer haben«, blaffte er.

»Bitte, Herr Danielsson«, sagte sie mit derselben ruhigen Stimme wie am Morgen auf der Bühne, »Sie sind in China.«

Na klar. Sie hatte ja auch sein Vorstrafenregister herunterbeten können, bloß weil ihre Assistentin ihn fotografiert hatte. Natürlich wusste sie auch, wo er abgestiegen war – und Gott weiß was sonst noch.

»Lange bin ich bestimmt nicht mehr hier«, sagte er. »In China.«

»Aber die Zwerggänse, die sind es.«

Warum kam sie ihm jetzt damit? Das war das alberne Argument einer Hilflosen. »Nicht wenn Sie diesen Damm bauen«, erwiderte er.

»Herr Danielsson«, sagte sie, »die Vögel brauchen Ihre Hilfe, und ich fürchte, ich auch.«

Kapitel 6

Teotihuacán, Mexiko

Abel

»Es gibt in der Regenzeit keine Führer für Teotihuacán, Señor.« Der rundliche Mexikaner zeigte seine leeren Hände, wohl um zu beweisen, dass er die Wahrheit sprach.

Abel klopfte ungeduldig mit seinem Zimmerschlüssel auf den Tresen, schaute auf die Uhr an der Wand hinter dem Empfangsschalter – es war schon Viertel nach acht – und auf die verblassten Fotografien daneben. Sie zeigten die Ruinenstadt in hellem Licht, trocken und majestätisch ragten die Sonnenpyramide und die Mondpyramide in einen blassen Sommerhimmel. Keine Spur von den nassen, dampfenden Straßen und überschwemmten Feldern, die man durch die Fenster der Lobby sehen konnte. Der Regen prasselte gegen die Scheiben und drückte die Gerüche der Kanalisation in das kleine Hotel.

»Hören Sie!«, versuchte Abel es erneut. Sein Englisch hatte einen noch schlimmeren Akzent als das des Mexikaners. »Ich bin Wissenschaftler. Aus Schweden. Ich habe mit der Altertumsbehörde in Mexiko-Stadt vereinbart, dass ich mich in Teotihuacán umsehen kann. Der Führer sollte heute früh hier in der Lobby auf mich warten.«

»Natürlich, Señor!« Der Rezeptionist schüttelte den Kopf. »Aber jetzt ist Regenzeit.«

Abel seufzte. Er verzichtete darauf, dem jungen Mann mit den müden Augen zu erklären, dass die Regenzeit die beste Gelegenheit bot, um in der historischen Stätte zu forschen, denn nun waren dort kaum Touristen unterwegs, vor allem nicht solche, die einem alten Archäologen über die Schulter schauen wollten und glaubten, ihn mit ihrem Reiseführerwissen über die Geschichte Altamerikas aufklären zu müssen.

Abel war schon häufig in Mexiko gewesen und wusste sich zu helfen. Er holte seine Geldbörse hervor, zog zwei zerknitterte Zehndollarscheine heraus und legte sie auf das grün lackierte Holz der Theke. Im fahlen Licht der Deckenlampe sah das Geld aus wie etwas, das er in einer altassyrischen Grabanlage gefunden hatte.

Die Scheine verschwanden in der Hemdtasche des Rezeptionisten. »Luis«, sagte er, »mein Schwager, springt manchmal als Führer ein. Er ist in den Ruinen praktisch aufgewachsen. Vielleicht hat er Zeit.« Der junge Mann lächelte aufmunternd und hielt sich ein Mobiltelefon ans Ohr. Er meldete sich mit seinem Namen, Carlos, und sprach leise in schnellem Spanisch. Dann nickte er und kritzelte etwas auf einen Zettel, den er zu Abel hinüberschob.

»›300‹«, stand darauf.

Das war doppelt so viel wie für eine reguläre Privatführung. Doch Abel hatte keine Wahl, er brauchte einen Mann mit mehr Ortskenntnis, als er selbst hatte. Wenn er die ausgedehnte Ruinenstadt allein durchsuchte, würde er Wochen brauchen. »*Está bien*«, sagte er mürrisch.

Carlos verzog das Gesicht, steckte sich einen Finger in das freie Ohr und schien nicht richtig verstehen zu können, was sein Schwager am anderen Ende sagte. Kurz darauf breitete sich Bedauern auf seiner Miene aus, er schlug sich gegen die Stirn und kritzelte noch etwas auf das Papier.

»*150 más por la lluvia*«, las Abel. Hundertfünfzig mehr wegen des Regens. Das waren nun insgesamt vierhundertfünfzig Dollar, ein Wucherpreis. Abel stöhnte auf. Er hätte den dreihundert Dollar nicht so schnell zustimmen dürfen. Diese Kerle wollten ihn über den Tisch ziehen. Verdammte Mexikaner! Dann würde sich jetzt zeigen, ob sie sich schon mal mit einem Schweden angelegt hatten. Er zog einige Banknoten aus seiner Börse, zählte zweihundert Dollar ab und knallte sie mit der flachen Hand auf die Theke.

Carlos' Blick flog von den Geldscheinen zu Abels Gesicht und wieder zurück. Dann legte er das Telefon weg und verkündete, Luis werde in zehn Minuten da sein. Gerade wollte er die zweihundert Dollar einkassieren, da schob Abel eine Hand auf die Scheine. »Einen Augenblick«, sagte er, »ich hatte schon was angezahlt.« Er nahm einen Zwanziger von dem Stapel und steckte ihn ein.

Carlos' Lächeln gefror, aber er widersprach nicht. Stattdessen bat er Abel, in der kleinen Sitzecke Platz zu nehmen und auf Luis zu warten.

Abel zog eine Flasche Mineralwasser aus dem Getränkeautomaten, ließ sich in einen Sessel fallen und trank das Wasser in großen Schlucken. Die Kühle trieb seinen Puls in die Höhe, gleichzeitig spürte er eine fiebrige Unruhe. Endlich, endlich näherte er sich dem Ziel. Das Problem mit dem Fremdenführer war schließlich nur das i-Tüpfelchen auf einer ganzen Enzyklopädie voller Probleme, die seine Forschung behindert hatten. Vor elf Jahren hatte er damit begonnen, eines der größten Rätsel der altamerikanischen Geschichte zu lösen: Er suchte die Antwort auf die Frage, wieso die Erbauer Teotihuacáns vor eintausendfünfhundert Jahren verschwunden waren, ohne eine Spur zu hinterlassen.

Das grundlegende Problem war, dass es nicht einmal Hinweise darauf gab, wer diese Leute überhaupt gewesen waren. Und das, obwohl dort hundertfünfzigtausend Menschen gelebt hatten, so viel wie in keiner anderen Stadt auf der Welt. Die Maya und die Azteken, die berühmtesten Kulturen des alten Amerika, waren erst später in der Geschichte aufgetaucht. Ein kleines, unbedeutendes Volk konnte es aber nicht gewesen sein, denn seine Anhänger beherrschten von Teotihuacán aus fünfhundert Jahre lang Zentralamerika.

Dann musste irgendwas passiert sein, die Einwohner verschwanden spurlos von der Bildfläche. Ohne Not, wie es schien. Die Felder trugen, wie man später herausfand, zu jener Zeit noch immer Früchte, es gab keine Überfälle oder Invasionen von Feinden, sonst hätten die Bauwerke Schaden genommen, es wären Brandspuren und Bruchstellen zu sehen gewesen, Zeichen von Gewalt und Zerstörung. Aber da war nichts dergleichen. Teotihuacán wurde einfach verlassen, eine Stadt von fünfundzwanzig Quadratkilometern Fläche mit zweitausend Gebäuden – das antike Rom hätte zweimal hineingepasst.

Generationen von Forschenden hatten sich den Kopf über dieses Phänomen zerbrochen, ohne Erfolg. Warum gibt man eine reiche Stadt einfach auf? Warum kommt niemand von außerhalb und nimmt die Infrastruktur wieder in Besitz?

Schriftlich hatten die Erbauer von Teotihuacán nichts hinterlassen, das Schreiben war ihnen weitgehend fremd. Die Maya beherrschten diese Kunst. Abel war einer der wenigen Experten, der ihre Bilderschrift lesen konnte. Von den achthundert Maya-Schriftzeichen, die bisher im Dschungel von Mexiko entdeckt worden waren, galten etwa vierhundert als entschlüsselt – genug, um zu verstehen, wovon die alten Maya-Texte erzählten. In den meisten Fällen waren es die Namen von Königen, Berichte über den Ausgang von Kriegen und die Aufzählung von Katastrophen.

Abel vermutete, dass die Maya auch das aufgeschrieben haben könnten, was Menschen jeder Kultur auf die ein oder andere Weise festzuhalten versuchten: die Geschichte des eigenen Volkes. Und dass sie dabei vielleicht das rätselhafte Teotihuacán irgendwo erwähnt haben könnten.

Abels Kollegen hatten davon abgeraten, in diese Richtung zu forschen. Es entsprach nicht der Vorgehensweise der archäologischen Wissenschaft, nach etwas zu suchen, von dem man *glaubt*, dass es existieren könnte – Zeichen, die man vermutlich nicht deuten konnte, irgendwo in Zentralamerika, auf einem Gebiet von der Größe Mitteleuropas. Außerdem war das Land, auf dem sich die altamerikanischen Kulturen ausgebreitet hatten, heutzutage bebaut – Mexiko-Stadt ragte über den Ruinen einer Aztekenmetropole auf – oder vom Urwald überwuchert.

Anfangs hatte er dem Dekan der Universität von Stockholm diesen Wahnsinn noch als Wissenschaft verkaufen können und Forschungsgelder bekommen, doch nach drei ergebnislosen Jahren hatte man ihm die Mittel gestrichen. Da half es auch nicht gerade, dass sein Sohn wegen Einbruchs und Diebstahls vor Gericht stand und verurteilt wurde. Abels Suche sollte abgebrochen werden.

Er opferte seine Ersparnisse, um auf eigene Faust weiterzuforschen. Das Ziehen in seinem Bauch ließ ihm keine Ruhe. Er war überzeugt, dass es bei den Maya eine Spur zu den Erbauern von Teotihuacán gab.

Und dann war er tatsächlich auf einen Hinweis gestoßen.

Autoreifen rauschten vor dem Fenster durch riesige Pfützen. Ein dunkelroter GMC-Pick-up hielt vor dem Hotel, der Wagen war so hoch, dass der Kühlergrill die Scheibe zur Hälfte verdeckte und es dunkler wurde im Raum. Eine Autotür ging auf, und ein stämmiger, kurzbeiniger Mann betrat den Empfangsraum. Seine breiten Schultern und die leicht gebückte Haltung zeugten von einem Leben voller Arbeit. Er trug eine abgenutzte Jeans und ein Hemd, das einmal weiß gewesen sein mochte. In seiner Linken hielt er einen Schlüsselbund von der Größe eines Schiffsankers, der bei jedem seiner Schritte klimperte.

Der Mann nickte Carlos hinter der Rezeption zu, dann entdeckte er Abel, kam auf ihn zu und schüttelte ihm die Hand. Seine Handflächen waren rau. Vermutlich konnte er mit seinen Fingern Ziegelsteine zermahlen.

»Ich bin Luis«, sagte er mit einer Stimme, mit der er sich auch neben einem laufenden Presslufthammer verständlich machen konnte. Abel kannte solche Leute, er hatte auf Ausgrabungen oft mit ihnen zusammengearbeitet.

Luis strahlte Hitze ab, und die Tropfen auf seiner Stirn schienen nicht vom Regen zu stammen. Seine Lippen bewegten sich schnell, wenn er sprach, und offenbarten Zähne, die die Spuren von jahrelangem Rauchen trugen. Sein Haar glich schwarzer Wolle, und das Wasser perlte davon ab. In seinen Augen, braun und in Falten eingebettet, blitzte Entschlossenheit.

Abel stand auf. Er war groß, aber Luis war größer. »Sie sind der teuerste Führer, der mir jemals untergekommen ist«, sagte er. »Beweisen Sie, dass Sie Ihr Geld wert sind.«

»Beweisen Sie, dass Sie es wert sind, die alte Stadt zu besuchen«, erwiderte Luis, zog die Nase hoch und ging, ohne noch etwas zu sagen, aus der Lobby.

Abel war versucht, ihm nicht hinterherzulaufen und das Geld wieder einzustreichen. Aber hier ging es nicht um seine persönlichen Ansprüche an die Umgangsformen eines zu fürstlich entlohnten Fremdenführers.

»Für die Wissenschaft«, sagte er laut, hängte sich die Tasche mit der Ausrüstung um und verließ das Hotel.

Kapitel 7

Teotihuacán, Mexiko

Abel

Regen trommelte auf das Wagendach. Der Pick-up rauschte die Landstraße entlang, das Wasser unter den Reifen spritzte bis zu den Fenstern hinauf. Dahinter war die Landschaft – weite Grasflächen und niedriges Buschwerk – nur durch einen Schleier zu erkennen. Teotihuacán lag lediglich eine Viertelstunde vom Hotel entfernt, aber schon die ersten Minuten mit Luis im Auto fühlten sich für Abel wie Stunden an. Keiner von ihnen sprach ein Wort.

Eigentlich war es Abel recht so. Während seiner Zeit im Irak hatte er oft genug ertragen müssen, dass die einheimischen Arbeiter ununterbrochen redeten, weil sie glaubten, von der Menge ihrer Wörter hinge die Höhe ihres Trinkgelds ab. Für Luis schien Schweigen Gold zu sein.

Abel rutschte auf dem Beifahrersitz herum, eingeklemmt zwischen einer Kühlbox, einer Werkzeugkiste, schlammverkrusteten Arbeitsstiefeln und einer Rolle mit rotem Nylonseil. Immerhin war Luis ein Mann der Praxis, so wie Abel selbst. Er ertappte sich dabei, wie ihm Fragen in den Sinn kamen: nach Luis' Familie, nach dem Wetterbericht, nach der Zahl der Touristen in diesem

Jahr. Er spürte eine Geschwätzigkeit in sich aufsteigen, schluckte aber alles hinunter.

Das Schild, das die Ruinenstätte ankündigte, stand haushoch am Straßenrand. Luis bog nach links ab und hielt kurz darauf auf einem Parkplatz. Die asphaltierte, leere Fläche schien sich in der kargen Umgebung endlos zu erstrecken und ließ erahnen, wie viele Menschen hier bei schönem Wetter unterwegs waren.

»Wir sind da.« Luis öffnete die Wagentür, doch Abel hielt ihn zurück.

»Warten Sie. Erst muss ich Ihnen etwas zeigen.« Er öffnete seine Umhängetasche, in der seine Fotoausrüstung, das Zeichenbrett mit Millimeterpapier, ein Buch mit Plänen und Bildern von Teotihuacán kurz nach den ersten Ausgrabungen im frühen zwanzigsten Jahrhundert und die Gipskopie vom Bruchstück eines Freskos steckten; alles war wasserdicht in olivgrünes Ölzeug eingewickelt. Abel zog das Fresko hervor, er hatte darauf geachtet, dass die Gipskopie Originalgröße hatte und alle Details wiedergab, sogar die Bruchkanten am rechten Ende waren nachgebildet. Wegen des geringen Gewichts war die Tafel leicht zu transportieren. Vorsichtig zog er die Schutzhülle beiseite. Auf der Schauseite leuchtete das Wandgemälde in roten, gelben und blauen Mineralfarben.

Luis betrachtete die Tafel. »Was ist das?«

»Das ist ein Teil eines Freskos aus Teotihuacán«, erklärte Abel.

»Fresko«, wiederholte Luis.

»Ein Fresko ist eine Malerei, die auf eine Wand aufgetragen wird, solange der Putz darauf noch feucht ist. Die Farben und der Putz verbinden sich und überdauern so viel länger. Das Bild bleicht praktisch niemals aus. In Pompeji …« Er verstummte, er musste bei der Sache bleiben. Luis' Aufmerksamkeitsspanne war die eines Bauarbeiters, er war klare Ansagen gewohnt. »Dieses Bruchstück habe ich im Magazin des Staatlichen Historischen

Museums von Bonn in Deutschland entdeckt. Auf der Rückseite klebte ein Zettel mit dem Hinweis, dass es aus Teotihuacán stammt, unterschrieben hatte den Zettel Ernst Seiler, einer der frühen … Aber das tut nichts zur Sache. Sehen Sie die Figuren?« Er hielt Luis die Gipsplatte entgegen.

Der Fremdenführer nahm sie und musterte das Bild. Seine Finger hinterließen dunkle Flecken an den Rändern der Kopie. Am liebsten hätte Abel ihm die Tafel schnell wieder weggenommen, aber Luis war möglicherweise der Schlüssel zum Erfolg.

»Da sind Leute drauf zu sehen«, sagte der Mexikaner.

»Genau«, bestätigte Abel. »Sie haben die Arme nach vorn ausgestreckt, und die Beine stehen weit auseinander.«

»Sie rennen«, stellte Luis fest.

»Achten Sie auf die Gebäude ringsum.«

»Pyramiden.« Luis schaute auf. »Das ist Teotihuacán. Und die Menschen rennen.« Er schaute Abel mit hochgezogenen Augenbrauen an. »Ein Marathonlauf. Oder ein Fußballspiel.«

»Ich glaube eher, dass die Leute auf der Flucht sind. Leider ist das Fresko an der rechten Seite abgebrochen. Aber ich vermute, dass dort zu sehen war, wovor die Menschen davongelaufen sind.«

Luis brauchte einen Moment, um sich von seiner Idee eines frühgeschichtlichen Fußballspiels zu verabschieden. »Vielleicht sind sie vor einem Feuer weggerannt«, vermutete er, »oder vor Banditen, Soldaten, einem Krieg.«

»Ich wüsste es gern genauer«, sagte Abel. »Deshalb suche ich die Stelle, von der dieses Fresko stammt, die Wand eines Gebäudes, eines Wohnhauses vielleicht. Es könnte noch mehr von dem Bild erhalten sein, in einem wenig beachteten Winkel, denn in der Fachliteratur taucht das Gemälde nirgendwo auf. Wissen Sie, wo man danach suchen könnte?«

Luis spitzte die Lippen und brannte mit seinem Blick förmlich Löcher in die Gipstafel. Die Muskeln unter seinem Hemd bewegten sich, er öffnete den Mund, schloss ihn wieder. Schließlich sagte er: »So was habe ich noch nie gesehen. Wenn es das hier gegeben hat, dann ist es längst zerstört.«

Die Enttäuschung schlug Abel wie eine Faust in den Magen. Er hätte schwören können, dass Luis etwas anderes hatte sagen wollen. »Sind Sie sicher?«

»*Absolutamente.*« Der große Mann reichte ihm die Tafel zurück. Abel verstaute sie in Ölzeug und Umhängetasche. »So was gibt es hier nicht«, wiederholte er. »Wollen Sie trotzdem noch in die Ruinen?«

»Wollen Sie trotzdem noch das Honorar?«, gab Abel zurück.

Zur Antwort stieg der Mexikaner aus dem Wagen, schlug die Tür zu und stapfte voran durch den Regen zum Eingang der Ruinenstadt.

»Warten Sie!« Abel setzte seinen Hut auf, zog sein Regencape aus der Tasche und warf es sich über, während er Luis folgte. Die Krempe seines Huts fing einen Teil des Regens auf, trotzdem klatschte so viel Wasser gegen sein Gesicht, dass er die Augen zusammenkneifen musste.

Abel hatte Teotihuacán als Sehenswürdigkeit kennengelernt, als er vor dreißig Jahren mit den Teilnehmern einer Konferenz zur Geschichte Mexikos zum ersten Mal dort gewesen war. Die Gruppe von Archäologen war in einem Heer von Touristen untergegangen, und es war schwierig gewesen, den Vorträgen vor den Ruinen zuzuhören, so lebhaft war es auf der berühmten Straße der Toten zugegangen. Auch während seiner Forschungsaufenthalte hatte er die Ruinenstadt so erlebt. Doch in der Regenzeit war Teotihuacán menschenleer, und das hatte seinen Grund.

Anfangs versuchte Abel noch, den Pfützen auszuweichen, aber nach einer Weile gab er es auf. Er hatte nur zwei Augen, und die waren damit beschäftigt, die Umgebung zu inspizieren. Er war auf der Suche nach Weltgeschichte. Was bedeutete da schon ein Paar nasse Füße?

Luis war schon unter dem Eingang hindurch, einem Betonbogen in Übelkeit erregendem Grün, der aussah wie ein großes Maul mit heruntergezogenen Mundwinkeln. »Pueblo Magico«, stand darauf, der verzweifelte Versuch, der historischen Stätte den Hauch eines Vergnügungsparks zu verleihen. Völlig falsch war die Ankündigung nicht: Teotihuacán war ein »verzauberter Ort« – wenn man sich in der Geschichte Altamerikas auskannte. Für alle anderen, insbesondere Familien mit Kindern, waren die Reste der alten Bauwerke bloß Monumente der Langeweile.

Das Kassenhäuschen war geschlossen. Niemand rechnete mit Besuchern. Gut so, denn Abel hatte sich schon auf erneutes Gefeilsche um den Eintrittspreis eingestellt. Er holte Luis ein, der vor einer halb eingestürzten Mauer aus dunkelgrauem Andesit stehen geblieben war, dem vulkanischen Gestein, aus dem fast alle Bauwerke in der Ruinenstadt errichtet worden waren.

Für einen Moment keimte Hoffnung in Abel auf. War Luis vielleicht doch noch eingefallen, wo man den Rest des Freskos finden konnte?

Der Mexikaner stand im Regen, schien ihn überhaupt nicht zu bemerken. Wasser lief über sein Gesicht, Wasser lief seine Arme entlang, Wasser lief aus seinem Hemd, Wasser ließ den Stoff seiner Hose schimmern. »Wir gehen zuerst zur Mondpyramide.« Luis deutete nach vorn, über den Mauern der eingestürzten Wohnanlagen ragte der flache Kopf der Stufenpyramide auf. Mit ihren sechsundvierzig Metern Höhe war sie die zweitgrößte in der Stadt, die größte war die um zwanzig Meter höhere Sonnenpyramide. Insgesamt gab es fünfzehn Bauwerke dieser Art, die meisten waren allerdings viel niedriger. Allen war gemeinsam, dass sie mit Skulpturen und Reliefs geschmückt waren, doch Fresken wie jenes, das Abel suchte, gab es dort nicht.

»Die Pyramiden interessieren mich nicht«, sagte er. »Ich muss die Wohnquartiere untersuchen.«

Luis nickte und stapfte weiter. Was bedeutete das? Dass der Weg dorthin an der Mondpyramide vorbeiführte? Abel beschloss, dem Mexikaner zu folgen. Auf eigene Faust konnte er immer noch losziehen.

Der breite Rücken in dem weißen Hemd bewegte sich zielstrebig zwischen den alten Mauern hindurch. Abel schaute sich aufmerksam nach allen Seiten um und versuchte, sich den Plan der Stadt in Erinnerung zu rufen, er konnte jetzt unmöglich in seinen Unterlagen kramen. Hatten in dieser nordwestlichen Ecke schon Wohnanlagen gestanden? Die Gebäude, in denen die Teotihuacános gelebt hatten, waren nicht einfach Häuser gewesen, sondern Wohneinheiten, die zu Komplexen zusammengefasst waren. Die meisten davon mussten luxuriös ausgestattet gewesen sein. Archäologen hatten Reste verputzter Fußböden gefunden, polierte Kalksteinplatten hatten an den Wänden gehangen, und Zinnen aus bunt bemalter Keramik hatten die Dächer geschmückt. Das Leben hatte sich damals auf Veranden und in Innenhöfen abgespielt. Bei den Azteken waren solche Häuser den Adeligen vorbehalten gewesen, in Teotihuacán lebte jeder Mensch auf diese Weise. Dazu passte es gut, dass die Wände mit kunstvollen Fresken verziert gewesen waren.

Im Augenblick war von dieser Pracht nicht mehr viel zu sehen. Selbst dem geübten Blick des Archäologen, der noch in den letzten Überresten die ursprüngliche Gestalt eines Gebäudes erkennen konnte, offenbarten sich nur abgewaschene Steine.

Dann trat Abel auf die Straße der Toten hinaus.

Die Calzada de los Muertos, die von Süden nach Norden mitten durch Teotihuacán verlief und am Fuß der Mondpyramide endete, war fünf Kilometer lang und trotz des Namens einst die Lebensader der Stadt gewesen. Normalerweise gingen Besucher auf diesem Weg auf die Mondpyramide zu und bestiegen das Bauwerk, um von oben einen Blick über die Ruinen zu genießen – der Höhepunkt jeder Besichtigung. Luis und Abel hingegen waren aus einem Seitenweg herausgekommen und standen nun direkt am Fuß der Pyramide. Luis nickte in Richtung des Bauwerks, und Abel konnte nicht anders: Er hob den Kopf, und der Regen floss ihm aus der Krempe seines Huts in den Nacken und rieselte seinen Rücken herab.

Abel erschauerte. Er hatte die Mondpyramide schon oft gesehen, meist auf Bildern, aber auch in voller Größe an Ort und Stelle. Doch da hatte immer die Sonne geschienen, der Himmel war tiefblau gewesen, und die Pyramide hatte, einem kleinen Vulkan gleich, Schäfchenwolken ausgestoßen. Dieses Mal aber war das Bild ein anderes. Die Mondpyramide ragte in einen von dunklen Wolken verhangenen Himmel.

Ihr auffälligstes Merkmal waren die Stufen. Es gab die kleinen Stufen der für menschliche Beine gemachten Treppe in der Mitte; es gab die drei Meter hohen Stufen links und rechts neben diesem Aufstieg, vermutlich für Riesen gedacht; es gab die noch gewaltigeren Stufen an den Rändern des Monuments, eine Treppe für die Götter. All diese Versuche, die Absicht der Erbauer zu deuten, liefen von unten nach oben.

Und das schien falsch zu sein, wie Abel jetzt erkannte.

Die Mondpyramide war nicht dazu errichtet worden, Menschen in den Himmel steigen zu lassen. Sie war ein Wasserspiel! Regen floss in Kaskaden die Stufen hinab. An einigen Stellen gischtete das Wasser auf, sodass es wie ein weißer Vorhang vor dem schwarzen Andesit hing. Das musste Absicht sein. Abel hatte beim Studium alter Kulturen gelernt, dass die Baumeister der Vergangenheit nichts dem Zufall überlassen hatten, sondern sich alle Licht- und Wetterphänomene zunutze gemacht hatten, um ihre Werke effektvoll in Szene zu setzen.

Die Mondpyramide war errichtet worden, um Wasser von den Göttern zu empfangen und es durch die Stadt fließen zu lassen.

Abel schaute auf seine Schuhe. Er versank bis zu den Knöcheln in einer Pfütze, so groß wie ein Teich, die den gesamten Platz des Mondes ausfüllte. Er lachte auf. Er war einem Rätsel auf der Spur und hatte ein anderes gelöst, von dem er nicht mal geahnt hatte, dass es existierte.

Kapitel 8

Kunming, China

Sui

Der Panlong glitzerte im Morgenlicht. Waren wirklich erst vierundzwanzig Stunden vergangen, seit Sui genau an dieser Stelle auf der Bühne gestanden und vor einigen Hundert Menschen ihren Vortrag gehalten hatte? Mit verschränkten Armen schritt sie den kleinen Weg am Ufer des Flusses entlang, eine frische Brise wehte kühl unter ihr braunes Jackett und die dünne weiße Bluse. Warum hatte sie dem Gouverneur bloß vorgeschlagen, die Zwerggänse zu schützen? Ihr hätte klar sein müssen, dass er sie an Ort und Stelle damit beauftragen würde, diesen Plan in die Tat umzusetzen.

Seit Sui als Ingenieurin für die Drachenmauer ausgewählt worden war, ließ Ruan Yun keine Gelegenheit aus, ihr Schwierigkeiten zu bereiten. Nun hatte er sie für den Vorfall mit Peter Danielsson verantwortlich gemacht und verlangt, dass sie zur Beruhigung der Lage ein Umweltschutzprogramm in die Wege leitete. Ausgerechnet Sui! Das war eine Aufgabe für irgendeine Assistentin und kam einer Demütigung gleich.

»Sie haben also die Seiten gewechselt«, sagte jemand hinter ihr. Sui drehte sich langsam um. Keine zehn Meter von ihr entfernt auf dem Kiesweg stand Danielsson, bekleidet mit einer hellen Leinenhose und einer Wildlederjacke. Sein sandfarbenes, zurückgekämmtes Haar hatte Gesellschaft von hellen Bartstoppeln bekommen, die seinem Gesicht einen Schimmer verliehen.

»Vom Saulus zum Paulus. So sagt man bei uns«, fuhr er fort, während er auf sie zukam. »Erklären Sie mir: Wie kommt es, dass Sie mit einem Mal Tierschützerin geworden sind?«

Obwohl es ihr nicht leichtfiel, lächelte Sui höflich zu seiner sarkastischen Bemerkung und streckte eine Hand zur Begrüßung aus. Dieser Mann war dafür verantwortlich, dass sie Ärger mit dem Gouverneur hatte, dass sie jetzt nicht im Planungsbüro saß und mit den Bauleitern darüber beriet, wo man am Panlong die Zufahrtsstraßen für die schweren Maschinen anlegen sollte.

Da Danielsson ihre Hand nicht nahm, langte Sui nach seiner und drückte sie kurz. Seine Finger waren beinahe doppelt so lang wie ihre. »Vom Saulus zum Paulus«, wiederholte sie. »Ich bin mit dieser Redewendung vertraut. Wir Chinesen sagen dazu: Wasche dein Herz, und dein Gesicht wird sich ändern. Sind Sie bereit, Ihr Herz zu waschen, Herr Danielsson?«

»Mein Herz ist so rein wie mein Gewissen«, gab er zurück. »Wie steht es mit Ihrem?«

»Über mein Herz«, sagte sie, »spreche ich nicht mit jedem. Es geht mir um Ihre Herzensangelegenheit, die Zwerggänse. Ich sagte Ihnen ja schon am Telefon, dass ich Ihnen ein Angebot machen kann: Wir wollen den Zwerggänsen ermöglichen, sich auch weiterhin im Winter am Panlong niederzulassen. Dafür brauchen wir einen Experten.«

Danielsson verzog das Gesicht und schaute über den Fluss. »Sie wollen ein Schönwetterprojekt. Meine Ansprache gestern bereitet Ihnen ein Problem, und nun soll ausgerechnet ich dabei helfen, es aus der Welt zu schaffen.« Er schüttelte den Kopf. »Ich lasse mich nicht vor Ihren Karren spannen, oder sollte ich sagen: Ich springe nicht für Sie über die Drachenmauer.«

»Es wundert mich nicht, dass Sie an meinen Worten zweifeln. Aber denken Sie an die Zwerggans. Wir können gleich jetzt und hier damit beginnen, über ihren Fortbestand am Panlong zu beraten.«

Danielssons Schultern zuckten, als er leise in sich hineinlachte. »Tatsächlich? Ich kann Ihnen jetzt und hier sagen, was Sie zu tun haben: Bauen Sie den Damm nicht. Werfen Sie die Pläne in den Fluss. Dann gehen wir beide einen trinken und können Freunde sein.«

»Sie wissen, dass das unmöglich ist, Peter. Schauen Sie: Wir kommen Ihnen ein Stück entgegen, jetzt ist die Reihe an Ihnen, einen Schritt auf uns zuzugehen.«

Der Schwede nahm seine Brille ab und schaute Sui an. »Wenn Sie diesen verfluchten Damm unbedingt bauen müssen, dann ziehen Sie ihn nicht so hoch, dass er für viele Tierarten ein unüberwindbares Hindernis darstellen wird. Gehen Sie von den geplanten dreihundertsechzig Metern runter auf, sagen wir, dreihundert Meter. Schon haben Sie der Natur einen Gefallen getan.«

Sui seufzte. Sie hatte damit gerechnet, dass Danielsson sich nicht so leicht würde überzeugen lassen; aber dass er sich in die Konstruktionspläne einmischen würde, damit hatte sie nicht gerechnet. »Peter. Herr Danielsson. Wären Sie Ingenieur, dann wüssten Sie, dass die Höhe des Damms auf den Meter genau berechnet ist. Sollten wir niedriger bauen, genügt der Wasserdruck nicht, um das hydroelektrische Kraftwerk in der Staumauer effektiv genug anzutreiben. Schon ein Meter mehr oder weniger bedeutet einen Kapazitätsverlust von drei Prozent.«

»Und wie hoch wäre der Verlust an Arten am Panlong zu beziffern? Haben Sie den auch genau berechnet?«

Das Gespräch lief nicht wie erwartet. Was hatte sie denn gedacht? Dass dieser Mann sich von der Aussicht, ein paar Zwerggänse schützen zu können, zu allem bereit erklären würde? Wenn sie ihn ködern wollte, würde sie den Einsatz ändern müssen.

»Wenn Sie mit mir zusammenarbeiten, werde ich versuchen, Ihre Diskreditierung bei der chinesischen Regierung annullieren zu lassen. Dann können Sie China auch weiterhin besuchen, hier forschen und an Tierschutzprojekten arbeiten.« Sie brachte ein offenes Lächeln zustande. »Was sagen Sie dazu?«

Danielsson setzte seine Brille wieder auf. Er musterte sie durch das dunkle Gestell in seinem hellen Gesicht, und Sui hatte den Eindruck, dass sie durch die Gläser wie durch zwei Fenster in seine Gedanken schauen konnte. Deshalb war sie auch nicht überrascht, als er sagte: »Sie sind verzweifelt, stimmts? Wenn Sie mich nicht auf Ihre Seite ziehen, dann wars das für Sie. Dann baut jemand anders diesen Damm.«

Was bildete sich dieser Kerl ein? »Meine persönlichen Belange sind unbedeutend«, sagte sie mit trockener Stimme. »Wir beide sind hier, um über den Fortbestand des Damms zu sprechen.« Rasch fügte sie hinzu: »Und über den der Zwerggans. Was wollen Sie denn noch?«

Eine Pause entstand, dann sagte der Schwede: »Die Elefanten. Ich helfe Ihnen, aber ich will die Elefanten.«

Erst glaubte Sui, Danielsson treibe einen Scherz mit ihr; viele Europäer verstanden unter Humor etwas anderes als Chinesen. Sie lächelte zaghaft. »Elefanten«, wiederholte sie. »Ich verstehe nicht.« Im nächsten Atemzug tauchten die Fernsehbilder in ihrer Erinnerung auf. Die brennenden Häuser. Die junge Frau, die weinend von Drachen gesprochen hatte. Dabei war es eigentlich um Elefanten gegangen, eine Herde wurde für die Zerstörung des Dorfes verantwortlich gemacht. Auch der Gouverneur hatte das erwähnt – und ihm war es wichtig, von dem Ereignis abzulenken.

»Das kann ich nicht«, brach es aus ihr heraus. »Die Elefanten sind Angelegenheit der Provinzregierung. Der Gouverneur …« Sie unterbrach sich. Das ging Danielsson nichts an.

Er trat näher heran. In seinen Augen leuchtete etwas, das an das Glitzern der Sonne auf dem Panlong erinnerte.

»Ich habe in den Nachrichten gesehen, dass Jäger auf diese Herde angesetzt werden.« Seine Stimme wurde hart wie Stein. »Fünfzehn Elefanten. Asiatische Elefanten sind vom Aussterben bedroht! Und sie sind eigentlich weiter im Süden zu Hause. Es sind prächtige Bullen und Kühe, darunter zwei Jungtiere. Wie sind die so weit nach Norden gelangt? Warum? Diese Fragen sollten Sie sich stellen und schleunigst ein paar Forscher darauf ansetzen, statt die Tiere einfach abzuknallen.«

»Diese Tiere sind eine Bedrohung. Sie sind wahrscheinlich aus einem Naturreserverat ausgebrochen, und nun zerstören sie Häuser und Felder. Was sollen wir denn sonst tun?«

»Relokalisieren. Bringen Sie die Herde dorthin zurück, woher sie gekommen ist, wenn sich schon niemand für dieses Phänomen interessiert.« Er streckte eine Hand aus und berührte Suis linken Ellbogen. »Versuchen Sie es. Bitte!«

Sui schaute auf Danielssons Finger an ihrem Arm. »Ich kann versuchen, mit dem Gouverneur zu sprechen«, lenkte sie ein. »Aber im Gegenzug werden Sie mir beim Artenschutz an der Drachenmauer helfen. Einverstanden?«

Diesmal war es der Schwede, der Sui die ausgestreckte Hand hinhielt.

Kapitel 9

Kunming, China

Peter

Peter stürmte die Außentreppe des Volksregierungsgebäudes in der Dongfengstraße hinauf. Hinter ihm rief die Ingenieurin, er solle auf sie warten, doch das fiel ihm schwer.

Dayan Sui hatte sich auf Peters Vorschlag eingelassen und zugestimmt, den Gouverneur zu bitten, die Elefanten zurück in den Süden zu bringen. Sie hatte Ruan Yun anrufen wollen, am Nachmittag, von ihrem Büro aus. Glaubte diese Frau wirklich, er, Peter, werde sich so einfach hinters Licht führen lassen? Er wollte dabei sein, wenn sie mit dem Gouverneur sprach, er wollte den Vorschlag mit seiner Fachkenntnis untermauern, wollte erklären, wie man in einem solchen Fall vorzugehen hatte. Er wollte mit eigenen Ohren hören, wie der Mann zustimmte.

Erst hatte Dayan Sui abgelehnt, den Gouverneur gemeinsam aufzusuchen, dann hatte sie sich davon überzeugen lassen, was Peter vorzubringen hatte: Er würde dem Provinzbeamten klarmachen, dass man Tiere nicht töten musste, weil sie sich anders verhielten, als es Menschen gewohnt waren. Im Gegenteil: Jegliche Regung im Reich der Natur hatte einen Grund, und man musste die Mühe aufwenden, diesen Grund zu finden – nicht nur wie in diesem Fall um der Elefanten willen, sondern auch zum Wohl der Menschen in Yunnan. Wollte der Gouverneur die Bevölkerung schützen, musste er verstehen, was es mit der Wanderung der Herde auf sich hatte. Gewehre waren dafür keine Lösung.

Nun stand Peter vor dem Eingang des Regierungsgebäudes. Ein Wachmann in dunkelblauer Uniform versperrte den Weg ins Innere. Er bellte etwas auf Mandarin, trat dann aber beiseite, als er Dayan Sui erkannte, die herangekommen war. Sie ging voraus und führte Peter durch die Gänge des nach traditioneller Bauweise errichteten Hauses, die hellen Wände waren mit Schnitzereien verziert. In Vorraum von Ruan Yuns Büro saßen zwei Männer in dunklen Anzügen nebeneinander an wuchtigen Schreibtischen. Einer arbeitete an einem Notebook, der andere schrieb mit einem Bleistift auf Karteikarten.

Auf Dayan Suis Frage nach dem Gouverneur schüttelte der Mann mit dem Bleistift den Kopf. Er schien der Ranghöhere der beiden zu sein. Es entspann sich ein kurzer Dialog, der an Schärfe zunahm.

»Was ist los?«, fragte Peter, als eine Pause entstand.

»Ruan Yun ist nicht da«, sagte Dayan Sui auf Englisch.

»Wann wird er zurückkehren?« Peter wandte sich an den Sekretär.

»Das habe ich auch gerade gefragt.« Dayan Suis Ton war barsch. »Er sagt, er wisse es nicht. Tut mir leid, Herr Danielsson.«

Peter atmete tief durch. So einfach würde er sich nicht abfertigen lassen. Er hatte ein Druckmittel – seine Mitarbeit am Damm –, und das würde er einsetzen. Er stemmte die Hände auf die Tischplatte des Sekretärs. »Wo ist der Gouverneur?«

Statt einer Antwort legte der Mann schützend die Hände auf die Karteikarten.

Peter zwang sich zu einem Lächeln und spürte, wie sein Gesicht dabei spannte. »Ich muss mit ihm reden.«

Der Chinese schüttelte den Kopf und sagte nur ein Wort: »Nein.«

»Es ist überlebenswichtig«, brachte Peter hervor.

In den Augen des Sekretärs glomm so etwas wie Neugier. »Warum?«, fragte er. Peter schöpfte Hoffnung, da schaltete sich die Ingenieurin ein. »Es geht um die Elefanten, die das Dorf im Süden zerstört haben. Sie sollen erschossen werden, aber Herr Danielsson kennt eine bessere Lösung für das Problem.«

Das Funkeln in den Augen des Sekretärs erlosch. »Nein«, wiederholte er und schüttelte zur Bekräftigung den Kopf.

Peter hatte genug. Er würde sich nicht weiter aufhalten lassen. Im Vorzimmer gab es zwei Türen, durch die eine waren sie eingetreten, die andere musste ins Büro des Gouverneurs führen.

Peter ging darauf zu. Er ignorierte das Zupfen an seiner Jacke, als Dayan Sui versuchte, ihn festzuhalten, er achtete nicht auf die Rufe der beiden Sekretäre, sondern riss einfach die Tür auf.

Der Raum dahinter war klein, er sollte wohl Bescheidenheit ausdrücken. Dem widersprachen die Bilder an der Wand, historische Tuschezeichnungen, ein Vermögen wert. Das Büro war leer. Peter hatte gehofft, dass sich Ruan Yun einfach nur verleugnen ließ, aber offenbar hatten seine Sekretäre die Wahrheit gesagt: Der Gouverneur war nicht da.

Die beiden Männer betraten nach ihm das Büro und bedeuteten Peter gestenreich, er solle den Raum sofort verlassen.

»Wo ist Ruan Yun?«, fragte Peter erneut. »Ich muss sofort mit ihm sprechen, bevor es zu spät ist.«

Der ranghöhere Sekretär schickte seinen Kollegen hinaus, vielleicht um den Wachmann zu holen. Von der Tür aus warf Dayan Sui Peter vorwurfsvolle Blicke zu.

Er schaute sich um. Der Gouverneur hatte seinen Computer offenbar bei sich. Seinen Terminkalender auch, aber vielleicht gaben die Papiere auf seinem Schreibtisch einen Hinweis auf seine Verpflichtungen und Verabredungen. Peter wischte über das dunkle Holz. Darauf stand ein Telefon, daneben lagen zwei Bleistifte, ein Füllfederhalter, ein Kugelschreiber und eine vollgekritzelte Schreibtischunterlage.

Das Telefon klingelte. Der Sekretär ging langsam auf den Schreibtisch zu und nahm den Anruf entgegen. Während er Peter ausdruckslos anstarrte, sprach er ruhig und höflich mit jemandem auf Mandarin. Kaum hatte er aufgelegt, fragte Dayan Sui ihn etwas. Peter konnte nicht verstehen, was sie sagte, nahm aber die Aufregung in ihrer Stimme wahr, während der Sekretär in abweisendem Ton reagierte.

»Was ist passiert?«, mischte Peter sich ein.

»Der Gouverneur ist heute Morgen nach Pu'er gereist«, antwortete Dayan Sui auf Englisch. »Er kümmert sich persönlich um die Sache mit den Elefanten.«

Schritte kamen polternd näher. Der Wachmann drängte herein, griff Peter am Arm. Der Ton seiner Stimme machte unmissverständlich klar, was er Peter androhte, dazu musste man kein Mandarin sprechen. Bevor er aus dem Büro gezerrt wurde, warf Peter noch einen Blick auf die Schreibtischunterlage.

Auf der Straße rieb er sich den schmerzenden Arm. Die Finger des Wachmanns hatten Druckstellen im Leder seiner Jacke hinterlassen. Er lachte.

»Sie finden das wohl lustig.« Dayan Sui ging auf ihren Wagen zu, einen orangefarbenen BYD Han, mit dem Elektroauto waren sie hergekommen.

»Das hängt davon ab«, entgegnete er. »Haben Sie etwas zum Schreiben?«

Sie blieb neben der Fahrertür stehen und rief ihm über das Dach des Wagens zu, sie werde seinetwegen nun wohl endgültig ihren Posten verlieren. »Es sei denn, ich kann die beiden Sekretäre und den Wachmann dazu bringen, den Mund zu halten, aber das wird wohl teuer werden, und mein Gehalt ...«

Peter schrieb mit einem imaginären Stift Zeichen in die Luft. »Etwas zum Schreiben?«, fragte er drängend. »Ich kann mir das alles nicht noch länger merken.«

Dayan Sui fand einen Füllfederhalter und ein Papiertaschentuch im Wagen. Die Ziffern, die Peter kritzelte, verschwammen ineinander. Er fluchte. Mit einem Ruck schob er den linken Ärmel seiner Jacke und seines Hemds hoch und schrieb auf seinen Arm.

Auch auf der Haut verteilte sich die Tinte, doch immerhin waren die Zahlen erkennbar. Die erste Ziffernfolge war sechsstellig, die andere länger.

»Was tun Sie da?« Dayan Sui beugte sich vor und kniff die Augen zusammen. »Was sind das für Zahlen?«

»Die hat der Gouverneur auf seiner Schreibtischunterlage hinterlassen. Für mich sehen sie aus wie Koordinaten.«

»Für ein GPS-System?«

»Genau. Die Angaben für Nord und Ost, N und E, stehen merkwürdigerweise am Ende. Außerdem ist der zweite Wert zu lang.« Peter hielt Dayan Sui seinen Arm entgegen.

»Zwölf Stellen«, stellte sie fest. »So genau arbeitet GPS nicht.«

»Aber die Muster stimmen«, sagte er.

»Und wenn schon. Was wollen Sie damit?«

»Den Gouverneur ausfindig machen«, erklärte Peter. »Ich werde ihm hinterherreisen. Vielleicht lässt er sich davon überzeugen, die Elefantenherde besser erforschen als jagen zu lassen, wenn er diesen majestätischen Tieren gegenübersteht. Vielleicht kann ich wenigstens einen Aufschub erwirken.«

Ein Windstoß fegte die Straße entlang und blies ihm Dayan Suis Haar ins Gesicht. Es roch merkwürdig.

»Entschuldigen Sie.« Sie steckte sich die Strähne hinter ihrem Ohr fest und hielt dabei eine Hand auf ihren Kopf, es war dieselbe ungewöhnliche Geste wie auf der Bühne gestern. Dann sah sie ihn mit strenger Miene an. »Peter, was Sie da vorhaben, geht zu weit. Wir haben versucht, etwas für diese Elefanten zu tun, wie vereinbart. Jetzt kümmern wir uns um Ihre Zwerggänse und den Artenschutz am Staudamm, denn das hatten wir ebenfalls vereinbart.«

Peter schaute zum Regierungsgebäude. Auf der Treppe hatte der Wachmann wieder Posten bezogen und warf ihnen finstere Blicke zu. Der Weg hinein, zu einem anderen Regierungsvertreter, war ihnen verwehrt, hier würden sie nichts mehr ausrichten können. Die einzige Chance, die Herde zu retten, lag im Süden. Wollte er sie nutzen, musste er schnell sein. Peter holte sein Telefon hervor und tippte. Seine Finger bewegten sich zu schnell, er verfehlte die winzigen Tasten mehrfach, korrigierte, verfehlte wieder, bis ihm Dayan Sui das Gerät aus der Hand nahm.

»Sie sind wohl erst wieder ansprechbar, wenn Sie es schwarz auf weiß vor sich haben, dass Sie keine GPS-Koordinaten vorliegen haben«, murmelte sie, während sie die obere Zahlenreihe von seinem Arm ablas und eingab.

Auf dem Bildschirm erschien eine Landkarte der Provinz Yunnan. Dann zoomte das Bild auf einen Punkt im Süden.

»Das ist seltsam ... es sind tatsächlich Koordinaten«, stellte sie fest. Sie runzelte die Stirn, nahm seinen Arm und hielt ihn sich vor die Augen. Mit einem Finger strich sie über die hellen Haare auf seiner Haut, ihre Lippen bewegten sich. Schließlich sah sie zu ihm hoch. »500 Schrägstrich 416 NE«, sagte sie und tippte die zweite Zahlenreihe in sein Telefon ein. Sie starrte auf das Ergebnis, dann hielt sie es hoch, sodass Peter es erkennen konnte.

Er mochte kaum glauben, was er da las. »Das ist das Kaliber eines Projektils. Eines ziemlich großen.«

Sie sahen sich an.

»Ruan Yun will selbst auf die Jagd gehen«, sagte Peter. »Ich muss sofort in den Süden.«

Kapitel 10

Teotihuacán, Mexiko

Abel

Regenwasser lief die Straße der Toten hinunter. Abel stapfte über die rutschigen Pflastersteine. Er war durchnässt, längst hatte sein Regenponcho den Kampf gegen die Wassermassen verloren; er konnte den Überwurf auch abstreifen, trug ihn jedoch aus Stolz. Luis, der als Einheimischer von vornherein auf Schlechtwetterkleidung verzichtet hatte, würde den Europäer bloß auslachen.

Mit dem Eifer, den eine wissenschaftliche Entdeckung hervorbrachte, bewegte sich Abel das Wetter ignorierend vorwärts. Einen Teil seiner Aufmerksamkeit widmete er der Suche nach dem zweiten Teil des Freskos, zugleich hielt er Ausschau nach Hinweisen, die seine Theorie von den Pyramiden als Regenmonumente untermauerten. So viel konnte er bereits sagen: Die Calzada de los Muertos verlief abschüssig, und das Wasser folgte der Schwerkraft. Hatte sich das Gelände im Laufe der Jahrhunderte gesenkt? Oder hatten die Erbauer die Straße so angelegt?

An der Sonnenpyramide bestätigte sich, was Abel an der Mondpyramide aufgefallen war: Auch an diesem Koloss lief das Wasser so spektakulär herab, als gössen es die Götter über den Bauwerken aus. Die nassen Steine glänzten selbst im trüben Licht des wolkenverhangenen Himmels wie Obsidian, und die Regentropfen darauf glichen funkelnden Diamanten. Abel fragte sich, wie viel Regen wohl schon auf das zweitausend Jahre alte Monument gefallen sein mochte und wie viel noch nötig wäre, um es vom Angesicht der Erde zu waschen.

Er schüttelte den Kopf. Über was für einen Unsinn grübelte er da?

Vor ihm blieb Luis stehen und deutete auf die letzte der drei Pyramiden an der Calzada de los Muertos. »Tempel der gefiederten Schlange« nannte man dieses Bauwerk heute, weil an vielen Mauern und Stufen Skulpturen des Quetzalcoatl zu sehen waren, einer der bedeutendsten Gottheiten des alten Amerika, einer Schlange mit Flügeln. Sie stand für Schöpfung, Erneuerung, Weisheit, Wind – und Wasser.

Abel schaute zu den riesigen Schlangenköpfen mit den aufgerissenen Mäulern hinauf, die die Treppe säumten. Jede Figur trug einen Kragen aus Federn um den Hals. Sie erinnerten ihn an die Wasserspeier hoch oben an den gotischen Kathedralen seiner Heimat. Vielleicht kam diesen Schlangenköpfen eine andere Bedeutung zu, als die Forschung bislang angenommen hatte.

Luis zog die Nase hoch und begann mit einem Vortrag. Er spulte ein mageres Programm über die Pyramide ab, wie er es für jeden Touristen getan hätte, leierte auswendig Gelerntes über ihr Alter, ihre Höhe und Bedeutung herunter. Dann rieb er sich die nassen Hände und verkündete, die Führung sei beendet.

Das durfte doch nicht wahr sein! »Hören Sie«, sagte Abel. »Was ich gesehen habe, war interessant, das gebe ich zu.« Er verzichtete darauf, seine Gedanken zu den Pyramiden mit Luis zu teilen, denn angesichts dieser Erfolgsmeldung hätte der Mexikaner womöglich ein höheres Honorar verlangt. »Aber wir hatten vereinbart, dass Sie mich durch die Wohnquartiere führen.«

»Die Wohnquartiere sind in der Regenzeit nicht zugänglich.« Wasser sprühte von Luis' Lippen. »Einsturzgefahr.«

»Davon war aber noch nicht die Rede, als es um Ihr Honorar ging, Señor.« Abel verlor die Geduld, von der er ohnehin nicht viel hatte. »Sie zeigen mir jetzt die Wohnquartiere, und zwar jene, in denen die Wandmalereien noch intakt sind.«

»Das dauert zu lange. Wir riskieren, dass es dunkel wird. Sie wissen das vielleicht nicht, aber die Dämmerung in Mexiko dauert nur kurze Zeit. Die Sonne sinkt, und dann steht man in der Finsternis in diesem Irrgarten und findet nicht mehr hinaus. Außerdem sind dann oft Kriminelle unterwegs, die Touristen ausrauben. Wir müssen zurück. Tut mir leid.« Doch Luis klang nicht so, als bedaure er das tatsächlich.

»Sie fürchten, dass uns die Dunkelheit überraschen könnte?«, fragte Abel kopfschüttelnd. »Es ist gerade mal Mittag. Außerdem: Banditen? Bei diesem Wetter? Hier ist doch niemand außer uns, den man überfallen könnte.«

Luis ging nicht darauf ein. »Es ist meine Aufgabe, Sie sicher durch Teotihuacán zu führen, Señor. Ich darf Sie nicht in Gefahr bringen. Es ist besser, wir machen uns jetzt auf den Weg zurück zum Wagen.«

Also gut! Er hatte offenbar nichts mehr von Luis zu erwarten. »Sie fahren zurück«, sagte Abel. »Ich bleibe hier. Holen Sie mich ab, wenn es wirklich dunkel zu werden droht.« Er schob seinen Ärmel zurück und schaute auf seine Armbanduhr. »Sagen wir, um sieben?«

Er ließ Luis stehen und setzte seinen Weg allein fort, verließ die Straße der Toten, bog an der Südseite der Pyramide der gefiederten Schlange ab und ging an ihr entlang. Überrascht stellte er fest, dass sein Ärger über den Mexikaner schnell verflogen war; stattdessen stieg Abenteuerlust in Abel auf. Allein in einer uralten Stadt. War das nicht der Traum jedes Archäologen? Er würde sich schon zurechtfinden, würde den Rest des Freskos finden, die Botschaft des Bildes entschlüsseln und dann mit der Lösung des Rätsels, wer oder was die Menschen aus dieser Stadt vertrieben hatte, an die Universität zurückkehren. Den staunenden Kollegen würde er außerdem noch seine Theorie über Teotihuacán als Regenauffangbecken mit sakraler Bedeutung unter die hoch getragenen Nasen reiben. Sein Gang wurde schwungvoller. Er rutschte aus. Bevor er stürzte, fand er Halt an der Wand der Pyramide. Der Andesit fühlte sich kalt und nass unter seinen Fingern an.

»Ich sagte: No, Señor.« Luis war hinter ihm aufgetaucht, seine Stimme hatte einen drohenden Unterton angenommen. »Es ist gefährlich hier, wenn man sich nicht auskennt. Der Jaguar streunt durch diese Region.«

Abel drehte sich mit einer unwirschen Bewegung um. »Erst Räuber, dann wilde Tiere! Was erfinden Sie als Nächstes? Außerirdische, die Raumschiffe auf den Pyramiden landen, um alte Forscher zu entführen? Verschwinden Sie, Luis, und lassen Sie mich meine Arbeit erledigen.«

»Lassen Sie mich meine erledigen«, erwiderte der Mexikaner. »Ich bin verantwortlich. Ich entscheide. Wir fahren zurück.« Hitze stieg Abel in den Kopf. So etwas hatte er noch nie erlebt, nicht im Irak, nicht im Maghreb, nicht in Patagonien, nicht mal auf Tuvalu, wo er mit einer Gruppe Eingeborener Totempfähle ausgegraben hatte. Stets war es sein Wort gewesen, das zählte, seine Fachkenntnis, seine Planung, seine Ausrüstung und vor allem: seine Autorität. »Lassen Sie mich in Ruhe«, blaffte er Luis an. »Setzen Sie sich in eine Planierraupe, und sorgen Sie dafür, dass die Straßen hierher befahrbar bleiben, vielleicht können Sie wenigstens das. Als Führer sind Sie jedenfalls ein Versager.«

Er wandte sich ab, Luis' Reaktion interessierte ihn nicht, der Mann war ein Wissenschaftsverhinderer, ein Eingeborener, dem es nur ums Geld ging. Er hörte Luis rufen und beschleunigte seine Schritte, duckte sich zwischen Mauerresten und tauchte schließlich hinter Gehölz und Blattwerk ab, das zwischen den Ruinen wucherte. Luis' Rufe verstummten. Der Mexikaner würde ihn niemals finden, vermutlich wollte er das auch gar nicht. Abel frohlockte.

Das Loch tauchte so plötzlich auf wie der Schlund eines Ungeheuers, das im Erdreich lauerte. Abel taumelte. Er wollte zum Sprung ansetzen, doch ein Ruck an seinem Regenponcho riss ihn zurück. Er landete auf dem Rücken, Schlamm spritzte ihm kalt ins Gesicht. Luis tauchte über ihm auf. »Ich sagte doch, es ist gefährlich, wenn man sich nicht auskennt.«

Mühsam kam Abel auf die Beine und hielt sich den Rücken. Seine Schultern schmerzten, sein Steißbein fühlte sich an wie ein Nadelkissen. Am liebsten wäre er liegen geblieben, aber noch eine Blöße wollte er sich nicht geben. Er hatte sich schon genug zum Narren gemacht. Außerdem verspürte er mit einem Mal einen prähistorischen Hunger. Wie lange hatte er eigentlich nichts gegessen? Abel beschloss, fürs Erste nachzugeben und ins Hotel zurückzukehren, eine warme Mahlzeit und ein Bad konnten nicht schaden. Außerdem würde er den nutzlosen Fremdenführer dann endlich loswerden. Den Weg zurück in die Ruinen würde er auch allein finden.

Da klaffte ein Loch im Boden neben einer altamerikanischen Pyramide – er musste wissen, was das zu bedeuten hatte.

Kapitel 11

Teotihuacán, Mexiko

Abel

Die Badewanne war viel zu klein für seine langen Gliedmaßen, die Beschichtung aus Emaille an vielen Stellen abgeschlagen, und das Wasser hatte eine rötliche Färbung – offenbar kam es aus einem Brunnen. Trotzdem genoss Abel die Wärme, seifte sich gründlich ein und genoss die Entspannung. Er versuchte, alle Gedanken aus seinem Kopf zu verbannen, aber das gelang ihm nicht. Das Plätschern gegen den Rand der Wanne erinnerte ihn an das Regenwasser, das in Kaskaden die Stufen der Pyramiden heruntergelaufen war. Die Risse an der Decke des Hotelzimmers sahen aus wie ein Fresko. Und was ihn am meisten beschäftigte, war das Loch in der Erde, in das er beinahe gestürzt wäre.

Es musste durch den Regen entstanden sein. Das Wasser hatte die Erdoberfläche aufgeweicht und sich in einer Mulde gesammelt, nach und nach hatte das Gewicht zugenommen, und der Boden war in einen Hohlraum gestürzt. Derlei unterirdische Kavernen waren in Mittelamerika keine Seltenheit, sie waren ein Charakteristikum vulkanischen Gesteins. Es gab über zweihundert Vulkane in Mexiko, und einer davon, der berühmte Popocatépetl, lag nur eine Autostunde entfernt.

Es war also kein Wunder, dass es hier Löcher im Boden gab. Oder?

Im Abfluss der Badewanne steckte ein altmodischer Stöpsel, ein Gummipfropfen, der an einem Kettchen hing. Abel fischte mit den Zehen danach und zog ihn heraus. Es gluckerte in den Rohren, und er sah dabei zu, wie sich an der Wasseroberfläche ein kleiner Strudel bildete, wie sich Schaumflocken im Kreis drehten und von dem Sog in die Tiefe gerissen wurden.

Ein Loch im Boden von Teotihuacán. Luis hatte ihn gewarnt: vor Banditen, vor wilden Tieren, vor einstürzenden Mauern. Von Löchern, die plötzlich im Boden klaffen, hatte er nicht gesprochen. Fragen wirbelten durch Abels Kopf. Was lag darunter? Eine Grube? Vielleicht sogar ein von Menschen gemachter Hohlraum? Eine Kammer?

Nein. Abel schüttelte den Kopf. Die Pyramiden waren jahrzehntelang untersucht worden, und seine Kollegen hätten so etwas bestimmt entdeckt. Andererseits stieß man auch an den ägyptischen Pyramiden, den am besten erforschten Bauwerken des Altertums weltweit, immer noch auf Gänge und Kammern.

Der letzte Rest Badewasser verschwand im Abfluss, und Abel tauchte aus seinen Grübeleien auf. Auf seiner Altmännerhaut hatten sich die weißen Haare aufgestellt – dabei war ihm gar nicht kalt. Er fühlte sich elektrisiert von der Vorstellung, einen unterirdischen Gang in die Pyramide der gefiederten Schlange gefunden zu haben.

Aber er war kein Grabräuber, sondern Forscher. Unbedachtes Vorgehen konnte den Fund zerstören. Das Loch musste ausgemessen und von einem Geologen überprüft werden. Abel beschloss, den offiziellen Weg zu gehen und die Altertumsbehörde einzuschalten.

Er trocknete sich ab, holte seine Wechselkleidung aus dem Koffer und zog sich ein leichtes Baumwollhemd und dazu passende Hosen an. Seine Wanderschuhe waren noch nass, aber das Zeitungspapier darin hatte einen Teil der Feuchtigkeit aufgesogen. Er ließ die Schnüre offen, setzte sich aufs Bett, nahm sein Telefon und wählte die Nummer der Altertumsbehörde in Mexiko-Stadt. Vielleicht hatte er Glück, und die Leute arbeiteten am Spätnachmittag noch.

Eine Männerstimme meldete sich. Abel ließ sich durchstellen, bis er bei Señor Alejandro Torres landete, der seit einem halben Jahr Leiter der Behörde war und mit dem er bereits per E-Mail Kontakt gehabt hatte. Bevor Abel beginnen konnte, von dem Loch im Boden zu berichten, fuhr ihn Torres an.

»Wo stecken Sie?«

Abel war so verblüfft, dass er einen Moment überlegen musste, wo er gerade war. »Na, wo wohl?«, sagte er. »In meinem Hotel nahe Teotihuacán.«

»Sie hatten hoffentlich einen angenehmen Tag.« Die Stimme von Torres troff vor Sarkasmus. »Unser Mitarbeiter ist heute früh zu Ihnen hinausgefahren, aber Sie waren nicht da.«

Empörung kochte in Abel hoch. »Bringen Sie Ihren Leuten Pünktlichkeit bei, ich habe nicht den ganzen Tag Zeit. Als Ihr Mann nicht erschienen ist, bin ich mit einem Einheimischen losgezogen. Wissen Sie, was mich das gekostet hat?« Er zwang sich zur Ruhe. Er hatte Wichtigeres mit Torres zu bereden. »Weshalb ich Sie anrufe ...«

Aber der Beamte war noch nicht fertig. »Unser Mann war pünktlich bei Ihnen im Hotel. Kurz vor acht Uhr, wie vereinbart. Er hat mich von dort aus angerufen. Sie waren schon unterwegs. Ihre Vorurteile gegenüber Mexikanern sollten Sie überdenken, Señor Söneland.«

Abel runzelte die Stirn. Das konnte nicht sein. Um acht hatte er im Empfangsraum gestanden und auf den Führer gewartet. Als der nach einer halben Stunde noch nicht da gewesen war, hatte er Carlos an der Rezeption gebeten, ihm jemand anderen zu vermitteln – Luis.« »Das stimmt nicht. Ich war um diese Zeit noch im Hotel«, verteidigte sich Abel. »Ihr Mann lügt. Er …« Ein Gedanke stieg in ihm auf, so düster wie eine Regenwolke. »Was genau hat Ihr Mitarbeiter erzählt?«

»Der Portier hat ihm gesagt, Sie hätten ausgecheckt«, kam es mürrisch aus dem Lautsprecher.

»Der Mann an der Rezeption? Carlos?«, fragte Abel.

»Woher soll ich das wissen?«, blaffte Torres. »Ich war nicht dabei.«

»Ich melde mich wieder.« Abel beendete die Verbindung und starrte zum Fenster hinaus. Der kleine Parkplatz, die Straße, dahinter der mexikanische Urwald im frühen Abendlicht – er nahm kaum etwas davon wahr. Der Mitarbeiter der Altertumsbehörde war im Hotel gewesen, aber Carlos hatte dem Mann gesagt, dass Abel nicht da sei. Dass er abgereist sei! Er legte sich eine Hand vor den Mund und massierte das Kinn. Es gab dafür nur eine Erklärung: Der Rezeptionist hatte von vornherein geplant, dass sein Schwager Luis – wenn es denn überhaupt sein Schwager war – die Führung übernahm. Diese geldgierigen Halunken!

Abel schlug mit der Faust in die offene Hand. Wenn der richtige Fremdenführer gekommen wäre, hätte er das Fresko vielleicht gefunden. So aber hatte er sich einfach nur nass regnen lassen … nun, immerhin hatte er das Loch an der Pyramide entdeckt. Er würde dafür sorgen, dass die zweihundert Dollar gut angelegt waren. Er würde dieses Loch untersuchen, und zwar sofort. Bis die Altertumsbehörde sich regte, stand es vielleicht schon unter Wasser, und das, was es darin zu entdecken gab, wäre unwiederbringlich zerstört.

Abel schnürte seine Schuhe zu, steckte seine Taschenlampe in seine Umhängetasche, warf sich eine dünne Jacke über und verließ das Hotelzimmer. Er würde diesen Mexikanern zeigen, dass er sich nicht an der Nase herumführen ließ. Und er würde ihnen zeigen, wie man Archäologie betrieb. Er würde seinen Namen in die Forschungsgeschichte von Teotihuacán gravieren.

Der Schwung, mit dem er die schmale Treppe zum Empfangsraum hinablief, verflog, als er statt Carlos einen anderen Angestellten an der Rezeption antraf. Die Vorwürfe, die er herunterschlucken musste, statt sie über Carlos auszuschütten, schmeckten bitter. Er knallte seinen Zimmerschlüssel auf den Tresen und ging ins Freie.

Der Regen hatte aufgehört. Die Luft war klar, der Abend lud zu einem Drink ein und dazu, das Farbenspiel des Sonnenuntergangs zu genießen. Stattdessen würde Abel in einem Erdloch herumwühlen – Schicksal des Archäologen.

Er beschloss, zuvor noch einen Imbiss zu sich zu nehmen, und ließ sich vom Straßenhändler vor dem Hotel Lammfleisch mit Mais und roter Salsa in einen Weißbrotfladen schaufeln.

Der Himmel färbte sich dunkelblau, dann violett. Abel lief auf dem Asphalt entlang, einen Gehweg gab es nicht. Immer wenn ihm ein Auto entgegenkam, musste er ins Gelände ausweichen und warten, bis das Fahrzeug vorüber war. Auf diese Weise brauchte er für die fünfzehn Autominuten beinahe zwei Stunden. Schließlich erreichte er den großen Parkplatz der Ruinenstätte. Vereinzelte Laternen erhellten das Areal und den Eingang. Der Bogen mit der Schrift »Pueblo Magico« erinnerte im Halbdunkel an das Tor zu einer Geisterbahn.

Mit einem Mal kehrte die Erschöpfung zurück. Seine Beine schmerzten, und der Rücken hatte seinen Ausrutscher vor dem Loch wohl doch nicht ohne Weiteres überstanden. Am schlimmsten aber war, dass Abel sich von allen guten Geistern verlassen fühlte. Allein auf dem riesigen Parkplatz und im Angesicht des klaffenden Eingangsmauls hätte er gern einen Begleiter bei sich gehabt, wenn er in die düstere Ruinenstätte eindrang. Mit einer

Mischung aus Bedauern und Resignation dachte er an Peter. Sein Sohn hatte viel falsch gemacht in seinem Leben, darin ähnelte er seinem Vater. Abel hatte immer wieder versucht, sich mit Peter auszusöhnen. Vergeblich. Und jetzt verstrich wieder eine solche Gelegenheit. Abel hatte Peter gebeten, nach Mexiko zu kommen. Vater und Sohn auf einer Expedition! Vielleicht hätten sie sogar am Abend bei einer Enchilada und einem schlechten mexikanischen Bier ein längst fälliges Gespräch miteinander geführt. Aber Peter hatte natürlich Besseres zu tun, und dann war dieser Anruf von Chen Akeno gekommen, der Abel verriet, dass sein Sohn wieder einmal jenseits der legalen Pfade unterwegs war und dabei gleichzeitig seinen Vater hintergangen hatte. Peter musste zusehen, dass er sich selbst aus dem Schlamassel befreite; nach Mexiko würde er jedenfalls nicht kommen – und vielleicht war das besser so.

Abel atmete mehrmals tief ein und aus, dann tauchte er unter dem Durchgang hindurch ins Dunkel von Teotihuacán ein.

Kapitel 12

Visby, Schweden

Peter

Die Tür des Kühlschranks stand offen und entließ den Geruch von Käse und Kühlmittel in die kleine Küche. Er mischte sich mit dem scharfen Aroma von Ozon, das das Beatmungsgerät hinterlassen hatte. Das Haus in Visby war in blaues Licht getaucht. Die Ambulanz stand davor, die Tür war offen, und die Rettungssanitäter schoben die Trage mit dem Körper von Peters Mutter in den Wagen. Die Männer beeilten sich nicht, und erst die Bedächtigkeit ihrer Bewegungen machte Peter bewusst, dass Signe Söneland nicht wieder nach Hause kommen würde.

Seine Mutter war tot, und sein Vater hatte sie umgebracht. Von einem Moment auf den anderen hatte Peter beide Eltern verloren. Trotzdem weinte er nicht. Das hob er sich für später auf, wenn er allein sein konnte. Er hörte die Worte des Notarztes und sah das Elend im Gesicht seines Vaters. Als der dem Jungen eine Hand auf die Schulter legen wollte, wich Peter vor ihm zurück und ging zum Kühlschrank hinüber, vor dem noch die Milchflasche aus dunkelbraunem Glas lag. Um sie herum hatte sich eine Pfütze ausgebreitet. Er bückte sich, um die Flasche aufzuheben, doch kaum hatten seine Finger das Glas berührt, da spürte er einen Schlag. Er stürzte. Er schrie.

»Peter!«

Die Hand auf seiner Schulter fühlte sich mit einem Mal leicht an, gar nicht so schwer und schwielig wie die Hand eines Archäologen.

»Peter! Wachen Sie auf!«

Er riss die Augen auf. Das blaue Licht der Ambulanz verwandelte sich in das Blau eines Passagiersitzes in einem Flugzeug, und zwischen den Rückenlehnen vor ihm schaute ihn ein Kindergesicht mit großen mandelförmigen Augen an.

»Ist alles in Ordnung?«, fragte Dayan Sui neben ihm. Er drehte den Kopf. Da saß sie, in ihrem braunen Sakko, mit ihrem eigenartig riechenden Haar und dieser Autorität in der Stimme. »Sie sollten nicht fliegen, wenn Sie solche Angst bekommen.«

»Es liegt nicht am Fliegen …« Peter verstummte, beinahe hätte er ihr etwas über den Tod seiner Mutter erzählt, nur damit sie bei nächster Gelegenheit dieses Wissen nutzen würde, um ihn auszumanövrieren, so berechnend wie sie war. Auch dass sie jetzt mit ihm in einem Flugzeug Richtung Süden saß, war eine taktische Entscheidung von ihr gewesen.

Als sich nach ihrem Rauswurf aus dem Büro des Provinzgouverneurs herausgestellt hatte, dass Ruan Yun möglicherweise selbst auf Elefantenjagd gegangen war, hatte Peter keinen Moment gezögert und von Dayan Sui verlangt, ihn zum Flughafen zu fahren – was sie natürlich abgelehnt hatte. Also war Peter einfach losgegangen, die Fernstraße entlang, immer weiter, erst einen Kilometer, dann zwei, bis irgendwann der orangefarbene BYD neben ihm gehalten hatte. Peter hatte sich hineingebeugt.

»Fahren Sie zufällig zum Flughafen?«

Dayan Sui schien zu wissen, dass sie ihn nicht davon abhalten konnte, nach Süden zu fliegen, in die Gegend, in die der Gouverneur gereist war. Also hatte sie das getan, was in ihrer Situation wohl das Beste war: Sie begleitete ihn, damit sie ihn wenigstens einigermaßen unter Kontrolle halten konnte.

Am liebsten hätte er auf die Aufpasserin verzichtet, doch andererseits mochte Dayan Sui dabei nützlich sein, dass es ihm überhaupt gelang, bis zu Ruan Yun vorzudringen. Er musste den Gouverneur erreichen, bevor dem das Jagdfieber zu Kopf stieg und sich seine letzten vernünftigen Gedanken in Pulverdampf auflösten. Bei der Rettung der Herde ging es um mehr als nur um das Wohl der Tiere. Die rätselhafte Reise der Elefanten bewegte Peters Forscherverstand, wie es sonst nur das Zugverhalten der Zwerggänse vermochte. Er wollte verstehen, was die Tiere antrieb. Dafür verzichtete er gern auf die Einladung seines Vaters nach Mexiko, auf diesen neuen Versuch einer Versöhnung, denn der war ohnehin zum Scheitern verurteilt.

Die kleine Maschine ging in den Sinkflug und setzte auf der Landebahn des Simao-Flughafens von Pu'er auf. Es war später Nachmittag, der Flug hatte nur eine Stunde gedauert. Peter rechnete damit, dass Dayan Sui zunächst zur Stadtverwaltung gehen würde, um irgendeinen umständlichen Formularkram in Gang zu setzen, der Peter davon abhielt, rechtzeitig bei den Elefantenjägern zu sein. Doch Sui überraschte ihn damit, dass sie in einem Shop im Flughafengebäude einen Rucksack und Proviant erwarb, dann direkt auf die Autovermietung zusteuerte und kurz darauf mit dem Schlüssel und den Papieren für einen Wagen zurückkehrte.

»Ich will das hier so schnell wie möglich hinter mich bringen«, sagte sie in sein Erstaunen hinein, drückte auf den Schlüssel und ging zu dem Wagen hinüber, der sich mit dem Aufleuchten seiner Blinker zu erkennen gegeben hatte: ein dunkelblauer Land Rover Defender. Sie hatte einen robusten Geländewagen gewählt, der mit seinen vielen Extras wie Seilwinde oder Zeltdach wie für eine Safari geschaffen war. »Ich muss zum Panlong«, fuhr Sui fort, nachdem sie sich hinters Steuer geschwungen und Peter auf dem Beifahrersitz Platz genommen hatte. »Zwanzig Firmen und deren Leute warten an der Staudammbaustelle darauf, dass ich ihnen sage, was sie zu tun haben. Und wenn das nicht bald geschieht, wird jemand anderes meinen Platz einnehmen.« Sie startete den Motor und warf ihm einen genervten Blick zu. »Verstehen Sie?«

Für einen Moment war Peter überwältigt von der Energie, mit der Sui den Innenraum des Geländewagens flutete. Dass sie sich ihm offenbarte, machte deutlich, wie wichtig ihr die Position als Chefingenieurin der Drachenmauer war. Er brachte ihre Stellung in Gefahr.

»Wenn Sie es eilig haben, nach Kunming zurückzukehren, dann geben Sie am besten Gas«, erwiderte er.

Als der Land Rover in die tiefgrüne Landschaft eintauchte, hatte Peter den Eindruck, in eine Postkarte hineinzufahren. Schon vom Flugzeug aus war ihm der bis zum Horizont reichende Smaragdwald aufgefallen, darin lagen Rodungsinseln – Kulturland, die berühmten Tee- und Reisplantagen. Jetzt konnte er all das aus der Nähe sehen. Der Wagen brauste an braunen Flüssen entlang, die sich durch tiefe Täler schlängelten. In der Ferne erhoben sich schneebedeckte Berge.

Die Stille zwischen ihm und Dayan Sui veränderte sich. Hatte zuvor eisiges Schweigen geherrscht, so sorgte nun ehrfürchtiges Staunen für Sprachlosigkeit. Peter ließ das Seitenfenster hinunter. Er wollte wissen, wie das Land roch. Als er den Kopf hinausstreckte, fegte der Fahrtwind durch sein Haar; er war kühl, kam von den Bergen und erzählte von ewigem Eis und Schnee. Tief atmete Peter ein.

Plötzlich kam der Wagen ins Schlingern. »Machen Sie das Fenster zu!«, rief Sui. Sie steuerte mit nur einer Hand, die andere hielt sie sich gegen den Kopf, wo der Luftzug durch ihre Haare wirbelte.

Peter ließ sich wieder in den Sitz fallen. »Keine Sorge! Ruan

Yun wird sie bestimmt wiederkennen, auch wenn Ihre Frisur nicht perfekt sitzt. Außerdem sehen Sie so ein wenig menschlicher aus.« Er lächelte. »Das gefällt mir.«

Sie packte das Lenkrad wieder mit beiden Händen, die Knöchel weiß unter der Haut.

Die Fahrt verlief chaotisch. Sie hatten zum Zug der Herde ohnehin nur die Informationen aus den Nachrichten und die Koordinaten aus Ruan Yuns Büro, und dann versagte auch noch das Navigationsgerät. Der Satellitenempfang war am Fuß der Berge so oft gestört, dass sie zweimal in einem Waldweg endeten. Stattdessen fragten sie in einem Dorf nach dem Weg, besser gesagt: Sui tat das, denn die Leute, die hier wohnten, hatten offenbar nie zuvor einen Europäer gesehen und beäugten Peter so misstrauisch wie ein Schwarm Vögel, der eine im Schatten lauernde Katze nicht aus den Augen lässt. Von den Einheimischen erfuhren sie, dass am Tag zuvor eine Wagenkolonne durch den Ort gerollt war und deren Fahrer sich ebenso wie sie nach dem Weg erkundigt hatten. Sie hatten nach einer Stelle gesucht, an der man an den Mekong heranfahren konnte.

»Sie glauben, die Elefanten folgen dem Fluss«, sagte Peter, als sie wieder im Auto saßen.

»Und, könnte es stimmen?«, fragte Sui.

»Der Gedanke liegt nahe. Die Tiere haben Durst, sie trinken am Tag bis zu hundertfünfzig Liter Wasser.«

Sui hob die Augenbrauen. »Hundertfünfzig Liter mal fünfzehn Tiere. Sie werden den Mekong leersaufen.«

»Oder in ihrem eigenen Blut ertrinken.« Peter deutete nach vorn. Zwischen den Banyanbäumen waren farbige Sprenkel zu sehen. Dort bewegte sich etwas. Im nächsten Moment führte der Weg auf eine Lichtung. Vier Geländewagen standen im hohen Gras, umgeben von Männern mit Gewehren. Bevor der Land Rover zum Stehen gekommen war, sprang Peter aus dem Wagen.

Kapitel 13

Region um Pu'er, China

Sui

»Warten Sie, Peter!« Sui streckte eine Hand aus, um den Zoologen zurückzuhalten, aber sie griff ins Leere. Waren alle Europäer so dumm und stürzten sich kopfüber ins Geschehen, ohne zuvor die Bedingungen zu prüfen? Mit seinem Verhalten hatte ihr der Schwede jede Möglichkeit genommen, sich einen Überblick zu verschaffen. Was blieb ihr übrig? Sie öffnete die Tür des Land Rover und stieg aus. Ihre Beine versanken bis zu den Knien im Gras, die hohen Absätze ihrer Schuhe drückten sich in den aufgeweichten Boden. Sie hatte keine Zeit gehabt, ihre Kleidung auf einen Ausflug in die Wildnis abzustimmen, also musste sie das jetzt erledigen. Sie zog die Schuhe und ihre Nylonstrümpfe aus und warf alles auf die Rückbank des Wagens. Dann lief sie barfuß hinter Peter her.

Zwischen den vier Geländewagen standen acht Männer, unter ihnen war Ruan Yun. Der stämmige Mann hatte sich in einen Tarnanzug gezwängt und trug einen runden Hut mit breiter Krempe. Wäre die Situation nicht so ernst gewesen, hätte Sui schmunzeln müssen. So aber wirkte der Gouverneur wie eine bizarre Gestalt aus einem Theaterspiel, wie die Karikatur eines Großwildjägers.

Er trug hohe Lederstiefel ohne einen einzigen Kratzer, offensichtlich hatte er sie schnell noch gekauft. Neu sah auch das Fernglas aus, das um seinen Hals hing, sowie das Messer an seinem Gürtel. Sui empfand eine Art Mitleid mit dem Gouverneur, weil er es nötig hatte, sich so herauszuputzen, und dabei wie ein Abziehbild dessen aussah, was er darstellen wollte.

Seine Begleiter wirkten bedrohlich. Sie waren klein und muskulös, trugen verwaschene T-Shirts, ausgebeulte Cargohosen und hatten sich Baumwolltücher um die Stirn gebunden. Sie waren mit Gewehren bewaffnet und rochen förmlich nach Gewalt. Wo hatte Ruan Yun diese Kerle bloß aufgetrieben?

»Sie dürfen diese Tiere nicht erschießen.« Peter Danielsson lief auf den Gouverneur zu, einer der Jäger stellte sich ihm in den Weg.

»Was soll das?« Ruan Yun schaute von Peter zu Sui. »Warum sind Sie hier? Ist etwas in Kunming passiert? Geht es um die Drachenmauer?«

Sui machte einige Schritte auf den Gouverneur zu, Wurzeln stachen in ihre Füße. »Verehrter Gouverneur Yun«, begann sie. Diese Worte waren ihr noch nie so schwer von den Lippen gekommen wie in dieser seltsamen Situation. »Wir haben erfahren, dass die Elefanten getötet werden sollen. Aber Herr Danielsson kennt eine bessere Möglichkeit, mit dem Problem fertigzuwerden. Ich habe ihn hergebracht, damit er seinen Vorschlag unterbreiten kann und Sie, verehrter Gouverneur, bei der heldenhaften Jagd auf die gefährlichen Tiere nicht in Gefahr geraten.«

Sui schaute so besorgt drein, wie es ihr angesichts von Ruan Yuns Aufzug möglich war. Die Vorstellung eines vor einem Elefanten davonlaufenden Gouverneurs hatte insgeheim einen Reiz, wie sie sich eingestehen musste.

»Relokalisieren Sie die Tiere!«, rief Peter.

Sui schloss für einen Moment die Augen, um nicht sehen zu müssen, wie der Schwede seine Chance ruinierte.

»Relokalisieren?«, echote der Gouverneur auf Englisch. »Was soll das sein?«

»Sie fangen die Tiere ein und bringen sie dorthin zurück, wo sie hergekommen sind«, erklärte Peter. »Dann gehen wir der Frage nach, warum aus dem sie ihr Revier verlassen haben, und sorgen dafür, dass es nicht wieder vorkommt.«

Ruan Yun lachte, und die Jäger stimmten ein, vermutlich aus Opportunismus. »Und wie wollen Sie diese Bestien zurückbringen? Wollen Sie sie darum bitten? Sprechen Sie Elefantisch?«

»Man kann die Tiere mit Betäubungsgewehren jagen«, fuhr Peter fort, »und injiziert ihnen ein Sedativum. Wenn sie eingeschlafen sind, werden sie mit einem Kran in eine Transportbox gehievt und mit Lastwagen abtransportiert.«

»Ein Kran? Lastwagen?«, fragte Ruan Yun. »Wie sollen die hierherkommen? Was soll das kosten? Wie lange soll das dauern? Diese Tiere steuern auf das nächste Dorf zu. Hier geht es um Menschenleben.«

Peter ließ nicht locker. »Die Jagd auf Elefanten ist gefährlich, Gouverneur. Die Tiere sehen sanftmütig aus, aber wenn sie angegriffen werden, sind sie unberechenbar. Sie sind schneller bei Ihnen, als Sie Ihr Gewehr nachladen können.«

Ruan Yun lächelte geduldig. »Deshalb habe ich meine Begleiter mitgebracht. Kein Elefant läuft in einen Kugelhagel hinein, jedenfalls nicht lange.« Er griff in die Brusttasche seines Tarnhemds, zog eine Sonnenbrille hervor und setzte sie auf. »Sie haben einen weiten Weg zurückgelegt, Peter Danielsson, nur um mir einen Vorschlag zu machen. Dafür danke ich Ihnen. Kehren Sie nun zurück nach Kunming, und kümmern Sie sich um die Zwerggänse. Ich bin sicher, damit werden Sie besser umgehen können als mit Elefanten.«

Sui stellte sich neben Peter. Wenn es ihr nicht gelang, zwischen den beiden Männern zu vermitteln, war ihre berufliche Existenz bedroht. »Ihre Bedenken sind verständlich, Gouverneur«, versuchte sie einzulenken. »Aber was hier mit den Elefanten geschieht, lässt sich nicht hinter einem Schutzprojekt für Zwerggänse verbergen und gefährdet deshalb auch den Bau unseres Staudamms.«

Der Gouverneur zuckte zusammen. »Wieso denn das?«

Sui konnte ihrem Vorgesetzten nicht noch deutlicher sagen, dass sein eigener Plan nicht aufging. »Wir sind bereits im Fokus internationaler Naturschutzverbände«, erklärte sie stattdessen. Dass dafür der Mann neben ihr verantwortlich war, musste sie nicht eigens betonen. »Wenn bei uns nun auch noch eine Herde Elefanten abgeschlachtet wird, macht das die Lage bestimmt nicht besser.« Sie räusperte sich. »Vor allem dann nicht, wenn der Gouverneur der Provinz Yunnan einer der Jäger ist.«

»Davon muss niemand etwas erfahren«, sagte Ruan Yun schnell – und verstummte.

Suis Herz schlug schneller. Sie hatte den wunden Punkt des Gouverneurs getroffen, dem nun klar wurde, dass die Situation unangenehm für ihn werden konnte. »Fünfzehn tote Elefanten sind nicht so einfach zu verheimlichen. Zumal sie ja schon in den Nachrichten waren. Man wird sich fragen, was aus den Tieren geworden ist, die das Dorf zerstört haben. Die Menschen in der Provinz werden wissen wollen, ob ihr Dorf als Nächstes auf dem Weg der Herde liegt.« Sie ging noch einen Schritt auf Ruan Yun zu. Selbst durch seine Sonnenbrille hindurch konnte sie sehen, dass er sie erschrocken ansah. »Gouverneur, hören Sie auf Peter Danielsson und lassen Sie die Tiere am Leben. Es ist das Beste für uns alle.«

In diesem Moment tauchte ein Mann in Jagdkleidung aus dem Unterholz auf. Seine Haut glänzte, und sein langes schwarzes Haar war nass. Mit aufgerissenen Augen rief er: »Die Elefanten kommen. Sie gehen am Flussufer entlang. Fünfzehn Tiere, zwei junge Bullen.«

»Nur zwei?« Ruan Yun wandte sich von Sui ab und ließ sich ein Gewehr reichen.

Sie warf Peter einen fragenden Blick zu. Was hatte das zu bedeuten?

Er schien ihre Gedanken erraten zu können. »Elfenbein«, sagte er. »Die Bullen haben lange Stoßzähne, die Kühe hingegen nur kurze oder gar keine.«

»Gouverneur.« Sie drängte sich zwischen Ruan Yun und die Jäger. »Ich erkläre mich bereit, die Relokalisierung in die Wege zu leiten und alles zu organisieren. Sie hätten nichts damit zu tun, würden aber in den Medien als Held und Bewahrer der Natur unseres Reichs gefeiert.« Das war übertrieben, aber Sui wusste nicht, wie sie sonst zu Ruan Yun durchdringen sollte.

In den Augen des Gouverneurs leuchtete das Jagdfieber. Und noch etwas anderes, Triebhaftes. Ruan Yun leckte sich die Lippen. Sein Griff um den Lauf der Jagdflinte wurde fest, lockerte sich, wurde fester. Er schluckte schwer, wohl an seinen letzten Zweifeln, dann rief er den Jägern das Kommando zum Aufbruch zu.

»Warten Sie!« Peter sprang vor und hielt den Gouverneur an der Schulter fest. Der Jäger, der sich ihm in den Weg gestellt hatte, stieß Peter mit dem Schaft seiner Flinte zur Seite. Er landete im Gras, verschwand für einen Moment darin.

»Gouverneur«, rief Sui dem auf den Waldrand zulaufenden Ruan Yun hinterher.

Das Splittern von Holz war zu hören. Die Erde unter Suis bloßen Füßen bebte leicht. Die Jäger schrien. Ein Schuss krachte, gefolgt von Warnrufen. Drei Männer kamen aus dem Wald gelaufen und rannten auf die Wagen zu.

Irgendetwas verlief nicht so, wie die Truppe es erwartet hatte.

Ein Jäger sprang in einen der Geländewagen, ließ den Motor an und brauste davon; ein anderer war dabei, es ihm nachzutun. Wo der Wald an den Fluss grenzte, brach ein Elefant durch das Gehölz. Seine Ohren standen vom Kopf ab, der Rüssel war angehoben, Blut sickerte an seiner Flanke herab. Scheinbar blindlings rannte er auf die Lichtung. Hinter ihm waren die Schreie weiterer Tiere zu hören.

Ein zweiter Geländewagen brauste davon, dann noch einer. Auch Ruan Yun war unter den Flüchtenden. Im letzten Moment sprangen zwei Jäger auf die Ladefläche des vierten Pick-ups und feuerten ein paar Salven in Richtung des Bullen. Sui half Peter auf die Beine, dann liefen sie auf den Land Rover zu und flüchteten sich ins Innere. Griffen Elefanten Autos an? Sui duckte sich, als der Bulle näher kam. Er wurde langsamer. Am Waldrand tauchte noch ein Elefant auf, reckte den Rüssel in die Luft und stieß kurze schrille Trompetenstöße aus.

Sui wollte den Wagen starten, aber Peter hielt ihre Hand fest. »Warten Sie!«, sagte er leise. »Wenn wir uns nicht bewegen, nehmen sie uns vielleicht nicht als Bedrohung wahr.«

»Aber wir müssen weg von hier«, drängte sie. »Diese Tiere laufen Amok.«

Im Wagen wurde es dunkel, als der angeschossene Elefant daran entlanglief. Seine faltige Haut glänzte. Er stieß gegen die Karosserie, der Land Rover schaukelte. Sui schrie auf.

»Still«, raunte Peter.

Im nächsten Augenblick war die Lichtung voller grauer Leiber. Waren das wirklich nur fünfzehn Elefanten? Sui spähte durch die Windschutzscheibe. Ihr kam es vor, als hätten sich Hunderte versammelt. Der Geruch, den sie ausdünsteten, war so intensiv, dass er durch die geschlossenen Türen und Fenster ins Wageninnere drang. Er erinnerte sie an Gewürze und die Süße von reifen Früchten, an Wildheit und Verletzlichkeit – und er machte ihr Angst.

»Schauen Sie!« Peter deutete nach rechts. Der große Bulle mit der Schusswunde drehte sich im Kreis. Er hob den Rüssel, ließ ihn wieder sinken, er schüttelte den Kopf, bis die Ohren flatterten. Dann rannte er los – und stieß gegen ein anderes Tier. Mehrere Elefanten begannen zu trompeten, offenbar von Aufregung gepackt. Der Bulle senkte den Kopf und versuchte, eine Kuh wegzuschieben. Sie wich zur Seite, ergriff aber nicht die Flucht, sondern hielt den Bullen einfach auf, dann legte sie ihm ihren Rüssel auf den Rücken. Das schien das große Tier zu beruhigen. Es blieb stehen.

»Er blutet auch am Kopf«, flüsterte Sui.

»Sie meinen das Sekret an den Schläfen?«, gab Peter leise zurück. »Das tritt an dieser Stelle aus, wenn die Tiere erregt sind. Aber er blutet auch stark. Diese Mistkerle haben einfach draufgehalten.« Seine Stimme wurde lauter.

Der Elefant stand mit einem Mal still. Sein Blick richtete sich zu Boden. Da wusste Sui, dass sie dabei zusah, wie das majestätische Tier starb. Sie wollte die Augen schließen, aber es gelang ihr nicht. Sie war von der Hoffnung erfüllt, dass der Bulle sich in der nächsten Sekunde erholen und weiterlaufen würde, dass er die Herde zurück in den Wald führte, irgendwohin, wo es keine Jäger gab.

Das Tier sank auf die Knie, es pumpte Luft in seine Lungen, der große Rumpf blähte sich.

»Er stirbt«, stellte nun auch Peter fest.

»Können wir denn nichts tun?«, fragte sie.

Er schüttelte den Kopf. »Wir können dafür sorgen, dass er das einzige Opfer bleibt.«

Der Tod kam langsam. Die Sonne ging unter, die Lichtung und der dahinterliegende Fluss glühten im letzten Tageslicht.

Die Herde graste, immer wieder näherten sich die Tiere dem im hohen Gras hockenden Bullen, berührten ihn mit ihren Rüsseln. Peter erklärte Sui, dass die Tiere die meisten Informationen über den Geruchssinn aufnahmen und damit nachvollziehen konnten, wie es um den sterbenden Bullen bestellt war. Und dass sie ihn streichelten, um ihn zu beruhigen.

Irgendwie gelang es Sui, die Würde zu bewahren und beim Weinen das Gesicht nicht zu verziehen. Als der Bulle den Kopf senkte, um ihn auf der Erde abzustützen, stieg ein Schluchzen aus ihr auf.

Peter holte sein Mobiltelefon hervor und begann, das Ende des Elefanten zu filmen.

»Was tun Sie da?«, fragte Sui. Ihre Stimme hörte sich fremd an.

»Ich filme, wie der Elefant stirbt«, sagte er.

»Lassen Sie das Tier in Ruhe. Schlimm genug, dass wir hier festsitzen und zusehen müssen, ohne helfen zu können.«

Peters Blick war fest auf den kleinen Monitor gerichtet. »Das ist es, was ich gerade versuche«, sagte er. »Ruan Yun und seine Männer werden es nicht dabei belassen. Sie werden zurückkehren und die anderen Elefanten jagen. Gegen ihre Gewehre sind wir machtlos. Aber wir können der Welt zeigen, was hier geschieht.«

Sui putzte sich die Nase. Ihre Augen fühlten sich geschwollen an, und ihr Gemüt war wund. War es wirklich erst gestern gewesen, dass sie auf einem Podium gestanden hatte, als Peter Danielsson von seinem Sitz aufgesprungen war, um für die Tiere am Panlong zu sprechen?

Vor dem Wagen rollte der Bulle in Zeitlupe auf die Seite.

Kapitel 14

Teotihuacán, Mexiko

Abel

Die Nacht hatte die Ruinen in einen Irrgarten verwandelt, die Mauern von Teotihuacán waren zu steinernen Wächtern geworden. Durch die alte Stadt wehte der Wind und brachte den Geruch nach verrottendem Laub und vergessenem Wissen. In der Ferne heulten die Kojoten.

Luis hatte es vorausgesagt, die Worte des betrügerischen Fremdenführers spukten durch Abels Kopf. Mehrfach ertappte er sich dabei, dass er den Strahl der Taschenlampe hektisch nach links und rechts und einmal sogar hinter sich richtete, um sicherzugehen, dass da niemand war. Er schalt sich einen Hasenfuß, packte die Taschenlampe fester, ging die Straße der Toten entlang. Der Lichtkegel zitterte in der Dunkelheit und tastete sich von Stein zu Stein. Das Licht riss die Steinköpfe an den Pyramiden und ihre aufgerissenen Mäuler aus der Finsternis.

Was war nur los mit ihm? Er war ein Mann der Wissenschaft, ein erfolgreicher Archäologe. Seit er zwanzig war, stand er mit einem Fuß im Grab – in dem anderer Menschen. Er hatte sich in Grabhügel hineingewühlt, war in Schiffswracks getaucht und hatte Minenfelder geräumt, um archäologische Stätten zu schützen. Warum sollte er jetzt ängstlich sein, angesichts einer verlassenen Stadt?

Diese unbestimmte Furcht führte er auf die Warnungen von Luis zurück: vor Banditen, die nachts in den Ruinen lauerten, vor Jaguaren, die nach Beute suchten. Diese Gruselgeschichten, und mochten sie noch so lächerlich sein, wirkten auf seltsame Art nach. Von der alten Stätte selbst ging keinerlei Bedrohung aus.

Er erreichte die letzte der drei großen Pyramiden. Die gefiederten Schlangenköpfe streckten ihm die Zungen entgegen. Einer Eingebung folgend, zeigte er ihnen ebenfalls die Zunge. Dabei lachte er. Mit ein bisschen Glück würde er in dieser Nacht herausfinden, was es mit dem Loch im Boden auf sich hatte. Nur ein kleines bisschen Glück. Das war alles, was er brauchte.

Er verließ die Calzada de los Muertos an derselben Stelle wie am Nachmittag und richtete den Lichtstrahl der Taschenlampe auf den Boden. Dabei orientierte er sich an der Pyramide und ging, wie zuvor, im Abstand von zwei Mannslängen an ihr entlang. Wenn er bei seinem ersten Besuch Fußabdrücke hinterlassen hatte, so hatte das Wasser sie längst weggespült. Nichts deutete darauf hin, dass Abel schon einmal hier gewesen war, ebenso wenig gab es Spuren anderer Besucher. Teotihuacán war ein Ort, der die Erinnerung einfach fortspülte, um zu zeigen, dass alles vergänglich war – bis auf die steinernen Monumente dieser einzigartigen Stadt.

Abel schritt die gesamte Länge der Pyramide ab. Zweige und nasses Laub klatschten gegen seine Beine, während er den Blick nach unten gerichtet hielt, auf der Suche nach dem Loch. Er fand die Stelle nicht wieder, dabei war er hundertprozentig sicher, dass sie neben der Pyramide gelegen hatte.

Er kehrte um und ging den Weg zurück, diesmal in größerem Abstand zum Monument. Wieder nichts. Das war doch nicht möglich, das Loch war da gewesen! Abel hatte schon davon gehört, dass Forscher so selbstvergessen sein konnten, dass sie Sinnestäuschungen aufsaßen. Aber ihm selbst aber war so etwas noch nie passiert. Warum also ausgerechnet jetzt? Er war doch kein Spinner.

Außerdem war er nicht allein gewesen, als er das Loch entdeckt hatte. Luis war, obwohl sie getrennte Wege gehen wollten, sofort zur Stelle gewesen. Abel stöhnte auf. Schon wieder drängte sich dieser Gauner in seine Gedanken! Da kam ihm eine Idee. Konnte der Mexikaner dafür verantwortlich sein, dass das Loch nicht mehr aufzufinden war? Hatte er nicht behauptet, für die Sicherheit der Touristen verantwortlich zu sein? War er vielleicht mit seinem Wagen voller Ausrüstung zurückgekehrt und hatte das Loch verschlossen, damit niemand hineinfiel? Dieser Idiot!

Von dem Einfall angestachelt, lief Abel zum dritten Mal an der Pyramide entlang, hielt nach einer Absperrung Ausschau, aber es gab keine. Wenn Luis noch einmal hergekommen war, dann hatte er das Loch gesichert, indem er es abgedeckt hatte. Abel trat bei den nächsten Schritten kräftig auf und lauschte, er versuchte, das Geheul der Kojoten und das Rascheln des nahen Waldes auszublenden und sich auf das Geräusch unter seinen Füßen und die Beschaffenheit des Bodens zu konzentrieren. Als er eine Stelle neben einem riesigen Feigenkaktus passierte, nahm er eine Veränderung wahr. Er trat noch einmal auf, und tatsächlich: Es klang hohl.

Auf den Knien hockend, tastete er über den Boden, wischte Blätter und Erdreich beiseite. Die Holzbohlen waren nur mit einer dünnen Schicht bedeckt worden. Es waren alte, schartige Bretter mit Metallbeschlägen an den Rändern, damit sie nicht splitterten. Luis war tatsächlich hier gewesen.

Etwas bewegte sich im Licht der Taschenlampe. Würmer. Sie krochen über das Holz. Der Boden war gesättigt mit Leben, es kroch aus allen Ritzen hervor, dampfte aus jeder Pore und keimte in jedem Klumpen. Für einen Moment zögerte Abel. Würde er unter diesen Bohlen irgendetwas aufstöbern, das ihm gefährlich werden konnte?

Die Neugier war größer als die Angst. Er packte die Bohlen, wollte sie hochheben, doch durch die Beschläge war das Holz schwer. Mühsam musste er die Bretter zur Seite ziehen, nach dem zweiten konnte er es nicht mehr erwarten und hielt den Strahl der Taschenlampe in das Loch.

Natürlich hatte er nicht geglaubt, einen Schatz oder eine Grabkammer zu finden. So etwas geschah nur in Hollywoodfilmen. Aber die Reste eines Brunnens hätten es schon sein dürfen. Stattdessen schaute Abel in eine Grube, zwei Meter tief, mit einer Pfütze am Boden und so bedeutungslos wie die Würmer, die sich in Scharen über das Erdreich wanden. Aufgescheucht vom Licht suchten sie ihr Heil in der Dunkelheit und bohrten sich in die Lehmbrocken hinein.

Hinunterzusteigen erschien wenig erfolgversprechend. Trotzdem schaffte Abel auch die letzten Bohlen zur Seite, setzte sich an den Rand der Grube und ließ sich langsam hinunter. Der feuchte Boden gab nach, und Klumpen purzelten mit ihm in das Loch. Abel fand sich in etwas wieder, das eine Baugrube hätte sein können. Sie war wirklich nicht tief, er konnte über den Rand blicken und würde auf demselben Weg wieder herauskommen, wie er hineingestiegen war. Die Luft war feucht und kalt, und es roch nach modriger Erde.

Er richtete sich auf, stand in der Pfütze und tastete an den Wänden entlang, hoffte, dass das Getier zwischen seinen Fingern harmlos war. Oft genug hatte er miterleben müssen, was tropische Insekten mit der Haut eines Menschen anstellen konnten. Er wühlte tiefer, es war wie damals, als er ein kleiner Junge war, der im Dreck spielte. Irgendjemand hatte mal behauptet, dass Archäologen ihren Beruf nur deshalb ergriffen, weil sie von dem guten alten Sandkastengefühl nicht genug bekommen konnten.

Abels Finger waren lang, er konnte sie zu Schaufeln formen, und in die passte viel hinein. Kiloweise holte er Erdreich aus dem Boden, leuchtete mit der Lampe in das frisch entstandene Loch, grub weiter. Doch mit jedem Zentimeter schrumpfte seine Hoffnung auf eine Entdeckung. Dabei war die Außenmauer der Pyramide so nahe!

Dann hörte er die Stimmen.

Erst dachte er, die Kojoten seien näher gekommen, aber Kojoten lachten nicht, und sie sprachen kein Spanisch. Streiften wirklich Banditen durch die Ruinen? Aber was glaubten die, hier mitten in der Nacht erbeuten zu können? Altertümer natürlich. Es musste sich um Kunstdiebe handeln, rüde Kerle, die die Reste der Gebäude schändeten und abbrachen, was sich abbrechen ließ, um es auf dem Schwarzmarkt zu verkaufen.

Abel schaltete die Taschenlampe aus und lugte über den Rand der Grube. Der Himmel hing noch voller Wolken, doch der Wind trieb sie unter dem Mond her. Das Licht genügte, um vier sich nähernde Gestalten zu erkennen. Sie kamen von der Straße der Toten und nahmen denselben Weg wie Abel, an der Seite der Pyramide entlang. Schon bevor sie herangekommen waren, wusste Abel, dass Luis unter ihnen war.

»Meine Schwester?«, fragte Luis auf Spanisch. »Dann sag ihr doch, du bist zum Kartenspielen bei mir, und dass Santiago und Benicio auch da sind.«

»Das ist ja genau das, was sie mir nicht glaubt«, sagte jemand anderes. »Sie vermutet, dass ich eine Geliebte habe, so oft, wie wir nachts unterwegs sind.« Abel erkannte die Stimme von Carlos, dem betrügerischen Rezeptionisten.

Was ging da vor?

»Tagsüber geht es nun mal nicht«, ließ sich ein dritter Mann vernehmen. Mit jedem Schritt, den die Gestalten näher kamen, waren ihre Stimmen besser zu verstehen.

Abel unterdrückte den Impuls, aus der Grube zu klettern und sich zu erkennen zu geben. Was wollten die Männer hier um diese Uhrzeit? Das Loch war doch gesichert gewesen. Dass Abel es wieder geöffnet hatte, konnten sie nicht wissen.

Nur noch wenige Augenblicke, und man würde ihn dabei erwischen, wie er sich unerlaubt an der Ruinenstätte zu schaffen machte. Die Männer würden ihn bei der Behörde melden oder – was wahrscheinlicher war – sich ihr Stillschweigen fürstlich bezahlen lassen. Abel fühlte sich wie der Bär, der mit der Tatze im Honigtopf erwischt wurde.

Immerhin: Bären können klettern. Er stemmte die Arme auf den Rand der Grube und versuchte, sich hochzuhieven. Bis zur Hüfte schaffte er es, dann brach das Erdreich weg, er rutschte zurück und landete am Boden der Grube. Er probierte es noch einmal, mit demselben Ergebnis. Von Kopf bis Fuß mit kalter Erde beschmiert, musste er erkennen, dass er in der Falle saß – und er war aus freien Stücken hineingestiegen.

Abel presste sich gegen die Wand. Ohne das Licht seiner Taschenlampe war es stockfinster in der Grube. Wenn Mond, Wind und Wolken mitspielten, würde er so gut wie unsichtbar bleiben.

Luis, Carlos und ihre Begleiter waren jetzt so nah, dass Abel einen von ihnen schnaufen hören konnte. Offenbar war er nicht besonders gut zu Fuß.

»*Madre de dios*«, stieß Luis hervor. »Jemand war hier.«

»Das ist das Loch?«, wollte Carlos wissen.

»Ich hatte es abgedeckt.«

»Nicht besonders gut«, sagte die dritte Stimme. »Hast du da Zweige draufgelegt?«

»Glaubst du, ich bin blöd, Benicio? Da liegen noch die Bretter. Ich habe sie den ganzen Weg bis hierher mit einer Schubkarre gebracht.«

Ein dumpfer Laut war zu hören. »Schwer«, sagte Stimme Nummer vier, Santiago. »Du hast recht. Die muss jemand bewegt haben. Tiere schaffen so was nicht.«

»Das kann nur der Norweger gewesen sein«, stellte Luis fest.

»Sagtest du nicht, der sei Schwede?«

»Das ist doch dasselbe. Er ist der Einzige, der das Loch kennt, und muss zurückgekehrt sein.«

»Um was zu tun?«

»Was weiß ich«, blaffte Luis. »Vielleicht wollte er sich selbst darin beerdigen.«

»Der Mann ist Forscher. Das da ist ein Loch neben einem Tempel. Er wollte nachsehen, ob da was drin zu finden ist.«

Eine kurze Stille trat ein.

Dann meldete sich Carlos. »Könnt ihr mal mit dem Geschwätz aufhören? Lasst uns das erledigen, wozu wir hergekommen sind. Meine Frau macht mir die Hölle heiß, wenn es so spät wird.«

»Stimmt«, sagte Luis. »Wir füllen das Loch auf, damit es keine Neugierigen anlockt. Das Letzte, was wir gebrauchen können, sind noch mehr Forscher.«

»Dann lasst uns anfangen, den Zement anzurühren. Kommen wir mit einem Sack überhaupt aus? Wie tief geht es da runter?«

Ein Licht wurde angeschaltet, und für einen Moment sah Abel die Gesichter der Männer durch den Lichtschein gespenstisch verzerrt. Sie wirkten wie Ungeheuer, die sich um ihr Opfer scharten. Wie würden sie reagieren, wenn sie ihn entdeckten?

Jemand schnaubte. »Wenn ich es recht bedenke«, hörte er Luis sagen, »ist das Loch nicht unser einziges Problem. Dieser Professor hat es gesehen, und anscheinend hat er es schon untersucht. Wenn er jemandem davon erzählt, sieht es schlecht aus für uns.«

Einen Moment lang herrschte Ruhe.

»Wir machen es wie mit diesem Briten vor einigen Jahren«, schlug jemand vor, und Abel stockte der Atem.

»Den hat jedenfalls niemand gefunden, und nach einer Weile hat auch keiner mehr nach ihm gefragt.«

»In Ordnung«, ließ sich Luis vernehmen, »Carlos, das erledigst du heute Nacht in seinem Hotelzimmer. Deiner Frau sagen wir, dass du arbeiten musstest, weil jemand ausgefallen ist. Wir werden dir später helfen, die Sauerei zu beseitigen.«

Abel wich zurück. Planten die Männer da oben, ihn zu ermorden? Und hatten sie das schon einmal getan, mit einem Briten? Oder hatte ihn ein Tausendfüßer gestochen, und er halluzinierte? Er wischte sich über das Gesicht, bekam Erde in den Mund. Er wagte nicht, sie auszuspucken, also schluckte er sie hinunter.

»Hast du das Gewehr noch?«, fragte Luis.

»Natürlich«, gab Carlos zurück. »Und die Machete.«

Abel schob sich nach hinten, presste den Rücken gegen die Wand. Könnte er doch im Schlamm verschwinden! Bloß einen Moment, so lange, bis der Strahl der Taschenlampe durch die Grube gehuscht war und die Mexikaner gesehen hatten, dass niemand darin hockte.

Der Lichtstrahl traf ihn mitten ins Gesicht. Geblendet schloss er die Augen und hob schützend eine Hand.

»¡No manches!«, rief Luis. »Das gibt es doch nicht!«

Im nächsten Moment knallte es, und Abel verlor den Boden unter den Füßen. Erst dachte er, die Mexikaner hätten auf ihn geschossen. Aber er stürzte nicht nach vorn, sondern fiel rückwärts. Die Männer riefen durcheinander, doch sehen konnte Abel sie nicht mehr. Unter den Fingern spürte er Gestein. Es war glatt. Er richtete sich auf, jetzt vollends von Dunkelheit umschlossen, das einzig Sichtbare war ein heller Fleck, wo die Taschenlampe der Mexikaner hinleuchtete.

Er brauchte nicht lange, um zu erkennen, dass er in eine Kaverne, einen Hohlraum, eingebrochen war. Hinter dem Erdreich, gegen das er sich gepresst hatte, musste eine Wand gewesen sein, die dem Druck nicht standgehalten hatte. Vermutlich war die Stelle schon länger vom Regen unterspült gewesen, sodass nicht mehr viel gefehlt hatte, um sie zusammenbrechen zu lassen. Der Raum, in dem er nun stand, war kaum größer als das Innere eines Kleiderschranks, und er war an drei Seiten von Mauerwerk umgeben. Wäre das zehn Minuten früher geschehen, wäre Abel der glücklichste Archäologe der Welt gewesen. Jetzt aber hatte sich seine Lage nur noch verschlimmert.

Der Lichtfinger der Taschenlampe tastete durch die Öffnung. »Da ist er!«, rief Luis, als das Licht über Abels Schuhe strich.

Die Männer sprachen miteinander, schnell. Abel verstand nur Bruchstücke. Er drehte sich um und untersuchte den Hohlraum. Gab es einen Weg hinaus? Führte der Raum irgendwohin? Er fand nur Mauerwerk, keine Tür, keinen Durchgang.

»Ich gehe jedenfalls nicht da runter und erledige ihn«, hörte er jemanden sagen. »Unsere Aufgabe ist es, das Erbe zu schützen, nicht, darin herumzuwühlen. Muss ich euch daran erinnern, dass diese Stätte heilig ist?«

Murren war die Antwort.

»Was machen wir dann mit dem Kerl?«, fragte Luis. »Gehen lassen können wir ihn nicht. Er hat gehört, was wir besprochen haben.«

Abel hielt den Atem an. Er war ein Delinquent vor einem Tribunal unbarmherziger Richter. Sein Todesurteil war beschlossene Sache, jetzt ging es darum, auf welche Weise man mit ihm fertigwerden würde.

»Wir machen es wie geplant«, schlug einer der Männer vor.

»Wir verfüllen das Loch. Niemand wird den Muchacho da unten finden.«

»Wir werden mehr Zement brauchen«, stellte ein anderer fest. »Viel mehr.«

Kapitel 15

Teotihuacán, Mexiko

Abel

»Carlos und ich holen weitere Säcke«, verkündete Luis. »In einer Stunde sind wir wieder hier. Die Nacht ist lang genug, wir können unbemerkt arbeiten. Außerdem kommen bei diesem Wetter sowieso keine Touristen. Wir haben Zeit.«

»He, Luis«, rief Carlos. »Ruf meine Frau an und sag ihr, dass ich wirklich bei dir zum Kartenspielen bin. Sonst wird sie sich scheiden lassen.«

Gelächter war zu hören, Schritte entfernten sich, dann war es still.

Nach einer Weile rührte sich etwas am Rand der Grube. »Hören Sie mich, Professor?« Die Stimme drang in den kleinen Raum, in dem Abel ausharrte. Er wollte nicht antworten, aber er befürchtete, dass die beiden Mexikaner, die an der Grube Wache hielten, dann vielleicht doch noch zu ihm herunterkamen.

»Was wollen Sie?«, rief er.

»Was ist das für ein Wandbild, nach dem Sie suchen?«

Die Frage überraschte ihn. Er hatte damit gerechnet, dass die Männer Geld wollten und im Gegenzug versprachen, ihn laufen zu lassen. Sollte er sich auf ein Gespräch mit ihnen einlassen?

War das vielversprechender, als nach einem Ausweg aus der kleinen Kaverne zu suchen? »Warum fragen Sie?«, rief er, während er weiter die Wände abtastete; mehr war in der Dunkelheit nicht möglich.

Von dem, was Santiago – oder war das Benicio? – als Nächstes zu ihm hinunterrief, verstand er kaum etwas, denn seine Konzentration richtete sich auf den Zusammenhang zwischen dem Loch im Boden und der Pyramide der gefiederten Schlange. Die gemauerte Wand hinter ihm konnte nichts anderes sein als die Außenwand der Pyramide. Die Frage war: Warum hatte jemand eine Kammer neben dem Monument angelegt, noch dazu unter dem Erdboden? Abel wühlte in seiner Erinnerung, betrieb Archäologie mit seinem Gedächtnis, aber ihm fiel nichts Vergleichbares ein. Überall auf der Welt und in jeder Epoche waren Abfallgruben neben großen Bauwerken entstanden; sie dienten den Arbeitern als Kloake, und wenn der Bau fertig war, warf man den Müll und den Schutt der Baustelle hinein und schüttete das Loch zu. An Dutzenden solcher Stellen hatte Abel ausgegraben. Auf dem Bauch liegend, mit einem Pinsel und einer Zahnbürste bewaffnet, hatte er Zentimeter um Zentimeter Boden abgetragen, um kein noch so winziges Detail zu übersehen. Nichts war für einen Historiker so aufschlussreich wie das, was Menschen wegwarfen, denn diese Hinterlassenschaften gaben Einblick in einen längst vergangenen Alltag. Das war der wahre Schatz für einen Archäologen, nicht Gold und Edelsteine. Die erzählten nur etwas davon, wie gut es sich die Reichen hatten gehen lassen. Vom Leben des einfachen Mannes und der einfachen Frau hingegen erzählte deren Abfall.

Allerdings hatte sich schon in der Vergangenheit niemand die Mühe gemacht, die Gruben für den Müll auszumauern. Es gab keinen Zweifel: Die Kaverne, in der Abel feststeckte, musste einem anderen Zweck gedient haben. Und wenn er herausfand, worin der bestanden hatte, konnte das möglicherweise sein Leben retten. Etwas anderes blieb ihm nicht übrig.

»Professor!« Der Ruf von oben riss ihn aus den Gedanken. Seine Bewacher interessierten sich für das Fresko, Luis musste ihnen davon erzählt haben. Vielleicht war ein Handel möglich. »Ich habe einen Teil des Wandbilds bei mir«, entgegnete Abel. »Es ist einzigartig und wahrscheinlich ein kleines Vermögen wert.« Dass es sich um eine Kopie handelte, würden seine Gegner natürlich bemerken, aber dann war er immerhin schon aus dem Loch raus.

»Geld interessiert uns nicht«, kam es von oben. Ein leises Klicken war zu hören. Die Mexikaner warfen Steinchen in das Loch. Wahrscheinlich langweilten sie sich.

»Das habe ich mit Ihren beiden Kollegen anders erlebt«, erwiderte er, während seine Finger über die Mauer fuhren. Er spürte die Steine, aber keine Fugen. Demnach hielt kein Mörtel die Elemente zusammen. Die Steine lagen einfach aufeinander, zusammengehalten von ihrem Gewicht. Trockenmauerwerk. Probehalber klopfte Abel dagegen, aber die Wand war dick und massiv. Es hörte sich nicht an, als gebe es dahinter einen Hohlraum.

»Sagen Sie uns, warum Sie nach dem Bild gesucht haben, Professor. Ihr Wissen nützt niemandem etwas, wenn Sie tot sind.«

Die Stimme klang drängend. Abel zögerte. Konnte er Informationen zum Tausch anbieten? Einen Versuch war es wert. »Ich verrate Ihnen das Geheimnis, wenn Sie mich gehen lassen.«

»Das ist leider nicht möglich«, sagte der andere Mexikaner. »Sie haben zu viel gesehen.«

»¡*Guarda silencio, Santiago!*«, fuhr sein Kumpan, Benicio, ihn an.

»Warum denn?«, gab Santiago zurück. »Wir sorgen doch gleich dafür, dass der Professor niemandem etwas erzählen kann.«

»Halt einfach den Mund«, blaffte Benicio.

Unter normalen Umständen hätte Abel nachgehakt, hätte wissen wollen, was es war, das er nicht hatte sehen dürfen. Aber die Umstände waren alles andere als normal. Er hockte in einem Erdloch und wartete darauf, dass man ihn lebendig darin begrub. Er musste diese Männer irgendwie davon überzeugen, ihn laufen zu lassen; sie auszufragen war nicht das richtige Mittel.

Viel Zeit blieb ihm nicht, denn wenn erst Carlos und Luis zurückgekehrt waren, würden vier Männer gegen ihn stehen, wo jetzt zwei waren.

»Sie sind doch Christen.« Die meisten Mexikaner waren streng katholisch. »Achten Sie da nicht die Gebote Gottes?«

Keine Antwort. Vermutlich ging es doch um Geld. »Señores? Wir können uns gewiss einigen. Nennen Sie mir einen Preis, ich werde zahlen.« Gleich würde er erfahren, wie viel sein Leben wert war. So etwas bekam man nicht alle Tage zu hören.

Keine Antwort. Die Stille erfüllte Abel mit der Hoffnung, dass die beiden verschwunden waren, auf und davon, weil sich ihr Gewissen geregt hatte. Er lugte aus der Kaverne, da fiel seine Zuversicht wieder in sich zusammen. Im Mondlicht standen zwei Gestalten am Rand des Lochs und schauten zu ihm herunter. Ihr Schweigen ließ sie noch furchtbarer wirken.

So gut es ging, schluckte er seine Aufregung hinunter, um klarer denken zu können. Er musste die Situation wissenschaftlich betrachten, sachlich, einfach weiterreden. »Hier unten gibt es ein Loch, das der Regen in den Boden gewaschen hat, eine Art Kammer, so klein, dass ich mich kaum darin umdrehen kann.« Ein Lagebericht, etwas anderes fiel ihm nicht ein.

Statt einer Entgegnung der Männer fegte eine Windböe in die Grube und spielte mit Abels Haar. Im nächsten Moment hörte er Rufe von weiter her, Santiago antwortete auf Spanisch. Schritte entfernten sich. Einer der beiden Wächter ging davon, wohl um

Carlos und Luis dabei zu helfen, die Zementsäcke herbeizuschaffen. Dann war da jetzt nur noch ein Mexikaner, aber selbst mit dem würde Abel es körperlich nicht aufnehmen können. Er war ein alter Mann und müsste, um gegen seinen Bewacher kämpfen zu können, erst aus der Grube klettern.

Wieder zupfte der Wind an seinem Haar. Abel strich sich über den Kopf, seine Hand verharrte auf dem Vertex, dem höchsten und wärmsten Punkt. Es gab Kulturen, die glaubten, dass die Gedanken von dort in die Welt aufstiegen und – andersherum – aus dem Universum in den menschlichen Geist gesogen wurden. Vielleicht war das auch in diesem Augenblick der Fall.

Es dürfte hier unten keinen Windhauch geben. Ein Luftzug entstand durch Druckunterschiede zwischen einem Bereich mit kalter, dichter Luft und einem mit warmer, dünner. Der Luftzug setzte ein, wenn beide Bereiche miteinander verbunden waren, etwa durch ein geöffnetes Fenster oder eine Tür oder …

»Ein Loch in der Wand«, sagte Abel zu sich selbst. Er fuhr herum und legte beide Hände gegen die in der Dunkelheit unsichtbare Mauer. Was war ihm entgangen? Er hatte die Steine doch Zentimeter für Zentimeter untersucht, hatte mit den Fingern jeden Spalt ertastet. Wenn irgendwo ein Loch gewesen wäre, dann hätte er es bemerkt.

»Ihr habt den Betonmischer hergebracht?«, hörte er Benicio draußen sagen.

»Eine Heidenarbeit, den durch die Ruinen zu schieben«, knurrte Luis. Quietschen und Scheppern begleiteten seine Worte.

»Die Schubkarre mit dem Sand und den Zementsäcken war auch nicht leicht«, ergänzte Carlos.

»Ist der Professor noch da unten?«, fragte Luis, und Santiago bejahte. »Dann los. Wir haben eine Menge zu tun. Carlos rührt den Zement an. Ich fahre mit der Schubkarre zurück und hole noch mehr Sand. Ihr beiden werft Zweige und Äste hinunter, die nutzen wir als Füllmaterial. Bei Sonnenaufgang darf nichts mehr von dem Loch zu sehen sein.«

Niemand widersprach, stattdessen knackte und splitterte es, dann landete Gehölz in der Grube. Das Wasser der großen Pfütze spritzte hoch, als die Äste hinunterfielen.

Verzagtheit befiel Abel. Sollte er noch einmal versuchen, mit den Mexikanern zu reden, die dabei waren, ihn lebendig zu begraben? Oder sollte er nach einem Loch in der Wand tasten, von dem er weder wusste, ob es existierte, noch was es zu bedeuten hatte? Beide Möglichkeiten erschienen ihm sinnlos, und für einen Moment ergab er sich dem Gedanken, sich einfach hinzusetzen und abzuwarten, bis der Zement ihn einhüllte. Ein erneuter Luftzug blies diese Vorstellung fort. Abel wischte über die Wand, fand aber nur dicht zusammengefügtes Mauerwerk. Er ging auf die Knie und tastete am Boden herum, erfolglos. Blieb nur der obere Rand. Er stellte sich auf die Zehenspitzen und reckte die Arme.

Der Spalt war gerade so breit, dass er einen Finger hineinstecken konnte, und verlief über die gesamte Länge der Wand zwischen dem oberen Rand der Mauer und der Felsendecke. Die Erbauer hatten es nicht geschafft, die obere Mauerkante an die Wölbungen und Grate des natürlichen Gesteins anzupassen. Sie hatten die Mauersteine nicht behauen können und sich schließlich dafür entschieden, einen Spalt offen zu lassen. So musste es gewesen sein.

Der Luftzug kam von dort oben. Abel legte den Kopf in den Nacken und starrte auf den Fleck in der Finsternis. Was konnte er mit dieser Erkenntnis anfangen? Es gab doch einen Hohlraum hinter der Mauer, so viel stand fest: einen Gang, eine Kammer oder einen Luftschacht. Er steckte erneut die Finger in den Spalt und versuchte, einen der Mauersteine hervorzuziehen. Da es sich um Trockenmauerwerk handelte, musste das möglich sein. Doch die Steine lagen zu dicht aneinander, um sich bewegen zu lassen. Die Baumeister alter Tage hatten gewusst, was sie taten.

Draußen hatte das Quietschen des Betonmischers aufgehört. »Wie lange muss das ziehen?«, fragte Carlos. »Dreißig Minuten«, antwortete Luis. »Ich habe Schnellzement mitgebracht. Hilf mir, ihn in das Loch zu gießen, dann setzen wir die nächste Ladung an. Der kann auch da unten ziehen.«

Die Männer ächzten, dann klatschte etwas in die Grube, glitschte über die Äste und floss schmatzend über den Boden. Der Zement strömte den schweren Geruch einer regennassen Straße aus. Er floss und floss, bis schließlich die letzten Klumpen herunterkleckerten.

»Drei Fuhren noch«, sagte Luis nach einer Weile. »Dann können wir nach Hause gehen.« Das Geräusch einer durch den Sand grabenden Schaufel folgte, dann kehrte das Quietschen zurück.

Drei mal dreißig Minuten, bis der Zement das Loch ausfüllte, bis ihm die Masse bis zum Hals stand. Ob man wohl starb, bevor man erstickte? War der Druck zu stark für den menschlichen Körper? Abel verscheuchte diese Gedanken. Wenn er nicht bald einen locker sitzenden Stein und dahinter eine Fluchtmöglichkeit fand, würde er sehr bald die Antworten auf diese Fragen kennen.

Kapitel 16

Borneo

Gabriel

Gabriel wischte sich den Schweiß von der Stirn. Die Luft im Regenwald von Borneo war feucht und drückend, der Geruch von fauligen Pflanzen und Moder stach in der Nase. Seine Jagdjacke aus getöntem Leder war klitschnass vom Tau, die Stiefel versanken im morastigen Untergrund.

Er war weit entfernt von der Welt, die er kannte. Die prunkvollen Villen in Paris, die mondänen Soireen an der Côte d'Azur, die Vorstandssitzungen in klimatisierten Wolkenkratzern – all das schien Lichtjahre entfernt. Hier, im Urwald von Borneo, war er nicht länger Gabriel Vilain, Chef einer der größten Technologiefirmen Frankreichs, hier war er ein Kämpfer, ein Mann, der bereit war, alles zu riskieren, um seinen größten Traum zu verwirklichen: der erfolgreichste Jäger aller Zeiten zu werden.

Wer war schon Jim Corbett mit seinen neunzehn abgeschossenen Tigern und vierzehn Leoparden, wer Grandma Bentley oder Roy Chapin? Diese Leute waren Legenden, aber Gabriel Vilain konnte mehr. Alles, was ihm dazu noch fehlte, war der Abschuss eines Borneo-Zwergelefanten. Und eine Gruppe der seltenen Tiere hielt sich in diesem Augenblick in unmittelbarer Nähe auf.

Gabriel hatte schon Elefanten gejagt, aber nicht wegen ihres Elfenbeins. Viele Jäger taten das, einige ließen sich die Köpfe präparieren und dekorierten die Wände ihrer Villen damit. Für solche Leute empfand er bloß Abscheu. Das waren keine Jäger, sondern Leichenfledderer. Niemals würde er sich die Schädel von Gazellen ins Schlafzimmer hängen oder die von Löwen oder anderen Tierleichen in den Salon und ins Esszimmer. Vor nicht allzu langer Zeit hatte ihn eine seiner Eroberungen, ein hübsches Ding aus Bordeaux, gefragt, warum er keine Trophäen sammle. »Zum einen ist da der penetrante Geruch«, hatte er ihr erklärt. »Er breitet sich noch Monate nach der Präparation aus. Zum anderen ist der Abschuss der meisten Tierarten, für die ich mich interessiere, verboten. Warum sollte ich die Beweise für eine Straftat gut sichtbar in meinem Haus ausstellen?« Er hatte eine Pause gemacht, um den folgenden Worten mehr Gewicht zu verleihen: »Aber der eigentliche Grund ist, dass ich nicht jage, um anderen zu zeigen, wie gut ich darin bin, sondern wegen des Gefühls.« Sie hatte ihn mit großen Augen angesehen, das Wort Gefühl schien etwas in ihr auszulösen, so wie bei den meisten Frauen. »Welches Gefühl?«, wollte sie wissen. Er musste nicht lange überlegen. »Das Gefühl von Macht.« Und dann hatte er ihr gezeigt, was er damit meinte.

Einer der Fährtenleser berührte Gabriel am Arm und deutete nach Südwesten. Gabriel hob das Fernglas vor die Augen. Er spürte, wie sein Herz vor Aufregung zu rasen begann. Bewegte sich da etwas im Schatten der Eisenholzbäume, oder war das nur das Flirren der Blätter im Sonnenlicht? Er wusste, dass er sich nicht auf seine Augen verlassen sollte, nicht einmal mit technischen Hilfsmitteln wie dem Fernglas oder Nachtsichtgeräten waren sie so gut wie die der Fährtenleser. Trotzdem war es auch für die Einheimischen ein Kunststück, die Zwergelefanten aufzustöbern. Diese Tiere waren berüchtigt für ihre Fähigkeit, sich in den dichten Wäldern nahezu unsichtbar zu machen. Es hatte schon Jäger gegeben, hervorragende Schützen, an denen eine ganze Herde Zwergelefanten vorbeigelaufen war, ohne dass sie es bemerkt hatten. Erst später, als der Jagdausflug erfolglos abgebrochen werden musste, waren die Gescheiterten auf die frische Losung der Elefanten gestoßen, keine hundert Meter entfernt von der Stelle, an der sie ihnen aufgelauert hatten.

Der Zwergelefant war der Geist des Dschungels, ihn aufzuspüren und zu erlegen war bedeutsamer, als einen schwarzen Leoparden zu stellen, denn dazu brauchte man nur Mut und starke Nerven. Für die kleinen Elefanten Borneos jedoch musste man sich selbst in ein Raubtier verwandeln, denken, riechen, reagieren wie eine Bestie. Nicht viele konnten das. Dass Gabriel zu diesen Spezialisten gehörte, würde er gleich unter Beweis stellen.

Er spürte, dass er dem Ziel nahe war. Der Lauf der Mauser lag kalt in seiner Hand. Er schloss die Augen, sie spielten ihm zu viele Streiche. Auch auf seine Ohren konnte er sich nicht verlassen, der Urwald war voller Geräusche, unmöglich, darin die Schritte eines kleinen Elefanten auszumachen. Das in diesem Fall zuverlässigste Hilfsmittel war die Nase, denn Elefanten strömten einen starken, unverkennbaren Geruch aus. Gabriel sog die Luft ein. Er glaubte, das Aroma von warmem Dung wahrnehmen zu können. In der Nähe. Die Tracker hatten gut gearbeitet.

In der Richtung, in die der Fährtenleser gezeigt hatte, bewegte sich Blattwerk, obwohl kein Luftzug die Hitze erträglicher machte. Im nächsten Moment teilte sich das Unterholz, und der Zwergelefant erschien, gefolgt von einem weiteren und dann noch einem. Drei Bullen. So langsam wie möglich hob Gabriel die Flinte, seine Mauser 98, sie war ein traditioneller Elefantentöter. Seit über hundert Jahren gehörte das Modell zum Besten, was die Waffenschmieden der Welt hervorbrachten.

Gabriel legte an. Der Kopf des Zwergelefanten, den er treffen musste, war natürlich kleiner als der seiner großen afrikanischen oder asiatischen Verwandten, aber das machte die Herausforderung umso größer. Gabriel führte den Finger an den Abzug. Einatmen. Ausatmen. Einatmen. Ausatmen. Der Körper erreichte den größtmöglichen Ruhepunkt, wenn alle Luft aus ihm entwichen war, aber noch keine Atemnot eingesetzt hatte. Dann herrschte Gleichgewicht zwischen Körper und Geist, es gab keine unnötigen Gedanken mehr, nur noch der Jäger und das Ziel existierten auf der Welt. Gabriel war sicher, dass er das Gehirn treffen würde.

In dem Moment, als er den Abzug betätigte – tausendzweihundert Gramm am Druckpunkt –, vibrierte das Mobiltelefon in seiner Brusttasche. Der Schuss krachte, Splitter flogen umher und zersiebten die Blätter eines Meranti-Baums. Die Elefanten liefen davon, bevor Gabriel ein zweites Mal auf sie anlegen konnte. Vielleicht hätte er einen erlegen können, indem er ihm erst in die Beine und dann in den Rücken schoss. Aber das war etwas für Verzweifelte. Er war nicht verzweifelt. Er kochte vor Zorn.

Die Fährtenleser kamen von hinten heran und plapperten etwas in ihrer Sprache, dabei wedelten sie mit den Armen.

Gabriel nahm die Flinte und schoss in den Himmel. Für einen kurzen Moment kam ihm der Gedanke, dass er mit etwas Glück Gott treffen konnte.

Die Einheimischen verstummten.

Gabriel lachte, und die Männer gaben vor, ebenfalls zu lachen. Ob sie wohl auch weinen würden, wenn er in Tränen ausbrach? Sie waren nur Sklaven, Sklaven seines Geldes. Als Menschen nichts wert.

Er tastete nach dem Telefon in seiner Tasche und zog es hervor. Wie hatte er nur so unaufmerksam sein können? Er war sicher, dass er das Gerät ausgeschaltet hatte. Ein Blick auf das

Display verriet ihm, dass er einen Fehler gemacht hatte. Das Telefon war angeschaltet und zeigte einen verpassten Anruf an. Gabriel fluchte. Mussten diese verdammten Satelliten wirklich überall auf der Welt funktionieren, sogar im Urwald von Borneo? Musste ausgerechnet in diesem Augenblick einer der sieben Menschen anrufen, die diese Nummer kannten?

Das war mehr als seine eigene Schuld. Es war mehr als Pech. Das Schicksal hatte ihm in die Karten gepfuscht. Mit brennendem Verlangen wünschte sich Gabriel, dass sein Schuss in den Himmel Gott wenigstens gezeigt hatte, was er von ihm hielt.

Er drückte auf Rückruf und hielt sich den Apparat ans Ohr. In seinem Kopf war noch das Klingeln, das die Explosion des Gewehrs zurückgelassen hatte. Die Verbindung wurde hergestellt, der Anrufer meldete sich.

»Ruan Yun?«, fragte Gabriel. »Du solltest einen wirklich guten Grund haben, mich anzurufen. Den besten, den es gibt.«

Teil 2

Kapitel 17

Bangkok, Thailand

Nok

Niemals hätte Nok gedacht, dass eine Stadt wie Bangkok zur Ruhe kommen kann. Dennoch war die sechsspurige Straße, die er gerade überquerte, wie leer gefegt. Die Straßenlampen beleuchteten nichts als den bloßen Asphalt, und ihr Licht vermischte sich mit dem ersten Schimmer der aufgehenden Sonne. Noks erster Tag als Polizist in der Hauptstadt brach an.

»Bist du bereit, Nok?«, fragte Sergeant Boonmee, der neben ihm herging, mit seiner tiefen, rauen Stimme. Noks Vorgesetzter war ein massiger Mann mit einem wettergegerbten Gesicht und listigen Augen.

Nok schluckte nervös. »Ja, Sergeant. Ich bin bereit.« Auch Polizeistudent Somchai signalisierte, dass es losgehen konnte. Sie hielten auf eine doppelflügelige Tür in einer weißen Mauer zu. Dahinter lag das Ziel der Beamten: Wat Phra Kaeo, der Tempel des Smaragd-Buddha.

Nok war seit einigen Monaten Polizist und noch nie in Bangkok gewesen. Er stammte aus einem kleinen Dorf im Norden Thailands, wo das Leben einfach und ruhig war. Zu ruhig. Nok war Polizist geworden, um etwas Aufregenderes zu erleben, als

Hühnerdiebstähle aufzuklären oder Betrunkene vom Straßenrand aufzulesen und nach Hause zu begleiten. Dann, vor zwei Wochen, hatte sich plötzlich die Gelegenheit geboten: Die Royal Thai Police hatte eine Anfrage in alle Dörfer geschickt, sie baute eine neue Sondereinheit auf und suchte nach Freiwilligen. Erst war Nok wie elektrisiert gewesen: die thailändische Nationalpolizei! Er sah sich bereits Verbrecher in Bangkok jagen und zum Kriminalkommissar aufsteigen. Doch es stellte sich heraus, dass die Anfrage von einer Unterabteilung gekommen war: der Touristenpolizei. Diese Truppe war für die Sicherheit von ausländischen Besuchern in Bangkok zuständig. Und diese Sicherheit war bedroht. Durch Affen.

Seit einiger Zeit gingen bei den Ordnungshütern der Stadt Beschwerden über die Affen im Tempel des Smaragd-Buddha ein. Die eigentlich harmlosen Tiere zeigten ein zunehmend aggressives Verhalten. Sie lebten in den Gärten der Tempelanlage und waren Teil der Sehenswürdigkeit, sie ließen sich füttern und fotografieren. Hin und wieder kam es zu kleineren Vorfällen, bei denen Touristen an den Haaren gezogen wurden oder es den Affen gelang, einen Rucksack oder eine Handtasche zu stehlen. Dann, vor etwa zwei Monaten, war eine Besucherin aus Finnland mit Bissen an den Armen und im Gesicht ins Krankenhaus eingeliefert worden, weitere Angriffe auf Menschen folgten. »Die Wut-Affen von Wat Phra Kaeo« machten Schlagzeilen, und die Touristenpolizei geriet unter Druck. Um die Affen unter Kontrolle zu halten, suchte man nach Fachkräften. Darunter verstand der Polizeichef Männer vom Land, Männer, die mit Tieren aufgewachsen waren, Männer, für die es zur Tagesordnung gehörte, ihr Hab und Gut vor Affen zu schützen und – wenn es sein musste – zu verteidigen.

Nok erfüllte diese Anforderungen. Affen zu jagen entsprach zwar nicht seinen Vorstellungen von Polizeiarbeit in der großen

Stadt, aber dafür würde er seine Erfahrung einbringen können und, wenn er erfolgreich war, weiterkommen.

Es war die Aussicht auf Beförderung, die ihm half, über die Demütigungen hinwegzusehen: Während seiner letzten Tage bei der Dorfpolizei verspotteten ihn seine Kollegen, indem sie Spielzeugaffen aus Plüsch oder Plastik in seinem Streifenwagen platzierten oder ihn zu Dienstbeginn mit Trommelschlägen auf ihre Oberkörper begrüßten. Und wenn Nok geglaubt hatte, in Bangkok mit dem Respekt empfangen zu werden, mit dem man einem Experten begegnet, dann sah er sich getäuscht. Das Dorf hatte er zwar hinter sich gelassen, den Spott hingegen nicht, denn am Hemd seiner neuen Uniform, das mit einem Namensschild über der linken Brusttasche versehen war, hatte jemand den Aufnäher ausgetauscht. Statt Nok Lopburi stand dort jetzt »Affen-Nok«. Trotzdem trug er das Hemd mit Stolz. Es roch neu, und er würde sich am Abend seines ersten Tages darin fotografieren und es seinen Eltern und seiner Großmutter schicken – natürlich erst, nachdem er den Schriftzug entfernt hatte.

Jetzt konnte er die Aufregung kaum verbergen, als er mit seinen Kollegen durch das Tor trat, das Sergeant Boonmee aufgeschlossen hatte. Das Personal von Wat Phra Kaeo würde erst in einigen Stunden hier sein und die Anlage für die Touristen öffnen. Der Tempel des Smaragd-Buddha – noch vor einem Jahr hätte Nok niemals geglaubt, dass er diesen Ort einmal zu Gesicht bekommen würde, und nun war er sogar dafür verantwortlich, seine Besucher zu schützen.

»Halten Sie die Augen offen«, sagte Sergeant Boonmee. »Die Käfige sind bereits aufgestellt, wir müssen sie überprüfen.« Der Plan war einfach: Dort, wo sich Tiere in Scharen aufhielten, war es für Touristen am gefährlichsten. Damit sich die Menschen vor den Affen in Sicherheit bringen konnten, hatte die Polizei mannshohe Käfige installieren lassen. Auch ihre mitgebrachten

Lebensmittel sollten die Besucher in den Käfigen verzehren und diese erst verlassen, nachdem sie alles wieder sorgfältig verstaut oder verputzt hatten. Damit wollte man Ärger vermeiden.

Nok kannte What Phra Kaeo nur aus Reisebeschreibungen, also folgte er seinen beiden Kollegen. Zwar versuchte er, sich darauf zu konzentrieren, Affen in den Grünanlagen auszumachen, ließ sich jedoch von der Pracht der Gebäude und Schreine ablenken. Die Sonne berührte die goldenen Stupas und Dächer, und der Tau der Nacht ließ die Spitzen und Spiralen, die Bögen und Bilder glitzern. Wie schade, dass er keine Zeit hatte, ins Innere des Ubosot zu gehen, des lang gestreckten Gebäudes, in dem der Smaragd-Buddha stand. Lange hatte man geglaubt, dass die Statue aus Gold sei, dann war an der Nase des Buddha ein Riss aufgetaucht und hatte offenbart, dass die Figur nur mit Gold überzogen, ihr Inneres aber aus Jade gehauen war; nach und nach hatte sich der grüne Stein der Jade im Volksmund zu einem Smaragd verwandelt. Oft hatte Nok seine Großmutter davon reden hören, dass sie einmal den Smaragd-Buddha sehen wolle, bevor sie starb. Er würde diesen Wunsch Wirklichkeit werden lassen und sie hierherbringen, aber natürlich erst, nachdem die Affen gebändigt waren.

Eine Bewegung in den Bäumen ließ ihn innehalten. Sergeant Boonmee und Somchai gingen weiter. Hatten sie nichts bemerkt? Die Sonne ging zwar gerade erst auf, aber das Licht reichte doch aus, um ...

»Da sind sie«, rief Nok. Seine Stimme hallte durch die leere Tempelanlage, und er biss sich auf die Unterlippe. Boonmee und Somchai blieben stehen und schauten sich um. Sie brauchten eine Weile, um die Tiere zu erkennen: Rhesusaffen, kleine Biester mit grauem Fell und Gespensterfratzen – jedenfalls erschien es Nok jedes Mal so, wenn er einem von ihnen begegnete. Im Augenblick schauten ihn gleich mehrere Augenpaare aus dem Geäst der Frangipanis und Jackfruchtbäume an. Die ersten Sonnenstrahlen, die die Tempeldächer und Stupas zum Leuchten brachten, ließen auch die Augen der Makaken glänzen. Er erstarrte.

»So viele?« Er glaubte, die Worte geflüstert zu haben, trotzdem hatten ihn die anderen gehört, denn Boonmee gab, ebenfalls mit leiser Stimme, zurück: »Das habe ich noch nie gesehen. Hier lebt sonst nur ein gutes Dutzend.«

Nok versuchte, die rosa Gesichter zwischen dem Grün der Blätter zu zählen, ging vom Zählen ins Schätzen über, gab aber schließlich auf. »Das sind über hundert«, sagte er.

»Wo kommen die alle auf einmal her?« Sergeant Boonmee zog mit einer bedächtigen Bewegung seinen Schlagstock aus dem Gürtel.

Nok wusste keine Antwort darauf. Wie auch? Er hatte keine Ahnung davon, wie viele Affen und Makaken es in Bangkok gab und wo sie sich normalerweise aufhielten. Aber er fühlte sich hier von der schieren Menge der Tiere bedroht.

Offenbar ging es den anderen ebenso. »Wir ziehen uns langsam zurück«, verkündete der Sergeant. »Wollen ja nicht beim Frühstück stören.« Boonmees Scherz versickerte in Noks Angst. Er griff in seine Gesäßtasche und holte seine Steinschleuder hervor – das beste Mittel gegen Affen. Das hatte er schon als kleiner Junge gelernt und seinen Kollegen zu vermitteln versucht, war dafür aber nur ausgelacht worden. Die anderen wollten sich lieber auf ihre Schlagstöcke verlassen. Was für Dummköpfe! Affen waren schnell und wendig, bevor der leicht übergewichtige Sergeant Boonmee eines der Tiere mit einem Stock treffen würde, wäre es längst hinter ihm und konnte über seine Schulter auf seinen Kopf klettern. Die Steinschleuder hingegen versprach Treffer auf Distanz. Außerdem sorgte schon ein kleiner Stein dafür, dass das Laub der Bäume raschelte, ein Alarmsignal für die Tiere, das sie in die Flucht schlug.

Nok suchte den Boden nach einem Stein ab, doch die gesamte Tempelanlage war zwischen den Grünanlagen gepflastert und wurde sauber gehalten. Vielleicht war die Steinschleuder doch keine so gute Idee gewesen.

Es war ohnehin besser, die Tiere nicht zu provozieren. Schon gar nicht, wenn es so viele waren. Bereits ein oder zwei Affen konnten einem Menschen gefährlich werden, ihn kratzen und beißen und in den Wunden lebensgefährliche Bakterien hinterlassen. Inzwischen standen über hundert Tiere gegen drei schlecht ausgerüstete Männer. Man musste kein Genie sein, um ausrechnen zu können, was die beste Vorgehensweise war.

Schritt für Schritt zogen sich die drei Polizisten zurück; zunächst gingen sie rückwärts, dann, als die Makaken keine Anstalten machten, ihnen zu folgen, drehten sie sich um und verließen den Bereich lässig wie Spaziergänger. Nok pfiff ein Lied, eine kleine Melodie, es sollte ein alter Hit von *Sao Sao Sao* sein, aber seine Lippen zitterten, und die Musik misslang.

»Hören Sie auf damit, Polizeidiener Nok!«, herrschte der Sergeant ihn an. »Wir sind hier nicht auf dem Jahrmarkt.«

»Er hat Angst«, sagte Somchai. Sogar im Zwielicht waren seine kleinen Zähne zu sehen, als er grinste.

Nok verstummte, aber Somchai ließ nicht locker. »Deine Steinschleuder hat uns beinahe das Leben gerettet, Affen-Nok. Wir sollten die gesamte Nationalpolizei damit ausstatten. Damit werden wir nicht nur Affen, sondern auch das organisierte Verbrechen aus Bangkok vertreiben.«

Vielleicht war es Schicksal, dass Nok in diesem Moment einen kleinen Stein unter seinem Schuh spürte. Er bückte sich, hob ihn auf und wog ihn in der Hand. Ein rundgewaschener Kiesel mit perfekter Flugeigenschaft. Schon hielt Nok die Steinschleuder in der Hand. Somchai nannte ihn Affen-Nok? Er würde diesem Idioten zeigen, wer der größte Affe von Bangkok war.

»Nok? Was tun Sie da?«, schimpfte Sergeant Boonmee. »Stecken Sie das Ding weg!«

Nok legte den Stein in die Lederschlaufe, fasste den Griff der Schleuder – ein guter Griff aus Eibenholz, daraus wurden auch Bögen gemacht – und legte auf Somchai an.

Der Polizeistudent versuchte auszuweichen, tänzelte im Kreis um ihn herum, aber das würde ihm nichts nützen. Nok verfolgte sein Ziel, spannte an und schoss. Das Projektil verfehlte Somchai nur um Millimeter und landete zischend in der Affenhorde.

Die Bäume explodierten in Kreischen und Bewegung. Die Affen, es mussten alle zugleich sein, sprangen umher, so schnell, dass ihr fliegendes Fell ein Flimmern auf der Netzhaut hinterließ. Einige liefen davon, einige waren offensichtlich desorientiert und kletterten auf die Stupas und Schreine. Und einige rannten auf die Polizisten zu.

»Weg hier!«, rief der Sergeant. Somchai war bereits auf und davon. Nok brauchte einen Moment, um zu erkennen, dass er einen Fehler begangen hatte. Dass er für alle Zeiten Affen-Nok bleiben und dem Spott der Kollegen ausgesetzt sein würde.

Boonmee packte ihn, der Sergeant zog ihn hinter sich her. Er begann zu laufen, doch es war zu spät. Ein Affe krallte sich an seine linke Wade, das Bein wurde schwer. Er bückte sich und schlug mit der Steinschleuder zu, ein wütendes Kreischen war die Antwort. Das Trippeln Dutzender kleiner Pfoten, das Klicken von Krallen auf den Pflastersteinen war wie der Rhythmus eines Orchesters, das nur aus Schlagwerk bestand. Es ließ Noks Beine tanzen, und er rannte so schnell, wie er noch nie in seinem Leben gerannt war.

»Der Käfig!«, rief Boonmee atemlos. Linker Hand waren die Gitterstäbe zu sehen, die Tür stand weit offen. Sie hielten darauf zu. Boonmee stürzte hinein, Nok hinterher. Der Sergeant griff nach der Tür. »Somchai!«, schrie er. »Hierher!«

Aber Polizeistudent Somchai schien es für das Beste zu halten, denselben Weg zurückzurennen, den die drei Männer gekommen waren, und durch das Eingangstor zu entkommen.

»Somchai!«, rief der Sergeant noch einmal, hielt die Tür einen Spaltbreit auf. Nok drängte ihn zur Seite, packte die Gitterstäbe und zog. Die Tür rastete ein, das Schloss im Innern klackte. Zwei Makaken sprangen an die Stahlstreben und kreischten den beiden Polizisten ihre Wut ins Gesicht. Nok wich zurück, prallte dabei gegen Boonmee, die beiden Männer verloren das Gleichgewicht und wären gestürzt, wenn in dem Käfig genug Platz gewesen wäre. So aber taumelten sie gegen das Gestänge. Nok stieß sich davon ab, als wäre der Stahl rot glühend. Er versuchte, einen Platz in der Mitte des Käfigs zu finden, dort, wo die kurzen Arme der Affen nicht hinreichten, denn nun hingen sechs Tiere in den Streben und versuchten, Nok und Boonmee zu erreichen, indem sie ihre Arme nach ihnen ausstreckten. Es war kaum Platz für zwei. Die beiden Polizisten drängten sich aneinander. Das Geschrei der Tiere kam von allen Seiten und war ohrenbetäubend, ihr Geruch ließ Nok schwindeln.

»Somchai!«, rief Boonmee wieder. »Laufen Sie!«

Nok reckte den Hals, konnte Somchai aber nicht mehr sehen. Sein Kollege hatte es wohl geschafft, die Makaken abzuhängen. Nok mochte Somchai nicht, dennoch war er erleichtert.

»Dieser Idiot!«, schimpfte der Sergeant so dicht neben Nok, dass er dessen heißen Atem auf der Wange spürte. »Boke, boke, boke«, fluchte Boonmee, Verzweiflung in der Stimme.

Jetzt erkannte auch Nok den dunklen Fleck im Schatten der Mauer. Dort lag, ausgestreckt und reglos, Polizeistudent Somchai. Um ihn herum huschten die kleinen Körper der Rhesusaffen.

Kapitel 18

Region um Pu'er, China

Peter

»Es ist mir egal, wohin die Tiere unterwegs sind.« Dayan Sui steuerte den Wagen, ihr Gesicht wurde von den Armaturen grün beleuchtet. Der Geländewagen rumpelte über den Waldweg. Es war dunkel geworden, und die Scheinwerfer stachen mit Lichtlanzen in die Nacht, doch statt etwas zu erhellen, verdichtete das grelle Licht die Bäume zu einer Wand, beinahe undurchdringlich für Menschen, aber wohl nicht für Elefanten. »Wir fahren zurück nach Pu'er und nehmen das nächste Flugzeug nach Kunming.«

»Wie bitte?« Peter ließ die Hand sinken, mit der er dorthin gedeutet hatte, wo er die Elefanten vermutete. »Haben Sie schon vergessen, was gerade passiert ist? Dass ein gesunder Elefantenbulle direkt vor unseren Augen zusammengebrochen und qualvoll gestorben ist, weil beim Chef der Provinzregierung das Jagdfieber ausgebrochen ist?«

»Natürlich nicht!« Ihre Stimme stand seiner an Lautstärke nicht nach.

Peter zuckte zusammen. Das Erlebte hatte ihr zugesetzt, ebenso wie ihm. Eben noch hatte Dayan Sui Tränen vergossen, hatte sich vor dem Gouverneur für Peter und sein Anliegen eingesetzt. Was brachte sie nun zu diesem Sinneswandel? »Dann legen Sie endlich Ihre verdammte Dienstbeflissenheit ab, und helfen Sie mir, die Tiere vor den Jägern zu schützen.« Er nahm sein Mobiltelefon von der Ablage und hielt es hoch. »Ich habe den Tod des Bullen aufgezeichnet. Das werde ich verwenden, um Umweltverbände und Wissenschaftsbetriebe auf diesen Skandal aufmerksam zu machen, ich werde Unterstützung bekommen ...«

»Wir fliegen zurück nach Kunming.« Suis Stimme klang fast wieder normal. »Sie hatten Ihren Willen. Sie haben den Gouverneur davon abgehalten, eine ganze Herde Elefanten abzuschießen. Sie haben ihm die Möglichkeit, die Tiere und ihre ungewöhnliche Wanderung zu erforschen, persönlich aufgezeigt. Ich habe Ihnen dabei geholfen und meine Karriere aufs Spiel gesetzt. Sagen Sie einfach danke, und halten Sie den Mund.«

»Tatsächlich?« Peter konnte seine Entrüstung nicht zurückhalten. »Sie haben ein Opfer gebracht? Wenn ich mich recht erinnere, haben Sie versucht zu verhindern, dass ich überhaupt herkomme. Dayan Sui, Sie sind nur hier, um auf mich aufzupassen. Für Sie zählt einzig und allein Ihr Job und dieser verfluchte Staudamm, Sie haben es gerade selbst gesagt, die Tiere sind Ihnen gleichgültig. Ihre Betroffenheit war ebenso geheuchelt wie der Eifer, mit dem Sie sich für die Herde eingesetzt haben. So ist es doch! Seien Sie endlich ehrlich, vor allem zu sich selbst. Dafür würde ich mich bei Ihnen bedanken, von mir aus sogar auf Chinesisch.«

Der Wagen schaukelte, und Peter stieß sich den Kopf am Himmel des Land Rover. Wahrscheinlich hatte Dayan Sui das Schlagloch absichtlich angesteuert, um ihn zum Schweigen zu bringen. Passen würde es zu ihr. So gut hatte er sie mittlerweile kennengelernt.

»Genug.« Sie sagte das ganz ruhig, aber ihre Stimme zitterte leicht. »Es ist mir nicht möglich, mit Ihnen zusammenzuarbeiten. Unsere Wege trennen sich, und zwar schon bei der Autovermietung am Flughafen von Pu'er. Sie nehmen das nächste Flugzeug zu einem internationalen Airport, wo Sie in Richtung Europa umsteigen können. Ihr Gepäck lasse ich Ihnen nachsenden. Sollte ich erfahren, dass Sie morgen noch im Land sind, werde ich die Polizei verständigen, und Sie werden doch noch wegen der Störung unserer Präsentation und wegen Ihres Identitätsbetrugs am Eingang belangt.« Sie stieß Luft durch die Nase aus. »Das Projekt für die Zwerggänse können Sie natürlich vergessen. So etwas wird es niemals geben. Ich werde mir etwas anderes für den Umweltschutz am Panlong einfallen lassen. Ihre geliebten Tiere werden sich neue Plätze suchen müssen oder aussterben. Das ist mir egal.« Das letzte Wort rief sie aus.

Peter packte die Handbremse und zog sie fest. Der Geländewagen fuhr nicht schnell, trotzdem presste der Ruck ihn und Sui in die Sicherheitsgurte, dass ihnen die Luft wegblieb. Der vordere Teil des Autos brach aus, Dayan Sui steuerte gegen.

Der Wagen kam zum Stehen. Peter ließ keine Stille und kein weiteres Wort zwischen ihnen zu, sondern stieg aus. Um sich in der Dunkelheit zurechtzufinden, brauchte er einen Moment. Dann ging er los, weg vom Wagen, weg von Dayan Sui, weg von dieser Sklavin eines lebensverachtenden Regimes.

Er hatte die Tür offen stehen lassen, nun hörte er, wie sie hinter ihm zugezogen wurde. Der Motor startete, und der Wagen rumpelte davon. Peter sah ihm nach. Eine Weile waren noch die Rücklichter zu sehen, rote Augen in der Nacht, die rasch kleiner wurden. Dann verebbte das Motorengeräusch allmählich.

Er wandte sich in die Richtung, die er vorhin im Auto Dayan Sui gewiesen hatte. Nach dem Tod ihres Artgenossen hatten die übrigen Elefanten noch eine Weile bei dem Kadaver verharrt, dann waren sie weitergezogen, erst den Weg durch den Wald entlang, den Reifenspuren der Geländewagen folgend, dann waren sie nach Westen abgebogen. Längst konnte Peter nicht mehr darauf zählen, die Tiere sehen zu können, selbst wenn sie sich in der Nähe aufhielten. Die Finsternis hatte alles ringsumher verschluckt. Aber er wusste, welchen Geräuschen er folgen musste. Als Zoologe hatte er schon viele Nächte im Wald verbracht und hatte gelernt, den Lauten zu lauschen, um die Tierarten zu unterscheiden. Wer sich auf diese Weise der Dunkelheit aussetzte, dem offenbarte sich eine Symphonie. Deshalb fiel es ihm jetzt auch nicht schwer, sich zurechtzufinden. Er musste nur dem Brechen und Knacken von Zweigen folgen, den Warnrufen anderer Tiere, dem Klopfen von Hufen flüchtender Paarhufer, die sich in Sicherheit brachten.

Elefanten bewegten sich trotz ihrer Größe leise. Hinter ihren Zehen, mit denen sie zuerst auftraten, befand sich weiches Gewebe, einem Gelkissen ähnlich. Wenn sie nicht gerade rannten, konnten sie sich beinahe lautlos fortbewegen – jedenfalls solange sie sich in freiem Gelände aufhielten.

Peter versuchte, selbst möglichst wenig Geräusche zu verursachen, während er durch den Wald ging. Ob sich der Gouverneur und seine Jagdgesellen in dieser Nacht wohl auch noch einmal an die Herde heranpirschen würden?

Ruan Yun und seine Männer waren zwar davongebraust, aber das bedeutete nicht, dass sie aufgeben würden. Dann wollte Peter da sein, um weitere Abschüsse zu verhindern. Er musste also Ruan Yun zuvorkommen und einen Weg finden, die Elefanten – jetzt waren es noch vierzehn – zurück in den Nationalpark zu leiten. Aber wie? Und noch dazu allein? Die Aufnahme des sterbenden Bullen würde ihm dabei helfen, die zuständigen Stellen für den Fall zu sensibilisieren. Aber wie lange würde es dauern, bis er Hilfe bekam?

Auf seinen kurzen Menschenbeinen kam er nicht so schnell

voran wie die Herde. Er schwitzte, und Durst machte sich bemerkbar, der seinen Mund austrocknete, seinen Rachen, sein Gehirn. Der Rucksack mit dem Proviant lag im Land Rover. War es ein Fehler gewesen, aus dem Wagen auszusteigen, und die Verfolgung der Elefanten zu Fuß aufzunehmen? Vielleicht. Dayan Sui hatte es geschafft, dass er nicht mehr klar denken konnte. Das war bisher nicht vielen Frauen gelungen, und wenn, dann auf andere Art und Weise. Der Gedanke, notfalls Wasser aus dem Mekong trinken zu müssen, so wie die Elefanten, ließ ihn erschauern. Er kannte die Probleme, die darin lebende Keime bei Menschen hervorrufen konnten, von Verformungen des Gewebes bis hin zum Tod gab es eine ganz ansehnliche Liste an Krankheiten. Peter biss die Zähne zusammen. Die Bedürfnisse seines Körpers waren jetzt zweitrangig. Es musste ihm gelingen, die Herde wiederzufinden und in ihrer Nähe zu bleiben.

Die Lichter waren wie winzige Punkte in der Nacht. Klein wie Sterne tauchten sie in der Ferne auf. Doch sie hingen nicht am Himmel, sondern schwebten dicht über der Erde und huschten umher, schnell wie Kometen.

Erst glaubte Peter, dass Ruan Yun mit seiner Wagenkolonne zurückgekehrt war. Dann erkannte er, dass sich die Lichter nicht wie Autoscheinwerfer bewegten. Sie flackerten. Wie Feuer.

So schnell, wie es ihm in der Dunkelheit möglich war, rannte Peter los.

Kapitel 19

Region um Pu'er, China

Sui

Der Weg führte aus dem Wald heraus und wurde zu einer Straße. Die Reifen des Geländewagens sirrten, sie klangen wie ein Chor, der die glückliche Heimkehr besingt. Sui war zurück auf dem Weg in die Zivilisation. In einer halben Stunde würde sie den Flughafen von Pu'er erreichen und hoffentlich noch vor Sonnenaufgang in Kunming sein. Wie lange war sie weg gewesen? Kaum einen Tag. Trotzdem fühlte sie sich auf merkwürdige Weise so, als habe sie ihr halbes Leben in diesen Wäldern zugebracht und ebenso lange zwischen Teebäumen und Gingko die Wildnis eingeatmet.

Der Tacho zeigte achtzig, dann hundert Stundenkilometer. Die Straße war frei. Niemand war nachts in diesem Teil des Landes unterwegs, außer vielleicht Ruan Yun. Wenn Sui den Gouverneur richtig einschätzte – und das war nicht besonders schwierig –, dann würde er sich nach Kunming zurückziehen und Gras über die Sache wachsen lassen. Sui schmunzelte. Vielleicht würde sie mit ihm im selben Flugzeug sitzen. Sie stellte sich vor, wie sie beide Konversation betrieben und über Belanglosigkeiten sprachen, während jeder von ihnen darauf lauerte, ob der andere das

Debakel zur Sprache brachte. Was sie selbst natürlich nicht tun würde. Sie war eine höfliche Frau, die immer wusste, wie man sich zu verhalten hatte.

Jedenfalls bis vorhin. Hatte sie Peter Danielsson wirklich angeschrien? So etwas war ihr noch nie passiert. Der Schwede hatte sie aus der Fassung gebracht. Nun, eigentlich hatte er nur einen Tropfen in das übervolle Fass ihrer Kümmernis fallen lassen. Sie solle ehrlich zu sich selbst sein, hatte er gesagt, und ihr vorgeworfen, Betroffenheit zu heucheln. Dabei hatte der Tod des Elefantenbullen sie tatsächlich berührt, gleichzeitig musste sie Verantwortung für ihr Bauprojekt zeigen und die Interessen der Provinzregierung vertreten. War das etwa verwerflich? Sie war keine Tierschützerin, sondern Ingenieurin. Sie hatte diesen Beruf erwählt, um nie wieder mit Unberechenbarem, mit der Natur und ihren Geistern in Berührung kommen zu müssen.

Und dann war da vor ihren Augen dieses majestätische Tier zusammengebrochen.

Sui fuhr langsamer.

Sie glaubte, noch immer die Verzweiflung der anderen Elefanten spüren zu können. Sie hatte sie in den Augen der Tiere gesehen, in den Bewegungen ihrer Rüssel, sie hatte sie gefühlt wie eine elektrostatische Aufladung in der Luft, wie eine Funkwelle aus dem Äther. Für einen Moment hatte sie gewusst, was Peter Danielsson antrieb, warum er keine Anstrengung scheute, jede Mühe auf sich nahm und sich nicht aufhalten ließ von einer drohenden Verurteilung, von Geldstrafen und Gefängniszellen. Er lebte für eine Welt, in der die einzig gültigen Gesetze die der Natur waren.

Sie wippte mit dem rechten Fuß und berührte leicht das Bremspedal. Erst jetzt wurde ihr bewusst, dass sie barfuß fuhr, ihre Stöckelschuhe lagen noch auf dem Rücksitz. Sie krallte die Zehen um das Pedal, dann trat sie es durch.

Die Bremsen packten, der Geländewagen hielt ruckartig, aber das mechanische Herz des Motors tuckerte weiter in der Nacht.

Sui schüttelte den Kopf. Sie konnte Peter nicht einfach hier zurücklassen. Das war unverantwortlich. Egal, was er getan hatte, egal, was er noch tun würde und wie er zu Sui und ihrer Arbeit stand: Er war ein Mensch und lief ganz allein durch die Wildnis. Sie warf einen Blick auf die Rückbank. Dort stand der Rucksack mit dem Proviant, darin steckten die Wasservorräte. Mein Gott, dachte Sui, er hat nicht mal etwas zu trinken dabei.

Im Dunkeln sah das Land überall gleich aus. Sie brauchte eine Viertelstunde, um den Abzweig auf den Waldweg wiederzufinden; noch schwieriger war es, die Stelle auszumachen, an der Peter zu Fuß weitergezogen war. Immer wieder stieg Sui aus und suchte den Boden im Licht der Scheinwerfer ab. Das Erdreich war aufgeweicht vom jüngsten Regen. Nach einer Weile sah sie Abdrücke, es waren die der Elefantenfüße, die nach einigen Metern von der Reifenspur abzweigten. Diesen Weg musste auch Peter genommen haben.

Sie starrte in die Dunkelheit. Was nun? Um ihm querfeldein zu folgen, fehlten ihr sowohl die Ausrüstung als auch der Mut. Also gab es nur eine Möglichkeit, vorausgesetzt, Peter war noch nicht zu weit weg. Es kostete sie einige Überwindung, dann holte sie tief Luft, um nach ihm zu rufen.

In diesem Moment drangen Männerstimmen durch die Nacht.

Aufgeregte Männerstimmen.

Sui lauschte. Die Laute waren undeutlich, die Entfernung war schwer abzuschätzen. Hatte der Gouverneur die Jagd auf die Elefanten doch noch fortgesetzt? Sie stieg in den Wagen, fuhr ein Stück und bog dann ab auf einen Forstweg in jene Richtung, in der sie die Männer vermutete. Kurz darauf sah sie das Flackern, das in einiger Entfernung dicht über den Boden zuckte. Bald waren Lichter zu erkennen, und sie wurden größer und zahlreicher, je näher Sui kam.

Fackeln!

Eine Schar Männer lief umher und schwenkte Stöcke, an denen brennende Lappen festgebunden waren. Sie bildeten einen lockeren Kreis. Sui fuhr näher heran. Die Nacht war in Schlamm, Lärm und Bewegung getaucht. Jetzt erkannte sie, dass sich in der Mitte des Kreises die Elefanten aneinanderdrängten, die Männer hatten sie zusammengetrieben.

Das waren nicht Ruan Yuns Jäger, Sui erkannte die Tracht der Han-Bauern. Sie stellten sich der Elefantenherde entgegen. Was war nur in diese Leute gefahren?

Ein Stück voraus rang Peter Danielsson, dessen helles Haar im Schein der Flammen leuchtete, mit einem der Männer und versuchte, ihm die Fackel zu entreißen. Dafür steckte der Schwede Tritte und Schläge ein, aber er ließ nicht locker. Die beiden schrien sich an.

Die Elefanten stießen Trompetenstöße aus. Als das Scheinwerferlicht des Geländewagens die Tiere erfasste, kam Bewegung in die Herde. Einige Elefanten brachen aus dem Kreis aus. Sie schlugen mit den Ohren, ihre Augen waren aufgerissen und glänzten. Sui hielt den Atem an. Dass diese sanften Tiere so furchterregend sein konnten, hatte sie schon vor einigen Stunden auf der Lichtung erlebt.

Peter kam auf sie zugerannt, riss die Wagentür auf, streckte eine Hand ins Innere und drehte den Schlüssel. Die Scheinwerfer erloschen. »Müssen Sie alles noch schlimmer machen?«, rief er. Sui wollte etwas sagen, sich verteidigen, ihm unter die Nase reiben, dass sie nur seinetwegen zurückgekommen sei. »Sagen Sie diesen Idioten, dass sie die Tiere mit Feuer reizen«, verlangte er von ihr.

»Was ist hier überhaupt los?« Sui wollte Peter festhalten, aber er schüttelte ihre Hände ab.

»Diese Narren versuchen, die Elefanten mit Fackeln davon abzuhalten, auf ihr Dorf zuzulaufen. Sie müssen die Fernsehbilder mit den brennenden Häusern gesehen haben, und jetzt haben sie Angst, dass ihnen dasselbe passiert. Dabei war das ein Unglücksfall. Die Tiere sind nicht aggressiv.«

Sui schaute auf die Szene vor ihnen. »Das sieht da vorn aber anders aus.« Im Licht der Fackeln lag einer der Bauern am Boden, zwei andere beugten sich über ihn, tasteten ihn ab. Beim Ausbruch aus dem Feuerkreis hatte eines der Tiere offenbar einen Mann niedergetrampelt. Die anderen Bauern liefen aufgeregt umher, ihre Rufe waren lauter geworden.

Sui stieg aus dem Wagen und ging auf die Männer zu, dann rief sie auf Mandarin: »Löschen Sie die Fackeln, und lassen Sie den Tieren Raum, damit sie sich beruhigen können.« Niemand reagierte, und die Herde lief, dicht gefolgt von den Bauern, in die Nacht.

»Laden Sie den Verletzten ein und fahren Sie ihn in ein Krankenhaus«, rief Peter ihr zu und setzte mit großen Schritten der Herde und ihren Verfolgern nach.

Sui wollte protestieren, aber Peter hatte recht. Der Verletzte brauchte Hilfe. Mit dem Wagen fuhr sie an die Unglücksstelle heran, dabei ließ sie die Scheinwerfer ausgeschaltet. Der Mann war bei Bewusstsein, als sie neben ihm niederkniete, er verzog das Gesicht und atmete stoßweise. Suis medizinische Kenntnisse waren beschränkt, aber sie hatte sich das ein oder andere bei ihrer Mutter abgeschaut. Sie berührte den Bauch des Verletzten und spürte, dass der Mann die Muskeln anspannte, um beim Atmen Gegendruck zu erzeugen, ein sicheres Zeichen dafür, dass er Verletzungen an den inneren Organen hatte. Hier konnte sie nichts für ihn tun. »Legen Sie ihn auf die Rückbank«, forderte Sui die beiden Begleiter des Mannes auf. »Wir bringen ihn nach Pu'er.«

Während sie den Verletzten in den Wagen hievten, ließ Sui

sich erklären, was geschehen war. Die Bauern hatten zu verhindern versucht, dass die Herde ihre Teeplantage zerstörte, erfuhr sie. Nun liefen die Tiere wild umher.

Ausgerechnet auf das Dorf zu.

Sui drückte einem der Männer die Autoschlüssel in die Hand. »Können Sie Auto fahren?«

Der Bauer schaute sie empört an. »Wir leben hier vielleicht nicht in der großen Stadt«, begann er, »aber wir sind ganz normale Menschen.«

»Dann fahren Sie!« Sui wartete die Reaktion nicht ab, sondern lief los, in die Richtung, die Peter eingeschlagen hatte, hinter den Elefanten her.

Kapitel 20

Teotihuacán, Mexiko

Abel

Teotihuacán – das sagten die Azteken zu der Stadt, die schon zu ihren Tagen alt und verlassen war. Teotihuacán – das bedeutete in Nahuatl, der Aztekensprache: »Wo die Götter wohnen«. Aber die Wissenschaft war sich uneins. Manche Forscher übersetzten den Namen auch mit »Wo der Mond geboren wird« oder gar »Wo man sich in einen Gott verwandelt«.

Abel hätte nichts dagegen gehabt, eine Gottheit zu werden, aufzusteigen aus seinem Gefängnis in den Nachthimmel Mexikos und Blitze auf seine Gegner zu schleudern.

Die vier Mexikaner waren noch immer dabei, die Grube mit Zement auszugießen. Die halbe Nacht arbeiteten sie schon, und die graue Masse bedeckte mittlerweile den Boden und hatte längst Abels Waden erreicht. Immer wieder hob er die Beine, um nicht in dem kalten Brei stecken zu bleiben, der immer fester wurde; aber es gab keinen Platz, wohin er hätte ausweichen können.

Seine Finger brannten, er hatte sich die Kuppen aufgerissen. Wie oft hatte er versucht, den Spalt am oberen Rand der Mauer zu erweitern? Doch die Steine ließen sich keinen Millimeter bewegen. Die Vorstellung, dass hinter der Wand ein Ausweg liegen könnte, hatte ihn vergessen lassen, wie es sich anfühlte, wenn sich Fingernägel lösten. Er hatte sein Ohr gegen die Mauer gepresst, in der Hoffnung, etwas zu hören, das Rauschen von Wasser in einem großen Raum oder den Wind, der durch Luftkanäle in der Pyramide pfiff – Geräusche der Freiheit. Aber da war nichts, bloß Stille auf der einen Seite und auf der anderen das unablässige Klatschen des Zements und das Keuchen der Mexikaner.

Es gab keinen Ausweg. Und wenn ihm der Zement erst mal bis zu den Knien reichte, bis zur Hüfte, bis zum … Irgendwann würde die schwere Masse seine Muskeln zusammendrücken, seinen Blutkreislauf verlangsamen, und er würde ohnmächtig werden. Seine Archäologenfantasie trug ihn davon. War Zement luftdurchlässig? Wie schnell würde sein Leichnam darin verwesen? Danach würde er einen Hohlraum hinterlassen wie in Pompeji die Toten in der kalten Asche. Würde es in einigen Hundert Jahren überhaupt noch Archäologen geben, die einen rätselhaften Fleck neben der Pyramide der gefiederten Schlange untersuchten? Vielleicht stellte man ihn – oder das, was von ihm übrig geblieben war – dann in einer Vitrine aus.

Immerhin hatten die Mexikaner aufgehört, Witze zu reißen. Die Arbeit war anstrengend, sie schienen ordentlich ins Schwitzen gekommen zu sein. Jetzt drangen nur noch die Geräusche des Zements von oben herab, wenn wieder einige Liter in die Grube klatschten, und weiter entfernt war das Quietschen der Mischmaschine zu hören. Es klang wie das Pfeifen eines Bauarbeiters mit feuchten Lippen.

Abel stellte sich vor, wie an genau dieser Stelle vor über tausend Jahren ebenfalls Menschen geschuftet hatten, um die Pyramide zu errichten. Sie hatten Stein auf Stein gesetzt, so dicht und perfekt, dass die Wände bis heute standen.

Er drehte sich zur Mauer um. Mit dem Gewicht an den

Beinen fiel die Bewegung schwer. Stein zu hauen dauerte lange und war teuer, deshalb hatte man sich mit Lehmziegeln beholfen. Lehm gehörte schon früh zum Alltag der Menschen, er war Baumaterial und die Grundlage für Töpferei, ohne die es keine Vorratshaltung gab. Also wurden auch die großen Monumente stets in der Nähe von Lehmgruben errichtet. Lehmziegel wurden aus Tonerde geformt, die mit Stroh gemischt war, um das Gewicht zu verringern und den Ziegel stabiler zu machen. War die Masse geformt, legte man sie in die Sonne zum Brennen. Das hatte den Vorteil, dass die Steine schnell ausgehärtet waren, und den Nachteil, dass sie hässlich aussahen. Deshalb wurden sie nur dort verwendet, wo niemand hinschaute.

Zum Beispiel in einer Grube unterhalb eines Bauwerks.

Noch einmal tastete Abel die Wand ab. Bei seinen ersten Versuchen hatte er sich darauf konzentriert, nach lockeren Stellen im Mauerwerk zu suchen, um einen Stein herauszubrechen. Ob die Steine unterschiedlichen Materials waren, darauf hatte er nicht geachtet.

Während seine Beine im Zement schmatzten, stellte er sich vor, er sei ein Bauarbeiter in der Stadt der Götter und er habe die Aufgabe, die Wände dieser kleinen Kammer zu errichten. Angenommen, ihm ständen sowohl Andesit als auch Lehmziegel zur Verfügung – an welcher Stelle würde er mit dem billigeren Material arbeiten? Bestimmt nicht im oberen Teil, denn dort konnte man die Lehmziegel sehen, und die Pyramide sollte doch ein Schmuckstück werden. Außerdem hätte Regenwasser von den Stufen des Bauwerks an dieser Stelle auf die Lehmziegel laufen und diese aufweichen können.

Der Gedanke ließ Abel erstarren. Lehmziegel lösten sich auf, wenn sie nass wurden. Natürlich nicht sofort, denn dann wären sie als Baumaterial so sinnvoll wie Papier. Aber wenn die Feuchtigkeit lange genug in den Lehm einsickerte … In Ägypten mussten die Fellachen, wie man die dortigen Bauern nannte, noch im zwanzigsten Jahrhundert ihre Häuser jedes Mal neu errichten, wenn der Nil über die Ufer trat – weil das Wasser die Lehmziegel zerstörte.

Abels Fingerspitzen waren taub, deshalb tastete er mit den Handtellern über den Stein. Er beugte sich tiefer, fühlte nach. Vermutlich hätte er die Unebenheit gar nicht bemerkt, hätte er nicht die Spitze eines Strohhalms gespürt. Da war etwas.

Abel bemerkte, dass die uralte Pflanzenfaser abbrach. Es war ein Wunder, dass sie überhaupt noch da war, konserviert in einem Stück Lehm. Er kramte die Nagelfeile aus seiner Umhängetasche hervor, klappte sie aus dem Etui heraus und kratzte über den Stein. Schon mit wenig Druck drang die Spitze ein. Er hatte tatsächlich einen Lehmziegel vor sich, kein Zweifel. Was er also brauchte, war Feuchtigkeit, war Wasser. Draußen gab es genug davon. Und als er hinuntergestiegen war – wie viele Stunden lag das zurück? –, hatte er auf dem Grund der Grube eine tiefe Pfütze gesehen. Aber die war längst unter dem Zement verschwunden.

Der Zement! Natürlich! Abel steckte eine Hand in die zähflüssige Masse zu seinen Füßen und rieb Daumen und Zeigefinger gegeneinander. Bevor Zement hart wurde, bestand er zur Hälfte aus Wasser. Und den Fuß der Mauer bedeckte er bereits.

Langsam ging er in die Knie, bis ihm der Zement über die Hüften reichte, und wühlte mit beiden Händen darin herum. Diesmal brauchte er kein Werkzeug, um Brocken aus den Ziegeln lösen zu können – der Lehm hatte sich bereits mit Wasser vollgesogen. Der Ton war in Jahrhunderten ausgetrocknet und nahm die Feuchtigkeit auf wie ein Verdurstender eine Flasche Wasser.

»Mehr Zement«, sagte Abel leise, und sein Herz hüpfte. Seine Totengräber sorgten dafür, dass er ihnen entkam – jedenfalls hoffte er das. Alles hing davon ab, was hinter der Mauer zu finden war.

Er watete zurück zu der Stelle, wo die Mexikaner die Äste und Zweige hingeworfen hatten. Ein Blick nach oben verriet ihm, dass die Männer an der Mischmaschine arbeiteten. Einer, es war Luis, stand mit einer Schaufel am Rand der Grube, als er Abel entdeckte.

»Der Professor versucht zu entkommen!«, rief er und lachte. Die Köpfe der anderen drei Mexikaner tauchten am Rand auf wie schwarze Monde vor dem graublauen Nachthimmel. Um seine Absichten zu verbergen, zog er einen Ast aus dem Zement und warf ihn zu den vier Mexikanern hinauf. Er hatte nicht damit gerechnet, einen von ihnen zu treffen, schien aber genau das erreicht zu haben, denn er hörte Carlos aufschreien. Die Gesichter verschwanden. Gut so!

Abel riss einen weiteren Ast hervor und zog sich damit in die Kammer zurück. Das Holzstück war nicht besonders lang. Blindlings bohrte er in der Zementlache herum. Im nächsten Moment rutschte der Ast nach vorn weg. Abel verlor das Gleichgewicht, stieß mit der Wange heftig gegen die Wand, prellte sich das Jochbein und schürfte sich die Haut auf. Was jedoch zählte, war das Loch in der Mauer, durch das er seine Hand stecken konnte.

Kapitel 21

Teotihuacán, Mexiko

Abel

Die durchschnittliche Muskelmasse an der Schulter eines Menschen betrug ein bis zwei Kilogramm. Die Schulter diente dem Schutz des Arms, der Beweglichkeit des Körpers und der Kraftübertragung. Und sie konnte verdammt wehtun.

Abel warf sich gegen die Mauer, diesmal mit der linken Seite, denn seine rechte war bereits ein einziges großes Hämatom. Warum gab die Wand nicht endlich nach? Er hatte endlose Zeit und Kraft dafür aufgewendet, die Lehmziegel aus der unteren Reihe herauszubrechen. Jetzt ruhte das ganze Gefüge nur noch auf drei oder vier Bruchsteinen. Aber offenbar genügte das, um ihm Stabilität zu verleihen.

Wieder warf er sich dagegen, mit so viel Wucht, wie es ihm mit den Beinen im zähflüssigen Zement möglich war. Die Masse stand ihm inzwischen bis zu den Knien. Die Spritzer an den Armen bildeten bereits eine Kruste, dünn zwar, aber sie kündete davon, was ihm drohte, wenn er nicht bald entkam.

Die Mauer bewegte sich kein Stück weit, sie erzitterte nicht einmal. Abel schlug mit den Fäusten dagegen und schrie seine Wut und Verzweiflung heraus.

»Stirbt der Professor?«, hörte er oben, am Rand der Grube, Santiago fragen.

Die Mischmaschine setzte aus, ihre Todesmelodie zu pfeifen.

»Kann sein«, sagte Luis nach einer Weile.

Abel lehnte mit der Stirn gegen die Wand und atmete schwer. Sein Leib fühlte sich zerschlagen an. Langsam rutschten seine Hände von der Mauer ab. Sein archäologischer Spürsinn hatte ihm für eine kleine Weile Hoffnung verliehen, aber diese Hoffnung schwand. Seine Kräfte waren aufgezehrt, sein Weg war zu Ende.

»Professor?« Diesmal war es die Stimme von Benicio.

»Geh zurück an die Maschine«, blaffte Luis. »Wir sind nicht mal zur Hälfte fertig.«

»Vielleicht können wir uns den Rest ja sparen«, gab Benicio zurück. »Der Professor hat geschrien, vielleicht war das sein letzter Atemzug. *Entiendes*, Luis? Der liegt da vielleicht schon tot im Zement. Dann müssten wir uns die Arbeit gar nicht mehr machen.«

»Natürlich müssen wir das. Es geht ja nicht nur um den Professor. Es geht darum, das Loch zu verfüllen. Wenn es ein Forscher entdeckt hat, wird es auch ein zweiter finden. Das darf nicht geschehen.«

»Aber wenn er tot ist, können wir doch die Bretter drüberlegen und in einer anderen Nacht weiterarbeiten.«

Nun schaltete sich auch Carlos ein. »Er hat recht, Luis. Wenn der Alte da unten verreckt ist, können wir es langsamer angehen lassen.«

Das Licht einer Taschenlampe huschte durch die Grube. Von seiner Position aus erkannte Abel mit Entsetzen, wie hoch der Zement stand.

»Ich kann ihn nirgendwo sehen«, rief der Vierte im Bund, wie hieß er noch gleich? Santiago?

»Der ist längst abgesoffen«, sagte Carlos. »Wir gehen nach Hause.«

Abels Herz setzte einen Schlag aus.

»Du spinnst«, bellte Luis. »Wir machen weiter, bis die Grube voll ist.«

»Mir reicht's, ich hab keine Lust mehr«, quengelte Benicio. »Ich steige da runter, um nachzusehen. Aber wenn er wirklich schon bei den Toten ist, lassen wir es für heute gut sein, *está bien?*«

»Nein«, rief Luis. Eine Pause entstand, dann sprach er weiter. »Ich gehe selbst runter.«

»Du traust mir wohl nicht«, beschwerte sich Benicio.

»Wundert dich das?«, fragte Luis. »Ich weiß ja, wie du Karten spielst.«

Abel spürte ein Pochen im Hals. Die Kehle wurde ihm eng und die Luft knapp. Er tastete nach dem Ast, mit dem er die Lehmziegel gelockert hatte. Würde er noch in der Lage sein, Luis eins damit überzubraten? Und dann? Die anderen würden ihren Kumpan retten und Abel fertigmachen. Immerhin ging er nicht kampflos unter.

Es platschte, als sich Luis in die Grube fallen ließ. »Professor?« Das Licht der Taschenlampe wanderte über den Zementsee. Von seiner Position aus konnte Luis in die Kammer leuchten. »Was tun Sie da?«, rief der Mexikaner.

Abel warf sich gegen Luis, so gut es ging, und schloss seine Finger um den Hals des Mannes, erschrocken über sich selbst. Niemals hätte er gedacht, zu so etwas fähig zu sein. Er drückte die Daumen gegen Luis' Kehlkopf. Die Augen seines Gegenübers traten hervor. Im nächsten Moment krachte Luis' Faust gegen Abels Kinn, seine Zähne schlugen aufeinander, der Schmerz von einem Dutzend Zahnarztbesuchen durchzuckte ihn in einer Sekunde. Aber er ließ nicht los. Die Haut an Luis' Hals war heiß und rutschig, der Schweißgeruch des stämmigen Kerls schier unerträglich. Oh Gott, fuhr es Abel durch den Kopf. Hoffentlich töte ich ihn nicht, nicht mit bloßen Händen.

Als Luis erkannte, dass sein Hieb nicht ausgereicht hatte, um Abel loszuwerden, versuchte er, ihn wegzuschieben. Der Mexikaner war kräftig. Nach und nach lockerte sich Abels Griff. Also umklammerte er Luis mit beiden Armen, presste ihn an sich wie einen verlorenen Sohn.

Luis schrie auf. Er drückte Abels Kopf zurück. Als auch das nichts brachte, versuchte er, den Schweden abzuschütteln.

»Was ist los, Luis?« Das Licht einer anderen Taschenlampe streifte durch die Grube und an den Rand der Kammer. Abel und Luis drehten sich darin wie beim Pas de deux.

»Loslassen!«, brüllte der Mexikaner.

Abel hielt Luis fest und zog ihn tiefer in die Kammer hinein. Vielleicht ließen sich die Kräfte dort zu seinem Vorteil lenken. Wie eine Abrissbirne aus Muskeln und Knochen krachten die beiden Männer gegen die Wand, und das Steingefüge gab nach. Die Mauer lehnte sich nach hinten und stürzte ein. Das Poltern war Musik in Abels Ohren. Von ihrem Schwung aus dem Gleichgewicht gebracht, fielen sie den Steinen hinterher und schlugen auf den Trümmern der Wand auf.

Abel fand sich auf dem Rücken wieder. Das Erste, was er hörte, waren die aufgeregten Rufe der Mexikaner, das Zweite das Glucksen des Zements, als sich die Ladung aus der Kammer in den neu entstandenen Hohlraum ergoss.

»¡De la chingada!« Luis stöhnte und hustete.

Vielleicht lag es am Körpergewicht des anderen, dass Abel zuerst auf den Beinen war. Er sah sich um. Die Freiheit war schwarz. Er konnte nichts sehen. Es roch nach Staub und Erdreich, nach Feuchtigkeit und toten Mäusen. Mit einem Fuß tastete sich Abel in die Dunkelheit hinein und stolperte von den zusammengestürzten Mauersteinen herunter, streckte die Hände aus, um nicht mit dem Gesicht gegen ein Hindernis zu stoßen – bis er eine weitere Wand berührte.

Ein Fluch brach aus ihm hervor. Er hatte alles richtig gemacht, er hatte sein archäologisches Wissen eingesetzt, um einen Ausweg aus einer tödlichen Situation zu finden, er hatte mit einem Mörder gerungen und beinahe einen Menschen getötet, er hatte eine Wand zum Einsturz gebracht, die seit über tausend Jahren stand. Und das war das Ergebnis?

Abel konnte nicht anders, er musste lachen. Fünfzig Jahre Archäologie und die gesamte Geschichte der Menschheit ließen sich auf diese einfache Formel herunterbrechen: Hatte man ein Hindernis überwunden, stand man vor dem nächsten.

Eine Hand packte ihn am Genick und drückte zu. »Ich habe ihn«, brüllte Luis nach draußen. »Der Professor hat versucht, mich zu erwürgen.«

Wenn von den anderen eine Reaktion kam, so hörte Abel sie nicht, denn in diesem Moment ertönte ein Knirschen wie von Stein, der über Stein reibt. Körnchen rieselten auf sein Gesicht. Er spürte, wie der Luftstrom in der Kammer mit einem Mal versiegte.

»Was hat das zu bedeuten?«, fragte Luis.

Dann krachte es, und der Himmel fiel ihnen auf den Kopf.

Kapitel 22

Region um Pu'er, China

Peter

Woher die Leute vom Fernsehen den Standort der Elefanten kannten, war Peter ein Rätsel. Aber mit einem Mal mischte sich unter den Lärm der Trompetenstöße und die Rufe der Bauern das durchdringende Stottern eines Rotors. Am Himmel waren zwei rote Positionslichter zu erkennen. Ein Helikopter sauste über Peter hinweg, auf der Flanke konnte er die Aufschrift YNTV erkennen. Das Licht eines Suchscheinwerfers huschte durch die Nacht, tastete über den Boden, riss Gesichter aus der Dunkelheit und blieb an den Elefanten hängen.

Die bereits in Panik geratenen, wütenden Tiere reagierten sofort. Der Lichtstrahl des Helikopters stach wie eine Nadel in ihr Gemüt, mit schwankenden Leibern liefen sie weiter und nahmen Tempo auf. Gleichzeitig suchten sie Schutz beieinander, drängten sich zusammen – die Herde rollte wie eine Lawine durch die dunkle Landschaft.

Peter schickte einen Fluch zu dem Helikopter hinauf und rannte hinterher.

Der Scheinwerfer schwenkte herum, der Helikopter beschleunigte. Der Lichtkegel strich über eine gewellte Grasfläche und streifte Gebäude, Holzhütten mit Schindeldächern, die sich an einen Hang schmiegten. Das Dorf der Bauern! Einige der Männer versuchten, die Elefanten einzuholen und mit den Fackeln nach ihnen zu schlagen, andere warfen die brennenden Stöcke nach ihnen. Vorangetrieben von Rufen, Fackeln und Scheinwerferlicht, vom Wind und Lärm des Rotors, rannten die Tiere auf die Hütten zu. Das Dorf war winzig, erkannte Peter, es bestand nur aus sieben oder acht Gebäuden, die einen kleinen Platz einfassten. Den hatte die Herde nun erreicht. Die Elefanten saßen in der Falle, für die mächtigen Leiber gab es keinen Weg zwischen den Häusern hindurch.

Der Helikopter sank tiefer. Peters Haar wirbelte vor seine Brille, der Luftzug peitschte die Blätter von Bäumen am Rand des Lichtstrahls, die den Platz säumten. Da läutete eine Glocke, selbst unter dem Lärm des Hubschraubers waren die grellen Töne zu hören. Peter entdeckte ein Ziegelgebäude mit einem kleinen Glockenturm auf dem Dach. Im Innern brannte Licht.

Ein Bulle drängte mit der Flanke gegen ein Gebäude nebenan. Er lehnte sich dagegen und warf den Kopf hin und her, stieß mit den Stoßzähnen gegen die Wand und verhakte sich dabei in einem Dachbalken. Er zog und zerrte, bis er freikam und Teile des Daches abrutschten. Einige der Bretter und Schindeln trafen das Tier am Rücken, doch es schien ihm nichts auszumachen. Angestachelt von seinem Erfolg stach es den linken Stoßzahn in eine Wand. Das Holz zerbarst.

Ein anderes Tier, eine Kuh, drehte sich wild auf der Stelle und schleuderte den Rüssel durch die Luft. Hätte auch sie Stoßzähne gehabt, hätte sie sogar ihre Artgenossen damit verletzt. So aber rammte sie ihren Kopf gegen die anderen Tiere, die ihrerseits andere anstießen und beiseitedrückten. Ein Mahlstrom aus Haut und Muskeln drehte sich auf dem Dorfplatz. Als mehrere Elefanten gegen das Gebäude mit der Glocke stießen, gingen darin

Scheiben zu Bruch. Im Innern waren jetzt Menschen zu sehen. Kinder! Sie hielten die Hände vor die Augen, denn der Suchscheinwerfer war direkt auf sie gerichtet.

Peter spürte das lähmende Gefühl der Hilflosigkeit in sich aufsteigen. Wie sollte er den Helikopter dazu bringen zu verschwinden? Er winkte mit erhobenen Armen, aber selbst wenn die Fernsehleute und der Pilot da oben ihn wahrnahmen, dann reagierten sie nicht.

Die Bauern waren am Rand des Dorfplatzes stehen geblieben. In ihrer Verzweiflung mussten sie erkennen, dass es Selbstmord war, zwischen die Elefanten zu laufen, die sich unablässig drehten und wendeten. Die Tiere stießen gegeneinander, versehentlich und, wie Peter zu erkennen glaubte, bisweilen auch absichtlich. Auf der Suche nach einem Ausweg wurden sie immer weiter in Richtung des Steinbaus gedrückt. Der Bulle am westlichen Rand des Dorfes zerlegte die Fassade des Holzhauses, darin wurde eine Wohnstube mit einem flackernden Fernsehbildschirm sichtbar.

Was war das für eine Frau, die da an ihm vorbeischritt? So bedächtig, als ginge sie auf einen Schwatz zu den Nachbarn, tappte sie genau dorthin, wo die Herde tobte.

Sie musste verwirrt sein. Jetzt schien auch derjenige im Hubschrauber auf sie aufmerksam zu werden, der den Strahler ausrichtete, denn er lenkte den Lichtkegel des Suchscheinwerfers zu ihr hinüber und leuchtete sie aus wie den Star einer Vaudeville-Show.

Sie reagierte nicht darauf. Ihr Haar war zu einem unordentlichen Knoten zusammengebunden, der lose auf ihrem Nacken lag. Eine dunkelgrüne Sportjacke mit weißen Streifen flatterte um ihren knochigen Körper. Sie war klein und schon etwas älter, soweit Peter das erkennen konnte. Ihre dünne Hose aus Baumwollstoff hing lose an ihren Hüften. Ihre Füße steckten in abgetragenen Sandalen, deren Riemen einmal weiß gewesen waren.

»Stopp!«, rief Peter. Die Frau ging weiter auf die Elefanten zu, verlangsamte aber ihre Schritte. Dann hob sie sacht die rechte Hand. An ihrem Handgelenk baumelte ein Kettchen. Sie öffnete den Mund und sagte etwas, das in all dem Lärm unterging, dabei hielt sie die Handfläche ausgestreckt, bewegte sie auf und ab, wie jemand, der das Gewicht von etwas prüft, und senkte sie schließlich langsam. Die Elefanten tobten weiter, nur eine der Kühe war stehen geblieben und schaute zu der Frau herüber.

Als Peter gerade loslaufen wollte, um sie – offensichtlich nicht nur vor den Elefanten, sondern vor allem vor sich selbst – zu schützen, ging noch jemand an ihm vorbei. Dayan Sui schritt über den Dorfplatz, packte die Frau an den Schultern und zerrte sie weg. Sie leistete keinen Widerstand, war tatsächlich nicht ganz bei sich. Sui hielt sie umklammert und brachte sie in Sicherheit, weg von dem Dorfplatz.

Wieso war die Ingenieurin hier?

Die Leute im Helikopter verloren das Interesse und verfolgten weiter das Treiben der Elefanten.

Der große Bulle drängte sich durch die Reste der Holzhütte, mit einem Krachen gab eine weitere Wand nach. Der Elefant stieß mehrere Trompetenstöße aus und verschwand zwischen den Gebäuderesten. Der Weg war frei, seine Artgenossen schlossen sich einer nach dem anderen an.

Peter verfolgte das Geschehen mit einer Mischung aus Erleichterung und bangem Gefühl. Die akute Gefahr war gebannt, doch der Schaden, den die Tiere – und letztlich auch die Menschen selbst – angerichtet hatten, war enorm. Hoffentlich gab es keine weiteren Verletzten. Er würde die Herde ziehen lassen müssen und nach Sonnenaufgang nach den Tieren suchen, zuerst aber musste er den Menschen hier im Dorf helfen. Um sich mit den Bauern verständigen zu können, machte er sich auf die Suche nach Dayan Sui.

Am Rand des Platzes fand er sie ins Gespräch mit der verwirrten Frau vertieft. »Was machen Sie hier?«, fragte er. »Was ist mit dem Verwundeten geschehen?«

Dayan Sui beachtete ihn nicht. Stattdessen führte sie mit der Verwirrten einen Dialog in schnellem Mandarin, dem Peter nicht folgen konnte. Nach einer Weile deutete Sui mit einer schwungvollen Bewegung auf ihn und wechselte ins Englisch. »Das ist Peter Danielsson, ein Wissenschaftler aus Schweden«, stellte sie ihn vor. »Peter, das ist Dayan Bao. Meine Mutter.«

Kapitel 23

Region um Pu'er, China

Peter

»Ihre ... *was?*« Peters Blick schnellte zwischen Dayan Sui und der Frau, die sie ihm gerade als ihre Mutter vorgestellt hatte, hin und her. Während Dayan Bao ihm die Hand schüttelte, schaute Sui ihn auf eine Art an, die er bislang noch nicht von ihr kannte. Eine Spur Hilflosigkeit lag darin.

»Freut mich«, unterbrach Dayan Bao seine Gedanken. »Aber wir sollten hier nicht rumstehen, sondern da vorn mit anfassen.« Sie deutete auf den Dorfplatz und ging los. Eine Menschenmenge hatte sich gebildet, Kinder liefen umher, einige Bewohner hielten sich in den Armen, andere hatten damit begonnen, im Schein der Fackeln Schutt und Holzreste beiseitezuräumen.

Peter schluckte seine Verwunderung und die vielen Fragen, die er an Sui hatte, herunter und folgte mit ihr zusammen der kleinen Frau mit der dunkelgrünen Sportjacke und dem wippenden, zausigen Haarknoten.

Das Dorf lag in Trümmern. Als die Sonne aufging, zeigte sich das Ausmaß der Verwüstung. Jedes Haus hatte etwas abbekommen, und jenes, das der Bulle angegriffen hatte, war vollständig zerstört. Die Männer des Dorfes stapften durch die Reste, um zu bergen, was sich noch verwenden ließ. Selbst die Schule, das Ziegelgebäude mit dem Glockenturm, sah aus, als sei sie in einen Wirbelsturm geraten, Teile des Daches fehlten, und sämtliche Fenster waren zersplittert. Immerhin hatte das Gemäuer den Kindern Schutz geboten, die mit ihren Müttern dorthin geflüchtet waren, als die Männer versucht hatten, die Elefanten mit Fackeln zu vertreiben. Sie alle waren mit dem Schrecken davongekommen, aber das war schon schlimm genug. Außerdem wusste noch niemand, wie es dem Verletzten ging.

Die Elefanten waren verschwunden. Kaum hatte der Bulle die Fluchtmöglichkeit entdeckt, war er mit der Herde in den Wald gelaufen. Der Helikopter war den Tieren noch eine Weile gefolgt, hatte dann aber abgedreht, wie an den Rotorgeräuschen zu hören gewesen war. Vermutlich waren die Baumkronen der Kamera im Weg gewesen. In dieser Minute liefen die Bilder aus der Nacht vielleicht schon im chinesischen Fernsehen.

Wohin würde die Herde nun ziehen?, fragte sich Peter, während er half, brauchbares Holz aus den Hütten zu räumen. Die Bauern hatten seine Hilfe angenommen, als Sui in der Nacht einige vermittelnde Worte gesprochen hatte. Sobald die Helfer aus Pu'er anrückten, die man verständigt hatte, wollte er hinter den Elefanten her. Damit ihr Vorsprung nicht zu groß wurde, musste er sich bald auf den Weg machen.

Sui trat aus dem Schulgebäude und kam auf ihn zu. Ohne ihr förmliches Jackett sah sie völlig verändert aus. Sie trug eine schmutzige weiße Bluse mit hochgerollten Ärmeln, ihre Hände zeigten die Spuren der Aufräumarbeiten, und ihr Gesicht glühte.

»Machen Sie mal eine Pause«, sagte sie und reichte ihm eine Wasserflasche und einen bunten Riegel mit einem Panda auf der Verpackung.

Das Angebot nahm er gern an. Schließlich hatte er, abgesehen von einem Schläfchen auf einigen zusammengestellten Stühlen, die Nacht durchgearbeitet, außerdem konnte er endlich mit Sui sprechen – allein. Sie ließen sich unter einem Baum am Rand des Dorfplatzes nieder.

»Wie geht es Ihrer Mutter?«, erkundigte sich Peter.

Sui verzog das Gesicht. Sollte das ein Lächeln sein? »So gut, dass ich sie nicht davon überzeugen kann, sich von mir nach Hause bringen zu lassen.«

»Nach Hause?«, fragte Peter. Bislang war er davon ausgegangen, dass Dayan Bao in diesem Dorf lebte. »Wohnt sie denn nicht hier?«

»Meine Mutter lebt in Kunming«, sagte Sui. »Sie ist über Land mit dem Bus hergekommen.«

»Mit dem Bus?«

»Sie muss gleich nach den ersten Berichten über das brennende Dorf am Dienstag in Kunming aufgebrochen sein.«

»Aber warum?«

»Meine Mutter glaubt, dass sie den Elefanten helfen kann und damit auch den Menschen.« Sui rieb sich die Unterarme. »Sie hat sich in den Kopf gesetzt, der Herde zu folgen.«

»Ist sie ... verwirrt? Ich meine, wie sie auf die Elefantenherde zugelaufen ist, das war ...« Peter sprach das Wort »verrückt« nicht aus.

Sui schaute auf ihre Schuhe. Erst jetzt fiel Peter auf, dass sie nicht mehr barfuß war und statt ihrer hochhackigen Schuhe ein Paar abgetragene, viel zu große Laufschuhe trug.

»Meine Mutter«, sagte sie mit gesenkter Stimme, »ist eine Schamanin.«

Peter konnte das Glucksen, das aus ihm hervorbrechen wollte, gerade noch unterdrücken. »Eine Schamanin«, echote er.

Sui nickte, ihre Miene war ernst. Weder verzog sie das Gesicht, noch machte sie eine ratlose Geste oder gab sonst irgendwie zu verstehen, dass ihre Mutter schon immer ein wenig speziell war. Eine Spur Verwundbarkeit in ihrem Blick fiel ihm auf. »Vielleicht hört sie auf Sie. Ich habe ihr gesagt, dass Sie Zoologe sind und alles über Elefanten wissen. Würden Sie mit ihr reden?«

»Natürlich«, sagte Peter und folgte ihr in die Schule.

Die Glassplitter der zerbrochenen Fenster waren weggeräumt. Sie füllten eine Reihe von Blecheimern, in denen es glitzerte wie in der Auslage eines Juweliergeschäfts. Vier Frauen in Kitteln waren dabei, die bodenlangen Vorhänge abzunehmen. Sie warfen Peter neugierige Blicke zu.

Eine breite Schiefertafel bedeckte die Stirnwand in dem Klassenraum. Tische, an denen sonst die Schülerinnen und Schüler saßen, waren zu einem Haufen zusammengeschoben. Auf einer Tischplatte saß Suis Mutter und ließ die Beine baumeln, neben sich einen Zuber mit Wischwasser und ein Schrubber. Sie nahm gerade einen Schluck aus einer Flasche Erhong-Bier. Peter kannte das Getränk aus Kunming. Es wurde auch »Rotes Bier« genannt und hatte eine süßliche Note.

Als Sui und Peter sich näherten, lächelte die ältere Frau und hielt Peter die Flasche entgegen. Er lehnte ab. »Ihre Tochter sagt, Sie wollen den Elefanten folgen.«

»Wenn sie das sagt, dann stimmt es vielleicht.« Obwohl Peter die Stimme von Dayan Bao schon in der Nacht gehört hatte, fiel ihm erst jetzt auf, mit welcher Bestimmtheit sie sprach. Ihre Selbstsicherheit war so groß, dass sie beinahe obszön wirkte. »Und Sui möchte, dass Sie mich davon abhalten.« Sie strahlte eine eigenartige Aura aus, ihre Bewegungen waren langsam und bedächtig, so wie in der Nacht, aber in ihren Augen lag eine Eindringlichkeit, die auf etwas Verborgenes hinzudeuten schien.

Peter blinzelte. »Weshalb sind Sie hier?«

Dayan Bao lächelte, dasselbe Lächeln wie das, was sich zu seltenen Gelegenheiten in Suis Gesicht zeigte. »Ich habe etwas mit den Elefanten zu besprechen. Deshalb muss ich zu ihnen.«

Peter warf Sui einen Blick zu. Wie konnte diese rational denkende Ingenieurin damit umgehen? Er räusperte sich. »Was genau wollen Sie denn mit den Tieren besprechen?«

Bao nestelte an ihrem Armband und drehte es so, dass das kleine Amulett daran auf ihrer Pulsader lag. »Haben Sie es denn noch nicht bemerkt?«, fragte sie. »Die Elefanten sind ein Teil eines großen Ereignisses. Ein neues Zeitalter bricht an.«

»Sie meinen so etwas wie das Zeitalter des Wassermanns?«, erwiderte Peter. »Was folgt auf Wassermann? Fische?«

Bao lachte und zeigte dabei blitzend weiße, gleichmäßige Zähne. Sie pflegte wohl eher die Schönheit in ihrem Innern, während sie sich nach außen hin nachlässig gab. Bei den meisten Menschen war es andersherum.

»Das Zeitalter des Wassermanns war etwas für die Hippies in den Sechzigern«, sagte Bao. »Und ich spreche auch nicht vom Zeitalter des Elefanten, wenn es das ist, was Sie glauben. Ich rede davon, dass das Zeitalter des Menschen ausklingt.«

Peter hatte genug gehört. Er würde sich nicht auf eine esoterische Diskussion mit einer Schamanin einlassen, während ihm die Zeit und die Herde davonliefen. »Eine Elefantenherde kann einem Menschen gefährlich werden. Und wenn die Tiere ein traumatisches Erlebnis hinter sich haben, so wie das von gestern Nacht, dann sind sie noch unberechenbarer, außer Kontrolle. Wenn Sie sich in die Nähe der Herde begeben, werden die Tiere Sie angreifen, verletzen oder sogar töten. Lassen Sie sie in Frieden.«

Sui schaltete sich ein. »Sagen Sie meiner Mutter, was Sie mit den Elefanten vorhaben, Peter.«

Erst wusste er nicht, wovon sie sprach, dann verstand er, worauf sie hinauswollte. »Relokalisieren«, sagte er. »Ich will erreichen, dass die Behörden die Herde dorthin bringen, woher sie gekommen ist: in den Nationalpark von Xishuangbanna. Die

Tiere können nach Hause zurückkehren, Dayan Bao. Alles wird wieder so sein, wie es war.«

Die Schamanin trank noch einen Schluck Bier. »Sie sind tatsächlich Wissenschaftler, Peter Danielsson, denn Sie glauben nur an das, was Sie wissen. Habe ich Ihnen nicht gerade gesagt, dass nichts mehr so sein wird, wie es war? Sie werden diese Tiere nirgendwo hinbringen.«

»Warum nicht?«

»Weil die Elefanten es nicht wollen.«

Peter strich sich das Haar zurück und richtete seine Brille. Diese Frau brauchte keinen Zoologen, sondern einen Psychiater. »Kehren Sie nach Hause zurück. Sui kann Sie mitnehmen.«

»Und wer vermittelt dann zwischen den Tieren und den Menschen?«

»Vermitteln?«

»Haben Sie das etwa nicht auf der Universität gelernt?«, fragte Bao mit spöttischem Unterton. »Dann wissen Sie auch nicht, dass Elefanten Namen haben?«

»Tatsächlich?« Peter seufzte. »Wie heißen Sie denn? Jumbo, Nellie und Baba?«

Sein Spott schien an Bao abzuprallen. »Das sind die Namen, die Menschen ihnen geben würden, aber die brauchen sie nicht, denn sie haben eigene. Wenn Sie zuhören würden, wie Elefanten sich unterhalten, wüssten Sie, wie die echten klingen. Jeder Elefant ruft einen anderen bei einem Namen, der nur zwischen zwei Tieren Gültigkeit hat. Demnach hat jedes Tier dieser Herde mehr als ein Dutzend Namen. Ist das nicht erstaunlich? Wie viele Namen haben Sie, Peter?«

Für einen Augenblick flackerte sein alter Nachname in Peters Geist auf, der Name seines Vaters, den er abgelegt hatte. »Hören Sie auf damit!«, sagte er und war erstaunt darüber, wie unfreundlich seine Stimme klang. »Kehren Sie nach Hause zurück.«

In diesem Moment waren Rufe vom Dorfplatz zu hören. Peter schaute durch die leeren Fensterrahmen auf eine größer werdende Gruppe von Dorfbewohnern. Männer, Frauen und Kinder liefen zusammen und schauten zu etwas hoch, das einer von ihnen in die Höhe hielt: den Bildschirm eines Telefons.

»Was machen die da?«, fragte Peter.

»Sie suchen nach einer Stelle mit gutem Empfang«, erklärte Sui.

»Lassen Sie uns das mal ansehen.«

Sie mischten sich unter die Dorfbewohner und starrten auf den winzigen Bildschirm, der wie die Frucht an einem Baum aus Muskeln an dem Arm eines Mannes in die Höhe ragte. Das Bild war klein, der Ton kam scheppernd aus dem Lautsprecher, und sie wurden von den anderen herumgestoßen. Trotzdem sah Peter genug, um zu erkennen, dass es sich um die Bilder handelte, die in der Nacht aus dem Helikopter heraus aufgenommen worden waren. Es war weitgehend dunkel, aber der Lichtfinger des Suchscheinwerfers stach deutlich hervor. Er strich über die Elefanten und wechselte zwischen der Herde und dem Dorf, auf das sie zutrabten. Dazu war die aufgeregte Stimme eines Mannes zu hören, vermutlich des Journalisten im Helikopter. Die Dorfbewohner um Sui und Peter herum redeten durcheinander, einige riefen, und alle schrien, als der Bulle das Haus angriff.

Dann zuckte der Scheinwerfer von dem Tier weg und nagelte eine einsame Figur in der Mitte des Bildes fest. Dayan Bao. Sie streckte den Arm aus und bewegte ihn langsam nach unten. Die Kamera zoomte zu ihr heran, zeigte flatternde Haarsträhnen und ihr Gesicht, zeigte, wie sich ihr Mund bewegte. Ein Schnitt folgte. Als Nächstes war zu sehen, wie die Elefanten das Dorf verließen.

Die Fernsehleute ließen es so aussehen, als ob Suis Mutter die Tiere auf magische Weise vertrieben hatte. Das durfte doch nicht wahr sein!

Baos Gesicht erschien nun bildschirmfüllend auf dem Display. Es war zwar von schräg oben aufgenommen, trotzdem waren ihre Züge erkennbar. Die Schrift am unteren Bildschirmrand konnte Peter nicht lesen.

Die Dorfbewohner redeten noch aufgeregter. Eine Frau drehte sich um und zeigte zur Schule hinüber. Alle wandten die Köpfe.

»Kommen Sie, Sui, bringen wir Ihre Mutter weg von hier, ob sie will oder nicht.«

Sie erreichten das Klassenzimmer vor den anderen, doch dort war niemand mehr. Dayan Bao war fort. Nur die Bierflasche zeugte davon, wo sie vor wenigen Minuten noch gesessen hatte.

»Weit kann sie nicht gekommen sein«, sagte Peter. »Wir können sie einholen.«

»Sie kennen meine Mutter nicht.« Sui nahm die Bierflasche vom Tisch und betrachtete sie nachdenklich. »Ich fürchte, die Elefanten sind nicht unser einziges Problem.« Dann nahm sie einen tiefen Schluck.

Kapitel 24

Bangkok, Thailand

Nok

»Jedenfalls können wir festhalten, dass die Käfige funktionieren. Hier drin ist man sicher«, sagte Sergeant Boonmee, der sich mit dem Rücken gegen Noks Rücken lehnte. Erst hatte sich Nok über die Versuche seines Vorgesetzten gewundert, mit Palaver auf die Situation zu reagieren. Dann hatte er verstanden, dass Boonmee damit nur versuchte, den Schrecken zu lindern, der sie beide nach dem Angriff der Tempelaffen von Kopf bis Fuß erfasst hatte und Nok die Haare zu Berge stehen ließ. Die Mittagshitze setzte ihm zu. Einen halben Tag lang harrten die Männer schon in ihrem Gefängnis aus, und Rettung war nicht in Sicht.

Nachdem sie sich in den Käfig gerettet hatten und feststellen mussten, dass Polizeistudent Somchai unter dem Angriff der Tiere zusammengebrochen war, hatte Boonmee mit dem Funkgerät Unterstützung angefordert. Durch den Lautsprecher hatte Nok das Gelächter der Kollegen gehört. »Hilfe?«, hatten sie gerufen. »Du hast doch Affen-Nok dabei. Was können wir da schon tun?« Doch das Lachen war verstummt, als Boonmee von Somchai berichtet hatte, der reglos am Boden lag. Danach hatte es nicht lange gedauert, bis zwei Polizisten am Tor der Tempelanlage erschienen waren. Ihr Versuch, Somchai zu bergen, war misslungen, denn auch auf sie gingen die Affen los. Es folgte ein Trupp von einem Dutzend Männer in Kampfmontur, sie trugen Schutzhelme mit Visier sowie Schilde aus Plexiglas. Ihnen war es immerhin gelungen, den Polizeistudenten mitzunehmen. Danach hatte die Truppe den Rückzug antreten müssen, denn die Ausrüstung konnte die Einsatzkräfte zwar gegen menschliche Angreifer schützen, nicht aber gegen die überreizten Affen. Die Tiere sprangen den Polizisten auf die Helme und rissen an den Kinngurten. In dem Getümmel ließen sich weder Pfefferspray noch Schlagstöcke einsetzen, ohne dass sich die Kollegen gegenseitig verletzt hätten. Außerdem galten die Affen der Tempelanlage als heilig und unantastbar. Es blieb den Polizisten nichts übrig, als sich aus Wat Phra Kaeo zurückzuziehen. Nok und Boonmee blieben allein dort.

»Der Käfig ist vielleicht sicher«, sagte Nok jetzt über die Schulter zu seinem Vorgesetzten, »aber man hätte einen Sonnenschutz einbauen sollen.«

Nicht nur brannte die Sonne seit Stunden auf die beiden Polizisten nieder, auch die Stahlgitter heizten sich auf. Die Uniform klebte an Noks Körper, er spürte den Schweiß an seinem Hals herunterlaufen, an seinem Bauch und seinen Beinen. Am schlimmsten war die Hitze in seinem Rücken, denn wegen der Enge in dem Käfig, der nur für eine Person konstruiert war, stand er zusammengedrängt mit Boonmee darin.

»Sie haben recht, Nok«, erwiderte der Sergeant. »In unserem Bericht werden wir festhalten, dass Sonnendächer auf den Käfigen installiert werden müssen.«

Die Affen belagerten sie. Die Makaken saßen in den Bäumen, durch das Blätterdach vor der Hitze geschützt, einige dösten, aber die meisten schauten interessiert zu, was in dem Käfig vor sich ging. Hin und wieder sprang eines der Tiere an die Stäbe und kletterte daran herum. Das Scheppern schien die Artgenossen zu provozieren, denn jedes Mal, wenn sie es hörten, begannen sie zu kreischen. Für Nok hörte es sich an wie Anfeuerungsrufe in einem Fußballstadion, nur dass er und Boonmee zur Verlierermannschaft gehörten.

Sie konnten nichts weiter tun, als durch die Gitterstäbe zu schauen und die Tiere zu beobachten. Über Funk hatten die Kollegen ihnen mitgeteilt, dass man vorerst abwarten wolle, ob sich die Affen von allein zurückzogen. Aber davon war nichts zu sehen.

Hin und wieder wanderte Noks Blick zum Tempel des Smaragd-Buddha und zu dessen Nebengebäuden hinüber. Er hatte sich stets gewünscht, die Bauwerke und die prachtvollen Verzierungen einmal aus der Nähe sehen zu können. Aber er wollte Gast im Tempel sein, nicht Gefangener.

Immerhin blieben er und Boonmee die Einzigen, die von den Affen angegriffen und festgehalten wurden. Die Polizei hatte die Sehenswürdigkeit rechtzeitig absperren können, bevor die Angestellten und die ersten Touristen kamen.

Nok fischte nach der Wasserflasche, die in seinem Gürtel steckte. Er musste sparsam mit dem Inhalt umgehen, denn von dem halben Liter, den er mitgenommen hatte, war nicht mehr viel übrig, er hatte schließlich nicht damit gerechnet, in einem Käfig geröstet zu werden. Er trank einen kleinen Schluck, um seiner brennenden, trockenen Kehle Linderung zu verschaffen. Das Funkgerät knackte in der Hand des Sergeants. »Boonmee hier«, rief er lauter als nötig hinein. »Was haben Sie für uns?«

Die Stimme auf der anderen Seite war die von Oberleutnant Chakrii. Er gehörte nicht zu ihrer Mannschaft, hatte sich aber angesichts der schwierigen Situation eingeschaltet. Sollte auch er die Lage nicht unter Kontrolle bringen, würde der Polizeichef verständigt werden.

»Hören Sie«, sagte Chakrii. »Wir haben alle Möglichkeiten in Betracht gezogen, wie wir Sie da rausholen können.«

»Und?«, fragte Boonmee.

»Wie viel Wasser haben Sie noch?«, kam es zurück.

»Jeder noch einen Viertelliter«, antwortete Boonmee.

Nok zuckte zusammen. Sein Vorrat war höchstens noch eine Pfütze, aber er entschied sich, es für sich zu behalten. Er hatte schon genug angerichtet, als er mit der Steinschleuder auf Somchai geschossen hatte.

»Versuchen Sie damit auszukommen, bis es dunkel wird.«

»Dunkel? Heißt das, wir sollen hierbleiben?« Je lauter Boonmees Stimme wurde, umso schneller schlug Noks Herz.

»Hören Sie, Sergeant …«

Boonmee ließ den Oberleutnant nicht ausreden. »Wissen Sie, wie heiß es in diesem Käfig ist? Wissen Sie, dass wir uns nicht rühren können, weil wir sonst in die Reichweite dieser Biester gelangen? Wissen Sie …«

»Ruhe, Sergeant!«, bellte Chakrii durch das Funkgerät. »Glauben Sie etwa, wir hätten das nicht alles bedacht? Es geht aber nicht anders. Sie müssen bis zur Nacht ausharren. Die Affen sind – wie heißt das noch gleich? – dämmerungsaktiv. Wenn die Sonne untergeht, werden sie noch einmal rege. Danach schlafen sie. Wenn es so weit ist, können Sie sich beide rausschleichen.«

»Kommt denn niemand, um uns zu holen?«, fragte Nok, und Boonmee gab die Frage über Funk weiter.

»Sie haben doch gesehen, was mit unserem Einsatztrupp passiert ist«, sagte Chakrii nach einer Pause. »Ich kann nicht noch mehr meiner Leute in Gefahr bringen, solange es eine einfachere Lösung gibt. Und den Tempelaffen darf auch nichts passieren, das wissen Sie.«

»Können Sie die Tiere nicht mit irgendwas besprühen?«, rief Boonmee. »Um sie zu verscheuchen oder zu betäuben?«

»Darüber haben wir nachgedacht, aber zum einen würde das auch Ihnen beiden schaden, zum anderen würden wir die Tempelanlagen damit so sehr belasten, dass vorerst keine Touristen mehr hineingelassen werden könnten. Das kommt nicht infrage.«

»Touristen?«, polterte der Sergeant. »Touristen sind Ihnen wichtiger als zwei Ihrer besten Männer?«

»Heute ist Sonnenuntergang gegen neunzehn Uhr«, fuhr Chakrii ungerührt fort. »Planen Sie zwei Stunden ein, bevor die Tiere Ruhe geben, dann sind wir bei einundzwanzig Uhr. Um diese Zeit kommen Sie zum Ausgang im Westen. Unser Team wird Sie in Empfang nehmen. Ich stelle einen Krankenwagen bereit. Halten Sie durch, Sergeant!«

»Warten Sie!«, rief Nok. »Wie geht es Somchai? Hat er überlebt?« Als der Polizeistudent von den Kollegen geborgen worden war, hatte dieser kein Lebenszeichen von sich gegeben.

Aus dem Funkgerät kam keine Antwort.

»Er hat die Verbindung abgebrochen«, erklärte Boonmee. »Bestimmt hat er die Frage nicht mehr gehört.«

Oder, dachte Nok, *er wollte nicht antworten, weil Somchai tot ist. Und ich bin daran schuld.*

Er schaute auf die Uhr. Es war kurz vor eins. »Bis wir hier rauskommen«, sagte er über die Schulter, »sind es noch mehr als acht Stunden.«

»Behalten Sie die Nerven, Nok«, gab Boonmee zurück. »Sie sind jung, Sie stehen das durch. Und ich bin ein alter zäher Bock. Ich habe schon ganz andere Sachen erlebt.«

»Acht Stunden in dieser Hitze!« Nok hörte den verzweifelten Unterton in seiner Stimme, er gefiel ihm nicht, aber er bekam sich nicht unter Kontrolle.

»Sehen Sie den Stupa dort? Von Ihnen aus gesehen rechts.«

Nok schaute hin. Der Bau lief nach oben spitz zu und war vollständig mit Blattgold überzogen. »Ja. Was ist damit?«

»Wenn ich mich nicht irre, wird die Sonne am Nachmittag dahinter stehen, und der Stupa wird einen Schatten auf den Käfig werfen. Das wird uns etwas Erholung verschaffen.«

Nok versuchte, den Optimismus seines Vorgesetzten zu teilen, aber es wollte nicht recht gelingen. Er nickte bloß. Sein Blick wanderte von der Spitze des Stupas zu den Bäumen mit den Affen hinüber.

»Wir haben Glück«, sagte Boonmee als Nächstes. »Denn wir haben Sie als Experten dabei. Wussten Sie, dass es meine Idee war, junge Leute vom Land zur Touristenpolizei zu holen? Und jetzt zahlt sich dieser Einfall aus, nicht wahr?«

Nok war zum Schreien zumute.

»Deshalb«, fuhr Boonmee fort, »sollten wir diesen Vorteil jetzt nutzen. Polizeidiener Nok! Was wissen Sie über den Umgang mit den Tempelaffen, das uns in dieser Situation nutzen könnte?«

»Was?«, entfuhr es Nok.

»Sie kennen diese Tiere doch aus Ihrer Heimat. Sonst wären Sie jetzt nicht hier, Nok«, sagte Boonmee. »Also los!«

Was glaubte der Sergeant, mit wem er in dem Käfig eingesperrt war? Mit einem Superhelden, der hundert wilde Affen mit seinem Feueratem grillen konnte? Noks Wut auf Boonmee wuchs. Er war doch bloß Polizeidiener. Wollte der Sergeant jetzt die Verantwortung auf ihn abwälzen? »Was weiß ich? Wir können nichts gegen die Tiere unternehmen.«

»Kommen Sie schon!« Boonmee war um einen aufmunternden Ton bemüht. Vermutlich sprach er so zu seinen Kindern. »Sie müssen doch einen Trumpf im Ärmel haben. So, wie Sie diese Steinschleuder hatten. Eine Steinschleuder des Geistes. Denken Sie nach!«

Warum kam der Sergeant jetzt auch noch auf die verdammte Steinschleuder zu sprechen? Nok spürte die Waffe in seiner Hosentasche gegen sein Bein drücken.

»Nok? Sagen Sie was!«, verlangte Boonmee.

»Ich weiß nicht«, sagte Nok gepresst. »Vielleicht Lärm. Sie erschrecken schnell und rennen davon, wenn es laut wird.«

»Gut«, sagte Boonmee. »Versuchen wir's! Vielleicht kommen wir dann schneller hier raus. Lärm können wir jede Menge verursachen.«

Es schepperte, als der Sergeant gegen die Gitterstäbe trat. Der Käfig vibrierte.

»Lassen Sie das!«, fauchte Nok, aber Boonmee trat noch einmal zu. Der gesamte Käfig dröhnte wie eine Glocke. »Aufhören!«

»Sehen Sie doch, Nok! Die Affen.«

Tatsächlich war Bewegung in die Bäume gekommen. Die grauen Tiere hüpften auf den Ästen herum, einige schauten teilnahmslos herüber, andere neugierig, aber Nok erkannte auch Aggression in einigen Gesichtern. Er wünschte, sie wären nicht so menschenähnlich.

»Machen Sie mit, Nok«, befahl der Sergeant. »Wir verscheuchen sie mit Lärm.«

Es knallte. Boonmee hieb mit seinem Schlagstock gegen die Gitterstäbe. Nok presste sich die Hände gegen die Ohren.

»Weg mit euch!«, rief Boonmee und schlug immer wieder auf den Käfig ein.

Die langen Schwänze der Affen peitschten durch die Luft. Eines der Tiere hielt plötzlich eine Ananas in Händen und warf sie gegen den Käfig. Mit triumphierendem Quietschen sah der Affe zu, wie sie an den Gitterstäben zerschellte und Boonmee und Nok mit Fruchtstücken und Saft bespritzt wurden.

»Das ist sehr gut«, ließ sich Boonmee vernehmen. »Sie reagieren, sie finden den Lärm also unerträglich, dann sollen sie mehr davon bekommen.«

Der süße Saft auf Noks Lippen konnte den Geschmack der Angst auf seiner Zunge nicht verdrängen. Er griff hinter sich, um

Boonmee am Arm festzuhalten, bekam ihn aber nicht zu fassen. »Hören Sie endlich auf damit!«, rief Nok so laut er konnte.

Der Sergeant ließ von seinem Gepolter ab, dafür schwoll das Geschrei der Affen an. Einer, der größer und kräftiger war als alle anderen, sprang von seinem Ast ab und landete mit einem gellenden Schrei auf dem Käfig. Nok schaute nach oben und starrte direkt in die Augen des Makaken, die Pupillen waren verengt, die Ränder gerötet, und die Lider zitterten. Das Maul stand offen, und Geifer lief herunter. Nok konnte gerade noch den Kopf abwenden, sodass der Affenspeichel sein Gesicht verfehlte und bloß auf eine Schulterklappe seiner Uniform troff. Der Makake krallte sich in die Stäbe und riss daran. Seine Zähne blitzten im Sonnenlicht. Nok wollte zurückweichen, aber er wusste nicht, wohin.

Boonmee sagte etwas, aber es ging im Kreischen der Tempelaffen unter. Immerhin hatte der Sergeant nicht wieder begonnen, den Käfig mit dem Schlagstock zu malträtieren. Stattdessen drohte ein größeres Problem: Mit einer Mischung aus Verwunderung und Entsetzen sah Nok dem großen Makaken dabei zu, wie er sich vom Dach des Käfigs schwang und mit einer eleganten Bewegung an der Seite landete – an der Seite mit der Tür.

Wusste das Tier, dass dort der Eingang war? Kaum hatte sich Nok diese Frage gestellt, erhielt er schon die Antwort. Während sich der Affe mit einer Hand festhielt, tastete er mit der anderen am Schloss herum. Die kleinen Finger huschten über den Mechanismus.

Da erkannte Nok, dass die Käfige noch eine Schwäche hatten: Die Schließmechanismen waren schlicht und kein Hindernis für intelligente Tiere wie Rhesusaffen. Die Makakenfinger fanden schnell den Hebel, der dafür sorgte, dass die Tür geschlossen blieb. Der Affe zog daran. Dabei warf das Tier Nok Blicke zu, die etwas auszudrücken schienen, das Hohn wohl am nächsten kam.

Nok schlug nach dem Affen, zog die Hand jedoch sofort zurück, als er mit seinen kleinen Klauen und seinen scharfen Zähnen nach ihm schnappte.

»Was macht der da?« Sergeant Boonmee war aufmerksam geworden. »Weg mit dir!«, rief er und schlug mit dem Stock an der Stelle gegen die Gitterstäbe, wo der Affe hing. Im nächsten Moment landete der Schlagstock auf der anderen Seite des Käfigs auf dem Boden. Der Makake hatte ihn gepackt und an sich gerissen, nur um die Beute gleich wieder fallen zu lassen; nun widmete er sich wieder dem Schließmechanismus.

Mit Boonmees Zuversicht war es vorbei. Er schrie wütend auf und versuchte, die Finger des Affen zu fassen. Seine Hände schlossen sich um eine der Affenhände und zogen den Arm des Tiers durch die Stäbe ins Innere des Käfigs. Seine Artgenossen verstummten erstaunt, doch plötzlich schrie der Sergeant auf. Sein Daumen steckte im Affenmaul, und die spitzen Eckzähne des Tiers gruben sich in das Fleisch. Boonmee versuchte vergeblich, die Hand zurückzuziehen. Die Augen des Affen waren aufgerissen, seine Kiefermuskeln zitterten vor Anstrengung.

Nok schlug mit der flachen Hand gegen den Käfig, um das Tier zu verscheuchen, aber es ließ nicht vom Sergeant ab.

»Tun Sie doch was!«, schrie Boonmee.

Für den Bruchteil einer Sekunde berührten Noks Finger den Affenkopf, dann zuckte er zurück. Das Tier war von Sinnen. Was sollte er tun? Er brauchte eine Waffe.

Wasser! Das würde den Affen vielleicht vertreiben. Nok holte seine Flasche hervor. Kurz schoss ihm der Gedanke durch den Kopf, dass nichts übrig bleiben würde, um den Tag durchzustehen. Aber Boonmees Schreie waren lauter als alle Sorgen.

Nok riss den Verschluss von der Flasche und schüttete das Wasser auf den Makaken. Das Tier zuckte zurück, lockerte aber seine Kiefer nicht.

Boonmees Faust donnerte im Stakkato gegen den Käfig.

Mehr Wasser. Das bisschen Flüssigkeit war nicht genug. Mit einem Griff zog Nok die Flasche des Sergeants aus dessen Hosentasche und verteilte den Inhalt über den Affen.

Das Tier gab einen Laut zwischen Jaulen und Knurren von sich.

Im nächsten Moment war Boonmees Hand frei.

Kapitel 25

Teotihuacán, Mexiko

Abel

Die größten Schätze der Vergangenheit liegen meistens dort verborgen, wo man sie niemals suchen würde. Für Abel Söneland hatte dieser alte Leitsatz der Archäologie spätestens seit dem Augenblick Gültigkeit, als er das Fresko aus Teotihuacán entdeckt hatte. Es tauchte nicht unter einer meterhohen Erdschicht auf, auch nicht in den Ruinen eines Tempels aus der Eisenzeit. Es lag einfach in einer Schublade, und zwar im archäologischen Magazin der Universität Bonn; die Steintafel war in Seidenpapier eingeschlagen, von einem deutschen Forscher im Jahr 1953 sorgfältig mit einer Fundnummer versehen und dann vergessen worden.

Es gab Tausende solcher Artefakte, überall, wo es Archäologen gab. Eine Ausgrabung konnte noch so interessante Funde hervorbringen – solange sie niemand bearbeitete und in einen Kontext stellte, ruhte alles im Archiv. Deshalb war es für einen Archäologen äußerst wichtig, gleich nach der Ausgrabung eine Doktorandin oder einen Doktoranden zu finden, denn sie nahmen für ihre Promotionsarbeit alles unter die Lupe, vermaßen, katalogisierten und suchten in Regalen und Datenbanken nach

Vergleichsstücken. Für Scherben, Knochen und bisweilen sogar für ein Fresko.

Das Bruchstück aus Bonn war zinnoberrot. Die darauf gemalten Muster und Figuren waren mit gelber und blauer Mineralfarbe aufgebracht und setzten sich kontrastreich vom Hintergrund ab. Hätte die Beschriftung der Archivkarte den Herkunftsort nicht sofort verraten, wäre Abel trotzdem gleich klar gewesen, woher das Fresko stammte, denn es zeigte die verschlungenen Motive, die als typisch für die Kunstwerke der Maya und Azteken galten. Da die Fläche jedoch nicht mit den Elementen ausgefüllt war, sondern großzügige Zwischenräume zwischen den Figuren belassen worden waren, musste es sich um einen frühen Stil handeln. Das Bild war alt – das hatte Abel sofort erkannt –, vielleicht gehörte es zu den ältesten seiner Art in Mittelamerika.

Als er die Figuren zum ersten Mal gesehen hatte, die von links nach rechts aus dem Bild liefen, wusste er, was da abgebildet war. Er wusste es einfach: Er hatte eine Darstellung vom Exodus der Bewohner von Teotihuacán vor sich, die Flucht aus der größten Stadt der Welt, das Ende einer Epoche. Unglücklicherweise war der rechte Teil des Freskos abgebrochen. Ursprünglich mochte dort zu sehen gewesen sein, wer oder was die Leute aus der Stadt vertrieben hatte. Fremde Krieger? Eine Feuersbrunst? Überschwemmungen? Ein Vulkanausbruch? Was auch immer es gewesen war, Abel wollte es herausfinden. Er erhielt das Fresko als Leihgabe und durfte es nach Stockholm mitnehmen, wo er an der Universität lehrte. So viel fand er in den nächsten Wochen heraus: Das Stück war einzigartig, es gab keine vergleichbare Darstellung in der altamerikanischen Kunst. Und das lag vermutlich daran, dass niemals etwas Vergleichbares geschehen war.

Eva Sandberg, Leiterin des Archäologischen Instituts, an dem er arbeitete, war da anderer Ansicht. Sie weigerte sich, den Antrag auf Forschungsgelder zu unterzeichnen, den Abel ihr vorgelegt hatte, um in Mexiko nach dem fehlenden Teil des Bildes zu suchen. »Zu wenig konkrete Hinweise«, hatte seine Chefin geurteilt. »Dein Forschungsansatz, Abel, beruht nur auf einer Annahme. Das ist gut genug für eine Literaturrecherche, aber einen längeren Aufenthalt in Mexiko rechtfertigt das nicht.«

Abel erinnerte sich noch gut daran, wie er mit Eva Sandberg aneinandergeraten war, wie er einen spontanen Vortrag über die Bedeutung des Bauchgefühls in der Wissenschaft gehalten hatte. Alexander Fleming hatte er vorgebracht, der ohne Eingebung niemals das Penicillin erfunden hätte. Der Name Einstein war an jenem Nachmittag durch den Raum geschallt und der von Heinrich Schliemann. Natürlich, Schliemann, der nur aufgrund der Hinweise in einem uralten Text die Ruinen von Troja entdeckt hatte.

Die großen Namen beeindruckten die Institutsleiterin nicht. Die Forschungsgelder blieben aus, und als Abel Wochen später in seinem Büro saß und sah, wie das Sonnenlicht durch das Fenster auf die Gipskopie des Freskos fiel, da bemerkte er die feine Staubschicht, die sich darauf gebildet hatte. In diesem Moment wusste er, dass eine der wichtigsten Entdeckungen der altamerikanischen Geschichte in der Vergessenheit zu versinken drohte. Er war nicht mehr der Jüngste, sein Abschied vom Institut stand kurz bevor, und wenn er seinen Platz erst geräumt hatte, würde jemand nachrücken, der seine eigenen Forschungsvorhaben mitbrachte. Wen interessierte dann noch die verrückte Idee eines ehemaligen Dozenten?

Abel wartete nicht einmal bis zur vorlesungsfreien Zeit. Er kehrte der Universität den Rücken und bereitete alles für eine Reise nach Mexiko vor. Er war sicher, dass er vor einer bahnbrechenden Entdeckung stand, über Tage stieg sein Blutdruck in schwindelerregende Höhe. Und dann war da die Idee von Vater und Sohn, Seite an Seite in den Ruinen von Teotihuacán. Das sollte, so hoffte er, die Kluft zwischen ihnen schließen, jedenfalls ein wenig. Doch als Abel Peter angerufen hatte, war der gerade in China mit seinen Zwerggänsen beschäftigt – und zwar auf eine für ihn typische Weise. Peter hatte betrogen, er hatte einen von Abels alten Kontakten in China, Chen Akeno, benutzt und sich als Abel ausgegeben, um irgendetwas in Kunming zu erreichen. Statt sich anzunähern, hatten sich Vater und Sohn weiter voneinander entfernt, so wie jedes Mal, wenn sie miteinander sprachen, und die Erkenntnis, dass Peter ihm den Tod von Signe niemals verzeihen würde, verursachte Abel körperliche Schmerzen.

Er stöhnte. Er schlug die Augen auf, trotzdem blieb es dunkel. Jemand neben ihm keuchte. Peter?

Abel brauchte lange, um sich zu erinnern. Erst glaubte er, im Irak zu sein, in einem Zelt neben der Ausgrabung, und das Feldbett sei unter ihm zusammengebrochen. Dann fiel ihm ein, dass er nach Mexiko geflogen war. Das Hotel tauchte auf, Carlos hinter dem Empfangsschalter, die Pyramiden von Teotihuacán, Luis, die Grube.

Er versuchte aufzustehen, aber etwas hielt seine Beine fest. Es gelang ihm, sich aufzusetzen und danach zu tasten. Ein Stein lag auf seinem linken Fuß, ein großer Stein, und noch einer. Abel fluchte, jede Bewegung tat ihm weh.

Da war wieder das Atmen. Ganz in der Nähe. Er streckte den Arm in die Richtung aus, da war Stoff, Wärme, ein Körper. »Luis?« Abel rüttelte an dem, was er für Luis' Schulter hielt, bekam aber keine Antwort.

Die Decke der Kammer musste eingestürzt sein. Beim Kampf mit dem Mexikaner war erst die Mauer zusammengebrochen und daraufhin das gesamte Gefüge. Immerhin hatte das Gestein ihn und Luis nicht vollständig begraben. Das Bein … Abel hoffte, dass es nicht gebrochen war. Wieder tastete er danach und versuchte, seinen Unterschenkel von dem Gewicht zu befreien, doch es polterten nur noch mehr Steine von irgendwoher auf ihn herunter, einer traf seine Hüfte. Er schrie auf. Licht. Abel brauchte Licht. Wenn er sich befreien wollte, musste er die Lage besser einschätzen können. Seine Taschenlampe hatte er verloren. Hatte Luis seine noch? Er tastete über den reglosen Körper, fühlte den breiten Ledergürtel mit dem Werkzeug – und die Gummibeschichtung der Lampe. Kurz darauf wurde die Dunkelheit von Licht verdrängt. Abel richtete den Strahl gegen die Decke – oder das, was davon übrig war.

Die Kammer, in der er mit Luis gerungen hatte, war nicht mehr da. Überall war Geröll aufgehäuft, es ragte bis zur Decke und verschloss den Weg zurück in die Grube. Abel spürte, wie sich Gesteinsbrocken in seinen Rücken und sein Gesäß bohrten. Neben ihm lag Luis, ausgestreckt auf dem Bauch, mit dem Kopf zur Seite, die Augen waren geschlossen. Blut lief aus einer Platzwunde an seiner Stirn.

Abel musste sich befreien, bevor der Mexikaner aufwachen würde. Es gelang ihm, die Taschenlampe zwischen den Zähnen, mit beiden Händen die Brocken vorsichtig von seinen Beinen zu ziehen. Erleichtert stellte er fest, dass er die Fußknöchel bewegen und die Knie beugen konnte – unter Schmerzen zwar, aber ein gebrochener Knochen fühlte sich anders an.

Um auf die Beine zu kommen, brauchte er eine Weile. Schwindel erfasste ihn, und er musste sich abstützen, aber schließlich stand er aufrecht. Er lauschte. Hörte er Stimmen? Riefen die Mexikaner auf der anderen Seite des Gerölls nach Luis? Einen Augenblick lang überlegte er, ob er sich bemerkbar machen sollte, aber was hätte ihm das eingebracht? Drei Männer, die sich zu ihm durchgruben, um ihren Kumpan zu retten und Abel umzubringen. Es war besser, er hielt den Mund.

Als er sich umsah, fiel ihm ein, was er vor dem Zusammenbruch der Kammer mit den Händen ertastet hatte: eine weitere Mauer. Sie war genauso gebaut wie die, die er mit Luis durchbrochen hatte. Mit einem Unterschied: Der Spalt oben, zwischen Mauerkrone und Decke, war größer, so groß, dass ein erwachsener Mann hindurchpassen mochte. Ob es dahinter einen weiteren Hohlraum gab? Abel kletterte über die Felsbrocken auf die Mauer zu, versuchte das Gleichgewicht zu halten und leuchtete mit der Taschenlampe in den Spalt und auf das, was dahinterlag.

Bevor er etwas erkennen konnte, wusste Abel, dass er einen Fehler begangen hatte. Er spürte die Pranken des Mexikaners an seinem Hals.

Kapitel 26

Teotihuacán, Mexiko

Abel

»Loslassen!«, wollte Abel rufen, aber aus seiner Kehle kam nur ein Krächzen. Luis' Hände schlossen sich um seinen Hals, während Abel verzweifelt die Taschenlampe gegen Luis' Kopf hämmerte. Der Druck ließ nach. Er drehte sich um, Luis hielt sich das linke Auge. Für einen Moment hegte Abel die Hoffnung, den Mexikaner ernsthaft verletzt und außer Gefecht gesetzt zu haben. Erst nach einigen Sekunden wurde ihm bewusst, was er sich da wünschte.

Luis nahm die Hand von seinem Auge und starrte ihn mit finsterer Miene an.

»Bevor wir uns gegenseitig umbringen«, keuchte Abel, »sollten wir darüber nachdenken, wie wir hier wieder herauskommen, und dass das zu zweit möglicherweise einfacher ist als allein.«

Blut lief über Luis' Gesicht. Er hob den Zipfel seines Hemds und wischte es weg. »Ich mach dich fertig, du Schwein!«, grollte er.

Abel rieb sich den Hals. »Bedenken Sie, was es bedeutet, mit meiner Leiche hier drin eingesperrt zu sein, bei der Wärme und Feuchtigkeit.«

Darauf ging Luis nicht ein, aber immerhin zeigte er so viel Verstand, sich erst einmal umzuschauen, bevor er weiter herumwütete. »Scheiße!«, fluchte der Mexikaner, nachdem er die Situation erfasst hatte. »Wo sind wir?« Mit dem nächsten Atemzug rief er nach Carlos, und als er von der anderen Seite des Geröllhaufens nichts hörte, nach Benicio und Santiago.

»Sie können uns nicht hören. Wir müssen wohl von selbst hier herauskommen«, schlussfolgerte Abel.

Luis brüllte weiter. Seine Stimme hallte so kräftig in dem kleinen Raum, dass Abel sich nicht gewundert hätte, wenn der Steinhaufen ins Rutschen geraten wäre.

»Seien Sie still, Mann! Sie werden hier alles zum Einsturz bringen.«

Luis atmete schwer, der Schweiß tropfte ihm von der Stirn und den Schläfen. Offenbar erlebte er nun auch, was Abel schon seit Stunden durchmachen musste: Todesangst.

Angesichts von Luis' Panik rechnete Abel damit, dass der Mexikaner als Nächstes versuchen würde, die Steine wegzuräumen, um einen Weg nach draußen zu finden. Doch stattdessen riss Luis ihm die Taschenlampe aus der Hand und ließ den Strahl systematisch über das Geröll wandern, während er mit der freien Hand über die größten Brocken strich und daran rüttelte. »Da kommen wir nicht weiter«, sagte er nach einer Weile. »Zu gefährlich.«

Wie zur Bestätigung seiner Worte rieselte Erdreich von der Decke. Luis wischte sich über das Gesicht. Dabei verschmierte er Blut von seiner Stirn auf Nase und Wangen. Er warf einen skeptischen Blick in die Höhe. »Das sieht ziemlich instabil aus.«

Ein Poltern war zu hören. Ein großer Brocken löste sich, prallte auf einen anderen und krachte auf den Boden, in einen Rest der Zementlache. Die Masse spritzte hoch.

»Das ist noch instabiler, als ich dachte«, rief Luis.

Abel erschauerte. Er ahnte, warum sich der Stein gelöst hatte. »Haben Sie ein Telefon?«, fragte er.

»Was geht dich das an?«, schnappte Luis. »Du glaubst doch nicht, dass wir die Polizei rufen?«

»Die Polizei vielleicht nicht. Aber Sie könnten versuchen, Ihre Freunde zu erreichen, damit die aufhören, in dem Geröll nach uns zu graben. Denn das machen sie offensichtlich.« Er deutete auf die bröckelnde Decke. »Hier bricht bald alles zusammen, und dann wird nicht mehr viel von uns übrig bleiben.«

Luis tastete an seiner Hemdtasche herum, fand das Telefon nicht sofort; schließlich fischte er es vom Boden auf. Das Display war gesplittert, aber das Gerät leuchtete auf. Er tippte darauf herum und wartete. Abel lauschte, aber von der anderen Seite des Steinhaufens war kein Klingeln zu hören.

»Ich bin's, Luis!«, bellte der Mexikaner in den Apparat. »Halt den Mund und hör zu! Ich bin hier eingesperrt … Was? Ja, der Professor auch … Was? Nein! Hört sofort damit auf! Ihr bringt mich um. Die Decke wird nur noch von ein paar Steinen gehalten … Natürlich weiß ich das. Schon mal was von Stützen gehört? Ihr müsst erst die Decke sichern … Nein. Da muss eine Verschalung drunter.« Luis griff sich in das drahtige Haar. »Ja, ich habe genug Luft zum Atmen hier drin. Ihr müsst euch nicht beeilen. Macht langsam, sonst werde ich hier drin zerquetscht.« Er lauschte. »Verflucht, daran habe ich nicht gedacht. Das bekommt ihr nicht bis Tagesanbruch hin … Was sagst du? Das wirst du nicht tun, wie soll ich … Dieser Idiot!«, fluchte Luis sein Telefon an. Offenbar hatte Carlos aufgelegt.

»Was hat er vor?«, fragte Abel. »Will er mit schwerem Gerät durchbrechen?«

»Das kann dir doch wohl egal sein«, blaffte Luis. »Du bist ohnehin erledigt. Ob wir hier rauskommen oder nicht.«

»Für mich hörte es sich eher danach an, als würden wir das nicht«, gab Abel zurück. »Also: Was hat Carlos gesagt?«

»Dieser Feigling! Er hat Angst, dass sie von der Parkverwaltung erwischt werden.«

»Und jetzt kommen sie erst morgen Abend wieder«, schloss Abel.

»Feigling, Feigling, Feigling!«, schimpfte Luis auf sein Telefon herab.

Abel warf einen Blick zu der Mauer hinüber, durch den Spalt am oberen Absatz war zwar nichts als Schwärze zu erkennen, aber er war sicher, dass es dahinter weiterging. Der Luftzug ließ vermuten, dass es einen Zugang nach draußen gab. Vielleicht so klein, dass nur eine Ratte hindurchpasste, vielleicht aber groß genug für einen Menschen.

Er kaute auf der Unterlippe. Wenn er mit Luis hier ausharrte, war sein Schicksal besiegelt. Entweder würden Carlos und die beiden anderen die Kammer vollends zum Einsturz bringen, oder sie würden irgendwann durchbrechen und Abel dann zum Schweigen bringen. Der einzige Weg aus dieser Klemme lag jenseits der Mauer. Es gab nur ein Problem, und das hieß Luis.

»Hör mal«, begann Abel. Es fiel ihm schwer, den Mexikaner zu duzen, aber angesichts der Lage war das vielleicht erfolgversprechender. »Wenn du mir deine Taschenlampe leihst, könnte ich nachschauen, ob wir auf der anderen Seite rauskommen.« Er nickte in Richtung des Mauerspalts.

Luis richtete den Strahl der Lampe direkt in Abels Gesicht. »Nein«, sagte er.

Natürlich. Warum sollte der Mexikaner mit ihm zusammenarbeiten? Gerade eben hatte er versucht, Abel umzubringen, und vermutlich hatte er das noch immer vor. Abel beschloss, nicht lockerzulassen. »Wir könnten doch einen Blick dahinter werfen. Das schadet niemandem.«

Diesmal reagierte Luis überhaupt nicht, was einer Wiederholung seiner vorherigen Antwort gleichkam.

»Ich habe vorhin einen Luftzug gespürt«, verriet Abel. »Das bedeutet, dass es einen Zugang ins Freie geben muss.«

Wenn diese Information so etwas wie Interesse in Luis aufkeimen ließ, so zeigte er es nicht.

Abel ließ den Mexikaner stehen, klammerte sich an den Rand der Mauer und zog sich hoch, soweit sein schmerzendes Bein und die Hüfte es zuließen. Mit zitternden Armen blieb er in dieser Position, bis sich seine Augen an die Dunkelheit gewöhnt hatten, doch er sah … nichts. Die Schwärze war so dicht, dass nicht einmal der Schimmer der Taschenlampe, mit der Luis die Kammer ausleuchtete, etwas erhellte.

Abel schloss die Augen und lauschte stattdessen. Da war etwas …

»Carlos, dieser Idiot!« Luis konnte sich nicht beruhigen.

»Schschsch«, zischte Abel. Da war es wieder. Das Geräusch von tropfendem Wasser, gar nicht weit entfernt.

»Da läuft Wasser«, gab er bekannt und ließ sich wieder auf das Gestein herab. »Gib mir die Taschenlampe.«

Doch Luis blieb stur. »Ich bin nicht blöd, Professor. Derjenige von uns, der das Licht hat, ist Herr der Lage.«

Dann eben nicht. Abel schaute zu dem Spalt hinauf. Wenn dort drüben Wasser war, dann musste es von draußen kommen. Könnte sich ein Mensch in der Dunkelheit zurechtfinden und nur den Geräuschen folgen? Er wusste es nicht. Aber er musste etwas unternehmen, bevor Luis seine Meinung änderte und ihm doch noch mit einem Stein den Schädel einschlug.

Er nahm Anlauf und sprang, landete mit dem Oberkörper auf der Mauer, die Arme schon auf der anderen Seite. Er zog sich durch den Spalt. Das Tropfen wurde lauter, vermischte sich mit seinem Keuchen. Nur noch ein Stück. Luis packte ihn am linken

Knöchel und riss ihn zurück, sodass Abel auf der Seite im Geröll landete. Seine Rippen ... Der Atem wurde ihm aus dem Leib gepresst, sein verletztes Bein schrie. Oder war er das selbst?

»Niemand geht dorthin«, rief Luis. »Niemand! Verstanden?«

Abel hörte ihn kaum. Er wälzte sich auf den Rücken und hielt sich die Rippen. Ihm kamen die Tränen. Er tastete sich ab, um festzustellen, ob etwas gebrochen war. In seinem Alter war der Körper nicht mehr so belastbar, dass er einen Sturz wie diesen ohne Weiteres aushalten konnte.

Da wurde ihm klar, was Luis gerade gesagt hatte. ›Niemand geht dorthin‹, hatte er gerufen. Niemand? »Was ist dort hinten? Was wissen Sie?«

Luis schwieg.

Etwas stimmte nicht. Warum hatte er etwas dagegen, dass Abel tiefer in das Innere der unterirdischen Kammern vordrang? Weil er fürchtete, dass Abel entkam und Luis und seine Kumpane bei der Polizei anschwärzte? Nicht nur.

Was auch immer Luis' Motiv war, Abel würde sich damit abfinden müssen, dass er nicht weiterkam. Auch ohne sich zu erklären, hatte der Mexikaner das bessere Argument: seine rohe Kraft.

Stille breitete sich aus. Sie wurde tiefer, als Luis die Taschenlampe ausschaltete, um Batterie zu sparen. Danach waren nur noch Atemgeräusche zu hören und das Rascheln von Stoff, wenn einer der beiden Männer sich rührte.

»Regnet es hier rein?«, fragte Luis nach einer Weile.

Abel, der am Fuß der Wand saß und mit dem Rücken dagegenlehnte, streckte eine Hand aus. Ein Tropfen fiel darauf, er zerrieb ihn zwischen den Fingern, den nächsten hielt er sich an die Nase und roch daran, den übernächsten schmeckte er mit der Zunge. Das Wasser schmeckte nach Mineralien und nach etwas, das aus dem Erdreich kommen mochte.

»Das ist Regenwasser von draußen«, mutmaßte Abel. »Es läuft nach unten und landet in dieser Kammer.«

Die Erkenntnis traf ihn wie ein Schlag. Er erinnerte sich an seine Beobachtungen, als Luis und er die Straße der Toten entlanggewandert waren: Die Pyramiden, so hatte er vermutet, könnten Wassertempel sein, ihre Stufen dazu dienen, das Wasser herablaufen zu lassen und irgendwo zu sammeln.

Nicht irgendwo, sondern in einer Zisterne, in einem Auffangbecken. Die Bewohner von Teotihuacán mussten ihre Tempel so angelegt haben, dass das daran herunterströmende Wasser während der Regenzeit in ein Reservoir lief, wo es zur Verfügung stand, wenn es heiß und trocken war.

Zisternen gab es in allen Kulturen des Altertums. Überall und zu jeder Zeit hatten die Becken eines gemeinsam: Sie wurden unter der Erde angelegt, um das Wasser darin kühl und sauber zu halten.

Und sie ähnelten dem System aufeinanderfolgender Kammern, in dem er und Luis festsaßen.

Kapitel 27

Region um Pu'er, China

Sui

So plötzlich, wie Bao aufgetaucht war, war sie wieder verschwunden. Schon ihr kurzes Erscheinen hatte genügt, um Sui aus dem Gleichgewicht zu bringen. Es war wie immer: Kaum hatte die Tochter ihr Leben unter Kontrolle gebracht, verwandelte die Mutter alles in Chaos.

Sui ballte die Fäuste. Sie war sicher, dass ihre Mutter den Elefanten gefolgt war. Jedenfalls hatten Peter und sie sicherheitshalber im Dorf nachgesehen und Bao nirgendwo gefunden. Vermutlich lief sie gerade irgendwo am Mekong entlang, eine Siebzigjährige allein in der Wildnis.

Inzwischen waren Helfer mit Lebensmitteln, Medikamenten und technischem Gerät eingetroffen, und auch die drei Männer aus dem Dorf waren mit Suis Geländewagen vom Krankenhaus zurückgekehrt. Der Verletzte hatte Prellungen sowie einen Rippenbruch und eine Gehirnerschütterung erlitten. Suis Schuhe und ihr Jackett mit dem Telefon lagen zerknautscht auf der Rückbank, da das Auto zum Krankenwagen umfunktioniert worden war. Die hochhackigen Schuhe legte sie in den Kofferraum, sie waren im Moment unbrauchbar. Dasselbe hätte sie gern mit dem Telefon gemacht, Jia hatte achtmal versucht, sie zu erreichen. Jeder der auf dem Display verzeichneten Anrufe ließ Suis Blutdruck in die Höhe steigen, denn das konnte nur Ärger bedeuten. Ob der Gouverneur schon wieder in seinem Büro in Kunming saß und versuchte, ihr das Leben schwer zu machen?

Peter lehnte an der Motorhaube des Geländewagens und betrachtete eine Landkarte des südlichen Yunnan, die er in Händen hielt. Der Wind frischte auf und zupfte an dem Papier, sodass er sich umdrehte, die Karte auf der Haube ausbreitete und mit gespreizten Fingern fixierte. Sui ging zu ihm hinüber.

»Wenn die Herde weiterhin dem Fluss folgt, ist sie entweder hier, hier oder hier.« Er tippte mit dem ausgestreckten Zeigefinger auf die Karte. »Elefanten können am Tag etwa fünfzig Kilometer zurücklegen. Das bedeutet, sie sind für uns in zwei Stunden zu erreichen. Wenn wir Glück haben, werden wir unterwegs auch Ihre Mutter finden.«

»Ich weiß nicht, ob ich sie überhaupt suchen will«, sagte Sui und atmete tief ein und aus. »Eigentlich weiß ich gar nicht, was ich hier eigentlich mache.«

Peter sah sie überrascht an und richtete seine Brille. »Was? Aber Sie sind doch zurückgekehrt, und Ihre Mutter ... Wir müssen sie einholen, bevor ihr etwas zustößt.«

Mit dieser Reaktion hatte sie gerechnet. Eine Tochter, die ihrer Mutter in einer Notsituation nicht helfen will, das konnte sich niemand vorstellen. »Sie kennen meine Mutter nicht«, gab sie zurück. »Sie taucht immer da auf, wo man sie am wenigsten erwartet, und wenn man sie sucht, ist sie nirgends zu finden.« Sui war klar, dass sie damit keine Erklärung lieferte, und sie spürte, dass etwas in ihrer Kehle brannte wie billiger Reisschnaps: Unsicherheit. Sie schaute hinüber zum Dorfplatz. Die Bewohner waren dabei, Planen auszubreiten, um ihr Hab und Gut vor Regen zu schützen. »Sie können den Wagen nehmen und die Elefanten suchen. Und meine Mutter, wenn Sie meinen, mit ihr fertigwerden zu können.«

»Und Sie?« Peter richtete sich auf. Die Landkarte, von seinen Händen befreit, segelte davon.

»Machen Sie sich um mich keine Sorgen, Herr Danielsson.«

»Ich dachte, wir könnten die förmliche Anrede beiseitelassen, nach allem, was geschehen ist.«

»Nichts ist geschehen«, sagte sie, »überhaupt nichts.« Sie mochte die Art nicht, wie er sie anstarrte, wie etwas, das in einer Petrischale schwamm und seinen Blicken wie durch ein Mikroskop ausgeliefert war. Um das nicht länger ertragen zu müssen, lief sie hinter der Karte her, befreite sie aus einem Bambusgehölz und faltete das Papier so sorgsam zusammen, wie es in diesem Wind möglich war.

»Was ist da zwischen Ihnen und Ihrer Mutter?«, fragte er.

»Sie ist meine Mutter«, fauchte Sui.

Sie zuckte zusammen, als er seine Hände auf ihre legte und sie damit zwang, nicht länger mit dem Papier herumzuhantieren. Da bemerkte sie, dass sie die Karte in zwei Teile zerrissen hatte.

Die Ruhe in seiner Stimme war unerträglich. »Ich habe auch ein schwieriges Verhältnis zu meinem Vater.«

Sie lachte kalt. Was wusste dieser Schwede schon davon, was es bedeutete, von einer Schamanin aufgezogen zu werden?

»Sie ist meine Mutter«, wiederholte sie. »Das ist alles.« Lag es daran, dass sie die Worte zum zweiten Mal aussprach, dass sie wie eine Beschwörung klangen, dass ihr die Bedeutung erst jetzt klar wurde? Sui spürte, wie ihre Mundwinkel zitterten.

»Sui.« Seine Hände umfassten sanft ihre Finger.

Sie entzog sich ihm, stieß empört den Atem aus, bekam sich unter Kontrolle – oder etwas, das Kontrolle am nächsten kam. »Mein Angebot steht: Sie behalten den Wagen. Wenn mich Ruan

Yun fragt, wo Sie geblieben sind, werde ich sagen, Sie seien auf und davon, und ich wisse nicht, wohin.«

Peter öffnete den Mund.

»Wenn Sie noch einmal nach meiner Mutter fragen, werde ich Sie ohne Auto hier zurücklassen«, sagte sie. Um ihren Worten Nachdruck zu verleihen, ging sie um den Geländewagen herum, stieg ein, startete den Motor und legte den Gang ein. Peter stellte sich mit verschränkten Armen vor den Kühlergrill.

Sie funkelte ihn durch die Windschutzscheibe an und rammte den Rückwärtsgang ins Getriebe. Das Kreischen der Zahnräder ließ sie das Gesicht verziehen. Der Motor erstarb. Sie versuchte es erneut, wurde dabei aber von dem Gefühl überschwemmt, dass sich die ganze Welt gegen sie verschworen hatte, Menschen, Tiere und nun sogar eine Maschine.

Hatte sie denn nicht alles versucht, um wie eine normale Frau aufzuwachsen? Schon als Kind hatte sie damit aufgehört, nach ihrem Vater zu fragen. Von ihrer Mutter erfuhr sie lediglich, dass sie ihn auf einem Schamanenfest getroffen hatte, einem Initiationsritual für Novizinnen und Novizen. Gleich am Tag nach dem Fest hatte Bao gewusst, dass sie schwanger war. Jedenfalls behauptete sie das ihrer Tochter gegenüber.

Sui erlebte eine Kindheit in Armut. Ihre Mutter verdiente ein bisschen Geld als Heilerin, kurierte Menschen, die daran glaubten, mit Gesängen, Trommeln, Räucherwerk, Kräutermedizin und Energieübungen. Vielleicht hätte sie damit ein Auskommen in einem der Dörfer Yunnans gefunden, aber in einer Stadt wie Kunming gingen die Leute nicht zur Schamanin, wenn sie krank waren, sondern zum Arzt. Erst wenn die Schulmedizin nicht mehr weiterwussten, suchten Verzweifelte Rat bei traditionell Heilenden. Allerdings war es dann meist zu spät, und der Tod der Patienten wurde der Schamanin angelastet. Dayan Bao geriet in Verruf. Eine Abwärtsspirale setzte ein, an deren Ende Bao und Sui in einer Sozialwohnung davon leben mussten, was ihnen Nachbarn und Bekannte zusteckten.

Lange Zeit hielt Sui diese Art zu leben an der Seite ihrer Mutter für normal. Sie begleitete sie zu Visionssuchen und Schwitzhüttenfesten, sie schwenkte glimmende Kräuterzweige, wenn ihre Mutter eine Trommelreise unternahm, um sich in den Geist ihres Krafttiers, der Sumpfschildkröte, zu versenken, und sehnte den Tag herbei, an dem sie ihr eigenes Krafttier kennenlernen würde. Überhaupt mochte sie die Nähe zu Tieren, die der Schamanismus mit sich brachte: Kranich, Stier und Hirsch liebte sie besonders, und ihre Mutter ließ sie unbekümmert mit den Geweihmasken und Bärentatzen spielen, die sie für ihre Zeremonien benötigte und die an den Wänden des Wohn-Koch-Schlafraums hingen.

Vermutlich wäre das so weitergegangen, bis Sui als Halbwüchsige selbst eine Ausbildung zur Schamanin begonnen hätte. Bis dahin hatte sie alles, was sie wusste, von ihrer Mutter gelernt, ihr Klassenzimmer war die kleine Bleibe im zweiten Stock des grauen Wohnblocks, wo es nach Feuchtigkeit und verbranntem Essen roch – auch deshalb sehnte Sui stets die Rituale ihrer Mutter herbei, denn dann verbreitete sich der süße Geruch der Kräuter in ihrer kargen Behausung.

Eines Tages standen ein Mann und eine Frau in Anzug und Kostüm vor der Tür, reichten Bao ein Papier und sprachen mit ihr auf dem Korridor. Sui, damals neun Jahre alt, presste das Ohr gegen das Schlüsselloch, hörte zwar, was gesprochen wurde, verstand aber wenig. An diesem Abend teilte ihr Bao mit, dass die Besucher von der Stadtverwaltung gekommen waren und von ihr verlangten, ihre Tochter in eine Schule zu schicken.

Sui wusste, was eine Schule war, all die anderen Kinder im Wohnblock gingen dorthin, und manchmal war sie neidisch, dass ihr all die aufregenden Erlebnisse, von denen die anderen ständig plapperten, verwehrt blieben. Bisweilen hörte sie auch furchtbare Dinge über Gemeinheiten und Prügeleien, aber solche Geschichten stachelten ihre Neugier bloß an. Deshalb packte sie eine freudige Erregung, als Bao ihr an einem Nachmittag im März eröffnete, dass sie die Yucai-Grundschule besuchen sollte. Schon in der nächsten Woche würde es losgehen.

Erstaunt stellte Sui fest, dass ihre Mutter von der Aussicht, ihre Tochter auf eine Schule zu schicken, wenig begeistert war. Ständig warnte sie Sui vor allem, was sie dort erfahren mochte, denn das habe nichts mit dem wahren Leben zu tun. »Dort verehren sie die Materie«, sagte Bao. »Sie wissen nichts von dem, was darunter liegt. Ihre Welt ist leblos und kalt.«

Vielleicht stimmte das, vielleicht fehlte es der Luft in den Klassenräumen wirklich an Wärme. Sui wunderte sich darüber, dass die meisten anderen Kinder Krokodile als Krafttiere hatten, eine eher seltene Verbindung, standen diese Tiere doch für Verrat und Täuschung. Trotzdem trugen viele das Bild eines Krokodils auf der Kleidung. Merkwürdig war auch, dass sie ihr Krafttier schon in diesem frühen Alter kannten. Die Initiation fand in der Regel erst viel später statt, wenn man auf dem Weg war, erwachsen zu werden.

Nach und nach fand Sui heraus, dass ihre Mutter recht hatte: Die Welt der anderen Menschen war eine Aneinanderreihung von Dingen, deren Bedeutung sie nicht kannten oder vergessen hatten. Erst war Sui diese Art zu leben fremd, aber nach einer Weile fand sie Gefallen daran. Es war so leicht, ein Kleidungsstück nach seiner Farbe auszuwählen und es einfach anzuziehen, wenn es einem gefiel. Zuvor hatte Bao als Hülle für Suis Körper nur das zugelassen, was durch Farbe und Material eine Verbindung zur Jīngshén Shìjiè zuließ, der geistigen Welt der Ahnen. Davon schien in der Schule niemand etwas zu wissen, und auf Suis Frage, ob ein Paar Sportschuhe einer amerikanischen Firma wegen des wellenartigen Symbols an der Seite der Transformation und Identität diente, hatte sie Spott geerntet und einen Spitznamen, den sie seither zu vergessen suchte.

Vielleicht hätte sie der Schule und ihren neuen Freunden den Rücken kehren können, aber das Zusammenleben mit Gleichaltrigen übte einen Reiz auf sie aus, dem sie sich nicht entziehen konnte. Je älter sie wurde, desto weiter entfremdete sie sich von Bao, von ihrer Art, die Welt zu sehen und darin zu leben. Es dauerte nicht lange, da stritten Mutter und Tochter um jede Alltäglichkeit, um jedes Wort. Bao versuchte, die Nähe zu Sui wiederzufinden, Sui wollte so viel Abstand wie möglich zwischen sie beide bringen. Vermutlich entschied sie sich für das Studium des Ingenieurwesens, weil Zahlen und Berechnungen den größtmöglichen Gegensatz zum Reich der Geister darstellten. In Konstruktion und Technik existierte nur, was sich messen ließ, und wer etwas anderes behauptete, galt als verrückt. Bald dachte Sui genau das über ihre Mutter, die Schamanin Dayan Bao: dass sie eine Verrückte sei, die mit den Geistern von Tieren sprach und Menschen mit Schlangenfett einrieb, um sie von Gebrechen zu heilen.

Bao versuchte nicht, Sui die Berufswahl auszureden. Sie schien nicht einmal gekränkt oder enttäuscht. Vermutlich hatte ihr der Geist der Sumpfschildkröte eingeflüstert, dass es ohnehin nichts ändern würde. Darüber war Sui so erleichtert, dass sie die einzige Bedingung, die ihre Mutter an das Studium knüpfte, vom Fleck weg akzeptierte: Sui sollte ihre Schamanenausbildung abschließen, die Initiation mitmachen und ihr Krafttier finden. Danach konnte sie gehen, wohin sie wollte. Zu diesem Zeitpunkt ahnten die beiden Frauen noch nicht, was diese Entscheidung nach sich ziehen würde.

Sui starrte auf ihre Hände, die das Lenkrad des Geländewagens umklammerten, auf ihre langen und feingliedrigen Finger und die blauen Adern unter der straffen hellen Haut. Die Nägel hatten den Glanz der letzten Maniküre verloren. Von ihren Fingerspitzen aus geriet alles wieder in den Fokus ihres Bewusstseins: Der Wagen, das Dorf, die Situation, alles war wie vorhin. Nur Peter stand nicht mehr vor dem Kühlergrill und versuchte, sie am Davonfahren zu hindern. Stattdessen saß er auf dem Beifahrersitz und sah sie besorgt an.

Sui schrak zusammen. Wie war er dorthin gekommen? »Entschuldigen Sie, ich muss geträumt haben«, brachte sie hervor.

»Sie waren eine ganze Weile weg«, sagte er. »Erst dachte ich, Sie seien ohnmächtig geworden, aber das war wohl etwas anderes, nicht wahr?«

»Das Erbe meiner Mutter.« Sie lächelte schwach. »Sie hat mir beigebracht, mich von einer Sekunde auf die andere in Versenkung zu begeben. Manchmal, wenn ich sehr intensiv nachdenke, verfalle ich von ganz allein in diesen Zustand. Sie können sich vorstellen, wie meine Dozenten an der Universität darauf reagiert haben.«

»Wovon haben Sie geträumt?«, fragte er.

Sie schüttelte den Kopf. »Darüber möchte ich nicht sprechen, Peter.«

»Immerhin nennen Sie mich wieder Peter. Hat das was mit Ihrem Traum zu tun?«

Sie sah ihn lange an. Bislang hatte seine Hartnäckigkeit Sui auf die Palme gebracht, sie grenzte ans Unverschämte. Aber in diesem Augenblick verstand sie mit einem Mal, dass Peter nur deshalb immer wieder nachbohrte, weil er besorgt war und helfen wollte: den Zwerggänsen, den Elefanten und jetzt auch Dayan Sui, der unglücklichen Schamaninnentochter. »Werfen wir noch einen Blick auf diese Landkarte«, schlug sie vor und legte die beiden Teile zusammen. Als sie kurz darauf den Zündschlüssel drehte, sprang der Wagen sofort an.

Kapitel 28

Pu'er, China

Gabriel

Der Flughafen von Pu'er bestand aus zwei Start- und Landebahnen, neben denen sich Versorgungsgebäude duckten. Gabriel war schon auf kleineren Pisten gelandet, auch ganz ohne Bahn, damals in Simbabwe. Im Vergleich dazu war das hier der reinste Luxus.

Er rieb sich den Schlaf aus den Augen. Sieben Stunden hatte der Flug von Kuching auf Borneo bis hierhin gedauert. Zuvor hatte er vier Stunden gebraucht, um aus dem Urwald des Inselstaats in die Zivilisation zu gelangen. Die Jagd auf den Waldelefanten hatte er gleich nach dem Anruf von Ruan Yun abgebrochen. Der Bulle war durch das Brummen des Telefons verschreckt worden und davongelaufen – und ein gewarntes Tier war so gut wie unmöglich aufzustöbern. Außerdem hatte Ruan Yun ihm ein gutes Angebot gemacht: die einmalige Gelegenheit, eine ganze Herde Elefanten zu erlegen, nur Gabriel allein. Vierzehn Tiere! Sie waren zwar gewöhnliche asiatische Elefanten, aber die schiere Menge der Beute wog das Töten eines einzigen seltenen Exemplars auf. Großwildjäger konzentrierten sich in der Regel auf ein einzelnes Ziel, das war für die meisten schwierig genug. Selbst wenn sie zwei oder drei Elefanten schießen konnten, wollten sie sich das nicht leisten, denn für jeden Abschuss kassierte die Verwaltung der Nationalparks vierzigtausend Dollar – abgesehen davon, dass in der Regel nur kranke und alte Bullen getötet wurden, die ohnehin bald zusammengebrochen wären. Vierzehn gesunde Elefanten ohne Gebühren und mit der Erlaubnis der Regierung? Hätte ihm ein anderer Jäger davon berichtet, er hätte ihn für einen Schwätzer gehalten.

Die Herde, so viel wusste er bereits, hatte aus unerfindlichen Gründen ihren Lebensraum in einem Nationalpark verlassen und sich auf Wanderschaft begeben. Vielleicht brauchten diese Viecher eine Abwechslung vom Alltag, so wie er.

Als Gabriel aus dem Privatjet stieg, den er auf Borneo gechartert hatte, sah er Ruan Yun über das Rollfeld auf die kleine Maschine zulaufen. Die Männer umarmten sich. Yuns Griff war kraftlos, seine Schultern waren schlaff, und sein Bauch war rundlich. »Du hast dich gut gehalten«, log Gabriel und hielt Yun an dessen weichen Armen fest, um ihn von oben bis unten zu mustern.

Yun deutete eine Verbeugung an. »Und du bist immer noch der Alte.«

»Der Alte? Damit meinst du hoffentlich, dass ich jung geblieben bin«, frotzelte Gabriel. Insgeheim verabscheute er den Chinesen. Kennengelernt hatte er ihn, als Gabriels Firma in Paris begonnen hatte, Handel mit Unternehmen in China zu treiben. Gabriel kaufte Computerchips aus Kunming, um sie für die Entwicklung von Smart Cities zu verwenden. Dabei handelte es sich um eine von seinen besten Leuten entwickelte Technologie, die den Verkehr von Großstädten optimieren, die Energieversorgung verbessern und die Lebensqualität der Bürger erhöhen sollte. Mit Prozessoren, wie sie nur die Chinesen herstellten, ließen sich die dafür nötigen sensiblen Sensoren und komplexen Netzwerke bestücken. Vor allem aber erhöhte Smart Cities eines: die Lebensqualität von Gabriel und Yun. Der chinesische Provinzbeamte hatte rasch erkannt, dass er gut beraten war, dem Franzosen alles liefern zu lassen, was er benötigte – ohne Auflagen und vor allem ohne bürokratischen Aufwand. Dafür hatte Gabriel ihn am Gewinn teilhaben lassen und ihn noch auf eine andere Art reich belohnt: Er begeisterte Ruan Yun bei mehreren geschäftlichen Treffen für die Großwildjagd, lud ihn sogar nach Kenia ein und zeigte ihm, wie verwegen man sein muss, um auf gefährliche Tiere anzulegen. Das hatte diesen Langweiler derart beeindruckt, dass er sich seitdem für kleinere Jagdabenteuer aus seinem Bürosessel wuchtete. Offenbar hatte Yun erkannt, dass so eine Elefantenherde eine Nummer zu groß für ihn war. Deshalb stand Gabriel nun ein enormes Jagdvergnügen bevor – allerdings eines, von dem er nur seinen engsten Jagdfreunden erzählen würde.

»Wo sind die Elefanten?«, fragte er, nachdem sie die üblichen Floskeln ausgetauscht hatten. Chinesen waren furchtbar umständlich, immer stand die Förmlichkeit im Weg. Gabriel erinnerte sich an eine Geschäftsreise nach Kunming: Zwei Wochen lang war er von Abendessen zu Abendessen chauffiert worden, ohne auch nur ein einziges Mal über den eigentlichen Grund seines Besuchs reden zu können. Wäre er von sich aus aufs Geschäftliche verfallen, hätte das den sofortigen Abbruch der Beziehungen bedeutet. In China hielt man sich an die Regeln, oder man war raus aus dem Spiel.

»Die Tiere sind ganz in der Nähe unterwegs, sie wandern den Mekong hinauf, diese verrückten Biester.« Yun zuckte mit den Schultern. »Wir fahren ins Hotel, da kann ich dir alles in Ruhe erklären.« Am Telefon hatten sie keine Details besprechen wollen, der Abschuss einer Elefantenherde war ein zu heikles Thema.

»Lass uns besser sofort aufbrechen«, schlug Gabriel vor. »Ich möchte hier nicht gesehen werden. Wer mich und dich kennt, kann eins und eins zusammenzählen. Wir sollten vorsichtig sein.« Unerwähnt ließ er, dass ihn das Jagdfieber gepackt hatte und es ihm unmöglich war, ruhig in einer Hotellobby zu sitzen, statt die Witterung der Herde aufzunehmen. Er fühlte sich herausgefordert.

Ruan Yun stimmte zu. Auch für ihn sei die Angelegenheit delikat, sagte er und folgte Gabriel zum Heck des Jets, wo das Gepäck ausgeladen werden sollte. »Sorg bitte dafür, dass meine Sachen nicht überprüft werden«, verlangte Gabriel. Normalerweise mussten eine Menge Formulare ausgefüllt werden, um eine Waffe in China einzuführen. Dazu war keine Zeit gewesen.

»Natürlich«, versicherte Yun, dem es trotz seiner Position als Provinzgouverneur und trotz aller Höflichkeitsregeln offensichtlich nichts ausmachte, Kommandos entgegenzunehmen. Gut so, denn bei dem, was Gabriel vorhatte, konnte er keinerlei Diskussionen gebrauchen. Was zählte, waren schnelle Entscheidungen und rasches Handeln. Yun schien das zu wissen.

Während sie auf das Gepäck warteten, begann Yun mit seinem Bericht. Er erzählte von dem Auftauchen der Herde in einem Dorf namens Shuanxi, davon, wie Häuser niedergebrannt waren und die Katastrophe im Fernsehen übertragen worden war. Dann erzählte er von seinem eigenen Versuch, die Tiere zu jagen.

»Beinahe hätte ich es geschafft«, sagte Yun eifrig. »Ich habe alles so gemacht, wie du es mir beigebracht hast, hatte die optimale Position, habe mich stundenlang zu Fuß angepirscht, um die Tiere mit dem Lärm und Gestank der Automotoren nicht zu warnen. Ich hatte eine Gruppe Helfer dabei, falls etwas schiefgehen sollte, aber ich habe mich der Herde allein genähert.«

»Was ist schiefgelaufen?«, fragte Gabriel, der Yun kein Wort glaubte.

»Ich bin gestört worden. Gerade als ich die erste Kuh im Visier hatte, kam ein Geländewagen angerauscht und machte einen Höllenlärm. Die Elefanten erschraken und liefen davon, ich konnte mich gerade noch in Sicherheit bringen. Jetzt stehe ich von allen Seiten unter Druck. Die Medien können mein Büro natürlich unter Kontrolle bringen, aber auch die Regierung in Beijing stellt unangenehme Fragen.« Ruan Yun rang seine fleischigen Hände. »Ich muss sicherstellen, dass das Problem schnell aus der Welt geschafft wird. Deshalb bist du hier.«

Klar, dachte Gabriel, damit du nicht als Versager dastehst und vielleicht sogar deinen Gouverneursposten verlierst. Das also steckte hinter dem Freifahrtschein für die Elefantenjagd. Gabriel nickte seinem Gegenüber zu. Ihm waren Yuns Probleme einerlei, Hauptsache, er selbst bekam keine Schwierigkeiten. »Wer hat dich gestört?«

»Eine Mitarbeiterin unseres Bauministeriums, die für mich ein Umweltprojekt erarbeitet, und ein Schwede, der ihr dabei helfen soll, ein Tierschützer aus Stockholm.«

Diese Neuigkeit ließ Gabriel aufhorchen. »Ein Tierschützer?«, fragte er. »Hat er Verbindungen zur IUCN?« Die International Union for Conservation of Nature war die weltweit größte Naturschutzorganisation – und Gabriel stand dort auf der schwarzen Liste. Wenn sie ihm etwas anhängen konnten, würde das unangenehme Folgen für seine Firma haben.

»Er scheint mir eher ein Einzelkämpfer zu sein«, beschwichtigte Ruan Yun und schilderte, wie der Mann in die Jagd geplatzt war und den Abtransport der Elefanten verlangt habe – mit Lastwagen!

»Klingt nach einem dieser Traumtänzer vom Artenschutz, die können ganz schön fanatisch sein«, erwiderte Gabriel. »Hoffentlich bereitet er uns keine weiteren Schwierigkeiten.«

Zwei Männer vom Flughafenpersonal erschienen in der Ladeluke und warfen ein Gepäckstück hinunter. Gabriels blauroter

Treckingrucksack landete im Auffangkorb unter der Luke, und er zog ihn heraus. Die Riemen waren mehrfach mit Gewebeband umwickelt, um zu verhindern, dass das Flughafenpersonal den Rucksack daran hochhob und die Gurte abriss. »Was noch?«

Ruan Yun berichtete von den Jägern, die er angeworben hatte. Gleich nach dem Desaster hatte er die Männer wieder nach Hause geschickt.

»Ruf sie zurück«, forderte Gabriel, den Blick auf die Ladeluke gerichtet. Er wollte den Moment nicht verpassen, wenn der flache Koffer mit der Flinte erschien und die Packer daran hindern, ihn in hohem Bogen in den Gepäckkorb zu werfen.

»Aber das sind Stümper«, wandte Ruan Yun ein.

»Sie sollen die Elefanten ja auch nicht jagen. Sie sollen helfen, den Zaun aufzustellen.«

»Was für einen Zaun?«

In diesem Moment tauchte der längliche graue Hartschalenkoffer in der Ladeluke auf.

»Stopp!« Gabriel hob eine Hand und winkte die Arbeiter zu sich heran. »Schön langsam runterlassen.« Er sprach kein Mandarin, deshalb übersetzte Ruan Yun die Worte. Die Männer zögerten, bis Yun ihnen seinen Ausweis zeigte. Wenige Augenblicke später kniete Gabriel vor dem Koffer auf dem Asphalt, entriegelte die Sicherheitsschlösser und klappte den Deckel auf. Da lag sie vor ihm in ihrer vollendeten Schönheit: seine Mauser 98. Er prüfte die Polsterung aus Schaumstoff, dann nahm er das Gewehr heraus, hielt es gegen den Himmel und nahm das Profil des Laufs in Augenschein. Er konnte keine Verjüngungen feststellen, keine Unebenheiten und keine Asymmetrien. Für einen richtigen Test würde er ein paar Probeschüsse abgeben müssen, aber das hatte Zeit, bis sie den Flughafen verlassen hatten.

Andere Jäger hatten ein weiteres Gewehr dabei für den Fall, dass ihre Waffe ausfiel. Gabriel hatte die M98. Er brauchte nichts anderes. Mit Schwung klappte er den Koffer zu und ließ die Verschlüsse einschnappen.

Den Tag, an dem ihn diese Waffe im Stich ließ, würde er niemals erleben.

Kapitel 29

Bangkok, Thailand

Nok

Wie lange kann es ein Mensch in großer Hitze ohne Wasser aushalten? Nok hatte die ersten Symptome von Flüssigkeitsmangel längst hinter sich: Durst, Kopfschmerzen und Müdigkeit. Jetzt begann allmählich sein Blick zu verschwimmen. Immerhin musste er kein Wasser lassen. Auf wundersame Weise nutzte sein Körper jedes bisschen Flüssigkeit, dessen er habhaft werden konnte, anderweitig.

Boonmee war schlimmer dran. Der Biss des großen Tempelaffen hatte ihm übel zugesetzt, das Biest hatte seine Zähne bis zum Knochen in den Daumen des Sergeants geschlagen, und in der Hitze war der Finger auf die Größe eines Polizeiknüppels angeschwollen. Weil Nok ihrer beider Wasser verwendet hatte, um den Affen zu verscheuchen, konnten sie weder etwas trinken noch die Wunde ausspülen. Da sie weiterhin Rücken an Rücken in dem Käfig ausharrten, spürte Nok, wie sein Vorgesetzter schwankte. Und das war ziemlich besorgniserregend.

Seit dem Angriff des Makaken waren zweieinhalb Stunden vergangen, die Sonne brannte unbarmherzig auf den Käfig, in dem mittlerweile eine Temperatur um die fünfzig Grad Celsius herrschen musste. Die Eisenstangen waren so heiß, dass man sie nicht berühren konnte. Das galt sowohl für die beiden Gefangenen als auch für die Affen, die sich nach dem Vorfall mit Boonmee zurückgezogen hatten. Sie waren dem größten unter ihnen gefolgt, der auf die Wasserspritzer reagiert und von Noks Vorgesetztem abgelassen hatte. Jetzt saßen die Tiere wieder unter dem Blätterdach der Bäume am Rand des Tempelplatzes und beäugten die Eingesperrten.

Noks Blick fiel auf die Käfigtür. Zum Glück war der Affe nicht mehr dazu gekommen, den Riegel zu öffnen, aber er war kurz davor gewesen. Damit hatte sich der einzige Vorteil dieses furchtbaren Gefängnisses in Luft aufgelöst: Vor den wild gewordenen Tieren waren sie hier nicht mehr sicher. Wie gern wollte Nok davonlaufen! Aber darauf mussten sie bis zum Abend warten, weil die Affen dann angeblich schliefen. Nok hatte Zweifel an dieser Theorie ihrer Polizeikollegen und ebenso daran, ob Boonmee in seinem Zustand das Tor der Tempelanlage überhaupt erreichen konnte.

»Wie gehts der Wunde?«, fragte Nok mit krächzender Stimme. Boonmee hatte schon vor einiger Zeit damit aufgehört, seinen Optimismus zu verbreiten, inzwischen war er verstummt. Den Sergeant schien der Mut verlassen zu haben.

»Sergeant? Haben Sie mich verstanden?«

»Natürlich habe ich Sie verstanden, Nok«, tönte es schlapp von hinten. »Ich musste mich nur erst vergewissern, dass der Daumen in Ordnung ist. Eine ernst gemeinte Frage verdient eine korrekte Antwort.«

Nok spürte, wie ihm die Unterhaltung schwerfiel, trotzdem versuchte er, weiter mit Boonmee zu sprechen. »Haben Sie Schmerzen?«

»Nein. Es blutet auch nicht mehr.«

Hoffentlich hatte die Blutung lang genug gedauert, um die

Keime im Affenspeichel aus der Wunde zu spülen. »Darf ich die Hand noch mal sehen?«, fragte Nok.

Er spürte eine Bewegung im Rücken. »Das geht nicht«, sagte der Ältere. »Ich kann mich nicht so weit drehen.« Nach einer kurzen Pause fuhr er fort: »Aber wie gesagt: Ich bin geimpft.«

Reden, er musste weiterreden, um wach zu bleiben. »Sind regelmäßige Impfungen bei der Touristenpolizei vorgeschrieben?« Eigentlich hatte er »bei unserer Truppe« sagen wollen, aber das war ihm nicht ganz richtig erschienen. Es war sein erster Tag, und in der kurzen Zeit hatte er eine Katastrophe heraufbeschworen. Bestimmt würde man ihn entlassen – sollte er lebend hier herauskommen.

»Genau«, antwortete Boonmee. »Die Impfungen sind Standard. Meine letzte war im Dezember 1948.«

Erst glaubte Nok, Boonmee habe einen Scherz gemacht. »Wann soll das gewesen sein?«, hakte er nach.

Es kam keine Antwort. Stattdessen drückte der Rücken des anderen stärker gegen seinen.

»Sergeant? Was ist mit Ihnen?«

»Was soll mit mir sein? Bei der Touristenpolizei schiebt man eine ruhige Kugel«, sagte Boonmee leise.

Nok tastete hinter sich, bis er den Arm des anderen fand. Er hielt ihn fest und drehte sich ein wenig, dabei achtete er darauf, dass sein Leidensgenosse nicht den Halt verlor. Irgendwie gelang es ihm, Boonmees Hand hochzuheben und sie aus dem Augenwinkel zu betrachten. Der Sergeant wehrte sich nicht. Nok erkannte nicht viel, aber das, was er sah, genügte. Ihre Lage war schlimmer, als er geglaubt hatte.

»Sergeant«, sagte Nok. »Ihr Daumen ist dunkel angelaufen.«

»Das geht wieder zurück, wenn die Kollegen erst mit dem Bier gekommen sind. Kennen Sie schon das Bier hier in Bangkok, junger Freund? Man sagt, es sei ein Allheilmittel.«

Nok ließ Boonmees Arm los und griff nach dem Funkgerät am Hemdaufschlag des anderen. Er löste es und holte es auf seine Seite. Nach zwei Versuchen hatte er die Verbindung zur Wache hergestellt. »Hier spricht Polizeidiener Nok. Spreche ich mit Oberleutnant Chakrii?«

Statt Chakrii meldete sich einer der diensthabenden Kollegen der Wache. »Chakrii ist nicht hier. Ich bin's, Sergeant Namtok. Was gibts, Nok? Wie ist die Lage?«

»Sergeant Boonmee ist von einem Affen gebissen worden. Die Wunde hat sich entzündet. Wir brauchen dringend Hilfe.«

»Wir haben doch schon mit Ihrem Vorgesetzten darüber gesprochen: Sie warten, bis es dunkel geworden ist, dann schleichen Sie sich raus aus der Tempelanlage.«

Nok presste eine Hand gegen die Stirn. »Ich glaube nicht, dass Boonmee so lange durchhalten wird. Er ist verwirrt. Ich tippe auf eine Blutvergiftung, und wer weiß, was der Affe ihm noch verpasst hat. Wir müssen sofort etwas unternehmen. Können Sie mit einem Wagen kommen, um uns abzuholen?«

»Wie wäre es mit einem Hubschrauber?«

Es war wohl der Durst, der Nok einen Moment lang glauben ließ, Sergeant Namtok meine es ernst.

»Hören Sie, Nok! Natürlich haben wir diese Möglichkeit längst geprüft. Haben Sie die Tore gesehen? Da passt kein Wagen durch, abgesehen davon, dass es gegen die Gebote des Tempels verstoßen würde.«

»Aber es muss etwas geschehen, sonst stirbt Boonmee vielleicht.«

»Sprechen Sie von mir?« Die Stimme des Sergeants in Noks Rücken klang wieder hell und klar. »Mir gehts gut. Machen Sie sich keine Sorgen.«

»War das gerade Boonmee? Sagen Sie mal: Wollen Sie uns zum Besten halten? Geben Sie mir den Sergeant. Sofort!«

Nok schaltete das Funkgerät aus. »Geht es Ihnen besser?«, fragte er nach hinten.

»Mir ging es noch nie schlecht«, kam die Antwort von Boonmee, der gleich darauf in sich zusammensackte. Sein Gewicht stieß gegen Nok, und er wurde gegen die Eisenstäbe gepresst. Das Metall brannte in seiner Wange, er versuchte, davon wegzukommen, musste dafür die Hände zu Hilfe nehmen, die er sich ebenfalls verbrannte. Schließlich gelang es ihm, sich zu dem zusammengesunkenen Kollegen umzudrehen. Auch der war in Berührung mit dem Käfig gekommen, schien das aber gar nicht zu bemerken. Er war ohnmächtig.

Es gab nicht genug Platz, um sich auf den Boden zu setzen, er musste den Sergeant im Stehen festhalten. Irgendwie schaffte er es, dessen Uniformgürtel mit seinem eigenen zu verbinden. Durch das Leder aneinandergebunden, blieb Nok aufrecht stehen, während er den Besinnungslosen unter den Armen festhielt wie ein Rettungsschwimmer. Das Gewicht drohte ihn zu Boden zu ziehen, er würde das unmöglich bis zur Dunkelheit aushalten können. Schon jetzt verkrampften sich seine Muskeln.

»Sergeant«, rief er, »wachen Sie auf!« Doch Boonmee rührte sich nicht und hing in Noks Griff wie ein Sack Steine. Er verschränkte die Hände vor der Brust des Bewusstlosen und versuchte, dessen Gewicht zu verteilen, auf Arme, Schultern, Rücken, Hüften und Beine. Es war ihm, als spüre er den letzten Rest Flüssigkeit, der in seinem Körper noch verblieben war, mit einem Mal aus den Schweißporen entweichen.

Kapitel 30

Teotihuacán, Mexiko

Abel

Jeder Tropfen fiel mit einem leisen, aber deutlichen Plopp in die Pfütze, die sich auf dem Boden gebildet hatte. Das Geräusch hallte in der Kammer wider. Abel saß auf dem Boden, lehnte an der Wand und hatte die Hände um die Knie geschlungen. Seine Sinne waren geschärft, er zählte den Takt des monotonen Geräuschs.

Erst waren die Tropfen langsam gefallen, und Abel hatte versucht, etwas davon in den hohlen Händen aufzufangen, um es zu trinken. Was ihm zunächst Mühe bereitet hatte, wurde zunehmend einfacher, und nach einer Weile sammelte er schneller Wasser, als er trinken konnte. Da wurde ihm klar, was passierte.

»Der Regen ist stärker geworden, deshalb kommt das Wasser mit mehr Druck von oben herein«, sagte er zu Luis und ließ es wie eine nüchterne Erklärung klingen, obwohl sich eine Katastrophe anbahnte. Das Wasser rann von der Decke und an den Wänden entlang, die Zisterne füllte sich nach und nach. Luis und er liefen Gefahr, unter dem Tempel der gefiederten Schlange zu ertrinken.

»Was ist nun?«, fragte Abel. »Willst du hier rumsitzen und darauf warten, dass Carlos dich rettet?«

Luis antwortete nicht. Er war in das Schweigen derjenigen verfallen, die wissen, dass sie einen Fehler begangen haben, es aber nicht zugeben wollen.

»Wenn du weiter stur bleibst, werden wir umkommen. Das ist dir hoffentlich klar.« Gerne wäre Abel aufgesprungen und hätte dem Mexikaner die Taschenlampe entrissen, um auf eigene Faust über die nächste Mauer zu klettern. Aber gegen ihn kam er nicht an, er würde Luis mit Worten davon überzeugen müssen, dass er nicht auf seinen Schwager zählen konnte, dass er sich selbst retten musste, wenn er nicht hier unten sterben wollte.

»Wir stecken in einer Zisterne fest.« Abel ignorierte das Gefühl, mit einem Stein zu reden. »Das ist ein System von kleinen Kammern, die dazu da sind, Wasser zu speichern. Die Mauern dienen als Überläufe. Wenn eine Kammer voll ist, läuft das Wasser über den Rand in den nächsten Bereich. Auf diese Weise verteilt es sich gleichmäßig.«

Es gab keine Reaktion, die darauf schließen ließ, dass Luis den Worten folgte oder ihnen Glauben schenkte.

»Ich habe schon viele solcher Anlagen gesehen. Das Prinzip ist immer dasselbe. Und das Resultat auch. Wenn es lange genug regnet, wird sich die Zisterne füllen – und wir werden ersaufen wie die Ratten. Unsere einzige Chance besteht darin, dass wir uns durch die Kammern arbeiten.«

Luis schaltete die Taschenlampe an. Das Licht war kalt und hart. Es offenbarte, welche Verwandlung mit der Kammer vor sich gegangen war: Wasser glitzerte auf dem Einsturz, rann, tropfte, lief, die Pfütze dehnte sich zusehends aus. Ihre Oberfläche zuckte wie die Haut eines lebenden Organismus.

Luis trat hinein, sein Schuh verschwand bis über den Knöchel im Wasser. Er hielt den Lichtstrahl darauf gerichtet. »Scheint zu stimmen, was du sagst, Professor.« Er holte sein Telefon hervor und hielt es sich ans Ohr. Nach einer Weile war eine Stimme zu hören, jemand meldete sich. »Wie kommt ihr voran, Carlos?«, fragte Luis. »Habt ihr die Stützen gefunden? Wir bekommen nasse Füße.«

So etwas wie Erleichterung erfasste Abel. Immerhin hatte er Luis so weit gebracht, dass der Mexikaner die Bedrohung erkannte.

Aus dem Telefon drang ein Plärren. Carlos sagte etwas, das Abel nicht verstand. Luis nickte. »Du weißt doch, wo das Material lagert«, erwiderte er. Die Stimme aus dem Telefon veränderte ihren Ton. Carlos schien irgendetwas zu beteuern. Er klang … weinerlich.

»Was willst du damit sagen? Natürlich kenne ich die Regeln«, polterte Luis. Sein Gesicht lag zwar im Schatten, trotzdem konnte Abel sehen, wie ihm der Mexikaner einen raschen Blick zuwarf. Schließlich sagte Luis: »Mach's gut, Carlos.« Er steckte das Telefon in die hintere Hosentasche, wo es sich unter dem Stoff abzeichnete.

»Dein Schwager hat wohl Schwierigkeiten«, stellte Abel fest.

Luis ging nicht darauf ein. »Diese Zisternen«, begann er, »hatten die normalerweise einen Zugang? Für Wartungsarbeiten? Du weißt schon: Kanalschächte haben so was.«

Also hatte Luis es sich doch anders überlegt? »In der Regel haben solche Reservoirs eine Verbindung zur Außenwelt«, sagte Abel. »Das Wasser muss ja irgendwie herausgeleitet werden, vielleicht gibt es sogar eine Einstiegsluke.«

»Und die wäre für uns dann eine Ausstiegsluke, nicht wahr?« Luis drückte Abel die Taschenlampe in die Hand. Es war nur eine kleine Geste, doch sie veränderte alles. Vielleicht hatte er verstanden, dass er nur mit Abels Hilfe am Leben bleiben konnte.

Luis packte die Mauerkrone und zog sich hoch. Er war schwerer als Abel, aber auch kräftiger. Im nächsten Moment steckten sein Kopf und seine Schultern in dem Spalt am oberen Rand.

»Gib mir die Taschenlampe«, keuchte er und streckte eine Hand nach hinten aus.

Abel reichte sie ihm. Als ihr Strahl hinter der Mauer verschwand, fand er sich im Dunkeln wieder. Er erahnte Luis' Hintern und seine von der Wand herunterhängenden Beine. Was wäre, wenn er ihm das Telefon aus der Hosentasche ziehen würde? Könnte er damit die Polizei verständigen, ohne dass Luis es bemerkte? Dazu müsste der Mexikaner abgelenkt sein. Vielleicht ... Abel streckte eine Hand in Richtung der zuckenden Beine aus.

Im nächsten Moment war Luis verschwunden. Ein Poltern war zu hören, als sein schwerer Körper auf der anderen Seite der Mauer aufkam. »Luis?«, rief Abel. »Alles in Ordnung?« Die Frage hörte sich falsch an. Warum sollte er sich für das Wohlergehen eines Kerls interessieren, der ihn umbringen wollte?

»Wo bleibst du, Professor?«, kam es über die Mauerkrone. »Ich dachte, du willst dabei sein, wenn wir den Ausgang finden.«

Kapitel 31

Teotihuacán, Mexiko

Abel

Abel brauchte zwei Anläufe, um auf die Mauer zu kommen, und dann noch mal zwei, um sich auf der anderen Seite wieder herunterzulassen.

Er landete mit den Füßen im Wasser. Es war kalt, aber das spürte er kaum. Ein anderes Gefühl hatte ihn ergriffen: Er war der erste Mensch seit Jahrhunderten, der diesen Ort betrat. Nein, das stimmte nicht ganz. Er war der zweite.

»Nicht gerade vielversprechend«, knurrte Luis und ließ den Lichtstrahl über die Wände gleiten. Kammer Nummer drei sah genauso aus wie ihre beiden Vorgänger. Abel hatte nichts anderes erwartet. »Die Zisterne ist wie ein Tunnel angelegt«, erklärte er, »ein Tunnel mit Zwischenwänden. Wenn wir ans andere Ende gelangen wollen, werden wir noch über einige Mauern klettern müssen, denn ich fürchte, der Tunnel zieht sich unter der gesamten Pyramide hindurch.«

»Und wo ist diese Ausstiegsluke?«, fragte Luis.

»Das werden wir herausfinden, wenn wir da sind«, erwiderte Abel. »Wie lange haben wir noch Licht?«

»Schwer zu sagen.« Luis schüttelte das Gerät, und der Strahl tanzte über die Decke, entriss die Tropfen der Dunkelheit und ließ sie wie einen Perlenvorhang aussehen. »Wir werden es herausfinden. Dann haben wir noch das Licht am Telefon, solange es nicht schlappmacht.«

»Dann ist es wohl besser, wir beeilen uns.«

Die nächste Mauer war ebenso hoch und schwierig zu nehmen wie die vorherige, doch diesmal half Luis Abel, indem er ihm den Vortritt ließ und einen Steigbügel mit den Händen formte.

Kurz darauf standen sie in einer weiteren Kammer, die Abmessungen waren dieselben, doch die nächste Mauer war bis zur halben Höhe eingestürzt – eine kleine Erleichterung. Diesmal ging Luis voran, er stieg einfach über die Mauer hinweg. Dabei musste er die Beine anheben, was dazu führte, dass sein Telefon ein Stück aus der Hosentasche rutschte.

Abel konnte ihn genau sehen: den Apparat, der ihm das Leben retten konnte – und er war in Reichweite. Er streckte eine Hand danach aus, doch da war Luis schon auf der anderen Seite.

Abel folgte ihm und registrierte mit einem verstohlenen Blick, dass das Telefon nicht zurück in die Hosentasche gerutscht war, sondern von dem eng anliegenden Stoff an Luis' füllige Hüfte gedrückt wurde. Wenn der richtige Moment gekommen war, musste er zugreifen.

»Was hat dich dazu gebracht, deine Meinung zu ändern und mit mir nach dem Ausgang zu suchen?«, fragte Abel.

»Glaubst du, ich will hier drin ersaufen?«, knurrte Luis und leuchtete das nächste Hindernis ab.

»Es hat etwas damit zu tun, was Carlos am Telefon zu dir gesagt hat, nicht wahr?«, mutmaßte Abel. »Sonst hättest du darauf gewartet, dass deine Freunde dich rausholen.«

»Sei einfach dankbar, Professor.« Luis tastete sich zur Krone der Mauer hinauf, spähte darüber, dann stellte er sich gebückt hin und bot wieder den Steigbügel an.

Abel blieb, wo er war. »Warum wolltet ihr mich töten und das Loch mit Zement zuschütten?«

»Du hast zu viel gehört«, antwortete Luis. »Ist dir das nicht klar? Ich dachte, Professoren seien kluge Leute.«

»Weil ich mitbekommen habe, dass ihr einen britischen Kollegen auf dem Gewissen habt? Ihr hättet mich einfach umbringen können. Vier junge Männer gegen einen alten Narren. Ich läge längst in einem Grab und würde den Mumien Teotihuacános Gesellschaft leisten. Aber ihr habt erst mühsam Zement herbeigeschafft und versucht, das Loch zu füllen. Das ergibt keinen Sinn.«

Luis wollte etwas erwidern, aber Abel kam ihm zuvor.

»Und jetzt lässt Carlos dich hier unten sitzen. So ist es doch, nicht wahr?«

»Wie kommst du auf so einen Quatsch?« Etwas in Luis' Stimme hatte sich verändert.

»Die Schlussfolgerung liegt auf der Hand«, fuhr Abel fort. »Ginge es nur um technische Schwierigkeiten, hättest du ihm erklären können, was er zu tun hat, um den Einsturz zu beseitigen. Du verfügst über das Wissen und die Maschinen und hättest Carlos, Benicio und Santiago Anweisungen geben können. Aber du hast das Gespräch beendet. Ich will wissen, wieso.«

Luis grummelte etwas, Abel verstand kein Wort, es hörte sich nicht an wie Spanisch. »Was hast du gesagt?«

»Ich bleibe hier nicht ewig so stehen und helfe dir auf die andere Seite«, rief Luis.

»War das Nahuatl?« Abel konnte die Sprache des alten Amerika lesen, nicht aber sprechen oder verstehen. Er wusste, dass sie bei einem geringen Teil der mexikanischen Bevölkerung noch lebendig war, ähnlich dem Gälischen auf den Britischen Inseln. Eine Sprache, die längst hätte ausgestorben sein müssen, aber wie durch ein Wunder immer noch auf den Zungen der Menschen lag. Dass Luis zu dieser kleinen Gruppe gehört, überraschte ihn.

»Dann sieh doch zu, wie du allein rüberkommst.« Luis richtete sich auf und schickte sich an, über die Mauer zu klettern. Seine Bewegungen waren dieselben wie zuvor: Er sprang, klammerte sich an den Rand und zog sich hoch. Dabei ragte das Telefon verführerisch aus seiner Hosentasche.

Dieses Mal zögerte Abel nicht. Er zog das Gerät heraus und ließ es in seinem Hosenbund verschwinden. Es fühlte sich aufgeheizt an von Luis' Körperwärme.

»Was machst du da?«, rief Luis von oben.

Abel erstarrte für den Bruchteil einer Sekunde, dann hatte er sich wieder gefasst, stemmte beide Hände gegen Luis' Hinterteil und schob. »Wenn du mir nicht hilfst«, brachte er unter dem Gewicht keuchend hervor, »helfe ich halt dir.«

»Pass nur auf, dass du dir keinen Bruch hebst«, kam es von oben. Luis strampelte mit den Beinen und traf Abel an der Brust, dann war er oben. Eine Hand reckte sich Abel entgegen. »Komm schon, Professor. Du glaubst doch wohl nicht, dass ich es ohne dein Gequatsche aushalten kann.«

Kapitel 32

Region um Pu'er, China

Peter

Der Geländewagen zog eine Fontäne aus rotem Schlamm hinter sich her. Es hatte zu regnen begonnen, als Peter und Sui in dem Dorf aufgebrochen waren. Im Ringen um Bodenhaftung schüttelte sich der Wagen, während die Räder über Schotter knirschten und durch Schlaglöcher holperten. Jedes Mal, wenn das Wagendach einen herabhängenden Ast streifte, klatschte Regenwasser auf die Windschutzscheibe und verschmierte den roten Schmutz, bis der Weg voraus nur noch durch Sehschlitze erkennbar war.

Peter saß auf dem Beifahrersitz und stemmte sich gegen das Armaturenbrett, während Sui versuchte, das Auto auf dem Weg zu halten. Sein Blick wanderte immer wieder zu der Chinesin hinüber.

Sie hielt das Lenkrad mit beiden Händen fest und schien jeden Versuch der Achse, aus der Spur zu brechen, vorauszuahnen. Seit sie sich dafür entschieden hatte, ihre Mutter zu suchen, war eine Veränderung mit ihr vorgegangen. Sie schien gelöst – trotz der anstrengenden Fahrt – und lächelte sogar ab und zu. Es stand ihr ausgezeichnet.

»Schauen Sie nach vorn«, verlangte sie. »Sonst verlieren wir diesen Weg, der sich schon kaum als solcher bezeichnen lässt, auch noch aus den Augen.« Sie stieß ein paar unbekannte Wörter auf Mandarin aus, und erst nach einigen Augenblicken verstand Peter, dass sie sich über die nutzlosen Scheibenwischer ausließ.

»Elefanten sind gern auf ausgetretenen Pfaden unterwegs«, sagte Peter. »Und das hier ist einer. Die Matriarchin würde so einen Weg wählen.«

»Matriarchin?«, fragte Sui. »Ich dachte, so eine Elefantenherde wird von einem männlichen Tier geleitet.«

»Der Bulle, der gestern das Haus zerstört hat, war ein Jungtier, ebenso wie der, den Ruan Yun mit seinen Helfern getötet hat. Eine Herde wird immer von einer Kuh geführt. Die Bullen bleiben nie lange bei der Gruppe, sie verlassen sie, sobald sie im geschlechtsreifen Alter sind. Dann streunen sie als Einzelgänger umher und schließen sich zeitweilig mit anderen Bullen zu kleineren Verbänden zusammen. Bachelor-Gruppen nennt man so was. Aber unsere Herde besteht aus … Anhalten!«

Sui hatte bereits die Bremse getreten und kam vor dem Baum zum Stehen, der quer über dem Waldweg lag.

Sie stiegen aus. Sui trat mit dem Fuß gegen den Baumstamm. »So ein Mist!«, rief sie. »Ich bin einfach nicht für das Leben in der Natur geschaffen. Alles ist so unberechenbar und chaotisch.«

Peter wartete, bis sie sich beruhigt hatte. »Immerhin hat es aufgehört zu regnen. Und das hier könnte etwas sein, das die Elefanten hinterlassen haben, ein Wegweiser für uns.« Er deutete auf den Baumstamm, seine schuppige Rinde war grau. »Ein Gummibaum, sehen Sie den milchigen Saft, der an den Bruchstellen herausrinnt? Daraus wird Kautschuk gewonnen.«

»Na und?«, fragte Sui.

»Gummibäume haben große ledrige Blätter.« Er riss eins ab und hielt es hoch. »Die sind nahrhaft und wohlschmeckend, ein Gaumenschmaus für Elefanten. Dieser Baum ist erst vor Kurzem umgestürzt, vielleicht hat ein Tier der Herde Geschmack daran gefunden und ihn ausgerissen, das ist keine Seltenheit.«

»Ausgerissen? Den ganzen Baum?«

»Der Elefant schiebt und zieht am Stamm, bis sich die Wurzeln lockern, dann legt er den Rüssel darum und zerrt, bis der Baum umstürzt. Allerdings«, Peter deutete auf die Baumkrone, »blieb danach nicht genug Zeit, um die Beute zu vertilgen. Vermutlich ist der Rest der Herde einfach weitergewandert, und unser Baumfäller wollte den Anschluss nicht verlieren.«

»Dann sind wir hoffentlich auf der richtigen Spur.« Sui sah ihn an. »Diesen Stamm müssen wir allerdings erst mal beiseiteräumen.« Es gelang ihnen, den Baum mithilfe der Winde zur Seite zu ziehen, die unter der Stoßstange des Geländewagens befestigt war. Nach einer halben Stunde war der Weg frei, und sie fuhren weiter.

»Wieso kennen Sie sich so gut mit Elefanten aus?«, wollte Sui wissen. »Ich dachte, Sie sind Experte für Zwerggänse.«

»Meine Mutter war Zoologin, sie hat afrikanische Elefanten erforscht und sich für ihren Schutz eingesetzt«, antwortete Peter. »Erst wollte ich in ihre Fußstapfen treten, aber dann ist mir im Studium die Zwerggans begegnet. Bei einem Projekt haben wir Jungtiere aufgezogen und ausgewildert, um ihre Population in Schweden zu erhalten. Später haben wir uns mit ihrem Lebensraum in Sibirien beschäftigt und ihr Zugverhalten beobachtet. Dabei bin ich geblieben.«

»Und nun haben Sie es doch mit Elefanten zu tun bekommen«, sagte Sui.

»Wie Sie vorhin schon meinten: Die Natur ist unberechenbar.«

»Was sagt Ihre Mutter zu Ihrer Arbeit?«, wollte Sui nach einer Pause wissen.

Die Frage ließ Peter erstarren. Die Bilder kehrten in seine

Erinnerung zurück, das Entsetzen spülte in ihm hoch, deshalb kramte er schnell nach dem Mobiltelefon. »Ich muss die IUCN anrufen«, verkündete er und schaute auf die Uhr im Armaturenbrett. »In der Schweiz ist jetzt Nachmittag. Das passt. Ich werde die Kollegen von der Weltnaturschutzunion darüber verständigen, was Ruan Yun mit den Elefanten vorhat. Oder glauben Sie, er hat die Jagd wieder abgeblasen?«

»Ruan Yun?« Sui ließ sich den abrupten Themenwechsel gefallen. Vermutlich wollte sie nicht unhöflich sein, vielleicht war ihr Interesse an Peters Vergangenheit auch bloß Konversation gewesen. »Ich glaube nicht, dass der Gouverneur ...«

Peter hatte bereits die Verbindung hergestellt. Eine Frauenstimme meldete sich auf Schweizerdeutsch und wiederholte die Begrüßung auf Englisch. »Hier spricht Peter Danielsson«, gab er zurück. »Verbinden Sie mich bitte mit Hubert Baumgartner. Es ist dringend. Ich rufe aus China an.« Ein Klicken war zu hören, dann meldete sich die wohlbekannte Stimme.

»Peter? Wo steckst du? In China? Kannst du nicht mal fünf Minuten still sitzen?«

Peter kannte Hubert Baumgartner seit ihrer Studienzeit. Gemeinsam hatten sie gegen die Einrichtung des Atommüllendlagers in Forsmark protestiert, hatten sich als Mitarbeiter in einem Labor für Tierversuche engagieren lassen und dort die Quälereien gefilmt, denen die Tiere ausgesetzt waren, sie hatten Tiertransporte zu Schlachthäusern blockiert und mehr unangemeldete Demonstrationen organisiert, als Peter aufzählen konnte. Aber während er ungeschickt genug gewesen war, sich immer wieder erwischen zu lassen, hatte Hubert es immer verstanden, rechtzeitig zu verschwinden und seine Spuren zu verwischen. Deshalb saß er jetzt auch auf einem einflussreichen Posten bei der Weltnaturschutzunion, während Peter gezwungen war, gegen seinen Rausschmiss an der Uni Stockholm vorzugehen.

»Hubert, ich fahre in einem Geländewagen durch den Urwald von Yunnan und suche eine Herde Elefanten«, rief er ins Telefon.

»Irgendwie überrascht mich das nicht«, gab Hubert zurück.

So knapp und präzise wie möglich berichtete Peter, was er wusste: von der Elefantenherde, die plötzlich ihre Heimat verlassen hatte und nun durchs Land wanderte, von dem niedergebrannten Dorf und den verwüsteten Feldern.

»Vierzehn Elefanten?«, fragte Hubert. »Wo kommen die auf einmal her? Ich dachte, die gibt es nur in Nationalparks, da unten an der Grenze nach Laos und Myanmar.«

»Das Xishuangbanna-Reservat«, sagte Peter. »Von dort müssen sie losgezogen sein. Das ist ja das Verrückte: Der Park bietet alles, was Elefanten zum Leben brauchen. Ich habe das überprüft. Die Anzahl der Tiere ist für die Fläche angemessen, es herrscht kein Populationsdruck. Es muss einen anderen Grund geben, warum sich eine ganze Herde mit einem Mal auf den Weg macht.«

»Stimmt«, sagte Hubert, »das ist ungewöhnlich. Ein vereinzeltes altes Tier kann sich verlaufen. Aber eine ganze Herde?«

Peter setzte ihn in Kenntnis über die Folgen des Phänomens, über die Zusammenstöße der Tiere mit Menschen und Siedlungen, über die zerstörten Häuser, über die Reaktion der Verantwortlichen. »Der Gouverneur der Provinz Yunnan hat die Jagd auf die Tiere eröffnet, einen Bullen haben sie bereits erlegt. Ich war dabei, konnte es aber nicht verhindern. Es war ein Gemetzel. Wir müssen die Tiere vor Unheil bewahren und herausfinden, warum sie so ein ungewöhnliches Verhalten an den Tag legen. Kannst du helfen?«

»Was schlägst du vor? Was kann ich von hier aus unternehmen?«

»Wir müssen die Chinesen davon überzeugen, dass wir die Elefanten nach Xishuangbanna zurückbringen können. Dieser Gouverneur befürchtet, dass die Tiere seine Provinz zertrampeln – und seine Karriere. Kannst du die übergeordnete Regierungsstelle kontaktieren und ihnen einen Vorschlag zur Relokalisierung der Tiere unterbreiten? Beijing soll den Provinzgouverneur zurückpfeifen.«

Für einen Moment herrschte Stille am anderen Ende der Verbindung, dann sagte Hubert: »Beijing. Peter, die Chinesen sind nicht gerade für ihre Kooperationsbereitschaft bekannt. Aber versuchen wir es! Ich erledige das noch heute. Pläne zum Vorgehen bei einer Relokalisierung habe ich. Ich spreche das mit einem Fachmann für Elefanten ab, passe die Punkte an und stelle einen Zeit- und Kostenplan auf. Ein Shuttleservice für vierzehn Elefanten, das wird nicht gerade preiswert. Ich muss schauen, woher ich die Mittel bekomme. Hast du noch irgendwas, womit ich argumentieren kann?«

Peter berichtete von dem Film des sterbenden Bullen, den er am Abend zuvor aufgenommen hatte.

»Das ist genau das, was wir brauchen«, sagte Hubert.

Die Männer verabschiedeten sich, und Peter schickte Hubert die Aufnahme. Es dauerte eine Zeit, bis die Daten übertragen waren, aber selbst hier in der Wildnis funktionierte es.

Peter steckte sein Telefon weg. »Tut mir leid, das musste sein«, sagte er zu Sui. »Ich hätte die IUCN schon gestern einschalten sollen. Wir haben wertvolle Zeit verloren.«

Sui nickte. Erst dachte Peter, sie stimme ihm zu, dann erkannte er, dass sie ihn auf etwas aufmerksam machen wollte, was vor dem Wagen zu sehen war.

Erst konnte er durch die verschmutzte Windschutzscheibe nichts erkennen, dann sah er, was Sui ihm zeigen wollte.

»Sieht so aus, als hätte der Wegweiser tatsächlich funktioniert.«

Kapitel 33

Region um Pu'er, China

Gabriel

Reglos stand Gabriel auf der Hügelkuppe, die kühle Morgenluft füllte seine Lungen. Er ließ den Blick über die atemberaubende Landschaft wandern. Flaschengrüne Reisterrassen stuften sich den Berg hinab, ein von Menschen gemachter Flickenteppich inmitten ungebändigter Natur. In der Nähe zeichneten sich die Gipfel der Ailao-Berge in einem zarten Pastellton gegen den azurblauen Himmel ab. Nur das leise Rauschen des Windes im Bambus durchbrach die Stille.

Gabriel hob das Gewehr, seine Hände umschlossen die vertraute Form des Holzschafts. Er schaute durch das Zielfernrohr, und die Landschaft verwandelte sich. Die weiten Reisterrassen schrumpften zu einem Mosaik aus einzelnen Pflanzen, jeder Stein und jede Unebenheit im Gelände waren nun scharf umrissen. In der Ferne konnte er einzelne Häuser eines Dorfes erkennen, Rauchfäden stiegen aus den Schornsteinen in den Himmel.

Ein Gefühl der Macht durchströmte Gabriel. Mit dem Zielfernrohr konnte er die Welt um sich herum kontrollieren, Entfernungen aufheben und sich auf ein einzelnes Objekt konzentrieren. Er spürte die Spannung in seinem Körper, die Vorfreude auf die Jagd, die Gier nach Beute.

»Wenn die Herde weiter Richtung Norden gewandert ist, müssen wie sie irgendwo auf einer Fläche von achttausend Quadratkilometern finden.« Ruan Yuns Stimme war direkt neben ihm.

Gabriel schaute weiter durch das Zielfernrohr. »Und?«

»Ich frage mich: Wie machen wir das? Von hier oben aus? Als ich die Elefanten aufgestöbert habe, hatten wir mehr Anhaltspunkte zu ihrem Aufenthaltsort.«

Seufzend setzte Gabriel das Gewehr ab. Die Landschaft kehrte zu ihrer alten Form zurück. »Ich«, sagte er. »Ich finde die Herde. Nicht wir.«

Yun presste die Lippen zusammen.

Gabriel hielt dem Blick des Chinesen stand.

»Und wie willst du das anstellen?«, fragte Yun schließlich.

Gabriel zeigte auf die Kiste zu seinen Füßen. »Da ist zum einen diese Drohne, damit können wir uns einen Überblick verschaffen. Allerdings fliegt die nicht allzu weit, deshalb müssen wir mehr Orte wie diesen hier suchen.« Er lächelte in Yuns besorgte Miene hinein. »Aber das ist nur ein technisches Hilfsmittel. Am wichtigsten ist der Jagdinstinkt.«

»Die Elefanten sind bisher dem Lauf des Mekong gefolgt.«

»Genau. Die Tiere sind nicht einfach irgendwo unterwegs«, erklärte Gabriel. »Sie wandern dort entlang, wo sie gut vorankommen. Entweder an Flüssen, über Wege und Straßen oder auf Eisenbahnschienen.«

»Eisenbahnschienen?«, wiederholte Yun.

»Gibt es welche in der Nähe?«

»Natürlich. Wir sind in einem Gebiet mit viel landwirtschaftlicher Produktion und Tourismus. Die Züge ...«

»Wenn sie auf einen Zug treffen«, unterbrach Gabriel, »ist die Jagd allerdings für uns vorbei.«

Schnelle Schritte waren zu hören. Einer von Yuns Männern eilte herbei; er trug ein schwarzes, ärmelloses Netzhemd und rief etwas Unverständliches, dabei wiederholte er immer wieder dasselbe Wort und hielt sein Mobiltelefon hoch. Nun schaute er Gabriel und Yun aus großen Augen an und offenbarte mit einem Grinsen eine Reihe Zähne, die vom Kauen von Arekanüssen rotbraun verfärbt waren. Gabriel kannte die bitter schmeckende Nuss. Er hatte sie selbst schon gekaut, um auf langen Jagdausflügen wach zu bleiben.

»Es geht um die Elefanten«, sagte Yun. »Die Herde ist in den Nachrichten.«

Gabriel und Yun schauten gleichzeitig auf das Display des Mobiltelefons, das der Mann ihnen entgegenhielt und auf dem ein Film ablief. Ein Fernsehbericht. Die Elefanten stürmten in ein Bergdorf, Männer mit Fackeln liefen umher, dann war eine einzelne Person zu sehen, von grellem Licht angestrahlt, eine ältere Frau stand ganz allein da, höchstens zwanzig Meter von den wütenden Elefanten entfernt. Sie blieb reglos. Nur ihre Lippen bewegten sich. Ein Reporter erzählte etwas dazu auf Mandarin.

»Was ist da los?«, wollte Gabriel wissen. »Wo ist das?«

Yun kniff die Augen zusammen und las den winzigen Text vom Laufband am unteren Bildschirmrand vor. »Die Elefanten haben in der Nacht ein weiteres Dorf angegriffen, etwa zwanzig Kilometer südwestlich von hier. Mehrere Häuser wurden zerstört, ein Mann ist verletzt.« Er sah auf die Uhr an seinem Handgelenk. »Wieso hat mich noch niemand darüber informiert?«

Gabriel deutete auf den Bildschirm, der wieder das Gesicht der Frau in Großaufnahme zeigte. »Wer ist das?«

»Die Frau, die mit den Tieren spricht«, übersetzte Ruan Yun die scheppernde Stimme des Nachrichtensprechers. »Offensichtlich eine Verrückte.«

»Die filmen aus einem Helikopter heraus«, stellte Gabriel fest.

Im nächsten Moment zoomte die Kamera zurück, und für einen Moment huschte das Bild über eine weitere Frau. Sie trug eine weiße Bluse, die im Licht des Scheinwerfers aufleuchtete.

»Dayan Sui!«, rief Yun laut.

»Du kennst sie?«, fragte Gabriel. »Heißt die Alte so?«

»Nicht die, die andere.« Er zeigte auf das Telefon. »Das ist die Ingenieurin aus dem Bauministerium, Dayan Sui, die mich gestern bei der Jagd gestört hat. Was macht die dort?«

Yun nahm dem Jagdhelfer das Telefon ab und wischte darauf herum, bis er wieder bei der Nahaufnahme der älteren Frau angekommen war. »Die spricht tatsächlich mit den Tieren.« Er schaute Gabriel an. »Ich glaube, ich kenne sie. Das ist Dayan Suis Mutter. Die Alte lebt in Kunming. Sie hält sich für eine Schamanin, macht Geisterbeschwörungen und solches Zeug. Ihre Tochter muss sie hergebracht haben. Aber warum?«

»Vielleicht kann sie mit den Elefanten sprechen.« Gabriel lachte. Dann wurde er abrupt ernst. »Jetzt weiß ich, wie wir die Herde finden: und zwar wie im Flug, sozusagen.«

Kapitel 34

Bangkok, Thailand

Nok

Ohnmächtig hing der Sergeant in Noks Armen. Die Luft im Käfig war schwer wie Blei und roch nach Schweiß, verbranntem Gras und der Wunde an Boonmees Daumen. Noks Kehle fühlte sich an, als habe er Sand gegessen. Sein Uniformhemd klebte an der Haut. Doch Durst und Hitze waren Nebensächlichkeiten, er musste irgendwie durchhalten. Boonmees Leben hing davon ab, und auch sein eigenes.

Aufs Neue rutschte der Sergeant aus Noks Griff, mit jeder Minute wurde er schwerer. Sein Atem ging flach und unregelmäßig, sein Gesicht war bleich und von Schweiß bedeckt. Nok versuchte, ihn zu stabilisieren, und ignorierte den Schmerz in seinem Rücken, als die Last seine Wirbel zusammenquetschte. Seine Finger, die sich vor Boonmees Brust kreuzten, waren glitschig, sein Kopf steckte in einem Nebel, Verzweiflung drohte ihn zu überwältigen.

Noks Blick wanderte zu Boonmees Daumen. Die Entzündung hatte sich ausgebreitet. Die dunkel angelaufene Schwellung bestätigte seinen Verdacht, dass sein Vorgesetzter an einer Blutvergiftung litt, die schleunigst behandelt werden musste.

Was sollte er tun? Am dringlichsten war es wohl, die Wunde

zu reinigen. Aber selbst wenn er seine Hände hätte bewegen können – er hatte kein Wasser mehr. Anfangs war er verschwenderisch damit umgegangen, da hatte er noch geglaubt, den Käfig rasch wieder verlassen zu können, doch dann hatte er es gebraucht, um den Affen zu vertreiben. Nok schüttelte es bei dem Gedanken, was andernfalls mit der Hand des Sergeants passiert wäre – und was ihnen drohte, wenn sie versuchten, den Käfig zu verlassen und zum Eingangstor von Wat Phra Kaeo zu gelangen. Ob Boonmee dazu überhaupt in der Lage sein würde?

Wenn er doch Wasser hätte! In der Tempelanlage gab es bestimmt Teiche oder Becken, aber die konnte er ebenso wenig erreichen wie den Ausgang, ohne von den Makaken angegriffen zu werden. Die Tiere saßen in den Bäumen am Rand des Platzes, auf dem der Käfig stand, und beobachteten, was darin vor sich ging; sie sahen aus, als warteten sie auf etwas.

Wie er diese Biester hasste! Sie waren dafür verantwortlich, dass er in dieser Lage war. Nur ihnen würde er es zu verdanken haben, dass er, wenn er jemals heil wieder zurück zur Wache kam, seinen Job verlieren würde. Seine Zukunft, für die er so hart gearbeitet hatte, lag in den Pfoten einer gemeinen Bande von Rhesusaffen.

Mit Schadenfreude dachte er an den Moment, als er dem Affen, der Boonmee gebissen hatte, das Wasser auf den Kopf gegossen hatte. Ja, er hatte ihre letzte Reserve verbraucht, aber die Reaktion des Tiers, seine panikartige Flucht, war jeden Tropfen wert gewesen. Sogar jetzt noch, Stunden später, genoss Nok die Erinnerung an die vor Schreck aufgerissenen Augen und den schrillen Schrei …

Bloß wegen des Wassers!

Nok schaute zu den Bäumen hinüber, und es schien, als erwiderten die Makaken seinen Blick mit gleichbleibender Gehässigkeit.

Wasser. War es so einfach? Die Affen in der Tempelanlage mochten Wasser nicht, jedenfalls nicht in ihrem Fell.

Noks Herz schlug wild in seiner Brust. Ein Gefühl der Euphorie durchströmte ihn, wie er es zuletzt empfunden hatte, als ihn die Nachricht von seiner Versetzung nach Bangkok erreicht hatte. Ein Teil seiner Angst und Anspannung verflog wie Rauch in der Luft.

Bevor die Verzweiflung ihn wieder lähmen konnte, schloss Nok die Augen. Er hatte einen Teil der Lösung gefunden, es musste auch für den Rest eine Antwort geben. Natürlich gab es die.

So langsam, wie es mit seinen zitternden Händen möglich war, löste er eine Hand von seinem ohnmächtigen Vorgesetzten und griff nach dem Funkgerät. Hoffentlich hielten ihre Uniformgürtel, die er miteinander verbunden hatte, und sein rechter Arm die zusätzliche Belastung aus.

Er warf einen nervösen Blick auf die Affen und stellte das Funkgerät an. »Hier spricht Polizeidiener Nok.« Ihm gelang nur ein Krächzen. Er musste die Worte dreimal wiederholen, bevor Antwort kam.

»Hier spricht Sergeant Namtok. Verdammt, was geht bei Ihnen vor? Die Verbindung wurde unterbrochen.«

»Ich brauche dringend Hilfe.« Bevor er weitersprechen konnte, unterbrach ihn Namtok.

»Hören Sie, Nok. Wir haben das jetzt schon dreimal durchgekaut. Sie müssen durchhalten, bis die Affen ruhen, dann kommen Sie frei. Das ist für alle das Beste, sogar für diese Viecher. Es gibt keine andere Möglichkeit, und jetzt …«

»Es gibt eine!«, blaffte Nok mit heiserer Stimme. »Wenn wir die nicht nutzen, stirbt Sergeant Boonmee hier in meinen Armen. Also hören Sie zu.«

Kapitel 35

Region um Pu'er, China

Gabriel

Die Rotorblätter wirbelten durch die heiße Luft und wehten den Geruch des Waldes ins Innere des Helikopters, den Duft nach feuchtem Erdreich vermischt mit dem der Fäulnis. Ein ohrenbetäubendes Surren erfüllte den engen Raum hinter dem Sitz des Piloten, unterbrochen vom rhythmischen Knattern der Rotorblätter und dem Knacken der Lautsprecher in Gabriels Kopfhörer.

»Ich hoffe, du behältst recht«, schepperte Ruan Yuns Stimme daraus hervor. »Ich werde einer Menge Leuten Erklärungen liefern müssen, und zwar vor laufenden Kameras. Wir müssen erfolgreich sein. Wir müssen!«

Gabriel wandte sich Yun zu, der den Sitz neben ihm ausfüllte, hob die rechte Hand und formte mit Daumen und Zeigefinger einen Kreis. Für die meisten Menschen auf der Welt hieß das so viel wie »Okay«, »Alles klar« oder »Ich bin deiner Meinung«. In Frankreich hingegen war die Geste eine Beleidigung. Gabriel überließ es Yun, sich die passende Bedeutung auszusuchen.

Er lehnte sein Gesicht gegen die Scheibe. Unter ihm erstreckte sich ein Meer aus Bäumen, ein endloser Teppich in mehr

Schattierungen von Grün, als Gabriel für möglich gehalten hatte. Dazwischen schlängelten sich Flüsse wie silbrige Bänder durch den Urwald. Aber es war nicht die Schönheit der Natur, nach der er Ausschau hielt.

Irgendwo dort unten wanderte die Herde umher, die Elefanten, die Opfertiere auf dem Altar seiner Leidenschaft.

Zwei Stunden waren vergangen, seit er mit Yun auf der Hügelkuppe gestanden und von dem durch die Elefanten zerstörten Dorf erfahren hatte. Ihn hatte aber nicht diese verrückte Schamanin interessiert, sondern der Helikopter, aus dem heraus sie gefilmt worden war. Warum sollte sich Gabriel mit einer lächerlichen Drohne zufriedengeben, wenn er einen Hubschrauber haben konnte?

Zuerst war Yun von dem Gedanken wenig begeistert gewesen. Er könne nicht einfach einem Fernsehteam den Helikopter wegnehmen, so sein Einwand.

Nicht einfach, hatte Gabriel gesagt, aber mit etwas Mühe vielleicht schon. Seine Argumente hatten Yun überzeugt: Zum einen würden sie die Elefanten schneller ausmachen, zum anderen liefen sie nicht Gefahr, von Journalisten dabei gefilmt zu werden, wie sie die Herde erledigten. Überdies würden nicht noch mehr zerstörte Dörfer gefilmt, die verdeutlichten, dass der Gouverneur die Lage nicht unter Kontrolle hatte. Yun konnte drei Fliegen mit einer Klappe schlagen, und er tat es.

Kurz darauf war der Helikopter neben einem Reisfeld gelandet, an Bord ein Pilot, aber keine Reporter mehr; stattdessen gab es genug Platz für Gabriel, Yun, drei Jagdhelfer und die Ausrüstung. Ihre Wagen hatten sie mit dem Rest der Mannschaft zurückgelassen. Die Männer würden nachfolgen, sobald die Herde in Sicht kam.

»Elefanten voraus!«, ertönte die Stimme des Piloten. Im nächsten Moment legte sich der Helikopter auf die Seite, und die Maschine flog einen Bogen. Nun konnte Gabriel die Herde durch das Seitenfenster erkennen. Sein Herz schlug schneller. Auf einer Lichtung sah er die majestätischen Körper. Zwei Tiere liefen ausgelassen umher und jagten einander. Die anderen Elefanten standen geduldig daneben und beobachteten die Umgebung, während sie mit den Rüsseln Zweige und Früchte von den Bäumen pflückten und in ihren Mäulern verschwinden ließen. Gabriel spürte einen tiefen Respekt für diese Giganten der Natur, ein Gefühl der Verbundenheit durchströmte ihn. Er würde diese Tiere jagen und dadurch das Gefühl für immer in sich bewahren.

»Soll ich tiefer gehen?«, fragte der Pilot über Funk. »Damit Sie schießen können?«

Yun wies den Mann zurecht. Kurz darauf drehte der Helikopter ab und stieg noch höher, damit Gabriel das Terrain sondieren konnte.

Abschuss aus der Luft! So etwas kauften sich Schwächlinge mit kleinen Schwänzen, dicken Bäuchen und viel Geld, um anschließend daheim im Club damit zu prahlen, wie sie der Bestie Auge in Auge gegenübergestanden hatten. Für solche Typen hatte Gabriel nur Verachtung übrig. Noch schlimmer waren die Kunden des »Canned Hunting«, des »Jagens aus der Dose«, womit einige afrikanische Länder Kundschaft anlockten, allen voran Südafrika. Die für den Abschuss gedachten Tiere wurden eigens für diesen Zweck gezüchtet, in Gefangenschaft geboren und in Gefangenschaft gehalten, um in einem umzäunten Gebiet auf ihre Mörder zu warten. Wenn sie den Jäger sahen, griffen sie ihn nicht an, sie flohen nicht einmal, weil sie an Menschen gewöhnt waren. Trotzdem gab es immer wieder Leute, die danebenschossen oder es nicht fertigbrachten, den Abzug zu betätigen. Bei Gabriels Art zu jagen konnte das bedeuten, dass der Jäger zum Gejagten wurde und selbst den Tod fand. Bei Canned Hunting bekam man sein Geld zurück.

Das hier war keine organisierte Jagdgesellschaft, das hier war die Auseinandersetzung des Menschen mit der Natur. Unter Gabriel lagen keine Gehege mit zahmen Tieren, sondern Tausende Quadratkilometer Wildnis. Irgendwo dort unten musste es einen geeigneten Ort geben, wo man der Herde auflauern konnte.

Auch er würde dafür einen Zaun verwenden, aber das war etwas völlig anderes, denn dadurch würde die Gefahr nur noch größer werden, und das war genau das, was er wollte.

Während der Helikopter höher stieg, behielt Gabriel die Elefanten im Blick. Die Leitkuh schritt nun einen Pfad entlang, der zu einem kleinen Fluss führte. Dort würden die Tiere ihren Durst stillen.

Er wies den Piloten an, den Fluss abzufliegen, und studierte gleichzeitig die Karte auf seinen Knien. Entlang des Wassers war das Gelände offen und damit für seine Taktik ungeeignet. Aber etwas weiter im Norden verschwand der Fluss zwischen zwei Berghängen, schlängelte sich durch ein schmales Tal und trat am anderen Ende auf freiem Gelände wieder hervor. Dort ließ Gabriel den Helikopter landen.

Er befahl den Treibern, die Ausrüstung auszuräumen. Den Koffer mit der Mauser nahm er an sich.

Ruan Yun kletterte als Letzter aus dem Hubschrauber und sah sich um. »Das ist klug«, sagte er und deutete auf den Punkt, wo die Berghänge das Gelände verengten. »Die Elefanten werden dem Gewässer folgen, und einer nach dem anderen wird dort hindurchkommen. Wir müssen bloß warten.«

Gabriel holte das Gewehr aus dem Koffer und klemmte es in seine verschränkten Arme. Wie immer hatte das Gewicht der Waffe eine beruhigende Wirkung auf ihn, vermutlich reagierte er deshalb nachsichtig auf Yuns idiotischen Vorschlag.

»Wenn wir es so machen«, sagte er, »werden die Tiere beim ersten Schuss davonlaufen. Sie werden in Panik geraten und der Matriarchin folgen. Und die wird ganz bestimmt nicht in die Richtung rennen, aus der ihr Gefahr droht. Wir könnten ein oder zwei Tiere erlegen, vielleicht sogar drei. Aber der Rest wäre auf und davon.«

Ruan Yun zeigte mit einer längeren Pause, was er von der Zurechtweisung hielt. Dann hellte sich seine Miene auf. »Sollte ich deshalb den Elektrozaun besorgen?« Er deutete auf die drei Kisten, die letzte luden die Jagdhelfer gerade aus der Frachtluke am Heck des Helikopters.

Gabriel lächelte. »Es ist der perfekte Ort. Wir spannen die Kabel an der engsten Stelle der Schlucht, dann warte ich an der Flanke, bis die Elefanten kommen. Die Matriarchin wird ihre Herde zum Ausgang der Schlucht führen, aber dort werden sie auf den Zaun stoßen. Die Stromstöße treiben sie zurück in meine Richtung. Dann schieß ich einen nach dem anderen ab.«

»Vierzehn Elefanten, die auf dich zurennen? Willst du das wirklich ganz allein erledigen? Ich könnte doch ...«

»Das kommt nicht infrage«, sagte Gabriel bestimmt. »Die Herde gehört mir allein. Außerdem kannst du den Bullen, den du mit deinen Gesellen gestern abgeschlachtet hast, für dich verbuchen.«

»Was soll ich dann tun?«, fragte Yun. »Zusehen, wie die Herde dich niedertrampelt?«

»Ich jage nicht ohne Risiko. Je größer die Gefahr, umso besser. Sobald die Treiber den Zaun aufgebaut haben, ziehst du dich mit ihnen zurück. Wenn die Elefanten in die Falle gegangen sind, kommt ihr hervor.«

»Um die Tiere auf den Zaun zuzutreiben?«, wollte Yun wissen.

»Nein. Um die Leute in dem Geländewagen aufzuhalten. Hast du den aus der Luft nicht gesehen? Zwei Insassen, ein Mann und eine Frau. Sie folgen der Herde. Sind das die beiden, von denen du mir erzählt hast? Diese Ingenieurin und der Tierschützer?«

Yun fluchte. »Das kann doch nicht wahr sein! Was haben die vor?«

»Kümmere dich um sie. Sie dürfen auf keinen Fall in die Schlucht gelangen. Wenn sie das versuchen … tust du, was auch immer nötig ist, um sie aufzuhalten.«

Kapitel 36

Region um Pu'er, China

Sui

Sui wusste nicht, ob sie überhaupt aus dem Auto steigen sollte. Zwischen Blech und Kunststoff fühlte sie sich auf seltsame Art geborgen. Im Innern des Geländewagens war alles berechenbar und übersichtlich, alle Schalter und Hebel gehorchten ihrem Willen und dem Druck ihrer Hände, aber da draußen, nur einen Schritt entfernt, drohte das Chaos über sie hereinzubrechen.

Sie hatten Bao gefunden – und die Elefanten dazu. Die Herde hatte sich an einem kleinen See versammelt, alle vierzehn Elefanten, einige am Ufer, die meisten aber im Wasser, das von den Bergen heruntergeflossen war, als wäre es seine Bestimmung, den Tieren Erfrischung zu verschaffen. Zum ersten Mal sah Sui die Herde, wie sie wirklich war, nicht im Licht von Suchscheinwerfern oder Fackeln, nicht zu panischer Flucht getrieben, sondern in ihrem Element. Die Haut der Riesen glänzte dunkel und feucht im Mittagslicht. Einige tauchten bis zu den Ohren ein, rollten umeinander herum und strampelten; bisweilen war nur ein Gewirr aus Stoßzähnen, Ohren und Elefantenfüßen zu erkennen, während sich die Tiere am Ufer damit begnügten, die Rüssel ins Wasser zu stecken und Fontänen über ihre Köpfe zu sprühen.

»Kommen Sie schon.« Peter stand vor Sui in der offenen Autotür. »Gehen wir zu Ihrer Mutter.«

Sui erstarrte. Was sollte sie sagen? Dass es genau das war, was sie auf ihrem Sitz festhielt? Dass sie Angst vor dem hatte, was Bao war? Sie kam sich vor wie ein furchtsames Mädchen.

Den Atem anhaltend stieg sie aus und ging an Peters Seite auf das Seeufer zu, dorthin, wo die Schamanin saß. Bao trug die forstgrüne Sportjacke offen, der Wind, der über das Wasser strich, ließ den glänzenden Stoff flattern und spielte mit ihrem locker zusammengesteckten Haar. Sui spürte die Brise im Gesicht und tastete nach ihrer Perücke, als versuchte sie mit der Geste ihre selbst gewählte Art zu leben festzuhalten.

Die Luft war erfüllt vom Geruch nach Schlick, nach Wasserpflanzen und dem unverwechselbaren Duft der Elefanten – einer Mischung aus Moschus, Dung und etwas Süßem. Das Geräusch der herumplanschenden Tiere vermischte sich mit dem Zirpen der Grillen und dem Zwitschern der Vögel, die in den Bäumen um den See herumhüpften.

Bao hatte sich ein Stück abseits der Herde niedergelassen. Mit keinem Blick und keiner Geste gab sie zu erkennen, dass sie den Wagen bemerkt hatte. Aber Sui kannte ihre Mutter gut genug. Bao wusste immer, was um sie herum geschah, dazu brauchte sie weder Augen noch Ohren.

»Ma«, sagte sie, als sie nah genug herangekommen war. »Ich habe mir Sorgen gemacht.«

Ohne den Kopf zu drehen, hob Bao die rechte Hand. Die Geste ähnelte der von vergangener Nacht, als sie beschwichtigend auf die Elefanten eingeredet hatte. »Sei still«, sagte Bao, so leise, dass die Worte unter dem Wind kaum zu verstehen waren, »und hör zu.«

Sui spürte, wie sich Wut in ihr zusammenballte. Es war wie immer: Ihre Mutter stellte alles andere über die Bedürfnisse ihrer

Tochter, nur das, was sie selbst wollte, war wichtig. Gerade hob Sui an zu wiederholen, was sie gesagt hatte, da senkte Bao die Hand und legte sie auf das Gras neben sich. Peter warf Sui einen fragenden Blick zu, doch als sie ihm mit einem Kopfschütteln zu verstehen gab, dass sie der Einladung nicht folgen wollte, war es Peter, der sich an Baos Seite niederließ und sie neugierig anschaute.

Nun begannen die beiden, sich leise zu unterhalten. Sollten sie doch! Sui tastete nach dem Autoschlüssel in ihrer Jackentasche. Das Metall an ihren Fingern vermittelte ihr ein Gefühl von Realität. Sie hielt den Schlüssel fest, so fest, dass sie ein Stechen in ihrer Handfläche spürte.

Eine Weile beobachtete sie die Elefanten beim Baden. Sie kannte diese Tiere nur aus dem Zoo, hatte sogar mal einem eine Melone in den Rüssel gelegt und erstaunt dabei zugesehen, wie die Frucht vollständig im Maul verschwunden war. Das war aufregend gewesen, aber was sich hier vor ihren Augen abspielte, war etwas anderes, es war … so, wie es sein sollte. Jetzt fiel ihr auf, dass Peter und ihre Mutter nicht länger miteinander sprachen. Der Schwede saß neben der Chinesin, sein helles Haar neben dem dunklen mit den grauen Strähnen, sein hochgewachsener Körper neben dem schmalen kleinen, trotz aller Gegensätze hatte es den Anschein, als herrsche Einklang zwischen ihnen.

Sui verdrehte die Augen. »Können wir jetzt aufbrechen?«

Peter wandte sich zu ihr um und bat sie mit einer Geste zu warten. Was sollte das? Hatte Bao ihn mit einem Schamanenzauber in Bann geschlagen?

Nach einer Weile stand er auf und kam zu Sui hinüber. »Ich habe mich bei Ihrer Mutter entschuldigt. Sie hat recht. Die Tiere scheinen tatsächlich miteinander zu sprechen.«

Sui lachte auf. »Ich habe meine Mutter schon viele Dinge tun sehen, aber dass sie einen Wissenschaftler von ihrem Hokuspokus überzeugt, ist eine neue Dimension des Schreckens.«

»Vielleicht ist das, was sie sagt, gar nicht so weit von Wissenschaft entfernt«, fuhr er fort. »Sie behauptet, dass jeder Elefant der Herde einen nur von ihm verwendeten Namen für jedes andere Tier der Gruppe hat. Heute Morgen, als sie darüber geredet hat, habe ich das für Unsinn gehalten.«

»Und jetzt glauben Sie es?«

»Ich würde nicht von Namen sprechen. Aber Ihre Mutter hat mich auf bestimmte Laute aufmerksam gemacht, die die Elefanten von sich geben. Geräusche am unteren Rand des von Menschen wahrnehmbaren Spektrums. Und diese Laute scheinen einem Muster zu folgen, man müsste das näher untersuchen.«

Ein Gefühl von Resignation ergriff Sui. »Sie schafft es jedes Mal.«

»Was?«

Sui schüttelte den Kopf und wechselte das Thema. »Die IUCN wird sich um die Herde kümmern, nicht wahr? Ihr Freund in der Schweiz.«

Peter schaute auf seine Schuhe. »Das hoffe ich. Aber um die Relokalisierung durchzusetzen, muss Hubert erst mit Beijing verhandeln. Bis dort eine Entscheidung gefallen ist, sind die Tiere schutzlos. Ich werde bei ihnen bleiben.«

»Ist das nicht gefährlich?«

»Wir wissen nicht, wie der Gouverneur entschieden hat: ob die Elefanten weiter gejagt werden oder nicht. Bislang ist von Ruan Yuns Jägern nichts zu sehen. Solange die Herde nicht wieder in ein Dorf getrieben wird, wird sie niemanden stören. Und sollte ein Zusammenstoß mit Menschen drohen, werde ich die Leute rechtzeitig warnen.«

»Wie wollen Sie den Tieren denn folgen? Zu Fuß? Ich könnte Sie mitnehmen in die nächste Stadt, dann besorgen Sie sich einen Wagen und kehren hierher zurück.«

Peter schüttelte den Kopf. »Bis dahin sind die Elefanten weitergezogen, und ich weiß nicht, ob ich sie noch einmal so schnell wiederfinden würde.« Er nickte zum Wagen hinüber. »Lassen Sie mir etwas Proviant da. Ich komme schon zurecht. Die Nähe zu den Tieren ist eine einmalige Gelegenheit, sie zu beobachten. Vielleicht kann ich das Rätsel lösen und herausfinden, warum sie ihr Revier verlassen haben.«

Der Gedanke, endlich in ihr Leben zurückkehren und die Arbeit an der Drachenmauer wieder aufnehmen zu können, war verlockend für Sui.

»Fahren Sie schon«, sagte Peter. Er legte eine Hand auf ihren Rücken und schob sie sanft in Richtung Auto. Die Berührung fühlte sich warm an zwischen ihren Schulterblättern.

»Ich mache Ihnen einen Vorschlag, Peter: Ich werde meine Mutter nach Hause bringen, dann ordne ich das Durcheinander auf der Baustelle und hole Sie anschließend wieder ab. Ich versuche auch herauszufinden, wie es mit der Herde weitergehen soll. Hat Ihr Telefon noch genug Akku? Dann können wir in Kontakt bleiben.«

Peter nickte. »Einverstanden. Bis dahin habe ich vielleicht auch eine Ahnung davon, was mit den Elefanten los ist. Mit ein paar wissenschaftlichen Erkenntnissen im Rücken kann die IUCN die Herde als schützenswert darstellen.«

»Das kommt nicht infrage«, sagte Bao, nachdem Sui ihr eröffnet hatte, sie nach Kunming bringen zu wollen. »Glaubst du, ich bin den weiten Weg hergekommen, nur um jetzt wieder zurückzufahren?« Baos Augen funkelten. Es wäre Sui lieb gewesen, Zorn darin erkennen zu können, denn das hätte bedeutet, dass ihre Mutter sich auf eine Auseinandersetzung gefasst machte. So aber schien die Angelegenheit für sie bereits entschieden zu sein.

»Du kommst jetzt mit!«, rief Sui. Es war ihr egal, wie ihre Mutter nun vor Peter dastand, ganz und gar egal!

Bao runzelte die Stirn. Einige Haare standen von ihren dichten Brauen ab und zitterten im Wind. Sie schwieg. Sie wirkte zufrieden mit sich selbst.

»Kannst du nicht wenigstens etwas sagen?«

Bao wandte den Kopf zu der Herde. Das Platschen im Wasser war lauter geworden. »Die Elefanten sind in Gefahr.«

Peter schaltete sich ein. »Ich passe auf die Tiere auf. Vertrauen Sie mir, Dayan Bao. Ich bin Zoologe und habe einflussreiche Freunde.«

Baos Blick verhakte sich in dem von Peter. »Wir wollen dasselbe, Peter Danielsson: Die Tiere verstehen. Sie wollen mehr über ihr Verhalten erfahren, ich will mich mit ihnen verständigen. Gemeinsam könnten wir viel erreichen.« Sie nickte wie zur Bekräftigung ihrer Worte.

Sui hatte genug gehört. Niemals würde sich Bao durch Argumente von etwas abbringen lassen, das sie sich in den Kopf gesetzt hatte, daher packte sie ihre Mutter am Arm. »Ma, ich kann nicht noch mehr Zeit vertrödeln.« Sie zog, erstaunt darüber, dass Bao sich nicht wehrte, ihre Mutter in Richtung des Land Rover. Auch das war eine Masche. Bao gab einfach nach, weil sie darauf setzte, dass ihre Widersacherin von selbst einsah, etwas Falsches zu tun.

Sui öffnete die Beifahrertür des Geländewagens und schob Bao auf den Sitz, dann beugte sie sich über sie, um sie anzuschnallen – nicht so sehr, weil sie um ihre Sicherheit besorgt war, sondern um zu verhindern, dass sie wieder aus dem Wagen sprang.

»Die Elefanten sind in Gefahr«, wiederholte Bao ruhig. »Sie brauchen meine Hilfe.«

Sui versuchte sie zu ignorieren. Es war weniger die Herde, um die ihre Gedanken kreisten, sondern Peter. Sie wandte sich zu ihm um. »Ich kehre so schnell wie möglich zurück.«

Er lächelte aufmunternd. »Machen Sie sich keine Sorgen. Ich

bin schon in unwegsameren Regionen allein unterwegs gewesen. Ich werde einfach …«

Lautes Trompeten vom See her ließ ihn innehalten. Sui und Peter drehten sich gleichzeitig um. Die Herde hatte sich in Bewegung gesetzt.

Kapitel 37

Teotihuacán, Mexiko

Abel

Der Tunnel mit seinen Zwischenwänden zog sich endlos unter der Pyramide dahin. Abel stützte sich an der Mauer ab, über die er soeben geklettert war. Seine Arme und Beine fühlten sich schwer an, in seinem Kopf rotierten die Gedanken über die bisher unbekannte Unterwelt von Teotihuacán. Während er versuchte, zu Atem zu kommen, rief er sich die Ausmaße des Tempels in Erinnerung und setzte sie mit ihrem Fortkommen in dessen Eingeweiden ins Verhältnis. Wie sich herausstellte, waren sie gemessen daran, dass sie schon eine Weile unterwegs waren, noch nicht weit gekommen. Da er und Luis alle paar Meter über eine Schleusenwand klettern mussten, brauchten sie für die Strecke wesentlich länger, als würden sie an der Flanke der Pyramide entlanggehen. Außerdem stellte sich mittlerweile die Frage: Befanden sie sich überhaupt noch unter dem Bauwerk? Der Tunnel mochte Gott weiß wohin führen.

Reiß dich zusammen, schalt Abel sich selbst. *Lass dich nicht von deiner Erschöpfung lähmen, sondern denk nach. Was hast du herausgefunden, und was lässt sich daraus schließen? Erstens: Wir sind in einer groß angelegten Zisterne unterwegs. Zweitens: Die Py-*

ramiden über uns dienen dazu, das Regenwasser hinabzuleiten. Er strich über den Stein, spürte den vor über tausend Jahren verbauten Andesit und formte den nächsten Gedanken: Der Tunnel verband vielleicht die drei großen Tempel entlang der Straße der Toten unterirdisch miteinander.

Abel stieß sich von der Mauer ab und folgte Luis weiter durch das, was sich hoffentlich nicht als Irrgarten herausstellen würde.

Während die beiden Männer Kammer für Kammer hinter sich brachten, lief das Wasser mit gleichbleibender Geschwindigkeit herein. Das Tropfen hörte sich an wie das Ticken eines Metronoms, es zeigte an, dass die Zeit auch unter der Erde verging – und ihnen davonlief. Abel spürte einen Tropfen auf seiner Stirn, fragte sich, welchen Weg das Wasser wohl zurückgelegt haben mochte, welche erstaunliche Reise es unternommen hatte, bis es auf seiner Haut gelandet war: von nebligen Gipfeln ferner Berge durch Wolken über das Land getragen, war es schließlich die Stufen der großen Pyramiden von Teotihuacán hinab- und an dieser Stelle ins Erdreich geflossen.

Der Gedanke an die Welt da draußen lenkte Abels Aufmerksamkeit darauf, dass der Tunnel nicht das einzig Unberechenbare an der Situation war, sondern auch von seinem Begleiter nach wie vor Gefahr drohte. Er griff nach dem Telefon in seinem Hosenbund, das er Luis abgenommen hatte. Bis jetzt war dem Mexikaner der Verlust nicht aufgefallen. Abel musste die Gelegenheit, Verbindung zur Außenwelt herstellen zu können, bald nutzen. Er würde Luis dazu bringen müssen, als Erster über die nächste Mauer zu steigen, um allein in der Kammer zu sein. Selbst wenn Luis dann das Licht des Geräts sehen oder Abel telefonieren hören würde, hatte er die Chance, Hilfe zu rufen, bevor der Mexikaner zurückkommen und ihm den Apparat abnehmen konnte.

Er gab vor, einen Moment zu verschnaufen. Luis wartete, wurde aber rasch ungeduldig, und so fiel es Abel nicht schwer, dem Mexikaner den Vortritt zu lassen. Kaum war Luis damit beschäftigt, auf die Mauer zu gelangen, zog Abel das Telefon hervor. Das Gerät verlangte kein Passwort oder Ähnliches, stellte er erleichtert fest, und als er die Ziffer 0 drückte, erschien die Zahl groß und prachtvoll auf dem Display wie ein Heiligenschein.

»Professor?«, hörte er Luis' Stimme von oben, zusammen mit Ächzen und Scharren. »Du gibst doch nicht etwa auf?«

»Augenblick«, erwiderte Abel, »mir ist nur ein bisschen übel. Mein Kreislauf. Ich bin gleich da. Geh schon mal vor.« Musste der Mexikaner ausgerechnet jetzt um Abels Wohlergehen besorgt sein? Nach allem, was er ihm zuvor angetan hatte?

Sein Finger verharrte über dem Telefon. Allerdings nicht, weil er zögerte.

Er wusste die Nummer nicht. Wie lautete der Notruf der mexikanischen Polizei? Er kannte die 911, aber das war die US-amerikanische Nummer. Irgendwann vor langer Zeit hatte er es gewusst, aber ausgerechnet jetzt fiel es ihm nicht ein!

Peter hätte ihn ausgelacht. In seinen Augen wäre das typisch für seinen Vater: Abel war Fachmann für alles, was in der Vergangenheit geschehen war, aber für das Leben in der Gegenwart gab es keinen Platz in seinem Kopf.

Das Geräusch, das er hörte, verriet ihm, dass sich Luis von der Mauer heruntergleiten ließ – aber auf dieser Seite der Wand. Abel steckte das Telefon ein.

Im nächsten Moment landete Luis' Hand auf seiner Schulter. »Was treibst du denn, Professor? Ich würde dich ja zurücklassen, aber ich glaube, unsere Chancen stehen zu zweit besser.«

Abel hörte die Worte kaum. Sein Kopf war mit Zahlen gefüllt, sie drehten sich umeinander, wechselten die Position und bildeten immer neue Folgen. Er suchte in seinem Gedächtnis nicht länger nach der Nummer der mexikanischen Polizei, sondern versuchte, sich an die von Peter zu erinnern. Der war zwar irgendwo am anderen Ende der Welt unterwegs, aber er würde etwas unternehmen, um seinen Vater zu retten. Er musste einfach.

Es ging weiter. Nachdem Luis ihm über die nächste Mauer geholfen hatte, war klar, dass sich die Gelegenheit, das Telefon zu benutzen, so schnell nicht wieder bieten würde, denn vor ihnen erstreckte sich der Tunnel jetzt ohne weitere Zwischenwände oder andere Hindernisse, wie es schien, und verlor sich in der Finsternis. Der Luftzug kam ungehindert von vorn und blies den beiden Männern ins Gesicht.

»Xibalbá«, entfuhr es Abel. So hatten die Maya ihre Unterwelt genannt, die Hölle des alten Amerika, einen Ort der Dunkelheit und des Schreckens, wo kalte Winde bliesen und Frost herrschte.

Luis schnaubte. »Xibalbá sieht anders aus.« Er spuckte aus. »Xibalbá hat neun Ebenen. Die von Wind und Kälte sind nur zwei davon.«

Abel stutzte. Hatte er richtig gehört? »Du kennst das Weltbild der Maya?«

»Ich weiß, dass sie Diebe waren«, gab Luis zurück. »Sie haben alles von den armen Menschen gestohlen, die aus Teotihuacán geflüchtet sind und bei ihnen Aufnahme fanden – um Sklaven zu werden. Das Wissen der Teotihuacános hat den Maya geholfen, Städte und Tempel zu bauen, und auch Xibalbá haben die Maya von ihnen übernommen.«

Abel wich einen Schritt zurück. Mit einem Mal war Luis für ihn nicht nur bedrohlich – er war geradezu unheimlich. Dieser in Abels Augen einfache Mann kannte sich in der Geschichte seines Landes so gut aus, dass Abels versierteste Kollegen blass werden würden. Die Verbindung zwischen den Teotihuacános und den Maya, der Übergang der kulturellen Leistungen des einen Volkes auf das andere, das war eine Theorie, die nur wenige Forscher verfolgten. »Woher weißt du das alles?«, fragte er. Als Luis mit den Schultern zuckte, bohrte Abel weiter. »Was glaubten denn die Maya, wohin die Reise durch Xibalbá führte?«

Luis grinste. »Sie glaubten, dass man nach dem Tod die Ebenen von Xibalbá durchqueren musste, um am anderen Ende herauszukommen und in das nächste Leben überzugehen.«

Es dauerte einige Sekunden, bis Abel bemerkte, dass er seinen Begleiter mit offenem Mund anstarrte.

»Du warst es«, hörte er Luis sagen, »der von Xibalbá angefangen hat.« Der Mexikaner deutete voraus, wo sich der Tunnel in der Dunkelheit verlor. »Lass uns nachsehen, ob man am anderen Ende tatsächlich wiedergeboren wird.«

Aber erst, dachte Abel und setzte sich in Bewegung, müssen wir die neun Ebenen der Hölle durchschreiten.

Kapitel 38

Teotihuacán, Mexiko

Abel

Der Durchgang war kaum mehr als ein dunkler Fleck in der schwarzen Wand des Tunnels. Beinahe hätten Luis und Abel ihn übersehen und wären daran vorbeigegangen. Der Strahl der Taschenlampe war nur kurz darüber hinweggehuscht.
»Moment mal«, rief Abel.
»Schon wieder erschöpft?«, fragte Luis, dann richtete er den Lichtstrahl auf die Stelle, wohin Abel zeigte, und entdeckte das Loch in der Wand. »Was ist das?«
Man sah lediglich einen mannshohen Riss im Gestein, trotzdem war deutlich zu erkennen, dass die Öffnung von Menschen angelegt worden war. Das Licht der Taschenlampe drang in den Raum dahinter und ließ etwas funkeln.
Luis watete hinüber. Das Wasser reichte ihm bis zu den Knien, und er kam nur mühsam vorwärts. Schließlich erreichte er den Spalt und steckte den Kopf hindurch.
»Wir sind reich, Professor«, rief er und lachte, dass es von den Tunnelwänden widerhallte. »So gut wie tot, aber reich.« Er drehte sich zu Abel um und zeigte ein Kleinejungengrinsen.
Tausend Gedanken wirbelten durch Abels Kopf, als er zu dem

Mexikaner hinüberwatete. War das ein Ausgang, vielleicht der erhoffte Ausstieg? Was faselte Luis da von Reichtum?

Die beiden Männer zwängten sich durch den Spalt. Dahinter lag ein ziemlich großer Raum, wären sie nicht unter der Erde, hätte Abel an eine Art Versammlungshalle gedacht. Im Augenblick sah diese Halle allerdings aus wie ein Schwimmbad, denn der Boden war, wie auch der Tunnel, mit Wasser bedeckt. Abgestandene, feuchte Luft drang in Abels Lungen und legte sich auf seine Haut. Obwohl das Wasser auch hier von der Decke tropfte, klang das Geräusch gedämpft.

Abel ließ den Blick umherschweifen. Die Wände waren mit Bildern verziert, die Motive aber kaum zu erkennen, denn Luis' Aufmerksamkeit war – ebenso wie der Strahl seiner Taschenlampe – auf ein Glitzern an der Decke gerichtet. Er schwenkte den Lichtstrahl und löste damit ein Funkeln aus wie von tausend Sternen.

»Das sind Diamanten, nicht wahr, Professor?« Luis streckte eine Hand aus und versuchte, die Decke zu berühren, doch er schaffte es nicht.

Abel hielt sich an Luis' Schulter fest, stellte sich auf die Zehenspitzen und langte hinauf. Mit den Fingerspitzen strich er über die Decke und hielt sich die Hand vor die Augen.

»Ich muss dich enttäuschen«, sagte er leise. »Das sind keine Diamanten.« Er hielt Luis die Hand hin, damit der sich selbst überzeugen konnte.

Der Mexikaner kniff die Augen zusammen. »Was ist es dann? Gold?«

Abel rieb die Finger gegeneinander. »Pyrit. Katzengold. Jemand hat es fein gerieben und in die Decke eingearbeitet.«

»Wertloses Zeug also?« Die Enttäuschung war deutlich aus Luis' Stimme herauszuhören.

»Nicht unbedingt«, entgegnete Abel, der den Blick nicht von

der Decke lösen konnte.« Von so etwas habe ich noch nie gehört, es ist vielleicht einzigartig in der Geschichte Altamerikas. Ich frage mich, warum die Erbauer der Stadt sich die Mühe gemacht haben, hier unten ...«

»Ein Sternenhimmel«, entfuhr es Luis. »Über uns. Und darunter ...«, er deutete auf seine Beine, »... das Meer.«

Ein Weltbild. Abel schaute Luis erstaunt an. Der Mann verfügte über eine hervorragende Beobachtungsgabe, daran könnten sich einige von Abels Studenten ein Beispiel nehmen. Immerhin sprach Luis ja auch Nahuatl. Aber wenn das die Darstellung des Kosmos sein sollte, warum klaffte dann ein dunkles Loch in der glitzernden Decke? Für einen Moment glaubte Abel, einen Einfall durch seinen Kopf schwirren zu spüren, dann huschte der Gedanke um die nächste Windung seines Gehirns und verschwand.

»Du könntest recht haben«, sagte er. »Die Kulturen des alten Amerika liebten es, ihre Kosmologie in Bauwerken darzustellen. Und ihre Geschichte.« Er deutete auf die Bilder an den Wänden. Der Strahl der Taschenlampe warf pulsierende und sich windende Schatten auf die Darstellungen und erweckte sie auf eine unheimliche Art zum Leben.

Abels Herz schlug einen Trommelwirbel in seiner Brust. Er lebte für Augenblicke wie diesen, Momente, in denen ihm klar war, dass er eine Entdeckung machte. Trotzdem konnte er das Unbehagen nicht abschütteln, das an ihm nagte.

Das Licht fiel auf die Wandbilder. Das mussten Fresken sein, sonst wären sie wegen der Feuchtigkeit längst vergangen. An einigen Stellen war das dennoch der Fall, der Putz hatte sich hier und da gelöst und war mitsamt der Malerei von der Wand gefallen. Abel keuchte vor Ehrfurcht. Die Darstellungen waren anders als alles, was er je zuvor gesehen hatte, wirbelnde Muster aus leuchtenden Farben, die von einem inneren Licht erfüllt zu sein schienen. Es gab Abbildungen von Ranken und Wurzeln, die ihre Arme von einem zentralen Knoten aus in alle Richtungen ausstreckten. Wer nicht mit der Kunst jener Zeit vertraut war, würde das vielleicht für die Darstellung von Monstren halten, Wesen aus dem Weltraum vielleicht, die gekommen waren, um den Erdball zu verschlingen. Abel jedoch wusste, dass es sich um die Darstellung des Chaos handelte, jenes Zustandes, aus dem die Welt entsprungen war; was er hier vor sich hatte, war die Geburt der Erde aus dem Nichts. Die Schöpfung auf Altamerikanisch.

Auch Luis schien von den Bildern fasziniert zu sein. Er streckte eine Hand aus und zeichnete mit den Fingern die Umrisse einer Gestalt mit verlängerten Klauen und Reißzähnen nach.

»Nicht anfassen!«, rief Abel.

Zu spät. Unter der Berührung löste sich der Putz, ein Stück des Freskos fiel von der Wand und landete platschend im Wasser.

Alles in Abel zog sich zusammen. »Das sind unbezahlbare Schätze«, schimpfte er. »Wieso müssen Leute wie du immer alles anfassen?« Seine Stimme hallte von den Wänden wider.

Luis fuhr herum. »Leute wie ich? Was meinst du damit, Professor?«

Abel presste die Lippen zusammen. Er stemmte die Hände in die Hüften und wandte den Blick von Luis ab. Dann sah er die fliehenden Gestalten.

Es schien ewig zu dauern, bis er dorthin gewatet war. Auf einem Bild am fernen Ende des Saals waren keine Ranken, sondern Wesen zu sehen. Er konnte nicht genau erkennen, um wen oder was es sich handelte. Was er hingegen wiedererkannte, war die Bruchstelle am Rand des Bildes.

Kapitel 39

Region um Pu'er, China

Gabriel

Gabriel schritt die Strecke zwischen den Berghängen ab, neben ihm ging Ruan Yun. Beide Männer trugen Gewehre, Gabriel hielt die Mauser im Arm, Yun eine Winchester Magnum, eine Doppelbüchse mit Kaliber .300, aber immer noch zu klein für Elefanten. Yun würde ohnehin keinen Schuss abgeben, ihm ging es bloß darum, eine gute Figur zu machen. Gabriel wollte ihm den Spaß lassen, obwohl er nicht wusste, wen der Chinese überhaupt beeindrucken wollte. Doch wohl nicht seine Helfer? Die waren gerade dabei, die letzten Pfosten des Elektrozauns in den Boden zu schlagen.

Von dem einen Berghang bis zum anderen verliefen drei Reihen Stahlseile und sperrten eine Strecke von etwa dreihundert Metern ab. Die Kabel waren an den Holzpfosten befestigt, an einem von ihnen stand der Generator. Sobald der gelbe Hebel umgelegt worden war, flossen fünf Milliampere Strom durch die Kabel; das war zu wenig, um einen Elefanten ernsthaft zu verletzen, aber genug, um ihm Schmerzen zuzufügen.

Gabriel drückte mit dem Lauf des Gewehrs auf eines der fingerdicken Kabel. Es war straff gespannt, Yuns Männer hatten gut und schnell gearbeitet. Was jetzt noch fehlte, war die Herde. Gabriel fühlte sich wie ein Schachspieler mit einem sicheren Matt in der Tasche, der noch auf den letzten Zug seines Gegners warten musste.

»Sollen wir sie nicht doch besser zu zweit schießen?«, fragte Ruan Yun.

Also trug er die Flinte doch deshalb herum. »Du kennst meinen Plan«, erwiderte Gabriel.

»Ein Mann gegen vierzehn Elefanten«, sagte Yun. »Das ist riskant. Wenn du scheiterst und die Herde entkommt, wird das auch für mich Folgen haben.«

»Das wird nicht passieren.« Bei der Vorstellung, die komplette Herde zu schießen, wurde Gabriels Griff am Lauf der Mauser rutschig. Wann ging es endlich los? Wie lange musste er noch mit diesem Amateur herumdiskutieren?

Yun ließ nicht locker. »Ich könnte doch vom Rand der Schlucht mithelfen. Ein oder zwei Tiere treffe ich bestimmt. Und meine Männer …«

»Nein«, rief Gabriel. »Ich kann es nicht gebrauchen, dass die Elefanten verletzt werden. Weißt du überhaupt, wie man einen Elefanten tötet?«

»Hör mal«, sagte Yun beschwichtigend.

»Weißt du es oder nicht?«, blaffte Gabriel. Er sollte Yun nicht so anfahren, immerhin verdankte er dem Chinesen, dass er überhaupt hier war, aber die Anspannung so kurz vor dem Stellen der Beute ließ keine andere Reaktion zu.

»Ich weiß es nicht«, gab Yun kleinlaut und ein bisschen beleidigt zu.

»Es gibt zwei Möglichkeiten: Entweder man trifft das Kleinhirn, dann fällt er sofort um, oder ins Herz, dann läuft er noch hundert Meter, bevor er zusammenbricht. Alle anderen Körperteile sind viel zu groß, um von einem Projektil zerrissen zu werden. Deshalb kann ein verletztes Tier noch lange auf den Jäger zulaufen und ihn zu Tode trampeln.« Er hielt kurz inne. »Immerhin gibt es dann einen Stümper weniger.«

Bevor Yun noch etwas sagen konnte, näherte sich einer der Geländewagen. Ein Treiber sprang heraus, kam auf den Gouverneur zu und redete auf ihn ein.

»Die Elefanten kommen«, übersetzte Yun. »Sie sind noch etwa zwei Kilometer entfernt und halten auf das Tal zu.« Er nickte. »So, wie du es vorausgesagt hast. Wirklich bemerkenswert, Gabriel.«

Er ging nicht auf das Kompliment ein. »Was noch? Was ist mit dem Wagen, den wir aus der Luft gesehen haben?«

»Der scheint verschwunden zu sein«, sagte Yun. »Aber ein einzelner Mann folgt der Herde zu Fuß. Das könnte der Schwede sein.«

*

Peter

Wenn man weiß, worauf man achten muss, sind Elefanten gut voneinander zu unterscheiden. Während Peter hinter der Herde herging, zählte er einen jungen Bullen und dreizehn Kühe. Eines der weiblichen Tiere schien trächtig zu sein. Der Bulle verlor Urin, was die Musth anzeigte, jenen Zustand der Paarungsbereitschaft, der einen Elefanten unberechenbar werden ließ.

Das große Tier an der Spitze der Herde musste die Matriarchin sein, das älteste Tier, das die anderen anführte. Unter Elefanten gab es keine Diskussionen darüber, wo es langging. Allen war klar, dass die Matriarchin es am besten wusste und deshalb vorgab, wo das nächste Wasserloch zu finden war, wo es genug Nahrung gab und wo die geringste Gefahr lauerte. Da sie das älteste Tier war, hatte sie das meiste Wissen sammeln können, sie hatte es von ihren Vorgängerinnen vermittelt bekommen, denen sie ebenso gefolgt war, wie es jetzt ihre Herde mit ihr tat. Der Orientierungssinn dieser Anführerinnen war enorm ausgeprägt. Diese erstaunlichen Tiere brauchten kein GPS und keine Landkarte, sie verließen sich einfach auf ihr Gedächtnis.

Und genau das war es, was Peter Kopfzerbrechen bereitete.

Die Herde hatte ihr Revier verlassen und lief nun durch ihr unbekanntes Terrain, da half auch die beste Erinnerung nicht: Die Matriarchin konnte nicht wissen, wo sie sich befand. Trotzdem trabte sie so unbeirrbar nach Norden, als folge sie einem inneren Kompass.

Peter wünschte sich seine Mutter herbei. In ihrem kurzen Leben hatte Signe Söneland dafür gesorgt, dass die Forschung nicht nur auf den faszinierenden Körperbau von Elefanten blickte, sondern auch auf ihr Wesen und ihr Verhalten. Vermutlich hätte sie ihm erklären können, was es mit der Wanderung der Tiere auf sich hatte. Aber seine Mutter war tot. Und wenn er sich nicht beeilte, würden es die Elefanten auch sein, denn die Herde lief nun schneller. Sie hielt auf eine Reihe Berge zu, offenbar wusste die Matriarchin genau, wohin sie wollte: auf die andere Seite des Höhenzugs.

Die Elefanten folgten einem schmalen Pfad, der sich durch lichten Wald schlängelte. Unter Peters Füßen knirschte das Laub. Bei jedem Schritt spürte er die weiche Erde nachgeben. Der Himmel war bedeckt von einer dünnen Wolkenschicht, die das Sonnenlicht streute und für diffuses Licht sorgte. Ein leichter Wind strich über seine Haut. Bis auf das Rauschen in den Bäumen war es still, und er wunderte sich einmal mehr darüber, wie lautlos sich eine Elefantenherde fortbewegen konnte.

Sein Mobiltelefon brummte: eine Textnachricht von Hubert Baumgartner. Die IUCN hatte den Film weitergeleitet und positive Rückmeldungen erhalten. Die an die Weltnaturschutzunion angeschlossenen Organisationen hatten angekündigt, ebenfalls im Sinne der Elefanten auf die chinesische Regierung einwirken zu wollen. Das war eine gute Nachricht.

Peter antwortete, indem er Hubert seine GPS-Koordinaten schickte und ihm mitteilte, dass er direkt bei der Herde sei. Dann steckte er das Gerät weg und sprang über einen kleinen Bach. Mit Unterstützung der IUCN würde er die Tiere schützen und ihr Verhalten untersuchen können. Wie gern hätte er die Neuigkeit mit Sui geteilt. Er bedauerte, dass sie nicht länger an seiner Seite war, so sehr hatte er sich an die starrköpfige Chinesin gewöhnt. Auch sie hatte ihr Revier verlassen, um mit ihm nach Süden zu reisen.

Ob sie sich noch einmal wiedersehen würden? Vorerst nicht. Bis Sui ihre Mutter in Sicherheit gebracht, ihre Angelegenheiten auf der Baustelle geregelt und wieder zurückgefunden hatte, würden mit Sicherheit mehrere Tage vergehen.

Er zog die Riemen des Rucksacks mit dem Proviant straff und lief weiter, den wedelnden Schwänzen der Elefanten hinterher.

In diesem Moment krachte ein Schuss.

*

Sui

Es war erstaunlich, wie schnell man sich an andere Lebensumstände gewöhnen konnte. Der Geländewagen rüttelte und schaukelte, aber Sui empfand es kaum noch als störend, während sie mit ihrer Mutter auf dem Beifahrersitz durch die Wälder des südlichen Yunnan fuhr. Erst als die Reifen wieder über Asphalt glitten, stellte sie fest, was für einen Unterschied es machte, und für eine Weile kam es ihr geradezu unnatürlich vor, so mühelos über eine Straße zu gleiten.

Seit sie Peter vor etwa einer Stunde zurückgelassen hatten, war im Wagen kein Wort gefallen. »Heute Abend essen wir gemeinsam im Yike Yin. Ich lade dich ein«, sagte Sui im Plauderton. In Gedanken fügte sie hinzu: Komm schon, red einfach ein bisschen mit mir, so wie es Mütter mit ihren Töchtern tun.

Weil Bao weiter schwieg, versuchte Sui es erneut: »Vorher können wir auch ins Shuncheng, da kleiden wir uns neu ein. Ein bisschen gegenseitige Stilberatung könnte uns guttun.« Bestimmt hatte ihre Mutter das Shuncheng Shopping Center noch nie betreten. Es würde sie vielleicht aufheitern.

Statt etwas zu sagen, griff Bao nach dem Rückspiegel und drehte ihn so, dass sie vom Beifahrersitz aus nach hinten schauen konnte.

»Ma? Hast du gehört, was ich gesagt habe?«

»Die Elefanten laufen in eine Falle«, gab Bao zurück. »Wenn wir nicht umkehren, werden sie sterben. Und dein Freund Peter mit ihnen.«

»Er ist nicht mein Freund«, schnappte Sui, nur um sich im nächsten Augenblick darüber zu ärgern, dass sie auf Baos Worte reagierte wie ein kleines Mädchen, das mit Verliebt-Verlobt-Verheiratet-Sprüchen verspottet wird. »Und die Elefanten laufen in keine Falle. Die Jäger haben sich zurückgezogen.« Dass sie damit nur eine Hoffnung ausdrückte, musste ihre Mutter nicht wissen.

»Kehr um« war alles, was Bao dazu sagte.

Sui trat auf die Bremse und drohte Bao mit dem rechten Zeigefinger, ballte aber schließlich die Faust. »Ich bin es leid, mir deinen Hokuspokus anzuhören. Du hast bestimmt einige einzigartige Fähigkeiten und kannst durchsetzen, was du willst. Aber nicht bei mir. Und auch die Elefanten hören nicht auf dich. Du kannst nicht mit Tieren sprechen, und in die Zukunft sehen kannst du erst recht nicht.«

Bao wandte den Blick vom Rückspiegel ab und schaute Sui

von der Seite an. »Ich beobachte bloß die Welt um mich herum. Sonst nichts.«

»Warum siehst du dann nicht das, was dir am nächsten ist? Mich zum Beispiel.« Sie spürte Tränen des Selbstmitleids in sich aufsteigen und verachtete sich dafür.

Bao schien das nicht zu bemerken. »Ich sehe auch das, was nicht da ist«, sagte sie. »Der Hubschrauber ist verschwunden.«

Sui hatte schon die nächste Erwiderung auf der Zunge, doch sie schluckte sie hinunter. »Der Hubschrauber?«, fragte sie.

Bao nahm ihre Gedanken vorweg. »Der Helikopter von YNTV. Er hat gestern Nacht in dem Dorf gefilmt und ist den Elefanten hinterhergeflogen. Heute Morgen habe ich ihn noch mal gesehen, da ist er der Herde wieder gefolgt. Dann war er plötzlich weg.«

Jetzt verstand Sui, worauf ihre Mutter hinauswollte. »Das Fernsehen berichtet nicht mehr, und das liegt bestimmt nicht an mangelndem Interesse. Es kann nur bedeuten, dass man weitere Aufnahmen verboten hat.«

Bao nickte, ihre Miene bekam Sorgenfalten. »Weil die Menschen nicht sehen sollen, was mit den Elefanten geschieht.«

»Ruan Yun«, brach es aus Sui hervor.

Kapitel 40

Region um Pu'er, China

Peter

Die Welt explodierte in einer Kakofonie aus Chaos. Gerade noch war Peter eingehüllt gewesen in den Rhythmus des Lebens in der Wildnis, das Knirschen von Laub unter seinen Füßen und das sanfte Geräusch flappender Elefantenohren, im nächsten Augenblick hatte ein Schuss die Luft zerrissen. Ein stechender Schmerz jagte durch seine Brust, als er sah, wie eines der majestätischen Tiere zu Boden sank.

Wut und Angst durchströmten ihn. Den Elefanten erging es ebenso. Einige hoben die Rüssel und stießen Trompetenstöße aus. Die Herde reagierte auf die Warnsignale und floh tiefer in das Tal hinein, die massigen Körper verschwammen vor Peters Augen.

Ruan Yun! Peter sah den Provinzgouverneur am Rand des kleinen Tals aus dem Unterholz treten, umgeben von seinen Jagdhelfern. Und da war noch jemand. Ein Mann in Kaki-Shorts und einem blauen Polohemd, der auf die Elefanten anlegte.

»Aufhören!«, brüllte Peter und lief auf die Jäger zu, doch wieder hallte ein Schuss. Der hintere Elefant der fliehenden Herde kippte zur Seite, landete auf erschreckend lautlose Weise im Gras und regte sich nicht mehr. Die anderen liefen weiter, jetzt noch schneller.

Der Zorn verschlang alles. Peter rannte, wie er nie zuvor in seinem Leben gerannt war, er spürte jedes Bläschen seiner Lunge, als er gleichzeitig nach Luft schnappte und schrie.

Der Schütze lud unbeeindruckt sein Gewehr nach.

Noch ein Schuss. Erdreich spritzte vor Peter in die Höhe, Schmutz flog ihm ins Gesicht. Ruan Yun hatte seine Flinte auf ihn gerichtet und brüllte etwas, der Lauf seines Gewehrs zuckte.

Peter rannte weiter, an Ruan Yun vorbei, einer der Jagdhelfer langte nach seinem Arm, er stieß den Mann beiseite. Im nächsten Moment erreichte er den Schützen, der gerade sein Gewehr hob. Peter prallte gegen den Mann. Ein Schuss löste sich. Das Gewehr landete im hohen Gras. Der Jäger ging zu Boden und schrie überrascht auf. Peter warf sich auf die Waffe, blieb darauf liegen, um zu verhindern, dass das Gemetzel weiterging.

»Weg da!«, schimpfte der Mann auf Englisch. »Lassen Sie das Gewehr los!«

Peter spürte, wie jemand an seinen Beinen zog, und trat aus. Dann wurde etwas in sein Gesichtsfeld geschoben – ein Gewehrlauf. »Aufstehen!«, rief Ruan Yun.

Peter rührte sich nicht, er wollte den Elefanten Zeit verschaffen, um zu verschwinden oder wenigstens einen Vorsprung zu bekommen. Er hörte ihre Trompetenstöße, aber sie entfernten sich nicht. Die Rufe der Tiere wurden lauter, aggressiver.

»Der Zaun«, rief Ruan Yun. »Es funktioniert, die Elefanten kehren zurück. Schieß, Gabriel! Hier, nimm mein Gewehr.«

Was für ein Zaun? Peter hob den Kopf, sah aber nur Grashalme. Er drückte sie zur Seite, bis er es selbst sehen konnte: Die Herde rannte direkt auf ihn zu.

*

Sui

Der Weg am Fluss entlang, zuletzt eine Schotterpiste, endete auf einer Wiese zwischen zwei Berghängen. Linker Hand sah Sui eine Gruppe Männer und voraus die Herde, die direkt auf die Leute zulief. Jemand lag am Boden.

»Peter!« Sui trat das Gaspedal durch, der Geländewagen schlingerte durch den weichen Untergrund. Der Motor heulte auf, es hörte sich an wie das Trompeten eines Elefanten. Sie hielt auf die Gruppe zu – und auf die heranstürmende Herde.

»Windgeister, eilt herbei!«, rief ihre Mutter auf dem Beifahrersitz.

Sui erkannte Ruan Yun und seine Jagdhelfer. Ein Mann trat auf Peter ein. Sui steuerte zwischen die Männer, Ruan Yun wurde vom Kotflügel des Geländewagens zur Seite gestoßen. Dann kam sie neben Peter zum Stehen und war im nächsten Augenblick im Freien.

Mit aller Kraft schrie sie den Mann an, der Peter mit Tritten zusetzte, und nutzte das Überraschungsmoment, um Peter auf die Beine zu helfen. Unter ihm kam ein Gewehr zum Vorschein. Sui stützte ihn, zog ihn mit sich, schob ihn auf die Rückbank des Wagens und warf die Tür zu. Als sie sich auf den Fahrersitz schwang, sah sie, wie der Mann das Gewehr aufhob. Er legte auf die Herde an. Der Kerl musste wahnsinnig sein.

Sui rammte den Rückwärtsgang ins Getriebe und gab Gas. »Nein!«, hörte sie Peter rufen.

*

Gabriel

Eine Lawine aus grauen Leibern rollte auf ihn zu. Gabriel hörte das Donnern ihrer Schritte und ihren keuchenden Atem. Aus dem Augenwinkel sah er die Treiber davonlaufen.

Er hob die Waffe an. Am Schaft der Mauser klebte feuchtes Gras. Das Zielfernrohr war auf diese Distanz nutzlos. Die Herde war weniger als hundert Meter entfernt, achtzig vielleicht.

Er drückte die Wange gegen den Schaft und schloss das linke Auge. Die Welt verlor ihre Dreidimensionalität.

Siebzig, sechzig.

Ein Schrei drang durch das Tosen. Fünfzig, vierzig. Das war Yuns Stimme, und er rief um Hilfe.

Dieser verdammte Möchtegern-Jäger! Gabriel fuhr herum. Ruan Yun lag ein Stück entfernt im Gras und hielt sich das linke Bein. Sein Gesicht war rot angelaufen und seine Augen vor Angst geweitet.

Gabriel ließ das Gewehr sinken, lief zu Yun hinüber, streckte einen Arm aus und zog ihn auf die Beine. Sofort kippte der Chinese nach links weg, sodass Gabriel beide Hände brauchte, um ihn aus der Gefahrenzone zu schaffen – aber in einer Hand hielt er die Mauser.

Seine Gedanken rasten schneller als die Elefanten. Er wollte das Gewehr nicht zurücklassen. Es war wie ein Teil von ihm. Wenn er damit schoss, offenbarte es seine Seele. Die Mauser war die treueste Geliebte, die er jemals gehabt hatte. Und jemals haben würde.

»Gabriel! Hilf mir!«

Yuns Schrei ließ ihn zusammenfahren, er ließ das Gewehr fallen und griff mit beiden Armen unter den Achseln des Chinesen hindurch. Dann ging er rückwärts und zog den Verletzten hinter sich her. Daheim in Frankreich stand Gabriel gern an Bahnsteigen ganz vorn und wartete darauf, dass ein Schnellzug vorbeifuhr. Er liebte das Gefühl der Gefahr, das Rattern der Schienen, das erst leise zu hören war, dann lauter wurde und sich schließlich zu einem Inferno auswuchs. Wenn dann der Zug nur eine Handbreit von seinem Gesicht entfernt vorbeidonnerte, konnte er den Luftzug spüren; dann stellte er sich vor, es sei die kalte Hand des Todes.

So wie jetzt.

Die Herde rannte an ihm und Yun vorbei, und er hätte nur die Hand ausstrecken müssen, um die Tiere zu berühren. Nie zuvor war er ihnen so nahe gewesen. Er konnte ihre Kraft spüren, ihre Wildheit, ihre Verzweiflung.

Dann waren sie weg.

Gabriels Knie zitterten, und als die Adrenalinschübe nachließen, wurde er von einer überwältigenden Erschöpfung erfasst. Er ließ Yun zu Boden sinken und ging auf die Stelle zu, wo er kurz zuvor noch gestanden hatte.

Erst fand er die Mauser nicht. Die Waffe war von den vorbeirasenden Elefanten umhergeschleudert worden. Dann sah er sie – oder das, was von ihr übrig war. Der Schaft war zersplittert, der Lauf, durch den er Hunderte Male den Tod geschickt hatte, war verbogen, und der Abzug weggerissen.

»Vielleicht kannst du sie reparieren lassen«, hörte er Ruan Yun sagen.

Gabriel drehte sich um und betrachtete den im Gras sitzenden Chinesen. Hätte die Mauser noch funktioniert, da war Gabriel sicher, dann hätte er Yun damit jetzt eins auf den Pelz gebrannt. Aber die eigentliche Schuld am Verlust seiner treuen Gefährtin trug dieser Schwede. »Die baut niemand mehr zusammen.« Die Worte schmeckten bitter auf Gabriels Zunge. »Aber es wird jemand dafür bezahlen.«

Kapitel 41

Bangkok, Thailand

Nok

Die Sonne erzeugte bizarre Schattenspiele im Käfig. Sie flirrte durch das Gestänge und hinterließ Muster auf der Netzhaut. Nok versuchte, die Lider zu schließen, aber dabei wurde ihm schwindelig, also öffnete er sie rasch wieder. Er stöhnte. Jedes Tröpfchen Schweiß, das sein Körper noch hergab, verdunstete sofort in der heißen Luft. Auch Sergeant Boonmee, der in Noks Armen hing, schwitzte kaum noch. Wo zuvor Perlen auf die Stirn des älteren Polizisten getreten waren, sah die Haut jetzt trocken aus, Boonmees Lippen waren rissig, und der Daumen an seiner rechten Hand …

»Durchhalten, Sergeant! Halten Sie bitte durch!« Mittlerweile war es Nok gleichgültig, ob man ihn entlassen würde, sogar der Durst war nebensächlich geworden, alles, worum er im Stillen betete, war das Überleben Boonmees.

Immerhin hatte Namtok ihm bei ihrem letzten Funkgespräch zugehört und wusste nun, dass der Sergeant schwer verletzt war und dringend Hilfe benötigte. Von Noks Vorschlag wollte der Mann in der Wache erst nichts wissen, dann hatte er sich überzeugen lassen.

Namtok würde einen Wasserwerfer anrücken lassen.

Damit würden sie die Affen in die Flucht schlagen, weg von dem Platz mit dem Käfig treiben und Nok die Zeit verschaffen, die er benötigte, um mit Boonmee den Ausgang des Tempelgeländes zu erreichen.

Wat Phra Kaeo war auf allen Seiten von hohen Mauern umgeben, und wenn Nok die Lage richtig einschätzte, dann könnte Wasser, das von der Straße aus über die Mauer gesprüht wurde, durchaus bis zu den Bäumen gelangen, in denen die Affen saßen. Es hatte eine Weile gedauert, bis er mit Namtok die genaue Position für den Wasserwerfer ausgeklügelt hatte, doch eine gewisse Unsicherheit blieb. War die Stelle wirklich die richtige? Würde die Ausrichtung des Wasserwerfers stimmen? Würde der Druck ausreichen, damit der Strahl bis zu den Affen reichte?

Nok stand in dem Käfig und zählte die Minuten. Wie lange brauchten die Kollegen noch? Ein schwacher Trost war ihm, dass auch die Affen offensichtlich unter der Hitze zu leiden hatten. Zwar hockten sie nach wie vor in den Bäumen, aber ihr Geschnatter war verstummt, und sie bewegten sich nur noch träge. Das würde sich bald ändern!

Seine Zunge war angeschwollen, Nok hatte das Gefühl, einen Stein im Mund zu haben. Der Geschmack von Wasser kam ihm in den gequälten Sinn, die kühle Feuchtigkeit, die ihm die Kehle hinuntergelaufen war, als er zum letzten Mal aus der Flasche getrunken hatte. Da war das Wasser bereits warm gewesen, aber jetzt, in der Rückschau, schien es ihm, als sei die Flüssigkeit so kalt gewesen, dass sie den Kunststoff der Flasche hatte anlaufen lassen. Wie angenehm wäre es jetzt, das kühle Kondensat gegen die Stirn zu drücken!

Nok weinte. Angst, in Verzweiflung zu ertrinken, spülte über ihn hinweg.

Wie lange konnte es dauern, einen Wasserwerfer zu der vereinbarten Stelle zu schicken? Mit Tränen in den Augen schaute Nok zu den Stupas hinüber. Sergeant Boonmee hatte davon gesprochen, dass die Dächer der Schreine Schatten auf den Käfig werfen würden, wenn die Sonne tief genug stand. Aber Boonmee hatte sich geirrt. Zwar gab es Schatten, aber der fiel auf die Bäume mit den Affen. Nok wusste nicht, wen er mehr hasste: die Makaken oder die Götter, die ein Spiel mit ihm trieben.

Er spürte einen Tropfen auf seiner Stirn. Dann noch einen, dann eine ganze Ladung. Er zuckte zusammen und schrie auf. Der Wasserwerfer war da. Nok sperrte den Mund auf und legte den Kopf in den Nacken. Wasser lief in seinen Mund, benetzte seine Schleimhäute und dehnte sie aus. Er schloss die Augen und ließ das Wasser über sich und den Sergeant hinweglaufen. Augenblicklich ließ die Hitze nach, und es war ihm, als höre er ein Zischen, wenn das kühle Wasser auf seine heiße Haut traf.

Schon war Boonmee bis auf die Haut durchnässt, und seine Haare hingen ihm schlapp ins Gesicht. Mit einer Hand tastete Nok nach den Käfigstäben, sie waren noch immer heiß, hatten sich aber schon leicht abgekühlt. Die Schweißnähte knackten.

Er warf einen Blick zu den Affen hinüber. Der Strahl des Wasserwerfers kam breit gefächert über die Mauer und regnete auf die Bäume. Die Makaken zogen sich tiefer unter das Blätterdach zurück, vertreiben ließen sie sich so aber nicht.

Trotzdem: Das war seine Chance, und er würde sie nutzen.

Nok löste den Gürtel, mit dem er Boonmee an sich gebunden hatte, und legte den Riegel der Käfigtür um. Der Sergeant kippte gegen die Gitterstäbe. Jetzt bloß nicht an die Gefahr denken! Während Nok die Tür öffnete, stellte er sich vor, wie man ihn mit Orden behängte, für besondere Tapferkeit und für Einfallsreichtum. Natürlich war das Unsinn, aber es half angesichts dessen, was nun vor ihm lag, nicht vor Angst zu erstarren.

Boonmee war ein schwerer Mann. Nok verwarf den Gedanken, den Sergeant auf seine Schultern zu hieven und zu tragen. Er musste ihn hinter sich herziehen, mit demselben Griff, den er schon im Käfig angewendet hatte, um ihn festzuhalten.

Mit einem raschen Blick vergewisserte er sich, dass die Affen keine Anstalten machten, sich unter dem Blätterdach wegzubewegen. Dann zerrte er den Sergeant ins Freie. Die Absätze von Boonmees Schuhen schabten über die Steinplatten des Gehwegs. Er ging rückwärts und wandte immer wieder den Kopf, um zu sehen, wie er sich seinem Ziel näherte – dem Tor, durch das er vor einer Ewigkeit mit dem Sergeant und dem Polizeistudenten Somchai gegangen war.

Noch immer schickten die Kollegen Wasser über die Mauer, ließen es auf die Bäume und den Platz regnen. Pfützen bildeten sich, Schleier hingen in der Luft und irisierten in den Farben des Regenbogens. Die Wände der Gebäude glänzten wie frisch gestrichen.

Einer der Affen fing an zu kreischen. Er schaute zu den beiden Männern herüber. Ein weiterer Makake stimmte ein, dann noch einer.

Nok wollte rennen, aber mit der Last von Boonmees Körper in den Armen kam er nur langsam voran. Er unterdrückte den Impuls, den Sergeant fallen zu lassen, um sich selbst zu retten.

Zwei Affen schwangen sich von den Bäumen herunter, landeten auf dem nassen Pflaster und liefen auf die beiden Männer zu. Hinter ihnen verließen noch mehr Tiere das schützende Blätterdach und folgten den Anführern.

Nok zerrte an Boonmee. »Sergeant!«, keuchte er, »wachen Sie auf!« Doch Boonmee rührte sich nicht, sein Kinn rutschte über seine Brust, sein Mund stand offen.

Mit dem letzten Rest Verstand, den die Angst noch nicht gefressen hatte, kalkulierte Nok seine Chancen: Das Tor zur Freiheit war viel weiter entfernt als der Käfig.

Er schrie auf. Nein, er würde nicht wieder in die Gefangenschaft zurückkehren, er würde sich nicht von diesen Viechern einsperren lassen. Wenn er es tat, bedeutete das für Boonmee das Ende.

Mit verkrampften Muskeln schleifte Nok den Sergeant auf das Tor zu. Die Affen kamen näher, zwei liefen direkt auf sie zu, drei oder vier nahmen einen Umweg und verteilten sich, indem sie über die Schreine sprangen und ihren Triumph herausschrien.

Er wusste, dass er es nicht schaffen würde, nicht mit Boonmee im Schlepptau, aber ohne ihn ebenso wenig. »Verschwindet, ihr verdammten Biester!«, krächzte Nok und ließ Boonmee los. Der Sergeant sackte zu Boden. Einen Wimpernschlag lang beneidete Nok den anderen darum, dem Schrecken in seiner Ohnmacht nicht ausgesetzt zu sein, dann ging er in die Knie, schob seine Arme unter Boonmees Kniekehlen und Schulterblätter und hob ihn an. Erst dachte er, er werde es niemals schaffen, dann hing der Sergeant über seiner Schulter. Nok drückte seine Knie durch, bis er einigermaßen sicher stand.

Er lief, so schnell er konnte, aber das war nicht besonders schnell. Seine Beine wollten ihm nicht mehr so recht gehorchen, er sackte bei jedem Schritt etwas ein. Mit einer Hand hielt er Boonmee am Gürtel fest, mit der anderen umklammerte er dessen Beine. Die Arme des Kollegen schlenkerten gegen seinen Rücken.

Sie näherten sich dem Tor.

Nok sah sich nicht nach den Angreifern um. Er wollte nicht sehen, wie die Affen aufholten, er wollte die Freiheit im Blick behalten.

»Aufmachen!«, rief er heiser.

Das Tor blieb zu.

Krachend prallte er mit Boonmee dagegen. Nok hob die Faust und hämmerte, als wollte er es einschlagen. »Aufmachen, bei allen sieben Teufeln!«

Auf der anderen Seite regte sich etwas, jemand machte sich am Schloss zu schaffen. Nok hämmerte und hämmerte. Boonmee rutschte zur Seite. Im nächsten Moment klaffte ein Spalt auf. Hände streckten sich ihm entgegen, packten ihn, zogen ihn hindurch.

Jemand fing ihn auf, bevor er zu Boden ging. Dem Gewicht Boonmees entledigt, hatte sich Nok noch nie so leicht gefühlt, er glaubte, fliegen zu können. Ein uniformierter Arm legte sich um seine Schulter. Da waren die freudestrahlenden Gesichter anderer Polizisten.

Und hinter ihnen das Tor, das noch immer offen stand.

»Tor schließen!«, krächzte Nok. War das überhaupt seine Stimme? »Die Affen!«

»Keine Sorge, Nok«, sagte jemand mit der Stimme von Namtok; sie klang seltsam klar, jetzt, da sie nicht über das Funkgerät kam. »Deine Freunde haben etwas Besseres zu tun, als dir ein Stück aus dem Hintern zu beißen.«

Zitternd machte Nok einen Schritt auf den Eingang zu. Waren seine Kollegen verrückt geworden? Da sah er, was Namtok meinte.

Die Affen waren ihm nicht bis zum Tor gefolgt, sondern nur bis zu einer großen Pfütze, die durch den Einsatz des Wasserwerfers entstanden war. Jetzt hockten sie um die Lache herum, einige saßen darin, andere sprangen hinein. Alle tranken. Sie kreischten nicht länger, sondern stießen eine Art Glucksen aus, ein fröhliches Meckern.

»Nicht schlecht für den ersten Tag im Dienst«, hörte er Namtok sagen. Nok streifte den Arm des Kollegen von der Schulter und warf das Tor mit einem Krachen zu.

Kapitel 42

Region um Pu'er, China

Peter

Der letzte Schimmer der Sonne färbte den Himmel in ein sanftes Orange. Peter saß im Gras und blickte auf einen Hügel, an dem sich Reisfelder in Wellen hinaufzogen. Auf der untersten Stufe waren die grauen Leiber der Elefanten zu erkennen, dort hatte die Herde vor gut zwei Stunden ihre Flucht beendet, dort hatte die Matriarchin angehalten, damit die Tiere zur Ruhe kommen und sich mit Reispflanzen stärken konnten.

Zwei waren tot zurückgeblieben. Peter fragte sich, wie Elefanten trauern. Dass sie es taten, stand für ihn außer Zweifel, denn mit der Herde war eine Veränderung vorgegangen.

So wie mit ihm selbst. Noch immer spürte er das Entsetzen, das ihn gepackt hatte, als er die beiden Elefanten hatte tot zusammenbrechen sehen – und das unaussprechliche Gefühl von Rachelust, das Gefühl, dem Schützen Gewalt antun zu wollen. Das war beinahe so schlimm wie das gewaltsame Ende der wunderbaren Tiere.

Das Surren eines Automotors war zu hören, die Lichter von Scheinwerfern tanzten durch die Dämmerung. Kurz darauf hielt der Geländewagen neben Peter. Sui stieg aus und holte zwei prall gefüllte Stoffbeutel vom Rücksitz.

»Wie ist es gelaufen?« Peter stand auf und half ihr beim Ausladen.

»Die Bauern sind einverstanden. Erst wollten sie die Elefanten sofort von ihren Reisfeldern vertreiben, aber dann konnte ich sie davon überzeugen, dass die Herde nur auf der unteren Terrasse Schaden anrichten wird und sie nur einen Teil des Felds verlieren werden. Außerdem habe ich ihnen zweitausend Yuan für den Verlust auf den Tisch geblättert. Jetzt sind wir allerdings pleite, es sei denn, du hast noch Geld dabei.«

Nachdem Sui Peter vor dem aggressiven Jäger und der heranrasenden Herde gerettet hatte, waren sie unvermittelt beim Du gelandet. Erst war ihm das überhaupt nicht aufgefallen, und als er es schließlich bemerkte, hatte er sich nicht vorstellen können, dass es jemals anders gewesen war.

Ein Hund kläffte in der Ferne.

»Dann werden die Leute die Herde in Ruhe lassen?«

Sui nickte und deutete auf die beiden Taschen. »Sie waren zufrieden mit dem Preis, und als der Handel abgeschlossen war, haben sie mir noch Lebensmittel für drei Tage und Schlafplätze in einer Scheune angeboten. Die Lebensmittel habe ich dankend angenommen. Aber übernachten sollten wir besser in der Nähe der Tiere.«

Peter schaute zu der Herde hinüber. Ein leichter Wind trug den Duft der Elefanten zu ihnen hinauf, vermischt mit dem Aroma von reifem Reis. »Ich werde die Tiere nicht mehr aus den Augen lassen. Bis die IUCN ihren Schutz erreicht hat, werden Ruan Yun und seine Leute die Herde weiter jagen.«

»Ich kann immer noch nicht glauben, dass einer von ihnen vor den Augen des Gouverneurs auf dich losgegangen ist.«

»Das war keiner von Ruan Yuns Jagdhelfern. Der Mann war ein Profi. Er hat zwei Tiere mit Präzisionsschüssen getötet.« Peter fragte sich, wie es weitergehen mochte. Vorhin, in der Schlucht, hatte Sui ihm das Leben gerettet. Konnte er jetzt noch von ihr verlangen, bei der Herde zu bleiben? Unmöglich. Die Situation war zu gefährlich geworden. Außerdem hatte Sui deutlich gemacht, wie dringend sie nach Kunming wollte, wie wichtig der Bau der Drachenmauer und die Sicherheit ihrer Mutter für sie waren.

»Morgen«, sagte sie, nachdem Peter mit ihr seine Gedanken geteilt hatte, »morgen sehen wir weiter.« Sie strich sich eine Strähne ihres Haars zurück. »Wo steckt meine Mutter überhaupt? Immer noch dort drüben?«

Peter nickte. Bao hatte sich, nachdem die Herde damit begonnen hatte, das Reisfeld zu plündern, in der Nähe der Elefanten auf das Wrack eines Traktors gesetzt. »Vermutlich lauscht sie auf die Geräusche der Herde.«

Zur Ausrüstung des Geländewagens gehörten ein Gaskocher und Campinggeschirr. Während Peter die Lebensmittel sortierte und sich daranmachte, aus Nudeln, Brot, Speck und Reis ein Abendessen zuzubereiten, holte Sui das Zelt aus dem Gepäckfach, studierte die Anleitung und begann, es auf dem Dach des Land Rover aufzubauen. Begleitet wurde die Konstruktion von gelegentlichem Fluchen der ungeduldigen Ingenieurin. In der Zwischenzeit kochte er und sammelte Kräuter am Waldrand, mit denen er das Gericht würzte.

»Das riecht gut«, rief Sui ihm kurz darauf zu und sprang von dem Wagen herunter, der jetzt ein Spitzdach hatte. Peter füllte etwas von dem Essen in eine Blechschale und sah ihr hinterher, als sie mit der Portion und einer Flasche Wasser zu ihrer Mutter hinüberging, um ihr Verpflegung zu bringen.

Später saßen Sui und Peter auf großen Steinen zusammen und ließen sich das Reisgericht schmecken. Bao bedanke sich für das Essen, berichtete Sui. Ihre Mutter wolle sich keinen Schritt von der Herde entfernen und deshalb auf dem alten Traktor übernachten, wo sie jede Art Unruhe der Tiere sofort bemerken werde. Angst vor den Jägern habe sie nicht. Ruan Yun, so habe Bao kundgetan, solle sich hüten, ihr noch einmal unter die Augen zu treten.

Die Sonne war untergegangen, und die warme Nacht war erfüllt von einer Stille, die nur durch das Zirpen der Grillen und den gelegentlichen Trompetenstoß eines Elefanten unterbrochen wurde. Peter wusste, dass die friedliche Atmosphäre trügerisch war, trotzdem genoss er die Ruhe und fühlte sich als Teil der Landschaft. Es waren Momente wie dieser, wegen denen er seinen Beruf liebte.

Er schaute auf die Reispflanzen, die im letzten Licht des Tages schimmerten, konnte die Elefanten noch als Schemen ausmachen und den Traktor in einiger Entfernung sehen. »Erzähl mir mehr von deiner Mutter«, forderte er Sui auf. »Sie ist ein ungewöhnlicher Mensch, wie ist sie so geworden?«

Sui überlegte eine Weile, dann sagte sie: »Bao ist eine Matriarchin, und ich bin wohl so etwas wie ihre Herde. Allerdings habe ich aufgehört, hinter ihr herzulaufen.« Dann erzählte sie von Dayan Baos Berufung, ihrem Leben als Schamanin und den Schwierigkeiten, die damit verbunden waren. Sui berichtete von ihrer Kindheit in der kleinen Wohnung und davon, dass ihre Spielgefährten keine anderen Jungen und Mädchen, sondern jene Schutzgeister gewesen waren, die Bao für sie beschwor. »Jedenfalls glaubte ich meiner Mutter das damals.«

»Vielleicht stimmte es ja«, gab Peter zurück. »Nicht alles, was wir nicht verstehen, muss unwirklich sein.«

Sui schaute ihn prüfend an. »Wie sieht es mit deinen Eltern aus? Mit deinem Vater verstehst du dich nicht besonders, hast du gesagt, und deine Mutter erforscht Elefanten. Hat sie auch Schutzgeister für dich beschworen?«

Der alte Schmerz stieg in Peter hoch. Er schüttelte den Kopf, aber die Bilder ließen sich nicht verscheuchen. Das Haus in Visby, die kleine Küche, der Kühlschrank. »Meine Mutter ist schon lange tot.« Seine Stimme klang dumpf und tonlos.

Sui sagte nichts.

»Signe«, fuhr er fort, »sie hieß Signe Söneland.«

»Ein schöner Name.« Suis Stimme war leise geworden, ein Flüstern. »Es tut mir sehr leid, Peter.« Es verging eine Weile, dann fragte sie: »Warum heißt du Danielsson?«

»Das ist der Mädchenname meiner Mutter. Ich habe ihn angenommen, als ich volljährig wurde. Den Namen meines Vaters wollte ich nicht länger tragen.« Bevor Sui nachfragen konnte, lieferte er von sich aus die Erklärung: »Er hat meine Mutter getötet.«

Peter wartete, bis sich sein Atem beruhigt hatte. Er war Sui dankbar dafür, dass sie ihn nicht drängte, er konnte ihr Erschrecken spüren, ohne dass sie ihm mit Worten Form gab. Für einen Moment herrschte ein tiefes Verständnis füreinander.

»Meine Mutter war oft in Afrika, um die Gedächtnisleistungen von Elefanten zu untersuchen, das war ihr Fachgebiet als Zoologin. Eines Abends kehrte sie vom Flughafen nach Hause zurück. Mein Vater war noch nicht da, und er hatte vorher nicht aufgeräumt, nichts vorbereitet.« Er zuckte mit den Schultern. »Das tat er sonst immer, wenn sie heimkehrte, er kaufte frische Blumen und kochte für uns drei. Diesmal nicht. Als meine Mutter nach Hause kam, war ich noch in der Schule und mein Vater an der Universität. Sie öffnete den Kühlschrank. Sie liebte Milch. Sie trank sie gern direkt aus der Flasche. Aber diesmal …« Er stockte, fuhr sich mit der Zungenspitze über die Innenseite seiner Lippen, wie um zu prüfen, ob sein Mund dazu bereit war, zu sagen, was nun folgen sollte. »Mein Vater hatte ein Artefakt im Haus, das er untersuchen wollte, ich glaube, es war Teil einer alten Rüstung. Es spielt auch keine Rolle. Wichtig ist, dass er das

Metall vom Rost befreien und reinigen wollte. Das macht man mit Tetrachlorkohlenstoff, einem Lösungsmittel, das man kühl lagern muss. Das tat mein Vater auch, in unserem Kühlschrank. Er bewahrte es in einer alten Milchflasche auf.«

»Oh nein!« Sui war auf einmal neben ihm und legte eine Hand auf seine Schulter.

Er räusperte sich. »Ich war es, der sie fand. Als ich von der Schule nach Hause kam, lag sie auf dem Boden, die Milchflasche neben ihr. Der Notarzt konnte nur noch ihren Tod feststellen. Seither hoffe ich, dass sie nicht allzu lange gelitten hat. Immer wieder stelle ich mir ihren Todeskampf vor.«

Ihre Finger an seiner Schulter drückten stärker zu.

»Mein Vater versucht unermüdlich, sich wieder gut mit mir zu stellen«, fuhr er fort. »Und ein Teil von mir wünscht sich tatsächlich, ihm zu verzeihen. Aber ich schaffe es einfach nicht.« Abrupt stand er auf, Suis Hand rutschte von ihm ab. Er ging zum Wagen, kramte etwas daraus hervor und kehrte mit einer Flasche zurück. »Die war in den Vorratsbeuteln, die dir die Bauern mitgegeben haben. Ich kann das Etikett leider nicht lesen«, sagte Peter. »Aber es sieht nach einer Flasche Wein aus.«

Sui ließ es geschehen, dass er vom Thema ablenkte. In der Dunkelheit konnte auch sie die Aufschrift nicht entziffern, also beschlossen sie, mit dem Gaumen die Frage nach dem Inhalt zu beantworten. Es war tatsächlich Wein. Er schmeckte nach süßen Früchten und spülte den bitteren Geschmack hinunter, den der Bericht auf Peters Zunge hinterlassen hatte. Sie verbrachten einige angenehme Stunden mit unverfänglichem Geplauder, und Peter stellte erstaunt fest, dass Sui eine warme Quelle der Heiterkeit sein konnte, in die er nur zu gern eintauchte. Der Mond wanderte über den Himmel und hörte ihrer beider Lachen, und als der letzte Tropfen Wein getrunken war, streckte sich Sui und unterdrückte ein Gähnen.

»Es ist Zeit, schlafen zu gehen«, sagte Peter. »Die Elefanten geben keinen Laut mehr von sich, und deine Mutter hat sich hoffentlich auch zur Ruhe begeben.« Im nächsten Moment dachte er an das Zelt auf dem Dach des Wagens, das für zwei Personen ausgelegt war, und ein beklemmendes Gefühl beschlich ihn. »Ich schlafe auf dem Rücksitz«, sagte er.

»Du hast heute viel durchgemacht«, erwiderte Sui. »Vielleicht wäre es besser, du nimmst das Zelt. Es gibt eine Matratze und viel frische Luft.«

Peter bestand auf dem Rücksitz. Sie stiegen beide in den Geländewagen, denn Sui musste über eine Klappe im Dach in das Zelt steigen. Als sie oben war, schaute sie noch einmal zu ihm hinunter, ihr Gesicht war erhellt von der Innenbeleuchtung des Land Rover. Peter fühlte sich wie im Etagenbett einer Jugendherberge. Er lag auf dem Rücken und sah zu ihr hinauf. Ihr dunkles Haar hing durch die Luke herab. Sie griff danach. Dann zog sie es sich vom Kopf. Wo ihr schwarzes Haar gewesen war, entrollte sich ein silbrig grauer Schopf.

Peter starrte sie an.

Durch die Luke schaute eine andere Sui zu ihm herab, eine Frau, deren Lächeln ihm Mut und Zuversicht einflößte. »Die Geheimnisse der Vergangenheit sind manchmal schwer zu ertragen«, sagte sie, »aber sie werden etwas leichter, wenn man sie mit jemandem teilen kann.«

Kapitel 43

Teotihuacán, Mexiko

Abel

Er war am Ziel. Nach all der Mühsal, den Schmerzen und der Angst hatte Abel gefunden, was er gesucht hatte. Die zweite Hälfte des Freskos, nach der er forschte, hing vor ihm an der Wand. Er war sich sicher.

Das musste er auch sein, denn er hatte die Umhängetasche mit der Gipskopie von dem Bruchstück des Freskos nicht mehr. Der Schreck war ihm in die Glieder gefahren, als er den Verlust bemerkt hatte. Bei der Kletterpartie durch die Zisterne musste er die Tasche irgendwo liegen gelassen haben. Nicht so wichtig, hatte er sich eingeredet, immerhin hast du noch dein Leben.

Und so war es ja auch: Er brauchte die andere Hälfte nicht unbedingt, um erkennen zu können, dass die Fragmente zusammenpassten. Tagelang hatte er das Originalbruchstück betrachtet, hatte es abgezeichnet und fotokopiert, andere Darstellungen aus Katalogen an die Bruchkante gehalten, es vermessen, Proben davon abgekratzt, um die Zusammensetzung der Farben zu analysieren und die Tafel datieren zu lassen. Was da an der Wand zu sehen war, war der fehlende Teil des Bildes. Daran gab es keinen Zweifel.

»Hierher«, rief er Luis zu, »ich brauche mehr Licht.« Im nächsten Moment erleuchtete der kalte Schein der Taschenlampe das Fresko. Darauf waren Figuren zu sehen, Menschen, die aus dem Bild liefen und, so schien es, an der Bruchkante verschwanden. Das deckte sich mit den fliehenden Gestalten auf Abels Stück. Aber hier war noch mehr zu erkennen.

Neben den menschlichen Figuren waren noch andere zu sehen, ihre Körper waren lang gestreckt und verzerrt dargestellt, ihre Gesichter sahen aus wie Masken von grotesker Schönheit. Sie waren im Stil der Kunst Teotihuacáns angefertigt. Der Künstler hatte darauf geachtet, dass darauf die Ranken zu erkennen waren, die aus dem zentralen Knoten entsprangen. Die Botschaft war deutlich: Alles, was lebt, entspringt dem Chaos.

Was waren das für Wesen? Ihre Augen waren aufgerissen, ihre Arme erhoben, sie liefen nicht, sie hockten am Boden und schauten den fliehenden Menschen hinterher. Uralte Geister aus einer zum Tode verurteilten Stadt? Abel hatte gehofft, eine Antwort auf die Frage zu finden, warum Teotihuacán verlassen worden war, doch das, was sich ihm darbot, war eine Darstellung aus der Mythologie, die er zunächst entschlüsseln musste.

»Ist es das, was du gesucht hast, Professor?«, fragte Luis.

Die Stimme riss Abel aus den Gedanken. »Die andere Hälfte des Freskos«, sagte er. »Ich muss es untersuchen.« Er streckte eine Hand danach aus, wagte jedoch nicht, das Bild zu berühren. Vorhin hatte Luis bewiesen, wie brüchig der Putz war, als er eines der Fresken angefasst hatte.

Der Mexikaner lachte. »Untersuchen? Dann willst du hier zurückbleiben?« Er zuckte mit den Schultern. »Meinetwegen. Von hier aus komme ich auch allein klar.«

Abel schüttelte den Kopf. Konnte dieser Kerl nicht mal ruhig sein? Da stand er vor einem Jahrhundertfund und versuchte, die Darstellungen zu deuten, und ständig quatschte Luis dazwischen.

Ganz unrecht hatte er ja nicht. Doch wenn Abel jemals wieder unter der Pyramide hervorkommen sollte, und wenn ihm dann Luis und seine Kumpane nicht nach dem Leben trachteten, würde er das Bild erforschen wollen. Er würde es Kollegen zeigen, auf Symposien darüber sprechen und irgendwann, nach und nach, die Bedeutung der Figuren entschlüsseln. Das war allerdings nicht möglich, wenn er den Fund zurückließ.

Noch immer hielt er die Hand ausgestreckt, mit der Spitze seines Zeigefingers berührte er den Putz des Freskos. Es war wie zuvor mit dem Pyrit an der Decke: Die Farbschicht blieb an der Haut kleben. Ohne Ausrüstung und Hilfe von Restauratoren würde sich der Rest des Fragments nicht bergen lassen, jeder Versuch würde es zerstören. Verdammt, jetzt war es doch ein Problem, dass er seine Umhängetasche verloren hatte. Denn auch seine Fotoausrüstung steckte darin, und die hätte er nun gut gebrauchen können.

»Hast du genug gesehen?« Luis ließ das Licht der Taschenlampe über andere Stellen des Saals wandern. »Wir suchen nicht nach Bildern, sondern nach einem Ausgang«, erinnerte er Abel. »Wenn wir den nicht finden, ist es egal, ob hier unten Kunst oder Diamanten lagern, denn dann finden wir vor allen Dingen den Tod.«

»Ich brauche Licht«, rief Abel, als die Figuren im Dämmerlicht versanken. Seine Worte tanzten über das Wasser und hallten von den Wänden wider. »Ich muss diese Darstellung entziffern, bevor wir weitergehen. Sonst …« Er verstummte. »Schon gut«, sagte er. »Es geht auch so.«

Luis brummte etwas und fuhr damit fort, einen Winkel des Saals nach dem nächsten auszuleuchten. Seine Schritte platschten, als er sich von Abel entfernte. »Wenn wir nur wüssten, was das hier für ein Raum ist, würden wir den Ausgang vielleicht finden.« Er musste Luis beipflichten, und noch vor einer halben

Stunde hätte Abel ihm bei der Untersuchung des Raums geholfen, damit sie nichts übersahen. Jetzt aber hatte Abel etwas anderes im Sinn.

Er wartete, bis Luis sich weit genug entfernt hatte und ihm den Rücken zukehrte, dann zog er das Telefon aus dem Hosenbund, das er dem Mexikaner gestohlen hatte. Abel hielt es in die Höhe, bis er das Fresko im Display sehen konnte. Ein Warnzeichen blinkte. Das Licht reichte für ein Foto kaum aus. Vielleicht funktionierte es trotzdem, wenn er nur die Hand ruhig hielt – was angesichts seiner Aufregung schwierig war. Abel tippte auf den großen weißen Kreis, und das typische Klacken eines Fotoapparats hallte durch den Raum.

»Was war das?«, rief Luis. Der Strahl der Taschenlampe wischte umher und blieb an Abel hängen.

Er drehte sich von Luis weg, öffnete die E-Mail und tippte mit zitternden Fingern Peters Adresse ein.

»Was machst du da, Professor?« Luis' Schritte näherten sich.

Abel hatte sich verschrieben. Er löschte den letzten Buchstaben und korrigierte die Adresse. Er hatte nur diesen einen Versuch. Luis' Pranke legte sich auf seine rechte Schulter und riss ihn herum.

Abel gelang es dennoch, auf Senden zu drücken. Im nächsten Moment griff Luis nach dem Telefon und wollte es an sich reißen, doch Abel hielt es fest. Er musste sichergehen, dass das Bild diese Unterwelt verließ. Die Übertragung würde, wenn sie überhaupt funktionierte, einige Atemzüge dauern, so lange musste er die Kontrolle über das Gerät behalten.

»Woher hast du das?« Luis zerrte an seiner Hand. »Gib es her!« Als er es nicht zu fassen bekam, drosch er Abel die Faust in den Magen.

Abel blieb die Luft weg. Er knickte ein, sein Magen ruckte nach oben, drückte gegen sein Zwerchfell, seine Lunge wurde zusammengepresst, Magensäure füllte seinen Mund. Alles in ihm war blankes Chaos, doch noch immer hielt er das Telefon fest umklammert. Luis presste seine Fingernägel in Abels Handrücken. Der Schmerz trieb ihm Tränen in die Augen. Dann ließ er los. Das Telefon entglitt Luis, flog durch die Luft und landete mit einem Platschen im Wasser.

Abel sackte in sich zusammen, er hockte auf dem Boden, vom Wasser bis zum Kinn umspült. Sein harter, schneller Atem kräuselte die Wasseroberfläche.

»Du hast mich bestohlen«, schimpfte Luis und prügelte auf das Wasser ein. »Wir sind hier unten aufeinander angewiesen, und du bestiehlst mich. Ich werde dich ersäufen.«

Abel spürte Luis' Hand in seinem Haar. Im nächsten Moment wurde er untergetaucht. Er schluckte Wasser, musste husten, Panik ergriff ihn. Als er nach Luis' Arm tastete, spürte er die Muskeln und wusste, dass er dagegen nicht ankam. Dann war der Druck verschwunden. Abel tauchte auf, schnappte nach Luft, spie aus und hustete. Rauschen erfüllte seine Ohren.

»Was ist das?«, hörte er Luis rufen.

Abel schüttelte sich, doch das Rauschen blieb.

Der Strahl der Taschenlampe hing an dem Loch in der Decke. Daraus ergoss sich Wasser, ein Schwall so mächtig wie ein Baumstamm, und er donnerte mit der Wucht der Niagarafälle herab.

Teil 3

Kapitel 44

Houston, USA

Sonora

»Das ist genau die richtige Story für Sonora.« Die Stimme von Ben Boskovich füllte den Besprechungsraum in der Lokalredaktion des Houston Chronicle. Acht Zeitungsredakteurinnen und -redakteure waren in dem Glaskasten versammelt, einige saßen auf Stühlen, doch die meisten lümmelten irgendwo herum, hockten auf der Tischkante, lehnten mit verschränkten Armen an der Wand und schauten betont gelangweilt oder suchten in ihrem leeren Kaffeebecher nach Antworten auf ungestellte Fragen. Draußen ging die Sonne unter und verzauberte die Silhouette der Wolkenkratzer von Downtown Houston in ein Schattenspiel vor einer Leinwand in Zartrosa.

»Sonora? Bist du noch unter uns?«

Sie war auf ihrem Stuhl so tief gerutscht, dass ihr Gesäß über der Sitzkante hing und ihr Nacken gegen den Rand der Rückenlehne drückte. Nun rappelte sich Sonora auf. »Vogelschwarm am Shoppingcenter Bayou Place. Verstanden, Boss!« Ihren beiden Kollegen vom Sport, die mit den Armen Flügelbewegungen nachahmten – sie vernahm die Worte »Edelfeder im Abflug« –, warf sie einen bösen Blick zu, musste dann aber lachen. Es war typisch, dass Boskovich ihr die Geschichte vom Vogelschwarm verpasste und sich wie immer auf Sonora verließ. Sie würde schon etwas daraus machen, wenigstens für die heitere Kolumne auf Seite vier. »Danke, ihr Spaßvögel«, sagte sie und griff nach der leichten Baumwolljacke, auf die ihre Großmutter die rot-weiß-blaue Nationalfahne von Puerto Rico, der Heimat der Familie, aufgenäht hatte. »Bin schon unterwegs.«

»Willst du Dan mitnehmen?«, fragte der Redaktionsleiter und deutete auf den Fotografen und Kameramann.

Dan warf Sonora einen vielsagenden Blick zu.

»Ich komme schon klar«, gab sie zurück und verließ den Konferenzraum im Laufschritt, die großen Creolen an ihren Ohren schaukelten. Ihre abgetragenen Sneaker quietschten auf den Fliesen, als sie zum Aufzug ging. Kaum hatte sie die Kabine betreten, holte sie ihr Telefon hervor und rief die Nummer ihrer Schwester auf. »Marí? Ich bin's. Ich kann später auf Juan aufpassen, wenn du dich noch immer mit diesem Kerl treffen willst. Ich muss nur noch kurz zum Bayou Place. Nein, es ist wirklich kein Problem. Du hast noch eine Stunde Zeit, dich aufzumöbeln. Ich bin mir allerdings nicht sicher, ob das genügt.« Sie lachte lauthals. »Natürlich liebst du mich.« Sie küsste den Lautsprecher. »Besito, Hermanita.«

Die Aufzugtür öffnete sich. Sonora lief durch die Tiefgarage und stieg in ihren erdbeermilchfarbenen Nissan. Sie war jetzt schon seit drei Monaten mit dem Elektroauto unterwegs, hatte sich aber immer noch nicht an die Stille beim Fahren gewöhnt. Jedes Mal, wenn sie aufs Gas trat und das Motorengeräusch ausblieb, hatte sie das Gefühl, der Wagen sei kaputt.

Während sie die Schranke an der Ausfahrt passierte, schaltete sie das Radio ein. Die Kollegen von KHOU11 waren naturgemäß schneller mit ihrer Berichterstattung, und mehr als einmal hatte Sonora Informationen eines Radioreporters für einen ihrer

Artikel verwendet. Als Zeitungsschreiberin hatte man zwar den Nachteil, dass man später veröffentlichte als alle anderen Medien, aber den Vorteil, dass andere schon einen Teil der Arbeit für einen erledigt hatten.

Doch auf KHOU11 lief nur Countrymusik, kein Pieps über Vögel. Sonora steuerte auf den Southwest Freeway und hielt sich links, um zum Shoppingcenter zu gelangen. Beim nächsten Countrystück schaltete sie das Radio aus. Mit den paar Vögeln würde sie auch allein fertigwerden. Diese Grackeln kamen jeden Herbst in die Stadt und bildeten Schwärme am Abendhimmel, ein Spektakel, dessen Bilder um die Welt gingen. Hin und wieder verirrten sich einige Vögel und tappten desorientiert durch eine Wohnsiedlung oder suchten vor den Eingängen von Restaurants nach Essensresten. Diesmal hatten sie sich einen Parkplatz vor dem Einkaufszentrum am Bayou Place ausgesucht. Sonora dachte bereits über die Überschrift für ihren Text nach. »Einkaufen wie im Flug«, »Vogel-Flashmob verzückt Shoppingqueens«, »Naturschauspiel mitten in der Stadt«. Das war alles viel zu lahm, aber vor Ort würde ihr schon etwas einfallen. So war es immer: Sie bekam den letzten Scheiß aus dem Themenkorb und machte Gold daraus.

Sie schaltete die Klimaanlage aus und ließ das Fenster herunter. Heiße Luft wehte ihr ins Gesicht, es roch nach Abendessen und Abgasen, die typische Melange der Gerüche Houstons, ihrer Stadt. Sie lächelte, als der Fahrtwind an den Spitzen ihres kurzen Haars zupfte.

Die richtige Ausfahrt vom Freeway war ihr bekannt, andernfalls hätte sie sie vielleicht verpasst, denn das Hinweisschild war nicht zu lesen. Vögel saßen darauf, mehrere Dutzend, sie hockten auf dem oberen Rand der Tafel und auf den Lampenhalterungen, warfen Schatten. Das Schild sah aus wie die Überreste einer Perfomance in der Main Street Gallery.

Auch auf den Überlandleitungen, die sich wie Tuschestriche durch den Abendhimmel zogen, saßen Vögel, groß und schwarz vor bläulichem Dämmer. Manchmal flatterte einer von ihnen auf, aber die meisten hockten einfach nur da und beobachteten den Verkehr.

Etwas klatschte gegen die Windschutzscheibe, ein Haufen Vogelkot. Angewidert verzog Sonora das Gesicht. Eine weitere Ladung folgte. In der Stille des Elektrofahrzeugs waren die Treffer deutlich zu hören; sie klangen wie Ohrfeigen.

Sie bog in Richtung Texas Street ab und widerstand dem Impuls, die Scheibenwischer anzuschalten, die Flatschen würden nur verschmieren. Stattdessen wurden sie vom Fahrtwind in bizarre Formen gepresst.

Ein absonderliches Bild bot sich ihr auch, als sie auf den Parkplatz vor dem Shoppingcenter einbog.

Die Vögel waren überall. Sie saßen auf den Dächern und Motorhauben der geparkten Wagen, bildeten einen schwarzen, wogenden Teppich auf dem Asphalt, füllten die Bäume und flogen durch die Luft, um sich nach weiteren freien Flächen umzusehen, die sie in Beschlag nehmen konnten.

Sonora trat hart auf die Bremse, aber der Nissan blieb nicht stehen, sondern rutschte schräg vorwärts und stieß gegen einen in einer Parkbucht abgestellten SUV. Die Alarmanlage des größeren Wagens heulte auf, das Jaulen erfüllte den Parkplatz.

Das fing ja gut an. In dem Auto rührte sich nichts. Die Leute waren wahrscheinlich noch beim Einkaufen. Sonora fuhr das Seitenfenster hoch und stieg aus. Im nächsten Moment glitschte sie weg und konnte sich gerade noch an der Autotür festhalten.

Der Boden war mit Vogelmist übersät, es gab kaum noch eine saubere Stelle. Die Tiere schienen verabredet zu haben, sich an dieser Stelle kollektiv zu erleichtern.

Sonoras Hand zitterte, als sie ihr Telefon hervorholte, um

die Bescherung zu filmen. Diesmal würde sie buchstäblich aus Scheiße Gold machen.

Vielleicht hatte es an der ununterbrochen hupenden Alarmanlage gelegen, dass sie den Lärm der Vögel nicht wahrgenommen hatte, doch jetzt war er da, drang in ihren Gehörgang und sägte an ihrem Gehirn: Ein Kreischen wie von rostigen Maschinen erfüllte die Luft.

»Zurück in den Wagen!«, rief jemand. Sonora erkannte einen Mann, der aus einem halb geöffneten Autofenster herausschaute. Sein Wagen hatte eine Lackierung aus Vogelscheiße erhalten.

Sonora hielt mit der Kamera drauf. »Was ist das hier?«, rief sie ihm zu. »Hitchcocks *Die Vögel*, zweiter Teil?«

Der Mann zog den Kopf zurück und ließ das Fenster wieder hoch.

Sie schaute sich um. Im gelben Licht der Bogenlampen waren die Innenräume der parkenden Autos kaum zu erkennen, trotzdem sah sie die Schatten der darin sitzenden Menschen. In jedem dritten Wagen hockten Leute.

Ein Warnblinker leuchtete am Ende der Reihe auf, ein grüner Pick-up setzte zurück, die Ladefläche gefüllt mit schwarzem Gefieder. Auch dieser Wagen schlingerte auf dem glitschigen Untergrund, umso mehr, als der Fahrer energisch Gas gab. Er überrollte zahlreiche Vögel, die sich aus irgendeinem Grund nicht vom Fleck bewegten, doch damit verloren die Reifen den letzten Rest an Haftung. Als der Pick-up den Parkplatz verließ und auf die Texas Road einbog, drehte er sich so, dass er in den Gegenverkehr hineinrutschte.

Sonora schloss die Augen, das Krachen der aufeinanderprallenden Autos übertönte für einen Moment das Kreischen der Grackeln. Von irgendwoher war lautes Hupen zu hören.

Was war hier los? Vielleicht würde sie von der Polizei etwas erfahren, die bald auftauchen musste. Eins war klar: Wenn sich die

Vögel weiter ausbreiteten, würde die Stadt im Chaos versinken, in schwarzen Federn und ekelgrauen Fäkalien.

Die heitere Kolumne auf Seite vier war gestorben, Sonora hatte eine schmutzige, aber waschechte Titelgeschichte vor sich. Gänsehaut lief ihren Körper hinauf und hinunter, die Haare an ihren Armen stellten sich auf. Sie filmte weiter, drehte sich einmal um die eigene Achse, um das ganze Ausmaß aufzunehmen. Die Frage, wie sie wieder wegkommen sollte, ertränkte sie in den Ideen für ihren Artikel.

Dann sah sie, wie sich ein Schwarm Grackeln vom Boden erhob und auf sie zuflog. Sie stolperte einen Schritt rückwärts und ließ sich in ihr Auto fallen. Die Vögel wischten so nah über ihrem Kopf vorüber, dass ihre Krallen über das Autodach kratzten. Ein Rasseln und Flügelschlagen war zu hören, dann waren die Tiere vorbei, nur der Geruch nach Federstaub hing noch in der Luft.

Weitere Grackeln erhoben sich und folgten dem ersten Schwarm. Eine Viertelstunde später waren nur noch vereinzelte Vögel auf dem Parkplatz zurückgeblieben.

Sonora übermittelte Boskovich die Bilder, dann rief sie in der Redaktion an und berichtete in groben Zügen von den Ereignissen.

»Ich kenne dich jetzt fünfzehn Jahre«, sagte ihr Chef, »aber ich habe noch nie deine Stimme zittern hören.«

Kapitel 45

Region um Pu'er, China

Gabriel

Ein scharfer kalter Windstoß riss Gabriel aus dem Schlaf. Er schlug die Augen auf, die Welt war in die tintige Finsternis gehüllt, wie sie kurz vor Sonnenaufgang herrschte, eine Dunkelheit, die einen von allen Seiten bedrängt, schwer und beinahe greifbar.

Seine Muskeln machten auf sich aufmerksam und quittierten die unbequeme Nacht. Gabriel hatte im Gras geschlafen, nicht weit von der Stelle entfernt, wo er gestern zwei Elefanten erlegt hatte. Ruan Yuns Vorschlag, mit dem Helikopter in die nächste Stadt zu fliegen und dort ein Hotel aufzusuchen, hatte er strikt abgelehnt. Dieser Weichling! Kein Wunder, dass er niemals Jagderfolge verzeichnen konnte. Ein Jäger schlief da, wo die Beute war, er ging dort entlang, wo die Beute herlief, er trank das Wasser, das die Beute zu sich nahm, er atmete die Luft, die sie ausgestoßen hatte, und er schiss auf die Haufen, die sie fallen gelassen hatte. Er wollte jeden ihrer Schritte nachvollziehen und sich genauso fühlen wie sie. Und wenn er sie dann tötete, blieb ein Stück von ihr in ihm zurück.

Mit einem Grunzen richtete sich Gabriel auf und gähnte. Seine Augen lieferten ein verschwommenes Bild der Umgebung.

In einiger Entfernung stand der Helikopter, kaum zu erkennen in der Dunkelheit; umso deutlicher waren die Geräusche zu hören, die aus den offen stehenden Fenstern hinausdrangen: das Schnarchen von einem halben Dutzend Männer. Yun, der Pilot und die Treiber hatten es vorgezogen, auf den gepolsterten Sitzen zu übernachten. Sie waren keine Jäger, sie waren Beutetiere, Opfer der Bequemlichkeit.

Die ersten Farben tauchten am Himmel auf, ein sanftes, ätherisches Azur stieg auf und wurde zu einem satten Saphirblau. Nebel hing über dem Gras. Gabriel watete hindurch, weg von dem Helikopter, tiefer in das Tal hinein.

Er strich über seine feuchten Kleider, spürte Grashalme daran kleben. Der frische Duft von Tannennadeln erfüllte seine Nase, und da war noch etwas: der atemberaubende Gestank des Todes.

Der Kadaver lag da und nährte Leben, während er verging. Eine Elefantenkuh. Wie die meisten Kühe hatte sie keine Stoßzähne, also gab es kein Elfenbein zu plündern, und da die Treiber ihre Zeit lieber im Helikopter verschliefen, verpassten sie auch die Gelegenheit, dem toten Elefanten die Haut abzuziehen und die Füße abzuschneiden; beides brachte auf dem Schwarzmarkt beträchtliche Summen. Dieser Fleischberg hingegen gehörte allein den Krähen. Sie hatten sich auf dem mächtigen Leib niedergelassen und damit begonnen, ihn abzutragen. In einigen Wochen würden nurmehr Knochen herumliegen, und auch dafür hatte die Natur irgendeine Verwendung.

Als Gabriel den zweiten Kadaver betrachtete, reichte das Sonnenlicht bereits aus, um Details zu erkennen. Das Einschussloch am Hinterhaupt war ein perfekter Treffer.

Ein paar Meter entfernt sah er die Mauser liegen, noch ein Kadaver im hohen Gras. Gabriel näherte sich langsam, ging in die Knie und strich über den gesplitterten Schaft, den auseinandergerissenen Lauf, die Wunden in der Mechanik, wo Schlagbolzen und Abzugsfeder verbaut gewesen waren. Schon immer hatte er daran geglaubt, dass Waffen eine Seele haben, so wie es in den Sagen des Mittelalters behauptet wurde. Der Verlust der Mauser schmerzte ihn mehr, als es ein totes Stück Materie vermögen sollte.

Er richtete sich auf und trat gegen die Überreste des Gewehrs, kickte sie in der Gegend herum. Die Waffe war hinüber. Was er jetzt brauchte, waren keine Sentimentalitäten. Was er brauchte, war ein neuer Elefantentöter.

»Was tust du hier?«

Die Stimme erschreckte Gabriel so sehr, dass er einen Schritt zurückwich. Vor ihm stand Ruan Yun und rieb sich die Augen.

Gabriel ging nicht darauf ein. »Da du endlich aufgewacht bist, können wir weitermachen. Ich habe nicht ewig Zeit.«

Das schien auf den Chinesen die Wirkung von Kaffee zu haben. »Gestern, als ich dir vorgeschlagen habe, dass wir die Elefanten einfach und schnell aus dem Helikopter abschießen könnten, wolltest du das nicht«, erklärte er. »Hast du deine Meinung geändert? Oder wie lautet dein Plan?«

Es gab keinen, aber das würde Gabriel natürlich nicht zugeben. Einen Schritt nach dem anderen gehen, mit diesem Konzept war er schon immer gut gefahren. »Zunächst mal brauche ich ein neues Gewehr.«

»Das können wir in Kunming besorgen«, sagte Yun. »Mit dem Hubschrauber sind wir in zwei Stunden dort und ebenso schnell wieder zurück.«

Gabriel überlegte. »Ich kann nicht einfach das Jagdrevier verlassen«, wandte er ein. »Ich muss die Herde im Auge behalten.«

Yun nickte, heuchelte Verständnis, wie Gabriel ahnte. »Wir lassen die Treiber die Elefanten verfolgen und bleiben mit ihnen in Kontakt.«

»Das kommt nicht infrage«, entgegnete Gabriel. »Deine

Männer sind zwar intelligent genug, einen Zaun aufzubauen, aber mehr traue ich ihnen nicht zu.«

Yun warf einen Blick über die Schulter in Richtung Helikopter. »Also gut«, sagte er. »Dann teilen wir uns auf. Du bleibst hier und sagst mir, welche Art Gewehr ich besorgen soll.«

Gabriel lachte. »Soll ich dir auch noch den Wochenendeinkauf auf den Zettel schreiben?«, spottete er. »Hier geht es um Präzisionswaffen, die gibt es nicht im Supermarktregal. Ich brauche einen Waffenbauer, der meine Körpermaße nimmt und die Flinte entsprechend anpasst.«

»Moment mal.« Ruan Yun hob beide Hände in einer abwehrenden Geste. »Du willst nicht weg, um die Waffe selbst zu holen. Du willst nicht, dass jemand anders sie beschafft. Willst du die Elefanten mit bloßen Händen erwürgen?«

Gabriel spürte, wie ihm der Schweiß ausbrach. Ohne Präzisionsgewehr würde er die Elefanten nicht so exakt treffen, dass sie beim ersten Schuss fielen. Er schaute zu den toten Kolossen hinüber und mahlte mit dem Kiefer.

Yun seufzte. »Ich habe dich um deine Hilfe gebeten, um aus dieser Misere herauszukommen. Du kannst mich jetzt nicht im Stich lassen, dazu stecken wir beide zu tief drin. Du hast keine Zeit mehr? Gut. Dann beeilen wir uns eben. Ich muss auch zurück nach Kunming. Und dort würde ich gern unbehelligt und mit Würde mein Büro betreten. Also: Woher bekommen wir jetzt ein passendes Gewehr? Vielleicht kannst du dich mit einem einfacheren Modell begnügen.«

Gabriel spürte Wut in sich aufsteigen – auf Ruan Yun, aber vor allem auf diesen verdammten Tierschützer. Der Schwede war schuld daran, dass der sorgfältig vorbereitete Abschuss der Elefanten misslungen war, schlimmer noch: Er hatte dafür gesorgt, dass die Mauser zu Bruch gegangen war, und dafür gab es keinen Ersatz.

»Das Gewehr ist nicht unser einziges Problem«, knurrte Gabriel. »Wir müssen diese beiden Störenfriede unter Kontrolle bekommen.«

Yun lächelte und verbeugte sich wie ein Zirkusdirektor. »Bitte erlaube mir, mich um die beiden zu kümmern.«

Die Selbstsicherheit in der Stimme des Gouverneurs weckte Misstrauen in Gabriel. »Bisher hat das nicht besonders gut funktioniert. Was hast du vor?«

»Ich kann dafür sorgen, dass Dayan Sui sich freiwillig aus dieser Angelegenheit zurückzieht und den Europäer mitnimmt.«

Gabriel stemmte die Hände in die Hüften und sah ihn stirnrunzelnd an. Yuns umständliche Art, etwas zu erklären, ging ihm allmählich auf die Nerven.

»Die Ereignisse gestern«, fuhr Yun fort, »haben mir gezeigt, dass Dayan Sui die Seiten gewechselt hat. Sie hat als zuständige Ingenieurin für den Bau der Drachenmauer am Panlong einen hoch dotierten Posten, nicht viele erreichen eine solche Stellung, Frauen so gut wie nie.« In Yuns Augen leuchtete eine merkwürdige Verschmitztheit auf. »Als Provinzgouverneur werde ich sie vor die Wahl stellen: Entweder sie zieht sich zurück und behält das, was sie gesehen hat, für sich. Oder sie endet in einer Sozialwohnung, so wie ihre Mutter.« Er räusperte sich.

Diese Details interessierten Gabriel nicht, aber ihm war eine Idee gekommen, wie sich Yuns Einfluss nutzen ließ. »Hauptsache, du schaffst die beiden endgültig aus dem Weg«, sagte er.

»Gewiss«, versicherte Yun. Er wollte sich abwenden, doch Gabriel hielt ihn am Arm fest. »Als Gouverneur dieser Provinz kannst du doch einiges möglich machen.«

Yun nickte, ein kindischer Stolz zeichnete sich in seiner Miene ab.

»Hast du Zugriff auf die Bestände der chinesischen Armee? Die Ausstattung des Heeres?«

Yun kniff die Augen zusammen, schien Gabriels Gedanken zu sondieren. »Nicht direkt, aber ich könnte etwas arrangieren.«

»Vergiss das Präzisionsgewehr. Besorg mir eine Waffe, die große Löcher reißt.«

Kapitel 46

Region südlich von Kunming, China

Sui

Normalerweise war sie immer sofort hellwach, wenn sie aus dem Schlaf auftauchte, doch diesmal kam die Welt langsam zu ihr. Über ihr bewegte sich die olivgrüne Zeltplane in der Brise. Sie lauschte auf die Geräusche um sich herum. Vögel zwitscherten, die Blätter der Bäume rauschten, und die Luft war erfüllt vom Summen der Insekten. Hier, auf dem Dach des Geländewagens und in freier Natur, hatte sie das Gefühl, in ihrer ruhigen Wohnung in Kunming jahrelang etwas verpasst zu haben. Dann erinnerte sie sich daran, dass sie sich die Perücke vom Kopf gezogen hatte. Vor Schreck presste sie sich eine Hand gegen den Mund. Sie musste betrunken gewesen sein, von dem Wein aus dem Dorf, von dem schönen Abend, von Peters Gesellschaft vielleicht. So betrunken, dass sie sich vor ihm entblößt hatte; zwar nur den Kopf, aber das war in ihrem Fall genauso intim, als wenn sie sich vor ihm ausgezogen hätte.

Unter ihrer Hand verborgen lächelte sie. Irgendetwas an der Situation gefiel ihr. Sie konnte nicht sagen, was es war und warum ausgerechnet der Schwede sie dazu gebracht hatte, ihr Geheimnis zu offenbaren. Aber sie bereute es nicht.

Sie ordnete ihr Haar – ihr echtes Haar – und stellte fest, wie ungewohnt das für sie war. Dann schlug sie die dünne Decke weg, rollte die Isomatte zusammen und öffnete die Luke darunter. Der Rücksitz des Land Rover war leer. Eine Jacke lag zerwühlt herum, sie musste Peter in der Nacht als Kopfkissen gedient haben. Sui schwang die Beine durch den Einstieg und ließ sich herunter, kletterte aus dem Wagen und reckte sich.

Die Sonne war aufgegangen, die Landschaft badete im Morgendunst. Am Fuß des Hügels rupften die Elefanten die letzten Pflanzen des Reisfelds. Einige Tiere lagen auf dem Boden, sie schienen noch zu schlafen. Zwei Gestalten standen am Rand des Geschehens und sprachen miteinander: Peter und Bao.

Sui wollte zu den beiden hinuntergehen, zögerte jedoch. Jetzt war sie bereits die zweite Nacht in der Wildnis unterwegs und hatte aber keine Waschgelegenheit gehabt, von einer Dusche ganz zu schweigen. Aber das galt für die anderen beiden genauso. Hatte Peter nicht gesagt, die Elefanten würden immer dem Wasser folgen? Beim nächsten Elefantenbad wollte Sui sich den Tieren anschließen.

Noch einmal strich sie sich die Haare zurecht, warf einen Blick in den Außenspiegel des Wagens, hoffte, dass der Schmutz, den sie sah, auf dem Spiegel klebte und nicht an ihr, dann ging sie den Hang hinunter.

»Sie reden mit den Rüsseln«, hörte sie Peter sagen, als sie näher kam. »So wie Menschen mit den Händen gestikulieren. Ein schlagender Rüssel ist oft ein Warnsignal für andere Elefanten, wenn Gefahr droht. Sie berühren sich auch gegenseitig damit, um Zuneigung auszudrücken oder die Rangordnung zu klären.«

»Trotzdem sprechen sie auch mit ihren Stimmen«, hielt Bao dagegen.

Offenbar platzte Sui gerade in ein Streitgespräch unter Fachleuten. »Entschuldigt, dass ich so spät aufgestanden bin«, sagte sie zur Begrüßung und versuchte, so beiläufig wie möglich zu klingen.

Peter starrte sie an. »Dann habe ich das gestern Nacht doch nicht geträumt. So siehst du wirklich aus.«

»Ist das in Schweden ein Kompliment?«, fragte Sui und lächelte. »Oder willst du mir durch die Blume sagen, ich soll die Perücke wieder aufsetzen? Durch eine sehr kleine Blume?«

»Nein, ich …«

Seine Verlegenheit amüsierte sie. »Schon gut. Ich entscheide mich für das Kompliment.«

»Warum trägst du überhaupt eine Perücke?«, wollte Peter wissen.

Sui holte tief Luft. Wo sollte sie anfangen? War das überhaupt der richtige Moment, um ihre Geschichte zu erzählen?

»Sie spreizen jedenfalls die Ohren leicht vom Körper ab, wenn einer von ihnen diese tiefen Töne von sich gibt«, sagte Bao unvermittelt. »Das muss doch bedeuten, dass sie sich gegenseitig zuhören. Oder nicht?«

Sui presste die Lippen zusammen. Ihre Mutter wollte offenbar verhindern, dass Sui ihre Geschichte erzählte. Besser nicht hier, nicht jetzt. Obwohl die Unterbrechung rüde war, empfand Sui Erleichterung und war Bao ein klein wenig dankbar.

Auch Peter ließ die Ablenkung zu, hatte aber offenbar Mühe, seinen Blick von Sui zu nehmen. »Wir rätseln gerade darüber, was mit den Elefanten los ist«, erklärte er ihr, »warum sie ihr Revier verlassen haben. Ich suche nach Hinweisen in ihrem Verhalten, deine Mutter versucht, ihre Sprache zu verstehen.«

»Nicht zu verstehen«, korrigierte Bao, »sondern zu erkennen, welche unterschiedlichen Laute es gibt, um ihnen dann eine Bedeutung zuzuweisen.«

»Seid ihr schon zu einem Schluss gekommen?«, fragte Sui.

Peter schüttelte den Kopf. »Leider nein. Sie verhalten sich, soweit ich das beurteilen kann, völlig normal, abgesehen davon, dass sie einem unbekannten Ziel entgegenwandern.«

Im nächsten Moment setzte sich eines der Tiere in Bewegung. Sui war diese Elefantenkuh schon zuvor aufgefallen. Ihre dunkelgraue Haut hatte rosa Flecken an den Ohren und helle an der hinteren Flanke. Eines der Ohren wies einen langen Riss auf. Zwar war es nicht das größte Tier der verbliebenen zwölf, aber es stach durch sein bestimmendes Auftreten heraus. Während die meisten anderen den Kopf beim Gehen senkten, war er bei diesem Elefanten stolz und aufrecht erhoben. Auf der Flanke waren Narben zu sehen, parallel verlaufende Linien, die von den Klauen eines Raubtiers stammen konnten. Als die Kuh auf ihrer Höhe angelangt war, wandte sie den Kopf in ihre Richtung, und Sui glaubte, mit ihr in Blickkontakt zu treten. Nie zuvor hatte sie bewusst einem Tier in die Augen geschaut, und diese strahlten eine beneidenswerte Ruhe aus.

»Die Matriarchin«, stellte Peter vor.

»Aber sie hat Stoßzähne«, wandte Sui ein. »Sagtest du nicht, die gibt es nur bei Bullen?«

»Einige Kühe haben auch welche, aber kleine. Diese hier sind imposant lang. Ein Ausnahmefall.«

»Dann ist dieses Tier etwas Besonderes?« Sui schaute der Matriarchin hinterher, die mit dem Schwanz wackelte.

»Ja, aber nicht nur deshalb«, sagte Peter. »Die Herde ist ihr gefolgt, als sie ihr Revier verlassen hat. Damit Elefanten so etwas tun, muss das Vertrauen in die Anführerin groß sein. Ungemein groß sogar. Unwissenschaftlich gesprochen habe ich den Eindruck, dass diese Kuh ein Ziel vor Augen hat und die anderen ihr einfach folgen. Wenn wir also herausfinden wollen, was los ist, dann halten wir uns am besten an das Leittier.«

»Glaubst du wirklich, dass Elefanten bewusste Entscheidungen treffen?«

»Da bin ich sogar sicher. Hast du schon mal von dem Spiegeltest gehört? Dabei werden Tiere mit ihrem Spiegelbild konfrontiert. Die meisten erkennen sich nicht selbst, viele nicht mal, dass sie einen Artgenossen sehen. Bei Elefanten ist das anders. Sie versuchen, mit dem Tier im Spiegel in Kontakt zu treten. Einige schauen hinter den Spiegel, um herauszufinden, was da nicht stimmt.«

Sui warf einen Blick zu der Herde hinüber. Vielleicht lag ihre Mutter doch nicht so falsch damit, wenn sie mit den Elefanten sprechen wollte. Sie beschattete ihre Augen mit der Hand, drehte sich um die eigene Achse und stellte schließlich fest: »Sie gehen nach Norden.«

»Das machen sie schon die ganze Zeit«, warf Bao ein.

»Was könnten sie denn nördlich von hier ansteuern?« Peter rieb sich das Kinn. »Was befindet sich in dieser Richtung?«

»Berge und der Rand des Mopanshan-Nationalparks«, antwortete Sui, »aber wenn sie diese Richtung einhalten, laufen sie an dem Park praktisch vorbei.« Sie überlegte einen Moment, dann sprach sie weiter. »Sagtest du nicht, sie suchen die Nähe von Wasser? Im Norden liegen einige Seen, darunter der Fuxian-See. Er ist über zweihundert Quadratkilometer groß.«

»Das ist eine Menge Süßwasser zum Trinken und zum Baden«, sagte Peter. »Was kommt danach?«

»Kunming.« Sui schmunzelte. »Vielleicht komme ich doch noch zurück an die Arbeit.«

Die letzten Tiere zogen an ihnen vorbei. Sui fragte sich, warum sie nicht furchtsam oder aggressiv auf die drei Menschen reagierten. Waren sie von den letzten beiden Begegnungen mit Vertretern dieser Art nicht traumatisiert? Oder konnten sie unterscheiden zwischen Zweibeinern, die ihnen Böses wollten, und solchen, die versuchten, ihnen zu helfen? Nachdem sie die Geschichte mit dem Spiegel gehört hatte, hielt Sui alles für möglich.

»Können wir irgendwie herausfinden, was der Gouverneur weiter wegen der Herde unternehmen will?«, fragte Bao.

»Nur, indem wir die Elefanten verfolgen und beschützen«, erwiderte Peter. »Mein Kontakt bei der IUCN hat sich noch nicht gemeldet. Ich kann Hubert jetzt nicht anrufen. In der Schweiz ist es mitten in der Nacht.«

»Ich könnte Jia kontaktieren, meine Assistentin«, schlug Sui vor. »Sie weiß vielleicht etwas.«

In diesem Moment klingelte ihr Telefon. Sie zog es aus ihrer Hosentasche. Jias Name leuchtete auf dem Display.

»Sui«, meldete sich ihre Assistentin, »geht es dir gut?«

Sui rechnete es Jia hoch an, dass sie weder Suis Verschwinden noch das dadurch entstandene Chaos im Büro ansprach. Sie verstanden sich auch so.

Die beiden Frauen tauschten die nötigsten Informationen aus, dann rückte Jia mit dem eigentlichen Grund ihres Anrufs heraus. »Ich hatte gerade Ruan Yun am Apparat.«

Sui stockte der Atem. Nach den Ereignissen des gestrigen Abends konnte das nichts Gutes verheißen.

»Er hat von mir verlangt, die Daten herauszugeben, die ich bei der Präsentation der Drachenmauer von Peter Danielsson zusammengetragen habe. Du erinnerst dich?«

Natürlich erinnerte Sui sich. Sie hatte versucht, Peter mit der Aufzählung seiner Vorstrafen mundtot zu machen. Das hatte Ruan Yun mitbekommen, und nun wollte er diese vermutlich selbst nutzen.

»Ich habe versucht zu widersprechen, aber Yun drohte damit, das Büro schließen zu lassen und alle Speichermedien und Computer zu beschlagnahmen. Soll ich ihm die Daten übermitteln?«

Sui wollte lieber nicht daran denken, was Ruan Yun mit diesem Wissen anstellen würde. Letztlich war sie selbst daran schuld, dass es so gekommen war, und der Gouverneur würde sonst auch andere Quellen finden. »Schon in Ordnung, Jia«, sagte sie. »Du hast dich gewehrt, das war tapfer, aber mehr können wir nicht dagegen tun. Gib heraus, was er haben will.«

»Das ist leider noch nicht alles«, fuhr die Assistentin fort.

Sui hatte das Gefühl, einen Klumpen Blei im Bauch zu haben.

»Der Gouverneur stellt dir ein Ultimatum. Er sagt, du vernachlässigst die Baustelle, es gebe keinen Fortschritt, schlimmer noch, alles laufe durcheinander und die ersten Partner hätten bereits Beschwerde eingereicht, einige verlangen mehr Geld.«

Sui wusste, was jetzt folgen würde.

»Yun sagte, er gibt dir noch eine Chance. Wenn du noch heute nach Kunming zurückkehrst und weitermachst, wird er Beijing nicht davon berichten, dass du deinen Posten verlassen hast. Bist du heute Abend nicht wieder zurück, will er dafür sorgen, dass du von deinen Aufgaben entbunden wirst. Sui, das wirst du doch nicht zulassen, oder?«

Mit vor Hoffnungslosigkeit trübem Blick schaute sie zu ihrer Mutter hinüber. Von ihr hatte sich Sui erfolgreich gelöst. Sie hatte so viel erreicht, und das aus eigener Kraft. Sollte sie das für die Herde aufgeben? Sie war keine Schamanentochter und keine Tierschützerin. Sie war Ingenieurin, und die wichtigsten Männer des Landes setzten ihr Vertrauen in sie.

Männer wie Ruan Yun.

Sui schluckte schwer und bemühte sich um einen festen Ton in der Stimme. »Ich kann jetzt nicht zurückkehren. Wenn Yun nach mir fragt, sag ihm, du hättest mich nicht erreicht.« Sie musste ihre Worte wiederholen, Jia wollte ihr erst nicht glauben, dann sagte ihre Assistentin: »Ich kann deine Entscheidung nicht nachvollziehen, Sui, aber ich bin sicher, dass es einen Grund dafür gibt. Kann ich dir irgendwie helfen?«

Sui blinzelte die Tränen weg und verabschiedete sich von Jia.

»Was ist los?«, fragte Peter.

Hatte er gesehen, dass sie weinte? Sie wandte sich ab und gab vor, der Herde hinterherzublicken. Die runden Hinterteile der Elefanten schaukelten im Morgenlicht und stießen gegeneinander. Sie beschloss, Peter und Bao nichts von Yuns Erpressungsversuch zu erzählen. Sie hatte ihre Entscheidung getroffen, sie würde sich nicht erpressen lassen. Wenn sie den Preis dafür nannte, würden die anderen sie nach Kunming zurückschicken wollen. Es war besser, wenn niemand mehr wusste, als unbedingt nötig war.

»Sui?« Peter klang besorgt. »Ist alles in Ordnung?«

Sie wollte etwas sagen, aber ihre Stimme schien ihr nicht zu gehorchen. Peter drängte nicht weiter. Als sie sich nach einer Weile wieder zu ihm umdrehte, war er mit seinem Telefon beschäftigt.

»Gibt es doch etwas Neues von der IUCN?«, fragte Sui.

»Nein, nur eine E-Mail von meinem Vater.« Peter drückte ein paarmal auf das Display und steckte das Gerät weg. »Er hat mir das Bild einer altamerikanischen Wandmalerei geschickt, scheint mal wieder sehr stolz auf seine Entdeckungen zu sein und will mir unter die Nase reiben, was ich verpasse, wenn ich nicht mit ihm unterwegs bin.«

»Vielleicht will er nur Kontakt zu dir halten.« Sui erinnerte sich an die Geschichte, die Peter ihr am Abend zuvor über den Tod seiner Mutter erzählt hatte.

»Kann sein.« Er zuckte mit den Schultern. Trotz lag in seiner Stimme. »Jedenfalls habe ich die Nachricht gelöscht.«

Kapitel 47

Teotihuacán, Mexiko

Abel

Sie waren am Ende des Tunnels angelangt. Und damit, wie es schien, am Ende ihres Weges. Als das Wasser aus dem Loch in der Decke hervorgebrochen war, hatte Luis Abel hinter sich hergezogen, heraus aus der Kammer mit den Fresken in den Tunnel hinein. Das Wasser hatte ihnen bis zur Hüfte gereicht. Irgendwie hatten sie es geschafft, über die Mauer in die nächste Kammer zu steigen. Sie wechselten sich damit ab, die Taschenlampe zu halten, damit der jeweils andere beide Hände zum Klettern frei hatte. Auch ohne es laut auszusprechen, wussten sowohl Abel als auch Luis, dass ihr Überleben davon abhing, zusammenzuarbeiten und Licht zu haben.

Irgendwann ging es nicht weiter. Die Wand vor ihnen war, wie alle anderen, aus Andesit zusammengefügt. Aber es gab keinen Spalt am oberen Ende, keinen Überlauf. Luis versuchte die Steine herauszudrücken, dann herauszuziehen, vergebens.

»Wir sitzen fest«, sagte Abel.

Luis ließ den Strahl der Taschenlampe über die Decke wandern. »Siehst du, Professor«, sagte der Mexikaner. »Hier hätte dir die Polizei auch nicht helfen können. Bevor uns jemand findet, müssten sie die halbe Pyramide abtragen oder zumindest ein Loch hineinbohren.« Von seiner Wut auf Abel war nichts mehr zu spüren, er sprach ruhig und sah beinahe zufrieden aus. »Ein Glück, dass es niemand versuchen wird.«

Abel spürte, wie das Wasser langsam seinen Brustkorb erreichte, es plätscherte auf beunruhigende Weise gegen seinen Körper und erinnerte ihn an das Bad, das er im Hotel genommen hatte. Da hatte er einfach den Stöpsel gezogen, um das Wasser ablaufen zu lassen.

Was hatte Luis da gerade gesagt?

»Wieso ist das ein Glück?«, fragte Abel. Wasser sprühte von seinen Lippen. »Willst du etwa nicht mehr gerettet werden?«

»Es gibt wichtigere Dinge auf der Welt als das Leben eines Menschen«, gab Luis zurück.

»Du meinst die Tempel von Teotihuacán?« Abel fuhr sich mit der Hand durchs Gesicht. »Was soll denn das jetzt? Natürlich sind die wichtig. Aber ich würde lieber für ein Loch in der Pyramide der gefiederten Schlange verantwortlich sein als ertrinken. Du etwa nicht?«

Eine Weile schwieg Luis. »Nein«, antwortete er dann. »Teotihuacáns Vermächtnis ist größer als ich oder du.« Er spuckte ins Wasser.

»Wenn das wahr ist, hast du das bisher sehr gut verbergen können, so lustlos, wie du mich über das Gelände geführt hast.«

»Du verstehst das nicht, Professor. Wir müssen Teotihuacán vor Leuten wie dir schützen. Das ist eine ehrenvolle Aufgabe.«

»*Wir?*« Abel schaute Luis überrascht an. »Willst du damit sagen, Carlos und deine beiden anderen Kumpane sind auch Denkmalschützer? Und was bitte ist ehrenvoll daran, Menschen zu ermorden?«

»Wir sind keine Mörder, es macht uns keinen Spaß, jemanden umzubringen. Aber wir schrecken nicht davor zurück, wenn es der Aufgabe dient.«

»Für mich bist du ein skrupelloser Mensch, den der Tod anderer nicht schert. Und jetzt wirst du mit einem deiner Opfer untergehen. Ich glaube zwar nicht an Gott, würde das aber Gerechtigkeit nennen.«

»Nein.« Luis schüttelte den Kopf. »Die Sache liegt anders.«

Was sollte das? Regte sich mit einem Mal das Gewissen des Mexikaners? Wollte er die Absolution von Abel? Wollte er ohne Schuld in den Himmel kommen, um sich ein paar Jahre im Fegefeuer zu ersparen? »Was ist das für eine Aufgabe, von der du da redest?«

»Ich bin einer der *Hombres de Obsidiana*.«

»Die Männer aus Obsidian?«, übersetzte Abel. »Was soll das sein?«

»Wir sind so etwas wie Wächter«, sagte Luis.

Die Erklärung war so simpel, dass Abel auflachen musste. »Parkplatzwächter?«, fragte er. Es lag eine gewisse Befriedigung darin, sich über Luis lustig zu machen.

Der Mexikaner ließ sich nicht provozieren. »Wächter von Teotihuacán. Wir sind die Nachkommen der ursprünglichen Einwohner dieser Stadt, dieses Reichs. Carlos, Benicio, Santiago und ich. Es gibt noch zwei weitere.«

Abel stutzte. »Du willst mir erzählen, deine Vorfahren haben diese Stadt errichtet? Du und deine Obsidianfreunde, ihr könnt Stammbäume vorweisen, die über tausend Jahre zurückreichen? Die haben nicht mal die ältesten Familien der Welt.«

»Nicht vorweisen«, korrigierte Luis. »Es gibt keine Dokumente. Nur das Erbe.«

Abel verdrehte die Augen. »Alles klar.« Er wünschte, Luis würde den Mund halten, um diesen Unsinn zu beenden.

»Noch nicht«, entgegnete Luis. »Du hast jetzt, da wir hier

nicht mehr herauskommen, ein Anrecht darauf, zu erfahren, warum wir dich töten wollten.« Diesmal wartete er Abels Reaktion nicht ab, sondern sprach gleich weiter. »Die Gruppe der Hombres, zuerst hieß sie noch anders, wurde von Teotihuacános gegründet, kurz nach dem Exodus, kurz nachdem unsere Ahnen diese Stadt verlassen mussten.«

Abel wurde hellhörig. Er hielt es zwar für Unfug, was Luis ihm da erzählte – der Mexikaner glaubte offenbar selbst an dieses Märchen –, aber vielleicht war daran etwas Brauchbares, etwas, das sich in der örtlichen Folklore erhalten hatte.

»Wir sind dafür verantwortlich, das Wissen zu bewahren, das unsere Vorfahren gesammelt haben. Jeder, der den Hombres angehört, lernt zwanzig Jahre lang alles, was es über die Vergangenheit zu erfahren gibt.«

Daher also kannte Luis Xibalbá, die Hölle des alten Amerika.

»Die Hombres schützen das Wissen und ebenso die Stätte. Denn die gehört den Geistern der Vorfahren.«

»Und wenn Forscher hierherkommen ...«

»... führen wir sie in die Irre, sabotieren ihre Geräte oder sorgen dafür, dass sie krank werden. Die meisten geben auf und kehren nach Hause zurück. Manche aber sind hartnäckig.«

»So wie der Brite, von dem ihr gesprochen habt.«

»Unglücksfälle passieren«, sagte Luis. »Jemand stolpert über etwas, das im Verborgenen bleiben sollte.«

»So wie ich.«

»So wie du«, stimmte Luis zu. »Erst hat Carlos dafür gesorgt, dass dein Führer aus Mexiko-Stadt unverrichteter Dinge wieder nach Hause fuhr, und als du Ersatz gesucht hast, bin ich eingesprungen. Alles hat perfekt funktioniert.« Luis schnaubte. »Aber du warst nicht aufzuhalten, nicht mal vom Regen, denn der treibt die meisten Besucher nach einer halben Stunde wieder zurück ins Hotel. Dich nicht. Dummerweise hat das viele Wasser auch das Loch neben der Pyramide ausgewaschen, und du bist darauf gestoßen. Da musste ich etwas unternehmen.« Er lachte auf. »Wenn du nicht so stur gewesen wärst, Professor, könnte ich jetzt mit den anderen Karten spielen und mir das Gezänk meiner Schwester anhören, weil ich Carlos zum Trinken und Spielen verführe.«

Abel strich sich das nasse Haar aus der Stirn. Seine Finger waren taub von der Kälte. »Ihr seid also die Wächter dieser Stadt und kennt die Überlieferung ihrer Erbauer?«

»So ist es.«

»Dann müsstest du wissen, was auf dem Fresko zu sehen war.«

»Ich habe dieses Bild zum ersten Mal gesehen«, behauptete Luis. »Hier unten war noch nie jemand. Jedenfalls ist über diese Zisterne nichts bekannt.«

Das mochte stimmen, aber irgendwie musste das Bruchstück an die Oberfläche gekommen sein. »Auf dem Bild ist zu sehen, wie die Bewohner Teotihuacáns die Stadt verlassen. Wenn deine Gruppe, die Obsidianmänner, die Geschichte der Stadt wirklich mit der Muttermilch aufgesogen haben, dann müssen sie, dann musst du wissen, warum Teotihuacán untergegangen ist.«

»Es gibt eine alte Legende«, begann Luis, und Abel konnte nicht anders, als seine Todesangst, die Kälte und Nässe zu verdrängen, um keine Silbe von Luis' Worten zu überhören.

»Es war keine Katastrophe, und es waren keine fremden Krieger, die unsere Leute von hier vertrieben haben«, fuhr Luis fort. »Es waren Tiere. Jaguare.«

»Raubkatzen?«, fragte Abel ungläubig und versuchte sich daran zu erinnern, was auf dem Teil des Freskos zu sehen gewesen war, das er in der Kammer entdeckt hatte: auf dem Boden hockende Gestalten mit aufgerissenen Mündern und erhobenen Händen. Demnach waren diese Hände Pranken, und die Münder waren Mäuler gewesen. Auch die Körperhaltung stimmte mit der von Raubkatzen überein. »Wie kann es so viele Jaguare geben, dass sie eine Stadt entvölkern können? Und warum sollten sie überhaupt in dieser Anzahl nach Teotihuacán gekommen sein?«

Der Mexikaner zuckte kräftig mit den Schultern, das Wasser schwappte. »Nicht alles Wissen ist überliefert, und in jeder Generation geht etwas verloren.«

Abel wollte Luis nicht glauben. Der Mexikaner war gerissen, er manipulierte ihn. Aber warum sollte er das tun? So, wie es aussah, würden die beiden Männer in diesem unterirdischen Tunnel sterben. Wer beendete sein Leben mit einer Lüge? Luis schien jedenfalls nicht der Typ dafür zu sein.

Die Luft war schlechter geworden. Abel keuchte. Der Luftzug, der ihn anfangs auf das Kammersystem hatte aufmerksam werden lassen, der ihm Hoffnung gespendet hatte, war versiegt. Dafür konnte es nur einen Grund geben: Das Wasser war so hoch gestiegen, dass es die Luftzufuhr blockierte.

Abels Instinkte drohten, die Kontrolle über seinen Geist zu übernehmen; er ballte die Fäuste und versuchte mit aller Kraft, sich zusammenzureißen. Waren sie einem Trugbild gefolgt? Dann hätten sie ebenso gut am Anfang des Tunnels sitzen bleiben können.

Eine Weile war nur das Tropfen des Wassers zu hören. Angetrieben von den Erkenntnissen dieser Nacht gelang es Abel, seine Gedanken auf Autopilot zu stellen. Als der Pegelstand die Schlüsselbeine der beiden Männer erreicht hatte, kam ihm eine Idee.

»Leuchte mal ins Wasser«, bat er Luis.

»Was hast du vor?«, fragte der Mexikaner mit matter Stimme.

»Der Luftzug hat uns doch die ganze Zeit begleitet, oder nicht?«

Luis nickte.

»Dann muss er hierhergekommen sein. Da das Wasser gestiegen ist, ist der Luftzug verschwunden, das kann nur bedeuten, dass die Öffnung, durch die die Luft geströmt ist, jetzt unter der Wasseroberfläche liegt. Sie muss irgendwo in der Nähe sein.« Abel deutete mit dem Daumen nach unten wie ein römischer Kaiser, der das Urteil über einen Gladiator spricht.

Luis reagierte sofort und gab Abel die Taschenlampe. Im nächsten Moment war er untergetaucht. Undeutlich war sein Umriss unter Wasser zu erkennen, ein Stück entfernt tauchte er wieder auf, um Luft zu holen, dann verschwand er erneut und geriet außer Reichweite des Lichtstrahls.

Abel wartete. Er wusste nicht, wie er zu Luis stand. Ein Teil von ihm hasste den Mexikaner, ein anderer Teil fühlte sich Luis verbunden. Sie hatten einen beschwerlichen Weg zurückgelegt, und Luis hatte ihm geholfen, Schritt zu halten. Natürlich war das nur aus eigennützigen Gründen geschehen, aber die Ereignisse hatten ein Band zwischen ihnen entstehen lassen.

Wo blieb der Mexikaner denn bloß? Wie lange konnte der Mann die Luft anhalten? Mit einem Mal durchfuhr Abel der Gedanke, dass er hier unten allein sterben würde, wenn Luis etwas zustieß, und das Entsetzen drohte ihn zu lähmen. Er ließ den Strahl der Lampe über die Wasseroberfläche gleiten. Die Reflexionen spielten seinen Augen Streiche. »Luis?«, rief Abel laut, doch er erhielt keine Antwort.

Vielleicht hatte er wirklich einen Ausgang gefunden. Ob er zurückkehren würde, um Abel zu holen? Bestimmt nicht. Luis würde sich selbst retten und Abel jenes Schicksal zuteilwerden lassen, das er schon zuvor für ihn bestimmt hatte. Abel seufzte. Er war ein Narr, ein alter, einfältiger Narr!

Luis' Kopf platzte durch die Wasseroberfläche. Sein Haar war an sein Gesicht geklatscht, er sah aus wie ein von Tang und Algen überwuchertes Seeungeheuer. »Ich habe etwas gefunden«, rief er, verschluckte sich dabei und hustete. Seine Augen waren groß, sein Blick wild.

Kapitel 48

Houston, USA

Sonora

Eigentlich hätte Sonora ins Bett gehört. Aber wenn sie nicht zur morgendlichen Redaktionsbesprechung im Konferenzraum des Houston Chronicle erschien, würde Ben Boskovich jemand anderen beauftragen, die Geschichte mit den verrückt gewordenen Vögeln weiterzuverfolgen. Außerdem, gestand sie sich ein, wollte sie insgeheim die Anerkennung in den Blicken der Kollegen sehen, denn als Kolumnistin wurde ihr die nur selten zuteil.

Nach den Ereignissen auf dem Parkplatz am Bayou Place hatte sie ihrer Schwester beibringen müssen, dass ihr Einsatz als Babysitterin – und damit Marís heiß ersehnte Verabredung – ausfallen werde. Dann hatte Sonora Ben Boskovich noch einmal ausführlich über die Schwärme von Grackeln am Shoppingcenter in Kenntnis gesetzt.

Der Redaktionschef hatte ihr die Titelseite – die Titelseite! – reserviert. Es war nicht ihre erste Titelstory für den Chronicle, trotzdem hatte sie mehr als zwei Stunden für den Text gebraucht. Die Schwäche der Zeitung war ihre Langsamkeit im Vergleich zu Onlinemedien und Fernsehsendern, ihre Stärke hingegen war es, Hintergründe darzustellen und viel mehr Informationen zu liefern. Dafür brauchte man allerdings Zeit.

Es war Mitternacht gewesen, als Sonora den Artikel fertiggeschrieben hatte – nicht gerade die beste Zeit, um Experten ans Telefon zu bekommen und deren Meinung zu erfragen. Aber sie hatte es geschafft, indem sie Fachleute in London kontaktiert hatte. Dank der Zeitverschiebung war in England nämlich gerade die Sonne aufgegangen. Auf diese Weise hatte sie trotz nachtschlafender Zeit Fleisch an den Knochen ihrer Geschichte bekommen, und der Artikel war samt Stellungnahme rechtzeitig erschienen. Danach war an Schlaf nicht zu denken gewesen, weil ihr die vielen Fragen, die das Thema aufgeworfen hatte, im Kopf umherschwirrten wie ein Schwarm Grackeln.

Als Sonora nun in den Konferenzraum trat, wusste sie sofort, dass etwas nicht stimmte. Jeder der anwesenden Journalisten hielt den Chronicle in der einen und einen Becher Kaffee in der anderen Hand, alle schauten betreten zu Boden. Einige erwiderten ihren Gruß mit dumpfem Murmeln, andere blieben stumm. Der Blick von Ben Boskovich nagelte Sonora dort fest, wo sie gerade stand.

»Was ist los?«, fragte sie.

Boskovich hob eine der Ausgaben vom Tisch auf und warf sie ihr entgegen. »Was fällt dir ein, so einen Mist zu verzapfen?«

»Was hast du an dem Text auszusetzen?« Sonora fing die Zeitung auf und prüfte, ob jemand ihren Text verändert hatte. Nein, es war genau der, den sie gestern Nacht in die Herstellung gesendet hatte. »Ich habe alle Inhalte überprüft, meine Quellen sind in Ordnung, ich war vor Ort. Was da steht, stimmt.«

»Es ist mir egal, ob es ›stimmt‹.« Boskovich betonte das letzte Wort wie ein gemeiner Junge, der sich über seine kleine Schwester lustig macht. »Es hat keinen Pep. Zum Einschlafen ist das. Hast du gesehen, was die Konkurrenz aus der Story gemacht hat?« Er nahm eine Fernbedienung vom Tisch auf und schaltete den Monitor an der Stirnwand des Raums ein. In schneller Folge blätterte Boskovich durch die Veröffentlichungen der Konkurrenz, die Geschichte hatte es auch in einige überregionale Blätter geschafft. »Schlachtfeld vor dem Shoppingcenter« stand da zu lesen, »Vogelhorror legt Houston lahm«, »Apokalypse am Bayou Place«, »Todesangst auf schwarzen Schwingen«. Dann deutete er auf den Chronicle wie Pilatus auf Christus. »Und du schreibst: ›Warum kommen die Vögel in die Stadt? Rätsel um Grackeln am Bayou Place‹.«

Sonora glaubte, nicht richtig zu hören. War sie an diesem Morgen in einer anderen Welt aufgewacht? Sie hielt die Zeitung mit beiden Händen vor sich wie einen Schild, damit alle die Schlagzeile sehen konnten. »Der Chronicle«, sagte sie, »ist eine seriöse Zeitung. Unsere Redaktion hat es nicht nötig, in das reißerische Gekläff und die Marktschreierei der Boulevardpresse einzustimmen. Diesem Anspruch habe ich mit meinem Artikel Respekt gezollt. Und wenn der sich geändert haben sollte, dann will ich nicht dabei sein, wenn die Stadt in der Nacht von Horrorvögeln angegriffen wird, die die gefiederte Apokalypse bringen.«

Mist! Sonora war einen Schritt zu weit aus ihrer Ecke hervorgekommen und stand jetzt ohne Deckung da.

Boskovich musste nicht lange überlegen. »Schön, ganz wie du willst. Du bearbeitest ab heute die Leserzuschriften. Die Grackeln übernehme ich selbst.«

»Aber ich bin noch an der Geschichte dran«, protestierte sie. »Ich habe mich in die Fachartikel meiner Gesprächspartner eingelesen, ich habe Kontakt zu einem Ornithologen vor Ort hergestellt, ein Experte ruft mich heute noch zurück. Und ich habe die Vögel gesehen. Als Reporterin bin ich Augenzeugin. Du könntest die Fortsetzung der Geschichte nur kalt schreiben, aus zweiter Hand berichten.«

»Das Einzige, was hier kaltgestellt wird, bist du«, bellte Boskovich.

Sonora drehte auf dem Absatz um und lief aus dem Konferenzraum, empört von ihrem Chef und bis aufs Mark enttäuscht von ihren Kollegen, von denen niemand das Wort für sie ergriffen hatte. Sie versuchte, die Tür so laut hinter sich zuzuwerfen, dass es jeder Zeitungsleser in Houston würde hören können. Aber die Tür war mit einer Pneumatik versehen, und nach zwei Versuchen gab Sonora auf und flüchtete zu ihrem Wagen in die Tiefgarage.

So wie den Parkplatz am Shoppingcenter beherrschten die Grackeln auch die Nachrichten an diesem Tag. In der Berichterstattung wurden die Vögel verteufelt, ihre Manöver als Angriffe dargestellt und ihr schwarzes Gefieder als Zeichen ihrer Bösartigkeit interpretiert.

Sonora schaltete das Autoradio aus. Gerade als sie den Wagen vor ihrem Apartmentblock parkte, brummte das Mobiltelefon in ihrer Tasche. Die Nummer war ihr unbekannt. »Morales«, meldete sie sich.

»Hier spricht Henry Quiller. Sie haben um Rückruf gebeten.«

Quiller? Quiller? Sonora musste erst die Vision von Ben Boskovich aus ihrem Geist verbannen, in der sie ihm die Windel ihres Neffen Juan ins Gesicht drückte, bevor sie darauf kam, wer da anrief. »Doktor Quiller. Sie sind der Ornithologe des Parks and Wildlife Service hier in Houston.«

»Beinahe«, sagte Quiller. »Ich bin im Ruhestand. Sie haben meine Nummer vermutlich von der Website des Service. Ich habe die schon zigmal gebeten, sie zu löschen.«

Verdammt. Sonora schlug mit der flachen Hand gegen das Lenkrad, ohne jedoch daran zu denken, dass der Wagen noch lief. Ein Hupton hallte durch die Straße, Passanten drehten sich zu ihr um.

»Alles in Ordnung bei Ihnen?«, fragte Quiller.

Sonora beschloss, es trotzdem mit dem Mann zu versuchen. Die Lage hatte sich geändert. Sie hatte ihn angerufen, um die Stellungnahme einer weiteren offiziellen Institution für ihren nächsten Artikel einzuholen. Jetzt aber war sie nicht länger an die Vorgaben für einen Zeitungsbericht gebunden, jetzt gab es für Sonora nur noch eins: die Wahrheit.

»Ich habe Sie wegen der Grackeln am Bayou Place angerufen«, erklärte sie. »Sie wissen vermutlich davon.«

»Wenn Sie jemanden suchen, der noch nichts davon gehört hat, müssen Sie wohl in den Northern Territories recherchieren.«

»Was, glauben Sie, ist in die Tiere gefahren? Warum kommen in diesem Jahr so viele Schwärme in die Stadt? Das ist doch nicht normal, oder?«

»Was ist schon normal in der Natur?«, fragte Quiller. »Die Welt verändert sich, vor allem durch den Eingriff des Menschen, und Tiere passen sich an, so gut sie können. Arten, die sich immer gleich verhalten, gehen unter.«

»Wie passt das zu der Versammlung der Grackeln?«, fragte sie. »Einige Leute wollen darin Aggression erkennen oder ein Zeichen Gottes, Sie wissen schon.«

»Wenn Sie etwas über göttliche Zeichen erfahren wollen, sind Sie bei mir an der falschen Adresse. Zur Aggression kann ich etwas sagen, die kann in einer solchen Situation schon im Spiel sein. Aber dafür gibt es immer einen Grund. Tiere gehen nicht einfach auf Menschen los.«

»Was könnte das in diesem Fall sein?« Sonora schaute durch die Windschutzscheibe in den Himmel. Über den Dächern flogen Vogelschwärme. Waren das Grackeln? Waren es mehr als sonst?

»Das kann ich von hier aus nicht seriös beantworten«, erwiderte Quiller.

»Können Sie einen Vergleich ziehen zu einem anderen Ereignis, einem, bei dem die Ursache bekannt war?«

Einen Moment lang war es still, dann sagte der Ornithologe: »Vor zwei oder drei Jahren gab es einen Vorfall beim Bau des Minstrel Tower. Da waren es auch Grackeln, die in Scharen dort eingefallen sind.«

»Sind Sie sicher?«, fragte Sonora. »Davon habe ich noch nie gehört.«

»Die Vögel beschränkten sich damals auf die Baustelle des Wolkenkratzers. Sie besetzten den Rohbau, es waren einige Hundert. Die Arbeiten mussten für eine Woche ruhen, danach waren die Tiere wieder fort. Sie haben eine Riesensauerei hinterlassen, sonst ist nichts weiter passiert. Ich war mit einigen Kollegen da, um den Vorfall zu untersuchen.«

»Haben Sie den Grund für das rätselhafte Verhalten herausfinden können?«

»Nein. Was wir in Erfahrung bringen konnten, rief immer nur weitere Fragen hervor.«

Sonora biss sich auf die Unterlippe. Das brachte sie kein bisschen weiter. Vielleicht sollte sie diese Geschichte doch jemand anderem überlassen und sich ein paar Tage Urlaub gönnen, bevor sie sich den Leserbriefen des Chronicle widmete. Mit einem Mal spürte sie, dass sie in der Nacht kaum geschlafen hatte. »Danke, Doktor Quiller«, sagte sie mit matter Stimme.

»Sie wollen herausfinden, warum die Vögel sich so merkwürdig verhalten?«, fragte Quiller. »Ich auch. Und ich könnte ein bisschen Hilfe gebrauchen.«

Schon war sie wieder wach. »Abgemacht. Wo fangen wir an?«

»Ganz einfach«, sagte der Ornithologe. »Wir fragen die Vögel.«

Sie lachte.

»Ich meine es ernst«, fuhr Quiller fort. »Ich werde heute

Abend am Bayou Place sein und die Tiere beobachten. Nach meiner Erfahrung werden sie wieder dort erscheinen. Kommen Sie doch auch.«

Noch einmal zum Shoppingcenter? Bei dem Gedanken stellten sich die Haare auf Sonoras Unterarmen auf. »Ich kann nicht«, log sie. »Ich muss auf den Sohn meiner Schwester aufpassen.«

»Ich werde schon am Nachmittag dort sein, um fünf, bevor die Vögel bei Sonnenuntergang einfallen. Ich fahre einen hellblauen Toyota mit einer gelben Gummiente als Kühlerfigur.« Sein Vorschlag weckte ihre Neugierde, und ihr Widerstand platzte wie ein zu prall aufgeblasener Ballon. »In Ordnung. Ich werde da sein.«

Kapitel 49

Region südlich von Kunming, China

Peter

Peter saß hinter dem Steuer und umklammerte das Lenkrad mit beiden Händen. Der Land Rover kämpfte sich durch Morast und rumpelte über steinige Pfade, ein Stück voraus schaukelten die Hinterteile der Elefanten. Er wurde das Gefühl nicht los, dass der Geländewagen nicht länger der Herde folgte – vielmehr war er ein Teil davon geworden, die Menschen hatten sich der Herde angeschlossen und ließen sich von der Matriarchin leiten.

Bisweilen wählte die Leitkuh Wege durchs Dickicht, dann tauchten Tiere und Menschen in den Schatten von Bäumen und Büschen ein, Blätter klatschten gegen die Windschutzscheibe und sorgten dafür, dass Peter jedes Mal zusammenzuckte. Die seltsame Karawane schreckte Vögel auf, und immer wieder stoben bunte Gefieder in den Himmel. Peter wäre gern stehen geblieben, um die Tiere näher in Augenschein zu nehmen, doch die Elefanten legten keine Pause ein. Sie marschierten ununterbrochen und, wie es schien, zielstrebig weiter.

Im Rückspiegel sah Peter Baos Gesicht, neben ihm, auf dem Beifahrersitz, saß Sui. Er konnte sich des Gefühls nicht erwehren, dass sie nach den Ereignissen der letzten Tage ebenfalls zu einer Art Herde geworden waren.

Mit einem Ruck blieb der Wagen stehen. Ein rotes Zeichen blinkte auf den Armaturen, die Botschaft war unmissverständlich: Der linke Vorderreifen war platt.

Was genau sich in die Gummierung gebohrt hatte, konnten sie nicht erkennen, aber der Riss war groß und hässlich. Zum Glück gab es ein Reserverad, es war sogar aufgepumpt. Wenn sie mit Peters altem Volvo unterwegs gewesen wären, hätten sie die Herde jetzt zu Fuß weiterverfolgen müssen.

Peter hob den Ersatzreifen von der Halterung und rollte ihn nach vorn, da stellte sich ihm Sui in den Weg. »Ich erledige das.«

»Du?« Die Frage war bereits gestellt, da erst dachte Peter daran, dass Sui damit betraut war, einen der größten Staudämme Chinas zu bauen.

»Ich habe mein Studium damit finanziert, dass ich in einer Autowerkstatt in Fuzhou gearbeitet habe«, erklärte sie. »Vertrau mir.«

Bao hatte sich vor das Auto gestellt und behielt die Herde im Blick, die sich langsam entfernte. Während Sui die Ärmel ihrer Bluse hochkrempelte und den Wagenheber unter der Karosserie festklemmte, nutzte Peter die Gelegenheit, um Hubert Baumgartner anzurufen.

»Grüß dich, Peter«, meldete sich der Schweizer. In Mitteleuropa musste es jetzt früher Morgen sein. Normalerweise hätte Peter ihn um diese Uhrzeit nicht mit seinem Anliegen bedrängt, aber in diesem Fall war Zurückhaltung die falsche Methode.

»Hubert, hast du etwas in Beijing erreichen können?«

Am anderen Ende herrschte Schweigen. »Weißt du …«, hob der Schweizer an.

Mit einem Mal ging Peter die behäbige Art seines alten Mitstreiters auf die Nerven. Was war nur aus dem Aktivisten früherer Jahre geworden? Ein Bürokrat? »Hubert, wir müssen uns um diese Elefanten kümmern. Was hast du erreicht?«, fragte er noch einmal.

War das ein Seufzer, der da vom anderen Ende der Welt in sein Ohr drang? »Ich hätte dich heute auch angerufen«, ließ sich Hubert vernehmen. »Unser Gesuch ist abgelehnt worden, Beijing will die Elefanten nicht relokalisieren lassen. Es ist, wie ich befürchtet habe: Sie scheuen die Kosten und glauben, dass die Tiere sofort wieder loswandern, nachdem man sie in den Park zurückgebracht hat. Wir müssen wissen, warum die Herde überhaupt aufgebrochen ist. Kannst du darüber Informationen liefern, Peter? Dann werde ich es sofort noch einmal bei den Chinesen probieren.«

»Wie bitte?« Peter sah, wie Sui das Radkreuz fallen ließ und mit beiden Händen nach dem Reifen griff, um ihn von der Achse zu ziehen. »Aber dann wird es zu spät sein«, rief er ins Telefon. »Ich habe nicht die Möglichkeit, die Tiere und ihr Verhalten wissenschaftlich zu untersuchen. Was soll ich denn tun? In einer Umfrage unter ihnen ermitteln, warum sie sich in ihrer paradiesischen Heimat plötzlich nicht mehr wohlgefühlt haben?« Unvermittelt schaute er zu Bao hinüber. »Verdammter Mist!«

»Bleib ruhig«, versuchte Hubert zu beschwichtigen. »Wir sind auf derselben Seite.«

»Ich bin mir da nicht mehr so sicher«, blaffte Peter.

Sui hielt inne und starrte ihn an. Auch Bao hatte sich zu ihm umgedreht.

»Doch, das sind wir«, versicherte Hubert, »denn ich kann dir noch etwas verraten. Ich habe mit dem Parteisekretär Chen Akeno gesprochen. Der Name sagt dir vermutlich was.«

Natürlich. Chen war ein alter Freund seines Vaters, und erst vor drei Tagen hatte Peter versucht, diese Verbindung für seine eigenen Zwecke zu nutzen: um Suis Präsentation der Drachenmauer zu stören. »Ich weiß, wer das ist.«

»Er hat einen Anruf aus Kunming erhalten. Vom Provinzgouverneur. Und der hat ihn darum gebeten, die Angelegenheit auf seine Art erledigen zu dürfen.«

»Ruan Yun«, stieß Peter hervor. »Ich hatte dir von ihm erzählt. Er ist es, der die Herde jagen lässt.«

»Er hat Chen Akeno mit dem chinesischen Verständnis von Ehre und Würde rumgekriegt, hat ihm gesagt, er würde das Gesicht verlieren, wenn er als Landesvater seine Untertanen nicht selbst schützen könnte.«

»Untertanen«, echote Peter. Yun hatte die Mentalität eines Diktators.

»Chen Akeno scheint jedenfalls so viel von diesem Gouverneur zu halten, dass er ihm grünes Licht gegeben hat.«

Peter versuchte, sich seine Niedergeschlagenheit nicht anmerken zu lassen, nicht Hubert gegenüber und erst recht nicht vor Sui. Mittlerweile hatte sie den neuen Reifen aufgesteckt und war dabei, die Radmuttern festzuziehen. Das Knacken der Gewinde ließ Peter daran denken, was er gern mit Ruan Yuns Hals anstellen würde.

»Ich bleibe aber an der Sache dran, versprochen«, beeilte sich Hubert anzufügen.

»Was ist los mit dir, Hubert?« Peter versuchte sich zu beruhigen, aber es wollte einfach nicht gelingen.

»Jetzt hör mal zu!« Nun war die Reihe an Hubert, laut zu werden. »Ich unterstütze dich, wo ich kann. Aber es gibt auch noch andernorts auf der Welt Tiere, die Hilfe brauchen. Hast du schon die Nachrichten aus Bangkok gehört? Die Thailänder haben es mit mehreren Hundert Affen zu tun, die in einer Tempelanlage mitten in der Stadt den Betrieb stören und die Leute angreifen. Eigentlich gelten diese Tiere als unantastbar, aber jetzt denkt man über ihren Abschuss nach. Sollen sie etwa sterben, weil ich mich nicht um sie gekümmert habe?«

»Danke, Hubert.« Peter legte auf, dann berichtete er Sui und Bao die Neuigkeiten. »Damit sind wir auf uns allein gestellt«, schloss er.

»Immerhin sind wir zu dritt«, murmelte Bao. »Wenn wir zusammenhalten, können wir viel bewegen.«

War das eine von ihren schamanistischen Weisheiten? Peter strich sich das Haar zurück, in der absurden Hoffnung, einen nützlichen Gedanken herauszukämmen.

»Immerhin habe ich den Wagen wieder flottgekriegt«, ergänzte Sui und wischte sich die Hände erst im feuchten Gras und dann an ihrer Hose ab. »Wir können weiterfahren.«

Ein rhythmisches Klopfen war zu hören. Es kam aus der Ferne, war zunächst leise, wurde rasch lauter. Im nächsten Moment flog ein Helikopter über ihre Köpfe hinweg, in jene Richtung, die auch die Elefanten eingeschlagen hatten. Nach Norden.

Kapitel 50

Region südlich von Kunming, China

Gabriel

Die grüne Landschaft sauste unter dem Helikopter vorbei. Diesmal saß Gabriel auf dem Sitz des Co-Piloten und gab genaue Anweisungen, wohin der Pilot fliegen sollte. Am liebsten hätte er den Hubschrauber selbst gesteuert. Er ahnte, dass die Herde weiter nach Norden zog; zwar war es nur so ein Gefühl, aber sein Instinkt hatte ihn bislang nur selten im Stich gelassen. Hätte er sonst ein weltweit operierendes Unternehmen aufbauen können? Hätte er sonst den Borneo-Elefanten aufgespürt, den Geist des Waldes? Die Herde war in der Nähe, irgendwo unter ihm, es war nur eine Frage der Zeit, bis Gabriel sie finden würde.

Yuns Stimme quoll wie Quark aus dem Kopfhörer. Der Chinese konnte nicht aufhören, sich damit zu brüsten, dass er die Situation gerettet hatte, dass er dafür gesorgt hatte, dass die IUCN keinen Zugriff auf die Elefanten erhielt, dass er die Waffen aus der Kaserne südlich von Kunming beschafft hatte.

Es stimmte ja: Ohne Yuns Einsatz wäre die Jagd beendet gewesen. Per Helikopter hatte der Gouverneur binnen einer Stunde die Kaserne erreicht und den Kommandeur von der Dringlichkeit überzeugt, ihn mit Waffen ausrüsten zu müssen. Wenn das nicht geschehe, hatte Yun mit vor Autorität breiter Stimme gerufen, würden weitere Dörfer von den Elefanten zerstört werden, und es sei keine Frage, wer die Verantwortung dafür zu tragen habe. Gabriel hatte das Schauspiel staunend betrachtet. Für einen Moment hatte die Situation zu kippen gedroht, als der Kommandeur, ein listig dreinblickender, kleiner Mann mit Stoppelhaar und einem schmalen Schnauzbart, Yun vorgeschlagen hatte, sich selbst um den Abschuss der Elefanten kümmern zu wollen. Seine Leute seien schließlich dazu ausgebildet, die Bevölkerung zu schützen. Was genau Yun dem Mann angedroht hatte, wenn er nicht augenblicklich die Waffen herausgab, hatte Gabriel nicht verstanden. Vielleicht hatte der Gouverneur dem Soldaten auch eine Beförderung zum General versprochen. Jedenfalls hatte er den Kommandeur davon überzeugt, das Arsenal zu öffnen. Jetzt lag eine Kiste mit Maschinengewehren im hinteren Teil des Helikopters. Doch auch diese Menge an schweren Waffen konnte den Verlust seiner Mauser nicht wettmachen. Gabriel trauerte seinem Gewehr hinterher, und mehr und mehr steigerten sich das Gefühl von Verlust und die Wut auf den Mann, der dafür verantwortlich war.

In diesem Augenblick sah er den Geländewagen. Der Land Rover fuhr nach Norden und zog eine Staubfahne hinter sich her. Yuns Plan war offenbar nicht aufgegangen, diese Dayan Sui hatte sich von den Drohungen des Gouverneurs nicht beeindrucken lassen, sie und ihr Begleiter, der verhasste Schwede, hatten nicht aufgegeben. Gabriel rieb die schwitzigen Hände über seine Knie. Aber die beiden standen auf verlorenem Posten.

Er gab dem Piloten ein Zeichen, dann rauschte der Helikopter über den Wagen hinweg. Die Herde konnte nicht weit sein.

Nach kurzer Zeit bewegten sich unter ihm die Baumwipfel, obwohl es windstill war. »Da vorn sind sie«, rief er und deutete auf die Elefanten. Der Pilot drehte bei, kurz darauf waren die grauen Leiber zu erkennen, aufgereiht wie an einer Schnur trabten sie zwischen den Hängen der Berge Richtung Norden.

Auch Ruan Yun hatte die Herde entdeckt. »Ich bin vielleicht nur ein mittelmäßiger Jäger«, rief er aufgeregt ins Mikrofon, »aber ich habe dafür gesorgt, dass ein guter Jäger zum Abschuss kommt.«

Gabriel nickte ihm zu, dabei war er sich seiner Sache gar nicht sicher. Die Gewehre aus der Kaserne waren keine Präzisionswaffen, sondern AK 47, Kalaschnikows, billig und tödlich, jedenfalls wenn man auf Menschen schoss. Natürlich konnte ein Projektil aus einem dieser Maschinengewehre auch einen Elefanten umbringen. Die mitgelieferten Geschosse waren auf gezieltes Eindringen ausgelegt, nicht so sehr darauf, große Wunden zu reißen; aber das war es, was Gabriel brauchte. Mit einer AK 47 ein kleines Ziel am Hinterhaupt eines Elefanten zu treffen war nahezu unmöglich. Damit wuchs das Risiko, dass die Herde ihn niedertrample, bevor er alle Tiere erlegt hatte. Es gab nur eine Möglichkeit, den Kampf zu gewinnen: Bevor er den tödlichen Treffer setzte, musste er die Knie der Elefanten mit einer Salve zerschießen, die Tiere verlangsamen und sich damit Zeit verschaffen. Ein schmutziger Trick, aber unter diesen Umständen das Mittel der Wahl.

»Wohin jetzt?« Die Stimme des Piloten holte Gabriel aus den Gedanken. In einiger Entfernung sah er etwas in der Sonne glänzen, das musste dieser große See sein, den er auf der Landkarte ausgemacht hatte.

»Dorthin, ans Seeufer«, rief Ruan Yun, lehnte sich zu den beiden Männern nach vorn und deutete in die Richtung. »Dort legen wir uns auf die Lauer.«

»Noch nicht«, widersprach Gabriel. »Erst kümmern wir uns um den Geländewagen. Fliegen Sie ein Stück zurück und dann so oft über den Wagen hinweg, bis ich sage, dass es genug ist.« Er wandte sich nach hinten zu Yun und den Gehilfen um. »Jetzt bekommen wir Gelegenheit, die Gewehre zu testen.«

Kapitel 51

Region südlich von Kunming, China

Sui

Plötzlich war da ein Loch in der Motorhaube. Sui schrie auf. »Die schießen auf uns.« Ein zweites Loch wurde von einer unsichtbaren Hand in das Blech gestanzt. Peter trat aufs Gaspedal. Im nächsten Moment war die Welt voraus wie durch ein Spinnennetz zu sehen: Ein Treffer hatte die Windschutzscheibe durchlöchert. Rote Spritzer waren darauf verteilt.

»Peter!«, schrie Sui und krallte sich mit einer Hand in sein Bein.

Er lenkte den Wagen zwischen die Bäume und hielt im Schutz des Blätterdachs an.

»Ist dir was passiert?« Suis Blick fiel auf Peters Hände, in einer steckten Glassplitter.

Statt einer Antwort öffnete er die Tür und legte den Kopf schief. Das Geräusch des Helikopters wurde leiser.

»Sie sind weg«, sagte Sui. »Zeig mal her.«

Doch Peter schüttelte den Kopf. »Augenblick noch.«

Sie warteten, lauschten. Da wurde das Knattern wieder lauter. Der Hubschrauber hatte einen Bogen geflogen und kehrte zurück. Die Jäger wollten nachsehen, ob sie die Beute erlegt hatten. Der Lärm steigerte sich, für Sui hörte er sich an wie das Brüllen eines Raubtiers. Ihr Blick war nach oben in die Kronen der Bäume gerichtet, Blattwerk wirbelte im Luftstrom herum, sie spürte die Hand ihrer Mutter zwischen ihren Fingern. Ein Schatten huschte über den Himmel, dann war die Maschine vorbei. Diesmal waren keine Schüsse gefallen. Sie warteten noch eine Weile, aber der Helikopter kehrte nicht noch einmal zurück.

Nachdem sie ausgestiegen waren, untersuchte Sui Peters Hand.

»Nicht so schlimm«, sagte er. »Aber die Glassplitter müssen raus.« Er verzog das Gesicht, als er probeweise die Finger bewegte.

»Ich kümmere mich darum.« Bao riss ein Stück Stoff aus dem Ärmel von Suis Bluse, tränkte es mit dem Wasser aus einer der Flaschen und machte sich ans Werk.

Während Bao Peter versorgte, überprüfte Sui den Zustand des Geländewagens. Sie entriegelte die Motorhaube und klappte sie hoch. Ein Projektil hatte einen Schlauch zerrissen, der zum Kühler führte. Sui holte eine kleine Werkzeugtasche aus dem Kofferraum, löste die Klemmen, nahm den Schlauch ab und kürzte ihn um das zerfetzte Stück. Dann verlängerte sie ihn wieder mit einem Stück Schlauch der Klimaanlage, einer Klemme und Isolierband. Ein kurzer Probelauf verlief vielversprechend, doch ob das Provisorium auch halten würde, wenn der Wagen auf Hochtouren lief, musste sich zeigen. Sie hoffte, dass es darauf nicht ankommen würde.

»Die hätten uns beinahe erschossen«, sagte Sui, als sie kurz darauf zu den anderen zurückkehrte. Bao lehnte gegen den Wagen, sie hatte den Stoff als Verband um Peters Finger gewickelt. Die helle Seide färbte sich an mehreren Stellen rot.

»Denen ist inzwischen wohl jedes Mittel recht, um uns loszuwerden«, sagte Peter.

»Vielleicht haben sie auch nur auf den Wagen gefeuert, um

uns Angst zu machen und zu verhindern, dass wir ihnen weiter in die Quere kommen.« Bao schaute nach oben.

»Was auch immer ihre Absicht war: Wir müssen weiter. Mit dem Helikopter haben sie einen Vorsprung, Yun und dieser Jäger werden irgendwo Posten beziehen und der Herde auflauern«, sagte Sui.

»In Ordnung«, gab Peter zurück. »Aber ich fahre allein. Die Warnung war deutlich. Wir sind mitten in der Wildnis, niemand bekommt von alldem hier etwas mit, seit die Reporter abgezogen worden sind. Ihr beide wartet hier. Ich werde schon mit denen fertig.«

»So, wie du gestern Abend mit ihnen fertiggeworden bist, als du einem der Männer das Gewehr entrissen hast? Wenn ich nicht rechtzeitig aufgetaucht wäre …« Sie sprach nicht weiter. Das Unvorstellbare sollte keine Macht über sie erhalten.

»Ich fahre euch beide nicht in einen Kugelhagel hinein«, beharrte Peter. »Aber wenn ich nicht bald loskomme, ist es vielleicht zu spät.«

»Was willst du denn tun?« Ihre Stimme war lauter geworden. »Wie willst du diese Leute ganz allein aufhalten?«

Peter zögerte einen Moment, offenbar wusste er es selbst nicht. In diesem Augenblick wurde Sui bewusst, dass sie ihn mochte. Er war impulsiv. Er setzte sein Leben aufs Spiel, um seine Ziele zu erreichen, rannte einfach drauflos, auch gegen Wände, die vor ihm aufragten. Er war ein kleiner Junge im Körper eines Mannes, unerschrocken und davon überzeugt, dass das Gute gewinnen konnte. Sie wünschte, dass er recht behielt.

»Stimmt, die Jäger kann ich nicht aufhalten«, sagte Peter. »Aber vielleicht die Herde. Wenn die Elefanten nicht wieder in einen Hinterhalt geraten, kann ihnen auch nichts passieren. Ich muss die Tiere zur Umkehr bewegen, bevor sie denen vor die Flinten laufen.« Er nickte wie zur Bestätigung seiner Worte. »Sofort.«

Suis Sympathie verwandelte sich in Verzweiflung. »Natürlich! Eine wunderbare Idee«, sagte sie mit beißender Ironie in der Stimme. »Aber zwischen Einfall und Erfolg liegt die Wahl der Mittel. Wie willst du eine Elefantenherde aufhalten?«

Peter deutete auf den Wagen. »Ich überhole die Tiere und verstelle ihnen den Weg. Wenn ich laut hupe, erschrecken sie und laufen woandershin.«

Bevor Sui antworten konnte, erfüllten wummernde Bässe den Wald, begleitet von synthetischen Beats. Sie fuhr herum. Bao hatte sich auf dem Beifahrersitz des Wagens niedergelassen und drehte an den Reglern des Autoradios.

»Mach das aus!« Als Bao nicht reagierte – offenbar hörte sie ihre Tochter unter dem Lärm nicht –, langte Sui durch die offene Tür und schaltete die Musik ab. »Bist du vollends verrückt geworden?« Ein selbstmörderischer Zoologe, teuflische Jäger, eine wilde Herde Elefanten – und ihre durchgedrehte Mutter. War es nicht allmählich genug? Sie kämpfte gegen Tränen an. »Sei doch nur einmal in deinem Leben normal.«

Bao schaute zu ihrer Tochter hoch. »Ich weiß, wie wir die Elefanten aufhalten können.« Sie zog die dicken, dunklen Augenbrauen hoch. »Indem wir ihnen mitteilen, was sie tun sollen.«

»Das ist jetzt nicht der passende Zeitpunkt für so was.« Am liebsten hätte Sui geschrien.

Bao lächelte nachsichtig. »Der Zeitpunkt war nie passender, Kind. Wenn wir die Tiere warnen wollen, dann müssen wir das auf eine Weise tun, die sie verstehen. Ist das etwa nicht logisch? Motorenlärm und Hupen gehören nun mal nicht zu ihrem Vokabular.«

Sui spürte Peters Hand auf ihrer Schulter. »Augenblick mal«, sagte er, und an Bao gewandt: »Spielen Sie auf das an, worüber wir uns heute Morgen unterhalten haben?«

Bao nickte bedächtig und deutete auf das Radio. »Die Elefanten verständigen sich mit tiefen Tönen. Und in diesem Wagen gibt es einen Lautsprecher, der besonders tiefe Töne erzeugt.«

»Den nennt man Subwoofer«, erklärte Peter.

»Danke für die korrekte Bezeichnung«, sagte Bao. »Ich habe zu Hause selbst einen, um meine CDs mit Meditationsgongs effektvoll abspielen zu können. Der Tieftöner könnte uns helfen, ein Signal an die Elefanten zu senden. Nun brauchen wir nur noch jemanden, der technisch geschickt genug ist, um die Anlage umzufunktionieren.« Die Blicke von Bao und Peter wanderten zu Sui hinüber.

Kapitel 52

Teotihuacán, Mexiko

Abel

»Dahinten ist eine weitere Kammer.« Die Worte waren kaum zu verstehen, so atemlos schnappte Luis nach Luft. »Sieht aus wie die mit den Diamanten an der Decke.«
Er meinte wohl das Pyrit. Dabei waren die Wandbilder das eigentlich Wertvolle in dem seltsamen Saal gewesen.
»Ich habe den Durchgang unter Wasser gesehen«, fuhr Luis fort, »und ich bin hindurchgetaucht.« Er lachte. Nicht kalt und höhnisch wie zuvor, sondern voller Freude. »Auch dort gibt es ein Loch, wie im ersten Saal. Allerdings ist es nicht in der Decke, sondern in der Wand.«
»Was hat das zu bedeuten?« In Abels Geist fuhren die Gedanken Karussell.
»Denk nach!«, rief Luis mit jungenhafter Begeisterung. »Wer ist denn hier der Professor? Du oder ich?« Er paddelte auf der Stelle. »Im ersten Saal kam das Wasser aus der Decke und hat den Tunnel überflutet. Im zweiten ist das Loch in der Wand.« Er klatschte sich mit der Hand gegen die Stirn. »*¡Hombre!* Wenn das kein Ablauf ist, will ich Carlos heißen.«
Ein Ablauf? Abel versuchte, Luis' Logik zu folgen. Durch das

eine Loch floss Wasser hinein, welchen Weg es auch immer genommen haben mochte, durch das andere Loch floss es heraus. Die Badewanne des Hotels kam Abel wieder in den Sinn. »Warum sollten die Erbauer einen Ablauf einrichten, wenn sie Wasser sammeln wollen?«

»Um es frisch zu halten«, erklärte Luis. »Auf diese Weise bleibt das Wasser in Bewegung, es könnte eine Art Kreislaufsystem sein.«

Abel nickte. Das hatte etwas für sich. »Ich verstehe, sehe aber nicht, wie uns das weiterbringen könnte.«

Im nächsten Moment spürte er Luis' Hände an den Schultern, sie schüttelten ihn. »Professor! Das Loch in der Wand ist so groß, dass wir hindurchpassen. Wir tauchen hinein und kommen dort heraus, woher der Luftzug kam. ¿Comprendres?«

»Hineintauchen?«, krächzte Abel und vergaß für einen Augenblick, mit den Füßen zu paddeln. Sein Kopf geriet unter Wasser, er schoss hoch und prustete. »Wie stellst du dir das vor?«, rief er. »Wenn wir beide tauchen, kann keiner die Taschenlampe halten. Außerdem bin ich zu alt und zu untrainiert für so was. Ich warte hier, leuchte dir, und wenn du irgendwo rauskommen solltest, schickst du Hilfe.« Er fühlte sich wie ein Feigling, aber das war immer noch besser, als tapfer und tot zu sein.

Mit entschlossener Miene schüttelte Luis den Kopf. »¡No! Wir gehen gemeinsam. Du warst es doch, der darauf gedrängt hat, dass wir einen Ausgang suchen. Jetzt haben wir ihn gefunden. Zusammen haben wir es bis hierher geschafft, zusammen gehen wir auch die letzte Strecke.«

Abel wusste nicht, was ihn mehr wunderte: dass sein Gegner nun darauf bestand, sein Verbündeter zu sein, oder der Vorschlag, durch die Dunkelheit ins Ungewisse zu tauchen. »Was passiert, wenn das Loch vor einem Gitter oder in einer Engstelle endet?«

»Dasselbe, was mit uns geschehen wird, wenn wir das Risiko nicht eingehen.«

»Das ist doch Irrsinn.« Abel keuchte. »Wir müssen das nicht tun. Es gibt noch eine andere Möglichkeit.«

Luis schaute ihn erwartungsvoll an.

»Wenn das tatsächlich ein Ablauf sein sollte, dann warten wir halt, bis der Pegel sinkt«, schlug Abel vor.

»Wir wissen nicht, wie lange das dauert. Vielleicht Tage oder Wochen.« Luis schüttelte den Kopf. »Dann ertrinke ich lieber sofort.«

Abel spürte einen kindischen Trotz in sich aufsteigen. Er würde sich von Luis zu nichts zwingen lassen. »Ich bleibe hier. Mein Entschluss steht fest.«

»Und was wird aus deiner Familie?«, fragte der Mexikaner. »Hast du keine Frau? Kinder? Ich habe welche, und ich möchte sie wiedersehen.«

»Meine Frau ...«, begann Abel und verstummte. Was ging es Luis an, was mit Signe passiert war? Ebenso wenig wie das, was zwischen Peter und ihm stand. Das Gesicht seines Sohnes tauchte vor ihm auf, die Ähnlichkeit mit seinen eigenen Zügen. Er hatte immer versucht, das Verhältnis zu Peter zu verbessern. Aber viel hatte er nicht zustande gebracht, und nun hatte er seinem Sohn eine wortlose E-Mail mit dem Bild eines altamerikanischen Freskos geschickt. Die letzte unverständliche Nachricht in einer von Misstrauen geprägten Beziehung. Abel spürte einen Kloß in der Kehle. Er tat sich selbst leid, und darüber ärgerte er sich noch mehr.

»Wie weit ist es bis zu diesem Ablauf?« Er sah Luis herausfordernd an.

Der Mexikaner schob die Unterlippe vor. »Zehn Tauchzüge, vielleicht elf. Wenn du kräftig durchziehst.« Er grinste und hob etwas aus dem Wasser, das Abel erst für eine Schlange hielt, dann erkannte er Luis' Gürtel. »Es wird dunkel sein da unten. Wir halten uns an den Enden des Gürtels fest, damit wir uns nicht verlieren.«

Tausend Fragen schwirrten durch Abels Kopf. Wie sollten sie im Dunkeln das Loch überhaupt finden? Wie sich hindurchtasten, wenn doch eine Hand den Gürtel halten musste? Wie lange konnte ein Mensch die Luft anhalten?

Luis drückte ihm die Messingschlaufe des Gürtels in die Hand und nahm ihm dafür die Taschenlampe ab. »*Vamos*, Professor.« Dann ließ er die Lampe los, sie fiel mit einem glucksenden Geräusch ins Wasser, leuchtete noch einen Augenblick und riss die paddelnden Füße der beiden Männer aus der Dunkelheit. Dann wurde alles um sie herum von Finsternis verschluckt.

Kapitel 53

Teotihuacán, Mexiko

Abel

Das Wasser schwappte über Abels Kopf zusammen. Lange hatte er sich dagegen gewehrt aufzugeben. Jetzt fühlte er sich auf merkwürdige Art erleichtert, dass es endlich so weit war, dass er die Suche, die ihn so viel Kraft gekostet hatte, beenden konnte. Er tauchte ein in das, was er fürchtete, und fühlte sich erlöst.

So umfassend wie das Wasser umgab ihn auch die Dunkelheit. Die Taschenlampe war erloschen wie das Lebenslicht eines Ertrinkenden. Noch nahm Abel einen Widerschein hinter den Lidern wahr, aber vielleicht bildete er sich das auch nur ein.

Er schwamm in die Richtung, die Luis ihm mit einem Ruck an dem Gürtel vorgab, und atmete so vorsichtig wie möglich aus, damit ihm nicht zu schnell die Luft ausging. Während er sich schlingernd vorwärtsbewegte, füllte ein Rauschen seine Ohren und übertönte alle Gedanken. Er stieß mit der Schulter gegen eine Wand. Er öffnete die Augen, spürte den Druck des Wassers auf die Augäpfel und blinzelte kräftig, doch die Dunkelheit war undurchdringlich.

Der Gürtel in seiner Hand ruckte so stark, dass er ihm beinahe entglitten wäre. Abel stieß mit dem Kopf irgendwo an, tastete sich mit der freien Hand vor, tauchte tiefer, ahnte den Durchgang. Das musste der Saal sein, von dem Luis berichtet hatte. Langsam ging ihm die Puste aus. Er wollte nach oben, herausfinden, ob dort noch Luft war, mit der er den Druck in seiner Lunge mildern konnte, aber Luis zog ihn unerbittlich weiter in die Tiefe.

Abel hielt den Gürtel fest.

Wie weit war es denn noch bis zu diesem Loch in der Wand? Der Gürtel ruckte nach links, dann nach rechts, dann wieder nach links. Oh Gott! Luis fand die Öffnung nicht wieder! Der Mexikaner hatte sich überschätzt. Hatte er wirklich geglaubt, ein Loch in einer Wand in völliger Finsternis ausmachen zu können? Ein Schrei stieg in Abel auf, doch er presste die Lippen zusammen. Er brauchte jedes bisschen Luft!

Da spürte er den Sog. Eine Strömung. Es schien wirklich eine Art Ablauf zu geben. Der Gürtel ruckte. Abel paddelte mit den Füßen, bis er spürte, wie der Sog nach ihm griff, wie seine Haare nach vorn gezogen wurden. Zögerlich ließ er den Gürtel los und streckte die Hände aus, seine Finger stießen gegen etwas Festes und ertasteten eine runde Öffnung in der Mauer, vor über tausend Jahren von einem gewitzten Baumeister angelegt, um in der Zukunft zwei Männern das Leben zu retten.

Die Hoffnung, einen Ausgang zu finden, war mit einem Mal so groß, dass sie wie ein Licht in der Finsternis schien. Abel ließ die Rundung los, gab sich dem Sog hin, er war bereit, sich in das Loch hineingleiten zu lassen, aber er eckte an. Das Loch war eng, entsetzlich eng. Er schob die Schultern so weit vor, wie es ging. Wie hatte der viel stämmigere Luis hindurchgepasst? Voraus waren die paddelnden Füße des Mexikaners zu erahnen.

Luis' Füße! Abel konnte sie sehen! Da war Licht. Es kam von vorn. Verschwommen zwar, aber es war da.

Die Erkenntnis ließ ihn den Druck in seiner Lunge noch stärker wahrnehmen. Er musste jetzt atmen, er konnte seinen Kiefer nicht länger unter Kontrolle halten, er öffnete den Mund, Wasser strömte hinein, er presste es mit der Zunge wieder hinaus.

Da sah er, in dem geisterhaft grauen Schimmer, wie Luis sein Gesicht gegen die Decke presste. Wie ein Lurch hing er dort und küsste den Stein. Verrückt geworden, dachte Abel mit den letzten Funken, die die Synapsen seines Gehirns zündeten.

Er spürte Luis' Pranke an seinem Hemd ziehen. Dann erkannte er: An den Wänden des Schachts, in dem sie sich befanden, hatten sich Luftblasen gebildet. Die meisten waren winzig klein, einige aber faustgroß. Abel presste sein Gesicht dagegen, spitzte die Lippen und saugte die Luft in sich hinein. Die Luftblase verschwand, und er bekam Wasser in den Rachen, sodass er husten musste. Atmete aus. Luftblasen stiegen vor seinem Gesicht auf. Gierig sog er den kleinen Vorrat der nächsten Luftblase ein. Diesmal ging es besser. Nach einer Weile waren keine Blasen mehr zu sehen, er schwamm weiter, hinter Luis her, dem hellen Schimmer entgegen.

Das Licht wurde stärker, dann durchstieß Abels Kopf die Wasseroberfläche. Er atmete japsend, die Luft war klar, gesättigt mit dem Duft von Pflanzen. Schleier liefen über seine Augen, er konnte keine Formen erkennen, aber da war Licht, viel Licht, und Luft, er hörte das rasselnde Geräusch von Luis' Atem neben sich. Erschöpft klammerte er sich an dem Mexikaner fest, spürte das Zittern des anderen.

Abels Gedanken rasten, versuchten zu verarbeiten, was er gerade durchgemacht hatte. Sein Blick klarte auf. Er sah Luis mit einer Mischung aus Ehrfurcht und Erleichterung an. Der Mann hatte unglaublichen Mut und Stärke bewiesen. Wenn er wirklich das Blut der alten Teotihuacános in sich trug, dann tat er das mit Würde.

Abel spürte Grund unter seinen Füßen, richtete sich auf. Das Wasser reichte ihm bis zur Hüfte. Vor ihnen lag eine Höhle. Eine Felsendecke hing über ihnen, natürliches Gestein, nicht von Menschen gemacht. Sie standen in einer Art See, einem stillen Gewässer, so klar, dass man die Steine auf dem Grund sehen konnte. Weiter vorn flirrten Sonnenstrahlen und ließen das Wasser in allen Blautönen schimmern, von Türkis bis zu einem tiefen Saphirblau. Die senkrechten Felswände waren mit Ranken und Farnen bewachsen. Abel korrigierte sich, das war keine Höhle, sondern ein Cenote, der sich im Kalkstein gebildet hatte, ein Becken. Es war typisch für die Yucatán-Halbinsel, es gab Hunderte davon in der Region. Für viele Kulturen des alten Amerika hatten die Cenoten religiöse Bedeutung gehabt, sie wurden wie natürliche Brunnen genutzt, oft als heilige Orte angesehen, die mit der Unterwelt verbunden waren. In diesem Fall stimmte das sogar.

»Wir haben es geschafft!«, frohlockte Luis. »Wir leben.« Er schlang seine mächtigen Arme um Abel und drückte ihn an sich. »Dahinten, wo das Licht hereinfällt, liegt bestimmt ein Ausstieg, wir müssen nicht mal klettern.«

Kurz wunderte sich Abel über Luis' Ortskenntnis, dann dachte er daran, was er über die Hombres de Obsidiana und ihr Wissen erfahren hatte. Wenn dieser Cenote für die Einwohner Teotihuacáns ein heiliger Ort gewesen war und heute noch existierte, dann kannte Luis ihn auch.

Der Mexikaner fragte, ob Abel eine Pause einlegen wolle. Zur Antwort ließ Abel sich in das Wasser sinken, stieß sich ab und schwamm einfach drauflos. Keine Sekunde länger wollte er in dieser Unterwelt verbringen, selbst dann nicht, wenn sie ihn mit Luft und Licht umschmeichelte.

Hinter sich hörte er Luis eintauchen. Seite an Seite schwammen sie durch das kalte klare Wasser. Wenn er hier herauskommen würde, und im Moment sah es ja danach aus, würde er ein Forschungsprojekt anstoßen, um mehr über die Bedeutung des Wassers für die Altamerikaner herauszufinden. Was er erlebt hatte, war eine Sensation, er würde …

Dann fielen ihm Luis' Worte ein. Demnach waren die Männer aus Obisidian eine uralte Gemeinschaft und wollten genau das verhindern, was Abel gerade im Sinn hatte. Er schüttelte unweigerlich den Kopf, um seine Gedanken zu ordnen, und beschloss, später eine Entscheidung zu treffen, wenn er wieder an seinem Schreibtisch saß, am sichersten Ort der Welt.

Sie waren noch nicht weit gekommen, da sah Abel etwas Helles im Wasser leuchten. Er wusste sofort, worum es sich handelte. Cenoten hatten den Altamerikanern auch als Opferplätze gedient. Man hatte Menschen, meist junge Frauen, darin ertränkt, um den Göttern zu gefallen.

Abel bat Luis, einen Augenblick zu warten. Er tauchte unter. Es fiel ihm unglaublich leicht, die Luft anzuhalten und sich unter Wasser umzusehen. Das Skelett lag nur eine Armlänge entfernt auf dem steinigen Untergrund. Der untere Teil fehlte, einige Rippen und der Schädel waren noch da. Der Kopf war zur Seite gedreht. Die Knochen waren sauber, offenbar von Mikroorganismen geputzt. Dass es sich trotzdem um ein altes Skelett handelte, erkannte Abel an dem Halsschmuck, einer Kette aus Jadesteinen, die um die Wirbel geschlungen war und deren Ende zwischen zwei Rippen im Brustkorb verschwand.

Er widerstand der Versuchung, die Hand danach auszustrecken: Das hier war das Grab eines Menschen, er würde es respektieren. Er stutzte. Wäre er noch derselbe Mensch wie der, der zu der Ruinenstätte gereist war, hätte er anders gehandelt.

Gerade als er auftauchen wollte, um Luis zu erklären, was er gefunden hatte, und ihm vorzuschlagen, einen Bogen um den Leichnam zu schwimmen, nahm er eine Bewegung im Augenwinkel wahr.

Er hatte noch nie zuvor ein lebendiges Krokodil aus nächster Nähe gesehen.

Kapitel 54

Region südlich von Kunming, China

Peter

Mittlerweile lief er bestimmt zum hundertsten Mal zwischen den Bäumen umher, immer im Kreis, er kannte die Anordnung der Ringe an den Stämmen der Ginkgos schon auswendig und wusste, an welcher Stelle wie viele braune Blätter zwischen den grünen am Bambusgehölz heraushingen. Immer wenn ihn seine Runde am Geländewagen vorbeiführte, warf er einen Blick hinein und darauf, was Sui mit der Hi-Fi-Anlage anstellte. Jedes Mal schien sie noch kein bisschen weitergekommen zu sein.

Während Sui versuchte, den Subwoofer nach den Vorstellungen ihrer Mutter einzustellen, lief die Herde ungehindert in ihr Verderben. Wie weit waren die Elefanten schon voraus? Wo waren die Jäger? Es machte Peter beinahe wahnsinnig, dass er auf der einen Seite nichts wusste und auf der anderen nichts unternehmen konnte. Da hörte er Sui rufen: »Peter, wo bleibst du? Wir wollen endlich los.«

Er lief zu ihr hinüber. Die beiden Frauen saßen im Wagen, Bao im Fond, Sui auf dem Beifahrersitz, der Fahrersitz war frei. »Du fährst«, ordnete Sui an, »ich muss mich um den Lautsprecher kümmern.«

Die zerschossene Windschutzscheibe fehlte. »Ich habe sie aus dem Rahmen getreten«, erklärte Sui. »Wir konnten ohnehin nichts mehr da durchsehen, außerdem kann ich so den Subwoofer festhalten.« Vor ihnen auf der Motorhaube stand ein schwarzer Lautsprecher. »Ich konnte ihn in der Eile nicht mehr befestigen.« Sie versuchte ein aufmunterndes Lächeln. »Den Rest erkläre ich dir unterwegs.«

Peter startete den Motor, der erst nach einigem Stottern ansprang. Dann folgte er den Spuren, die die Elefanten in den weichen Untergrund getreten hatten. Als er auf dem Pfad beschleunigte, erinnerte Sui an den geflickten Schlauch. Es fiel Peter schwer, aber er nahm Gas weg.

Während sie versuchten, die Herde einzuholen, berichtete Sui, wie sie die Hi-Fi-Anlage zerlegt hatte. Den Subwoofer hatte sie mitsamt Resonanzgehäuse aus dem Kofferraum ausgebaut, die Kabel abgenommen und dann beides, Gehäuse und Kabel, direkt an die Anlage im vorderen Teil des Wagens angeschlossen. »Ich habe ihn auf die Motorhaube gesetzt, also auf einen zusätzlichen Hohlraum, der überdies aus Blech ist, das bringt noch mal etwas Lautstärke«, sagte sie. »Wir werden Verzerrungen bekommen, aber vielleicht funktioniert es trotzdem.« Was sie ihm danach zu erklären versuchte, verstand er nur in Teilen, es ging um die Einstellung einer Crossover-Frequenz, die dafür sorgte, dass der Subwoofer nur die tiefsten Töne abspielte und die normalen Lautsprecher die höheren. »Per Phasenverschiebung kann ich bestimmte Frequenzbereiche anheben.« Sui deutete auf einen Regler an der Anlage. Ein rotes und ein grünes Kabel ragten daraus hervor. »Bei der Einstellung der richtigen Frequenz müssen wir einfach herumprobieren, je nachdem, wie die Elefanten reagieren. Wenn sie es überhaupt tun.«

»Das klingt ja vielversprechend«, knurrte Peter. »Ich frage mich, warum ich überhaupt zugelassen habe, dass wir Zeit auf diesen

Unsinn verschwenden.« Er konzentrierte sich auf das ansteigende Gelände, deshalb spürte er Suis Blick mehr, als dass er ihn sah.

»Wenn du eine bessere Idee hast: Raus damit!« Da er schwieg, fuhr sie fort: »Das dachte ich mir.«

»Wie soll das überhaupt funktionieren?«, blaffte Peter. »Willst du den Elefanten Technobeats vorspielen?« Er warf einen raschen Blick zu ihr hinüber und wurde von ihrem siegessicheren Lächeln überrascht.

»Genau. Technomusik ist simpel. Sie basiert auf immer demselben Grundton. Ich kann die Obertöne subtrahieren und mit dem Rest einen tiefen, brummenden Klang erzeugen. Über die Anlage des Wagens spiele ich alles in Endlosschleife ab.«

Bevor Peter noch etwas einwenden konnte, hatten sie eine Hügelkuppe erreicht. Er hielt an. Unter ihnen erstreckte sich die endlose grüne Landschaft von Yunnan, darin lag ein See, so groß, dass sich das jenseitige Ufer in der Ferne verlor. Etwa zwei Kilometer voraus war die Herde zu sehen.

»Sie laufen tatsächlich zum Wasser«, sagte Sui. »Das werden sich Ruan Yun und seine Leute auch gedacht haben.«

Peter gab Vollgas und überhörte Suis Warnung. Sie sausten den Hügel hinab. Ohne Windschutzscheibe prallte der Fahrtwind förmlich auf ihre Gesichter. Peter kniff die Augen zusammen, er sah Suis graues Haar fliegen – und im Rückspiegel, wie sich Bao eine Sonnenbrille aufsetzte.

Die grobstolligen Reifen schleuderten Dreck hoch, als Peter am Fuß des Hügels nach rechts auf offenes Gelände steuerte. Der See war von einer Freifläche umgeben, auf der hohes Gras wuchs; optimale Bedingungen für die Herde – und für die Jäger, denn dort waren die Elefanten gut auszumachen.

»Dahinten sind sie«, rief Sui. Am Rand des Sees stand der Helikopter, das Plexiglas der Pilotenkanzel gleißte in der Sonne wie ein Leuchtfeuer des Bösen. Die Jäger waren nicht zu sehen, aber weit konnten sie nicht sein. Vermutlich lagen sie im hohen Gras auf der Lauer und warteten darauf, dass die Herde in Schussweite kam.

»Das ist nah genug«, rief Sui. Mit einer Hand hielt sie den Kasten mit dem Subwoofer fest, mit der anderen tastete sie nach dem Drehschalter der Hi-Fi-Anlage. Im nächsten Moment übertönte ein Knacken den Lärm des Motors und das Rauschen des Windes. Dann wummerte etwas aus der Kiste auf der Motorhaube hervor.

»Anhalten!«, rief Sui.

Peter trat auf die Bremse. Die Hinterteile der Elefanten waren nur vier Wagenlängen entfernt, trotzdem drehten sich die Tiere nicht um. Der Geruch des Wassers musste sie in Bann geschlagen haben.

Sui drehte den Ton lauter. Das tiefe Brummen, das aus dem Lautsprecher kam, brachte die Luft zum Vibrieren, es pulsierte und ließ alles umher erzittern. Unter Peters Füßen flatterte das Bodenblech, unter seinen Händen klapperte das Lenkrad. Der Schaltknüppel bebte so stark, dass er die darauf aufgedruckten Zahlen für die Gänge nicht mehr lesen konnte.

Die beiden hinteren Elefanten blieben stehen. Einer drehte den Kopf zum Geländewagen um und schlug mit den Ohren.

»Sie hören es«, rief Bao von hinten.

Das verwunderte Peter nicht. In einem Umkreis von einem Kilometer musste jedes Lebewesen dieses Brummen wahrnehmen, dazu brauchte man nicht einmal Ohren.

In die Herde kam Bewegung. Erst war nicht deutlich zu erkennen, was geschah, dann wurden die Leiber der hinteren Tiere zur Seite geschoben. Die Matriarchin erschien.

»Sie will sehen, was es mit dem Krach auf sich hat«, rief Peter, so laut er konnte. »Sie will sichergehen, dass ihre Herde nicht von hinten angegriffen wird.«

Sui antwortete nicht, sie saß ganz still, hielt noch immer mit einer Hand den Subwoofer fest, die andere lag auf dem Schalter der Anlage.

»Zurücksetzen«, rief Bao von hinten, »damit sie uns folgen kann.«

Peter legte den Rückwärtsgang ein und gab Gas, nur ein wenig. Er nahm den Weg, den sie gekommen waren, das Heck stieg in die Höhe, als er den Hang wieder hinaufrollte. Er legte den Arm um den Beifahrersitz und drehte sich um, damit er an Bao vorbeisehen konnte, wohin er fuhr, warf aber immer wieder einen Blick nach vorn.

Die Matriarchin blieb stehen.

»Komm schon«, sagte er. Das Tier rührte sich nicht. »Es funktioniert nicht«, rief er und fuhr in Schrittgeschwindigkeit weiter.

Suis Finger flogen über die Regler der Anlage. Die Töne veränderten sich, wurden tiefer. Peter spürte sie in seinem Bauch. Dann war es still.

»Was ist los?«

»Wir sind in einem Frequenzbereich, der für menschliche Ohren nicht mehr hörbar ist«, erklärte sie. »Aber für Elefanten scheinbar schon.« Sie deutete nach vorn.

Die Matriarchin hatte sich in Bewegung gesetzt. Sie folgte dem Geländewagen. Ihre Ohren standen weit von ihrem Körper ab, sie hatte den Rüssel erhoben und stieß ein Trompetensignal aus.

Sie rannte.

Peter brauchte keine weitere Aufforderung. Er gab Gas, der Wagen schlingerte, dann hatte er ihn wieder unter Kontrolle und donnerte rückwärts den Hügel hinauf. Die Matriarchin folgte ihnen. Sie war schneller.

»Die Herde kommt nach«, stellte Bao fest.

Tatsächlich waren auch die anderen Tiere aufmerksam geworden, sie drängten sich aneinander, offenbar war es ein schwieriges Manöver für ein Dutzend Elefanten, in die entgegengesetzte Richtung zu laufen. Die Matriarchin hatte einen Vorsprung, ihr Blick war auf den Geländewagen gerichtet. Man musste die Sprache der Elefanten nicht verstehen, um zu erkennen, dass es keine Neugier war, die sie antrieb. Aus den Augen dieser Elefantenkuh sprühte reiner Kampfgeist. Sie glaubte ihre Herde bedroht. Und sie wollte die Quelle der Bedrohung ausschalten.

»Sie scheint nicht auf Techno zu stehen«, schrie Peter, während er den Motor zur Höchstleistung antrieb. Das Heck des Wagens brach aus, er kurbelte am Lenkrad.

Der Koloss aus Fleisch und Knochen war jetzt so nah, dass sein Schatten auf die Motorhaube fiel. Im Hintergrund hatte die Herde nun ebenfalls damit begonnen, den Wagen im Laufschritt zu verfolgen.

»Ausschalten!«, rief Peter. »Schalt das Ding aus!«

Sui drehte an dem Knopf. Ob die tiefe Frequenz wirklich abbrach, war nicht festzustellen, aber Peter hoffte es inständig.

Die Matriarchin lief mit unverminderter Geschwindigkeit weiter, senkte den Kopf und rammte ihre Stoßzähne gegen den Kühlergrill. Der Rüssel schlug klatschend auf die Motorhaube und fegte Sui den Resonanzkasten aus der Hand. Der Subwoofer verschwand zwischen den Bäumen.

»Schneller, Peter, schneller!«, schrie Sui.

Der Geländewagen heulte auf, während er weiter rückwärts den Hang hinaufschoss. Büsche und Bäume flogen vorbei. Peter schwitzte, seine Hände klebten am Lenkrad.

»Wir schaffen es nicht.« Sui drückte beide Hände gegen ihren Kopf.

Das Stampfen der Elefantenfüße übertönte den Lärm des Motors.

Peter schaute nicht länger zurück, er sah nicht mehr, wohin er fuhr. Alles, was er im Blick behielt, waren die Augen der Matriarchin. Sie war so nah, dass er die Pupille in dem dunklen Augapfel erkennen konnte. Er war gekommen, um dieses Tier zu retten, und jetzt war es drauf und dran, ihn dafür umzubringen.

Etwas knallte. Erst glaubte Peter, einen Schuss gehört zu haben, aber dann stieg Dampf aus dem Motor auf. Der provisorische Schlauch war geplatzt. Wie lange würde der Motor noch laufen, bevor er überhitzte? Es wäre sicher klug, vom Gas zu gehen, aber das war unmöglich.

Wieder klatschte der Rüssel des Elefanten auf das Blech. Dann zuckte er zurück. Die Elefantenkuh stieß einen Schrei aus, der heiße Wasserdampf hatte ihr empfindliches Organ versengt. Das Tier blieb zurück, schüttelte den Kopf, strich mit dem Rüssel über den Boden und schleifte ihn durch den Dreck.

Peters Erleichterung dauerte nicht lang. Der Land Rover wurde langsamer, da half es auch nicht, mit dem Fuß das Gaspedal zu pumpen und in einen niedrigeren Gang zu schalten. Etwa hundert Meter weiter blieb der Wagen stehen. Sui, Bao und Peter starrten die Matriarchin an.

»Glaubst du, sie hat genug?« Suis Stimme war nur ein Flüstern.

»Wenn ich mir die Finger verbrannt hätte«, gab Peter zurück, »würde ich mir sehr gut überlegen, die Hand noch einmal auf die heiße Herdplatte zu legen. Aber ich weiß nicht, ob das auch für Elefanten gilt.«

»Vielleicht ist es besser, wir steigen aus und suchen Schutz zwischen den Bäumen«, schlug Bao vor.

War das eine gute Idee? Peter vermochte nicht zu sagen, ob die Matriarchin den Geländewagen für ihren Feind hielt oder die drei Menschen darin.

Bevor sie eine Entscheidung treffen konnten, stampfte das riesige Tier wieder auf sie zu, dicht gefolgt von der Herde. Zum

Aussteigen war es zu spät. Peter umklammerte das Lenkrad noch fester. Er spürte Suis Hände um seine Schultern. Auf der Rückbank murmelte Bao etwas, das wie eine Beschwörung klang.

Die Matriarchin kam heran. Sie warf einen Blick auf den Wagen, hütete sich jedoch, noch einmal die Motorhaube zu berühren. Stattdessen stellte sie sich neben den Land Rover, drückte gegen das Blech und presste ihre Haut gegen die Scheibe, nur einen Fingerbreit von Peters Gesicht entfernt. Das Glas zersplitterte. Scherben landeten auf seiner Hose. Übermächtig drang der Geruch des Elefanten in den Innenraum. Der Wagen schaukelte, dann wurde er, begleitet von dem Knirschen der Reifen, dem Kreischen von Metall und den Schreien der Passagiere, zur Seite geschoben. Schließlich stand er still.

Die Matriarchin löste sich von der Karosserie und setzte ihren Weg fort. Sie verschwand, gefolgt von ihrer Familie, weiter den Hügel hinauf, in jene Richtung, aus der die Herde gekommen war.

Kapitel 55

Region südlich von Kunming, China

Sui

Als sie noch Studentin an der Universität von Fuzhou war, hatte Sui vor dem Fakultätsgebäude einen Autounfall gehabt. Mit ihrem Kleinwagen war sie beinahe ungebremst auf einen Lastwagen aufgefahren, und nur wie durch ein Wunder hatte sie lediglich ein paar blaue Flecken davongetragen. Trotzdem war der Aufprall damals nur ein sanftes Rütteln gewesen gegen das, was die Matriarchin mit dem Geländewagen angestellt hatte.

Sie stand neben dem Wrack des Land Rover und tastete sich ab. Sie schien unverletzt zu sein, ebenso wie Bao, die dabei war, Wasserflaschen und Vorräte aus dem ramponierten Wageninneren auszuräumen. Peter lehnte gegen die zerbeulte Seitentür und schaute den Pfad hinauf, in jene Richtung, in die die Elefanten verschwunden waren.

»Ich weiß, was du jetzt vorschlagen willst«, sagte Sui, »aber ich bin am Ende meiner Kräfte. Ich bin kein Elefant, der immer weiterläuft. Ich brauche eine Pause. Und meine Mutter auch.« Da Bao diesmal nicht widersprach, lag sie damit wohl richtig.

Peter bog seine Brille zurecht und setzte sie auf. »Ich weiß«, sagte er. »Selbst wenn wir weitergehen, werden wir nicht verhindern können, dass Ruan Yun und seine Männer doch noch an die Elefanten herankommen. Sie haben den Hubschrauber, wir nicht mal einen fahrbaren Untersatz.« Er trat gegen einen der Reifen, das Rad ragte schräg unter dem Kotflügel hervor wie der gebrochene Flügel eines verendeten Vogels.

Sui fuhr sich durchs Haar und erschrak, als sie die vertrauten Fasern der Perücke nicht unter ihren Händen spürte. Ihr echtes Haar fühlte sich weich an, es gefiel ihr, es sich am helllichten Tag durch die Finger gleiten zu lassen. »Ich rufe Jia an, sie soll uns einen Wagen schicken. Bis dahin überlegen wir uns den nächsten Schritt.«

Peter ging den Pfad in Richtung See hinunter, um nachzusehen, ob von dort Gefahr durch die Jäger drohte, während Sui die Verbindung nach Kunming herstellte. »Büro Drachenmauer, Ling Jia«, meldete sich die wohlbekannte Stimme ihrer Assistentin. Der Klang ließ ein angenehmes Gefühl von Normalität in Sui aufsteigen. Sie erzählte, was geschehen war. »Wir sitzen fest und brauchen schnell einen Wagen«, schloss sie den Bericht, »kannst du dich darum kümmern?«

Sie sendete Jia ihre Standortkoordinaten. »Ihr seid am südlichen Ende des Fuxian«, sagte die Assistentin kurz darauf, »das östliche Ufer ist unbesiedelt, am westlichen liegen mehrere Städte und Badestrände. Dort wird sich ein Wagen auftreiben lassen.«

»Wie weit ist das von hier aus?«, wollte Sui wissen.

»Etwa zehn Kilometer.« Jia machte eine Pause. »Bis Kunming sind es fünfzig.«

»Das ist zu weit.« Sui ahnte, was Jia vorschlagen wollte.

»Nicht für deine vertraute Mitarbeiterin, um dich abzuholen. In einer Stunde kann ich bei euch sein.«

»Jia«, sagte Sui ermahnend, »es geht nicht darum, dass du uns abholst und zurück nach Kunming fährst. Wir folgen einer Elefantenherde. Auf uns wurde geschossen. Ich will nicht, dass du dich einem solchen Risiko aussetzt.«

Jias Stimme klirrte wie Glas, als sie antwortete: »Ebenso wenig kannst du verlangen, dass ich keine eigenständige Entscheidung treffe.«

Sui widersprach erneut, aber Jia wechselte einfach das Thema und teilte mit, was es an Neuigkeiten von der Baustelle am Panlong zu berichten gab. Im Hintergrund war das Klappen einer Tür zu hören, dann schnelle Schritte von Absätzen auf Fliesen. Jia hatte das Büro verlassen und machte sich auf den Weg. »Bin schon unterwegs«, verabschiedete sie sich und brach die Verbindung ab.

Im Autowrack erklang ein Plärren. Bao war damit beschäftigt, das Autoradio zum Leben zu erwecken. Sie hatte die Zündung eingeschaltet und probierte es für ... was auch immer.

»Ma!«, rief Sui gegen den Lärm an. »Schalt das ab. Was machst du denn nun schon wieder?« Sui wollte Bao aus dem Wagen ziehen, doch Peter hielt sie zurück.

»Warte«, sagte er. »Deine Mutter hat bislang immer klug gehandelt.«

Als Nächstes erklang Musik. Mandopop. Sui kannte das Lied: *Dong Feng Po* von Jay Chou. Sie hörte es fast jeden Morgen, wenn ihr Radiowecker ansprang. Als der Sänger gerade die Vergänglichkeit der Zeit heraufbeschwor, drehte Bao den Regler weiter ... und weiter ... und weiter, bis die Stimme eines Nachrichtensprechers durch das Rauschen drang.

»Eine Herde Elefanten läuft auf Kunming zu«, kam es aus dem Lautsprecher. »Etwa ein Dutzend Tiere sind am östlichen Ufer des Fuxian-Sees gesichtet worden. Sie ziehen nach Norden. Unbestätigten Informationen zufolge sind es dieselben Tiere, die vor einigen Tagen für die Zerstörung von zwei Dörfern südlich von Pu'er verantwortlich waren. Die Polizei ruft alle Bewohner des südlichen Kunming dazu auf, in den Häusern zu bleiben und die Tiere nicht zu provozieren, sollten sie in die Stadt eindringen.«

Bao sah Sui und Peter sorgenvoll an. »Die Herde hat ihren alten Kurs wieder aufgenommen. Wenn die Elefanten auf die Stadt zulaufen …«, Peter sprach weiter, »… wird die Polizei sie erwarten. Dann sind die Jäger jetzt nicht mehr unser einziges Problem.« Er schlug mit der Faust auf das Wagendach. »Und wir sitzen hier fest.«

»Jia wird in einer Stunde bei uns sein.« Sui wollte Peter beruhigen, aber ihr war klar: Schon eine Stunde bedeutete viel Zeit, Zeit, die sie nicht hatten.

»Kunming bekommt überraschend Besuch von Elefanten«, fuhr der Nachrichtensprecher fort, »und in Houston, im US-Bundesstaat Texas, sorgen Vögel für Chaos. Grackeln sind dort zu Tausenden eingefallen und haben die Straßen von Houston so stark mit Vogeldreck verschmutzt, dass der Verkehr zum Erliegen gekommen ist.«

Peter starrte auf das Autoradio, schien auf etwas zu warten. Erst als der Nachrichtensprecher mit der Wettervorhersage weitermachte, kam wieder Bewegung in ihn. »Es ist vermutlich nur ein Zufall«, sagte er, in Gedanken versunken. »Aber Hubert Baumgartner, mein Kontakt zur IUCN, hat mir von einigen Hundert Affen berichtet, die in Bangkok für Ärger sorgen.«

»Ich verstehe nicht«, sagte Sui.

Es war Bao, die darauf einging. »Ich habe euch gesagt, dass ein neues Zeitalter anbricht.«

Peter strich sich das Haar zurück und ließ seine Hand auf dem Kopf liegen. »Affen in Bangkok, Grackeln in Houston und unsere Elefanten laufen auf Kunming zu. Auf der ganzen Welt spielen Tiere verrückt, oder?«

»Drei Vorfälle sind nicht ›die ganze Welt‹.« Suis Stimme klang unfreundlicher, als sie beabsichtigt hatte. Sie funkelte Peter an. »Lässt du dich schon wieder von den Verrücktheiten meiner Mutter lenken?« Das scharfe Gefühl von Verlust durchzuckte sie, irritierte sie, sie wollte nicht, dass Peter seinen kühlen Kopf verlor. Sie wollte ihn auf ihrer Seite. An ihrer Seite. »Ihr spinnt doch«, sagte sie, »alle beide.«

»Das lässt sich klären.« Peter holte sein Telefon hervor. »Falls da etwas dran ist, kann uns das in dieser vertrackten Situation vielleicht helfen. Ich werde mit Hubert Baumgartner darüber sprechen, er kann das einordnen.« Er schaute auf die Uhr. »In der Schweiz ist es jetzt früh am Morgen. Hubert sitzt vermutlich schon in seinem Büro.«

Kurz darauf sprach Peter mit seinem Kollegen. Er fragte, ob Hubert einverstanden sei, wenn er den Lautsprecher einschaltete, und stellte Sui und Bao vor. »Die beiden sind maßgeblich an der Rettung der Elefantenherde hier in Yunnan beteiligt.«

»Hör mal, Peter, ich habe dir doch gesagt, dass die IUCN nichts unternehmen kann, solange Beijing sich querstellt.« Der Mann sprach Englisch, sein Akzent war so hart, dass Sui die Worte kaum verstehen konnte.

»Darum geht es nicht«, erwiderte Peter. Seine Stimme klang an der Oberfläche ruhig, aber Sui hörte ein leises Zittern darunter. »Du hast mir doch von den Affen in Bangkok berichtet. Gerade habe ich erfahren, dass in Houston Vogelschwärme eingefallen sind. Und hier laufen Elefanten auf Kunming zu. Auf eine Großstadt, Hubert.«

»Was willst du damit sagen?«

»Vielleicht gibt es einen Zusammenhang.« Peter setzte sich auf die Motorhaube des Wracks. »Kennst du weitere solche Fälle?«

Einen Atemzug lang war es still. »Augenblick«, sagte Baumgartner dann. »Mir fällt da was ein.« Man hörte, wie er eine Tasse abstellte und auf einer Tastatur herumtippte. Das Geräusch dauerte eine Weile an, wurde begleitet vom Klicken einer Maus. »Houston ist bei uns nicht eingegangen, das ist kein Fall für den Tierschutz, eher was für die Straßenreinigung ...« Er lachte. »Aber die Geschichte ist in den Nachrichten. Warte, hier habe ich was ... Hirsche in Liverpool. Dort sind Herden von Rot- und Damwild aufgetaucht und haben sich in der Innenstadt um einen großen öffentlichen Brunnen versammelt. Wir haben eine Beschwerde reinbekommen, weil die Gastronomen der Stadt die Leute dazu aufgerufen haben, die Hirsche zu erlegen und das Fleisch zu Schleuderpreisen an sie zu verkaufen. Die Polizei versucht, die Lage unter Kontrolle zu bekommen, aber letztendlich machen die Beamten genau dasselbe: Sie schießen auch auf die Tiere. Wir versuchen Alternativen aufzuzeigen, aber Worte sind langsamer als Kugeln.«

Peter nickte. »Was noch?«

»Zwei Dutzend Pumas in Santiago de Chile. Sie streunen durch die Stadt. Das sind ungewöhnlich viele. Normalerweise verirren sich nur vereinzelte Tiere in die Städte Lateinamerikas. Eine vermeintliche Löwin auf einer Wildtierkamera in Berlin hat sich als Wildschwein entpuppt. Allerdings gehört die Sau zu einer Rotte von zehn Tieren, und diese Rotte ist wiederum nur eine von mehreren; vor einigen Wochen waren die Tiere noch nicht da.« Baumgartner zählte immer mehr Vorfälle auf, er berichtete von Bären in Vancouver, die sich mit Vorliebe in Gärten mit Pools aufhielten, von Wolfsrudeln in New York und Rhinozerossen in Nairobi. All diesen Tieren drohte der Abschuss durch verängstigte Menschen, durch Amateurjäger oder durch die Polizei.

»Wann sind die Meldungen bei euch eingetroffen?«, wollte Peter wissen.

»Das ist das Erstaunliche«, antwortete Hubert. »Alle innerhalb der vergangenen vier Wochen. Weißt du was? Hier passiert etwas, das über unseren Verstand geht.«

Kapitel 56

Teotihuacán, Mexiko

Abel

»Ich habe das alles nicht auf mich genommen, um jetzt wegen eines Krokodils hier drin zu sterben.« Luis' Stimme hallte von den Wänden des Cenote wider, während Abel ihn mit beruhigenden Gesten bat, leise zu sein. Nachdem er das riesige Tier in dem Höhlensee entdeckt hatte, waren die beiden Männer so weit wie möglich zurückgeschwommen, jetzt standen sie wieder an der Stelle, an der sie aus dem Schacht herausgekommen waren. Das Wasser reichte ihnen hier bis zur Hüfte und fiel dann ab, Abel warf misstrauische Blicke darauf. Das Krokodil konnte sich pfeilschnell darin bewegen, sie würden nur einen länglichen Schatten auf sich zukommen sehen.

»Wir haben zwei Möglichkeiten«, sagte Abel und versuchte, kühl und vernünftig zu klingen. »Entweder wir warten, bis das Tier dorthin verschwindet, wo es hergekommen ist. Oder wir versuchen, an ihm vorbeizukommen. Ich kenne mich mit Krokodilen nicht aus, vielleicht greift es uns ja nicht unbedingt an.«

Luis sagte auf seine eigene, entnervende Art und Weise nichts, entweder wusste er es auch nicht, oder er wusste es, wollte es aber lieber nicht sagen. Beides war gleichermaßen entmutigend.

Ohne die trügerische Wasseroberfläche aus den Augen zu lassen, setzte Abel hinzu: »Es gibt noch eine dritte Möglichkeit: Ich schwimme allein voraus. Wenn die Echse hungrig ist, genügt es, wenn sie einen von uns erwischt.«

»Nein«, widersprach Luis. »Ich bin stärker, jünger und wendiger. Ich habe bessere Aussichten, das Krokodil von dir abzulenken und ihm zu entkommen. Ich werde derjenige sein, der zuerst schwimmt.«

Statt sich weiter auf eine Diskussion einzulassen, stieß Abel sich ab, schwamm mit schnellen Zügen los und hielt Ausschau nach dem Krokodil, doch das Licht spiegelte sich auf der Wasseroberfläche. Beim nächsten Schwimmzug tauchte er unter. In einiger Entfernung erkannte er den dunklen geschuppten Leib zwischen den Wurzeln von Mangroven. Hatte die Echse die beiden Menschen noch nicht gesehen, oder waren sie ihr gleichgültig?

Abel tauchte wieder auf und versuchte, beim Schwimmen so wenig Geräusche zu verursachen wie möglich. Dabei wusste er nicht einmal, ob Krokodile gut hören konnten oder ob sie auf Strömungen reagierten. Er behielt die dunkle Gestalt bei den Mangroven im Blick. Zugleich war ihm klar, dass seine Alarmbereitschaft keinen Unterschied machte. Wenn das Tier auf ihn aufmerksam wurde und angriff, hatte er keine Chance. Ein Kollege aus Florida hatte ihm einmal erzählt, dass er am Strand spazieren gegangen sei, als ein großer Alligator aus dem Wasser geschossen kam. Die Bestie habe mit einem einzigen Biss seinen Hund verschlungen und sei wieder untergetaucht. Das Ganze habe keine zehn Sekunden gedauert.

Warum fielen einem die schlimmsten Schauergeschichten immer dann ein, wenn man sie gerade nicht gebrauchen konnte? Abel schwamm schneller und versuchte, an etwas Angenehmes zu denken. Im nächsten Moment hörte er wildes Platschen, dann kraulte Luis an ihm vorbei. Der Mexikaner warf ihm einen kurzen Blick zu, Wasser spritzte in die Höhe. Der Lärm von Luis' Bewegungen erfüllte die Grotte.

»Luis!« Abel versuchte, schneller zu schwimmen, aber seine Kraftreserven waren aufgebraucht, es war ein Wunder, dass er sich überhaupt noch über Wasser halten konnte.

Da sah er den Ausstieg, einen flachen Uferbereich, der von weiter oben in den Cenote abfiel. Die Freiheit!

»Schwimm, Professor!« Luis paddelte jetzt vor ihm auf der Stelle, trat Wasser und sah aus wie jemand, der den Tod als persönliche Beleidigung empfindet. »Schwimm, wie du noch nie zuvor geschwommen bist.«

Diesmal sah Abel den Schatten unter der Wasseroberfläche klar und deutlich. Das Krokodil bewegte sich von den Mangroven fort auf Luis zu, und zwar schnell.

»Luis!« Abel brüllte so laut, dass seine Kehle brannte. Warum schwamm er denn nicht davon? »Luis!«, rief Abel wieder. Er wusste, er sollte zum Ausstieg schwimmen und den Vorsprung nutzen, den Luis ihm verschaffte. Stattdessen hielt er direkt auf den Mexikaner zu.

»Luis!«, rief jemand.

Ein Schuss krachte, dann noch einer.

Auf dem steil ansteigenden Hang mit dem Ausstieg stand eine kräftige Frau in einem bunten Kleid. Sie trug ein Stirnband, von ihrem Gesicht war kaum etwas zu erkennen, denn sie legte mit einer Flinte an.

So flink, wie der Schatten unter Wasser auf Luis zugeschwommen war, so schnell drehte er ab. Abel wollte gar nicht wissen, ob das Tier getroffen war, er schwamm drauflos, Seite an Seite mit Luis auf den Abhang zu. Als er den sandigen Boden unter den Füßen spürte und aus dem Wasser stolperte, fiel er auf die Knie und spürte eine tief empfundene Dankbarkeit. Er war ein

Schiffbrüchiger, der nach Monaten auf See endlich das rettende Ufer erreichte.

Luis stapfte an ihm vorbei auf die Frau zu. »Sofia«, rief er und umarmte sie, hinterließ nasse Flecken auf ihrem Blumenkleid, »dich schickt der Himmel. Oder war es Carlos?«

Carlos? Sofia? Abel erinnerte sich, dass sich Carlos bei den anderen Männern darüber beklagt hatte, seine Frau sei misstrauisch geworden, weil er so oft nicht zu Hause sei. Diese Frau war Luis' Schwester.

Sie senkte das Gewehr, dahinter kam ein breites, gutmütiges Gesicht zum Vorschein, das große Ähnlichkeit mit dem von Luis hatte. »Ihr kommt besser ein paar Schritte herauf«, sagte sie und behielt die Wasseroberfläche im Blick. »Ich glaube, ich habe es nur erschreckt.«

Abel mühte sich auf die Beine, nasse, schwere Gliedmaßen, die ihm beinahe den Dienst versagten. Luis fing ihn auf und stützte ihn, zog ihn die letzten Meter den Hang hinauf, bis sie durch die Öffnung des Cenote an die Oberfläche stiegen. Ein gelber VW Käfer war in der Nähe abgestellt. Über den Baumwipfeln ragten in einiger Entfernung die Pyramiden von Teotihuacán auf. Zu ihren Füßen klaffte der Eingang zum Cenote im Gestein. Tropische Pflanzen und Blumen umrahmten die Öffnung, die wie ein natürliches Fenster in die Unterwelt aussah. Im Innern spiegelte das kristallklare Wasser die üppige Vegetation wider und erzeugte ein faszinierendes Spiel von Licht und Schatten. Schmetterlinge flatterten um die Blüten und verliehen dem Ort eine märchenhafte Atmosphäre. Nichts deutete auf den Schrecken hin, dem Abel und Luis ausgesetzt gewesen waren.

»Ihr hattet Glück, dass das Jagdgewehr von Carlos im Wagen war«, sagte Sofia, während sie eine Flasche Mezcal aus dem Käfer holte und sie Abel hinhielt. Er trank, und der scharfe Schnaps verursachte eine Explosion aus Wärme in seinem Bauch. Die Anspannung ließ ein wenig nach und machte einer angenehmen Benommenheit Platz. »Wieso sind Sie hier?«, fragte er und reichte die Flasche an Luis weiter.

Sofia sah Luis mit vorwurfsvoller Miene an. »Ich suche Carlos.« Statt eine Reaktion ihres Bruders abzuwarten, berichtete sie, dass ihr Mann gestern Abend angerufen und behauptet habe, er sei zum Kartenspiel bei Luis und es könne spät werden. »Aber das habe ich ihm nicht abgenommen.« Sofia strich mit der Hand über das Stirnband. »Carlos ist schon seit Monaten abends unterwegs«, sagte sie. »Er hat eine Geliebte.«

Luis wollte etwas sagen, aber sie unterbrach ihn barsch mit dem Hinweis, dass alle Männer unter eine Decke steckten, und erzählte weiter. Sie sei, als Carlos am frühen Morgen immer noch nicht daheim war, zu Luis gefahren, aber dort habe ihr niemand geöffnet. Also habe sie die einschlägigen Plätze in der Umgebung abgefahren, an denen sich Liebespaare treffen. Zum Beispiel hier, am paradiesischen Zugang zum Cenote Dos Ojos. »Mich hat Carlos auch hierhergebracht, als wir frisch verliebt waren«, erklärte sie. »Ich dachte, wenn ich ihn irgendwo mit einer anderen Frau aufstöbern kann, dann hier. Stattdessen finde ich meinen Bruder und einen Gringo beim gemeinsamen Bad mit einem Krokodil.«

Luis öffnete den Mund, doch Sofia brachte ihn mit einer erhobenen Hand zum Verstummen. »Ich will gar nicht wissen, was ihr hier treibt, aber du wirst mir sofort beichten, bei welcher Chica ich meinen Mann finden kann.«

Kapitel 57

Region südlich von Kunming, China

Gabriel

»Komm zurück!« Die Stimme Ruan Yuns kam von weit her. Trotzdem dauerte es noch eine Weile, bis Gabriel stehen blieb und einsah, dass er die Herde nicht würde einholen können. Er stemmte die Hände auf die Knie und versuchte, zu Atem zu kommen. Die Falle, die er den Elefanten gestellt hatte, war perfekt gewesen. Er hatte sich am Seeufer auf die Lauer gelegt. Auch ohne Elektrozaun und Schlachtplan hätte er die Tiere erlegt, denn er war ein guter Jäger, alles, was er benötigte, war ein Gewehr, und wenn es nur eine AK-47 war. Schließlich kam es nicht auf das Instrument an, sondern auf denjenigen, der es bediente.

Die Herde war in Sicht gewesen, hatte sich auf einen Punkt seiner Kalaschnikow zubewegt, an dem er die Elefanten sicher erlegen konnte. Dann hatte dieser Lärm eingesetzt, und die Tiere waren davongelaufen. Als Gabriel klar geworden war, dass sein Plan nicht aufgehen würde, war er aus dem Unterholz gestürmt, um die Elefanten zu Fuß zu verfolgen. Vergeblich. Sie waren schneller, und eine blindwütig abgefeuerte Kugel aus großer Entfernung wäre nur der Salutschuss zu seiner Niederlage gewesen.

»Dahinter können nur diese beiden Tierschützer stecken«,

rief er, als er wieder beim Helikopter war. »Diese Wahnsinnigen haben sich noch nicht einmal von unseren Schüssen beeindrucken lassen.« Sein Herz war so voller Zorn, dass es ihm ein Loch in die Brust brannte. Er spürte etwas Bitteres im Mund und spie aus. »Yun? Hat es dir die Sprache verschlagen?« Da bemerkte er, dass der Gouverneur telefonierte. Diese Ignoranz brachte das Fass zum Überlaufen. Gabriel stieß Yun gegen die Brust, dass dieser taumelte. »Hast du nichts Besseres zu tun?«, brüllte er. Er verspürte eine diabolische Lust, den Chinesen in den See zu treiben. »Erst lässt du mich aus Borneo einfliegen, um dir zu helfen, dann stellst du mir eine Hürde nach der anderen in den Weg, und jetzt hörst du mir nicht mal mehr zu. Was denkst du dir eigentlich?« Er wusste, dass er Yun so nicht behandeln durfte. Für einen Chinesen kamen derartige Attacken einer tödlichen Beleidigung gleich. Verdammt! Er war nun mal kein Chinese, er war Franzose, er konnte nicht anders.

Yun presste die Lippen zusammen. »Das war ein Anruf von Dayan Sui.«

Gabriel stutzte. »Will sie die Friedenspfeife mit dir rauchen, damit du sie nicht feuerst?«

»Dayan Sui und Peter Danielsson bitten um eine Unterredung. Sie sagen, es gebe etwas, das wir wissen müssten, bevor wir weiter versuchen, die Herde abzuschießen.«

Voller Misstrauen warf Gabriel einen Blick auf das Telefon in Ruan Yuns Hand. »Was soll das sein?«

Die Augenbraue, die der Gouverneur hob, ließ ihn wie einen Lehrer aussehen, der seinem dümmsten Schüler das kleine Einmaleins beizubringen versucht. »Sie wollen etwas herausgefunden haben, das die Herde betrifft, sie sagen, das Überleben der Elefanten sei von großer Bedeutung. Sie bitten uns, die Jagd abzubrechen. Zum Schutz der Tiere, aber auch zu unserem eigenen Besten.«

Gabriel lachte. »Natürlich!«

»Es geht um das ungewöhnliche Verhalten der Tiere«, fuhr Yun fort. »Der Schwede vermutet, dass es im Zusammenhang mit ähnlichen Fällen in anderen Ländern steht. Er bittet uns, dass wir uns zurückziehen, um die einmalige Gelegenheit, dieses Phänomen zu erforschen, nicht zunichtezumachen.«

Gabriel schüttelte den Kopf. »Das könnte denen so passen, dass wir einfach aufgeben, so kurz vorm Ziel. Du glaubst diesen Quatsch doch nicht etwa?«

Yun schluckte. »Ich weiß nicht. Wenn es sich wirklich um etwas wissenschaftlich Bedeutsames handeln sollte und wir die Tiere einfach töten, könnte das auf mich zurückfallen.«

»Monsieur!« Gabriel stellte sich so dicht vor Ruan Yun auf, dass ihm der Geruch, den der Gouverneur sich während ihres Jagdausflugs zugelegt hatte, in die Nase stach. »Die wollen uns doch nur verunsichern. Das ist ein Manöver, um uns kleinzukriegen oder um Zeit zu schinden.«

Yun nickte zögerlich.

»Wir steigen jetzt in den Helikopter«, sagte Gabriel, »und folgen der Herde. Ich verspreche dir, diesmal kriegen wir sie. Dann bist du deine Sorgen los. Ein für alle Mal.«

Eine halbe Stunde später hatten sie die Elefanten wiedergefunden. Die grauen Leiber bewegten sich am östlichen Ufer des Fuxian-Sees entlang und zogen Richtung Norden.

»Die halten auf Kunming zu«, sagte Ruan Yuns Stimme knisternd aus dem Kopfhörer. »Das ist doch verrückt. Vielleicht hat der Schwede ja doch recht, und mit den Tieren stimmt irgendwas nicht.«

»Umso wichtiger ist es, dass wir diesem Spuk ein Ende bereiten«, rief Gabriel gegen den Lärm an.

»Also gut«, kam es zurück. »Aber diesmal gehen wir auf Nummer sicher.« Yun deutete nach unten. »Wir schießen aus der Luft.

So hätten wir es von vornherein machen sollen. Ich kann nicht noch mehr Risiken eingehen.«

»Das kommt nicht infrage«, rief Gabriel. »Du kennst meine Einstellung dazu. Wenn du diese Angelegenheit wie jeder x-beliebige Feigling lösen willst, warum hast du mich dann herfliegen lassen? Das hättest du auch einfacher haben können.«

Yuns Blick, bislang freundlich und ergeben, bekam ein Funkeln, das Gabriel gefallen hätte, wäre er nicht selbst dessen Zielscheibe gewesen. »Wenn ich geahnt hätte, dass du versagen würdest«, sagte der Gouverneur, »hätte ich dich gar nicht erst angerufen. Bis jetzt habe ich mir deine Stümpereien gefallen lassen, aber damit ist Schluss. Ab sofort bestimme ich, wie wir vorgehen. Und du machst, was ich sage.« Er zerteilte die Luft mit einem Schlag seiner Handkante. »Das ist mein letztes Wort.«

Eine Pause entstand. Die Jagdhelfer auf den hinteren Sitzen sahen Gabriel auf eine Art an, die ihm das Gefühl gab, einen Liter saure Milch getrunken zu haben, die nun durch die Hitze in seinem Bauch zum Überkochen gebracht wurde.

»Wie du meinst«, sagte er leise. Er würde schon ans Ziel kommen, dazu brauchte er Yun nicht. Er brauchte keine Helfer und keinen Helikopter. Er brauchte nur sich selbst. Die tödlichste Waffe der Welt war immer noch der einzelne Mensch.

Er hörte, wie Ruan Yun dem Piloten die Anweisung gab, tiefer zu gehen, bis die Elefanten in Reichweite der Kalaschnikows wären. Der Hubschrauber verlor an Höhe. Gabriel wusste, was er zu tun hatte. Er nahm den Kopfhörer ab und stand vom Sitz auf. Vor der Kiste mit den AK-47 ging er in die Knie, öffnete sie und griff nach den Pappschachteln mit der Munition, stopfte sich zwei davon in die Tasche, dann nahm er das zuoberst liegende Gewehr heraus und hängte sich den Waffengurt um Hals und Schulter. Mit einem Schlag löste er die Sicherheitsverriegelung der Schiebetür.

»So gefällst du mir schon besser«, rief Ruan Yun lautstark. Auch er hatte den Kopfhörer abgelegt. »Diesmal machen wir es auf meine Art, danach lade ich dich in den Jagdsimulator in Guangzhou ein. Ein Milliardenprojekt, du wirst deinen Spaß haben.«

Natürlich werde ich meinen Spaß haben, dachte Gabriel. *Aber anders, als du denkst.*

Der Helikopter war auf eine Höhe von etwa hundert Meter gesunken. Gabriel griff mit beiden Händen nach der Tür und zog sie auf. Der Luftzug zerrte an seinen Haaren.

»Wir sind noch zu weit oben«, rief Yun.

Gabriel bückte sich zu der Kiste mit den Waffen und schob sie über das Bodenblech, bis sie über den Rand kippte und in der Tiefe verschwand.

»Was tust du da?«, brüllte Ruan Yun. Seine Helfer sprangen auf.

Gabriel schaute aus der Tür nach unten und verfolgte, wie die Kiste trudelte, auf dem Boden aufschlug und zersprang. Die Gewehre und Munition wurden umhergeschleudert, einige Patronen zündeten beim Aufprall.

»Weiter runter«, rief er dem Piloten zu und klopfte auf sein Gewehr, um dem Befehl Nachdruck zu verleihen.

Der Gouverneur hielt Gabriel am Arm fest. »Was hast du vor?«

»Das, was ich schon die ganze Zeit vorhabe.« Gabriel schüttelte Yuns Hand ab.

»Gehorche!« Yuns Stimme hatte sich in eine weibische Höhe aufgeschwungen. Wie wurde ein Mann mit so wenig Autorität zum Gouverneur einer chinesischen Provinz? »Sonst ...«

»Sonst was?«

Der Helikopter war nur noch zwei Mannslängen vom Boden entfernt. Der Luftdruck der Rotoren plättete das Gras.

»Sonst breche ich unsere Geschäftsbeziehung ab.«

Diese Drohung ließ Gabriel tatsächlich zögern. Der Verlust des Geschäfts mit China würde sein Unternehmen empfindlich treffen. Er würde sich vor dem Aufsichtsrat verantworten müssen. Vielleicht würden sie ihm sogar die Leitung des Unternehmens streitig machen. Er schaute Yun an, lächelte. »War mir ein Vergnügen«, rief er.

Dann sprang er aus dem Helikopter.

Kapitel 58

Region südlich von Kunming, China

Peter

Der lindgrüne Sportwagen schoss die Schotterpiste am östlichen Ufer des Fuxian-Sees entlang. Jia, Suis Assistentin, saß am Steuer, Bao auf dem Beifahrersitz. Peter und Sui hatten sich auf die schmale Rückbank gezwängt, der Vordersitz drückte gegen Peters Knie. Trotzdem war er froh, dass Jia diesen PS-Boliden fuhr, denn es galt, einen Helikopter und eine Elefantenherde einzuholen.

»Hast du wirklich geglaubt, Ruan Yun würde einlenken?«, fragte Jia in Suis Richtung und warf zum wiederholten Mal einen Blick zu Suis grauem Haar hinüber, das im Fahrtwind flatterte. Fragen zu der plötzlichen Verwandlung ihrer Chefin stellte sie nicht.

»Ich will die Hoffnung nicht aufgeben, dass wir den Gouverneur zur Besinnung bringen können«, erwiderte Sui, »nicht mit Argumenten für den Tierschutz, ganz bestimmt nicht. Aber Ruan Yun hat Angst um seinen Ruf und seinen Posten. Ich dachte, sobald er erfährt, wie bedeutend die Tiere für die Forschung sein könnten, stimmt ihn das um.«

»Ruan Yun wird niemals nachgeben«, sagte Jia, »schon gar

nicht, wenn eine Frau versucht, ihn dazu zu bringen. Er beugt sich nur anderen Männern, und dann auch nur solchen, die mächtiger sind als er.«

Ein braunes Verkehrsschild huschte vorbei. »In zwei Kilometern kommt ein Abzweig zur Stadtautobahn nach Kunming«, sagte Jia. »Soll ich den nehmen?«

Peter fühlte Suis Blick auf sich gerichtet, aber er wusste auch nicht genau, wie sie die Herde wiederfinden sollten. Dummerweise konnten sie nicht, wie die Jäger, aus dem Helikopter das Land überblicken. Die Elefanten mochten hinter jenem kleinen Wald dort vorn sein, und sie würden sie nicht bemerken.

Die Affen in Bangkok, die Grackeln in Houston und die Hirsche in Liverpool waren direkt in die Städte gekommen. Wenn es wirklich einen Zusammenhang geben sollte, dann würde auch die Herde in die Stadt Kunming hineinmarschieren. Aber da war noch etwas anderes.

Die Elefanten hatten versucht, den Fuxian-See zu erreichen, waren aber abgelenkt worden. Das bedeutete: Sie hatten nicht an dem See trinken können. Sie würden es woanders versuchen.

»Gibt es in der Nähe noch einen See?«, fragte Peter.

»Ja, weiter im Osten«, gab Sui zurück, »aber näher liegt der Fluss, der Panlong. Er fließt hier in der Nähe durch die Landschaft, bevor er sich durch die Stadt windet.«

»Der Panlong?«

Sui nickte. »Ja. Wir sind nahe der Stelle, wo die Drachenmauer errichtet wird.«

Peter rückte seine Brille zurecht. »Jia, ich schlage vor, Sie lassen die Stadtautobahn links liegen. Wir müssen dorthin, wo Wasser zu finden ist.«

»Den Weg zum Fluss kenne ich.« Sui dirigierte Jia bis zu einer kleinen Straße, die sich durch subtropischen Bergwald schlängelte. Die Sonne stand tief, und die Bäume warfen lange Schatten. Im Wagen war es still geworden. Bao schaltete das Radio ein und suchte den Lokalsender. Der Sprecher gab bekannt, dass es einen Rekordstau auf der südlichen Stadtautobahn gebe, weil die Polizei die Zufahrten abgeriegelt habe. Die Sicherheitskräfte wollten um jeden Preis vermeiden, dass die Elefanten auf diesem Weg in die Stadt eindringen konnten.

»Hoffentlich treibt der Durst die Tiere wirklich zum Fluss«, sagte Peter. Er suchte die Umgebung nach Anzeichen der Herde ab, nach Schneisen durchs Buschwerk, plattgetretenem Gras, umgestürzten Bäumen. Zu dumm, dass er im Wagen nicht hören konnte, ob eines der Tiere in der Ferne trompetete.

Dafür hörte er etwas anders: Sein Mobiltelefon meldete sich. Die Nummer kannte er nicht, aber die ungeduldige Stimme seines Vaters war ihm wohlvertraut.

»Nicht jetzt!«, rief Peter in das Gerät. »Ich habe keine Zeit für Archäologie in Mexiko.« Er drückte Abel weg. Das Telefon klingelte erneut, lauter, wie es schien.

»Archäologie in Mexiko? Ist dein Vater dran?«, fragte Sui.

Peter schaltete das Gerät aus. »Nicht so wichtig.«

Im nächsten Moment spürte er ihre Hand auf seiner. »Sprich mit ihm«, sagte sie.

»Jetzt?« Peter brauste auf. »Ich habe Wichtigeres zu tun, als mit meinem Vater zu plaudern.«

»Das kannst du erst sagen, wenn du weißt, was er will.« Sui sah ihn eindringlich an.

Peter wollte noch etwas erwidern, da erinnerte er sich an ihr Gespräch am Abend zuvor. Er hatte ihr seine Familientragödie offenbart, und sie hatte ihm gezeigt, wer sie wirklich war. Nähe entstand, indem man sie zuließ. »Also gut.« Er schaltete das Gerät wieder ein und drückte die Rückruftaste. Abel ging nach dem ersten Läuten ran. Seine Stimme war so laut, dass es in Peters Trommelfell knarzte.

»Hast du das Foto bekommen, das ich dir geschickt habe?«

»Hallo Papsen«, entgegnete Peter säuerlich, »wie läufts am anderen Ende der Welt?«

»Lass den Quatsch«, blaffte Abel. »Was ist mit dem Foto?«

Peter verdrehte die Augen. Er war drauf und dran, wieder aufzulegen. Es war offensichtlich, dass es seinem Vater gut ging. Mehr wollte er nicht wissen.

Suis Finger drückten sanft seine Hand.

Peter schaute in ihre Augen. Etwas in ihm löste sich, wurde weich. »Ich hab's bekommen«, sagte er.

»Schick es an folgende Adressen«, verlangte Abel. »Sofort. Zuerst an …«

»Das geht leider nicht«, unterbrach Peter. »Ich habe es gelöscht.«

Kapitel 59

Teotihuacán, Mexiko

Abel

Als Archäologe hatte Abel schon viele Entdeckungen gemacht, die meisten bei Ausgrabungen, einige bei der Forschungsarbeit am Schreibtisch. Nie zuvor war er sprachlos gewesen.
Peter hatte die einzige Aufnahme des Freskos vernichtet.
»Papsen?«, fragte sein Sohn durchs Telefon. »Bist du noch da?«
War er noch da? Abel wusste es nicht so genau. Er sah sich im Empfangsraum des Hotels um. Kurz zuvor hatten Luis und Sofia ihn hier abgesetzt. Nachdem Sofia die beiden Männer im Cenote aufgelesen hatte, waren sie zusammen in ihrem VW Käfer losgefahren. Während sie mit ihrer nassen Kleidung die Sitze durchweichten, hatte Luis Sofia in groben Zügen erklärt, was geschehen war; allerdings hatte er jenen Teil der Geschichte ausgelassen, in dem er und die anderen Mexikaner Abel hatten töten wollen. Stattdessen fabulierte Luis ein Märchen zusammen, in dem Abel und er in ein Loch neben der Pyramide der gefiederten Schlange gefallen waren und Carlos, Santiago und Benicio erfolglos versucht hatten, sie daraus zu befreien. »Dann ist die Decke eingestürzt«, berichtete Luis weiter, »und der Professor und ich mussten uns durch einen unterirdischen Tunnel hindurchwühlen.« Es war Sofia anzusehen, dass

sie ihm kein Wort glaubte. Erst als Luis hinzufügte, dass Carlos und die anderen vermutlich immer noch bei der Pyramide seien und versuchten, ihn und seinen Begleiter da herauszuholen, nickte sie. »Dann fahren wir sofort dorthin und prüfen das nach.« Es war Luis gerade noch gelungen, sie einen Abstecher zum Hotel einlegen zu lassen, damit Abel aussteigen konnte.

Das Hotel lag verlassen da und war abgeschlossen. Luis wusste aber, dass eine Tür zum Vorratskeller immer offen stand. Er wies Abel den Weg von dort in den Empfangsraum und verabschiedete sich mit den Worten: »Ich weiß nicht, was geschehen wird, wenn die anderen dich hier finden. Sieh einfach zu, dass du so schnell wie möglich verschwindest. Ruf dir ein Taxi zum Flughafen, an der Rezeption steht ein Telefon. Ich würde dir ja meins geben, tja, aber leider …«

»Eines Tages«, sagte Abel, »wird es ein Archäologe finden und die Geschichte des alten Amerika neu schreiben.«

Damit waren die beiden Männer auseinandergegangen. Luis hatte keinen Zweifel daran gelassen, dass ihre Verbundenheit außerhalb von Xibalbá keinen Bestand hatte. Er hatte dem Professor einen Vorsprung gelassen – mehr konnte Abel nicht verlangen, und mehr brauchte er auch nicht.

Der VW Käfer hatte die Zufahrt zum Hotel noch nicht verlassen, da hielt Abel schon den Telefonhörer in der Hand. Die Nummer des Taxiunternehmens war an der Wand zwischen den Speisekarten der örtlichen Restaurants und der Schnellreinigung zu finden. Stattdessen wählte er Peters Anschluss. Kurz darauf wünschte er, sich für das Taxi entschieden zu haben.

»Gelöscht? Das Bild war … ich habe …« Seine Stimme zitterte, während er den Schrei unterdrückte, der aus seiner Kehle aufzusteigen drohte. »Ich habe mein Leben dafür aufs Spiel gesetzt.« Abel wusste, wie pathetisch das klang; aber es entsprach der Wahrheit. Es war ihm egal, ob Peter ihm glaubte.

»Tut mir leid«, hörte er Peter sagen, »du hättest ein paar Worte dazu schreiben sollen, dann hätte ich es vielleicht aufbewahrt. Hast du die Datei denn nicht mehr?«

Abel lachte. Wie sollte er beschreiben, unter welchen Umständen er das Fresko gefunden hatte? Sein Sohn würde ihn für einen noch größeren Narren halten als ohnehin schon.

»Ich muss jetzt wirklich auflegen«, drängte Peter.

»Auf dem Bild war zu sehen, warum die Menschen Teotihuacán verlassen haben. Der Grund, den niemand kennt und nach dem Generationen von Forschern gesucht haben, er war darauf abgebildet. Man musste nicht mal Schriftzeichen enträtseln. Alles war klar und deutlich zu sehen. Und du radierst das einfach aus. Dabei hättest du als Zoologe wohl Interesse daran gehabt.«

»Warum das denn?«

»Dass du das fragst, zeigt bloß, dass du dir das Bild noch nicht einmal angeschaut hast. Sonst wüsstest du, dass darauf Raubkatzen zu sehen waren. Sie sind in Scharen in der Stadt aufgetaucht und haben die Menschen in die Flucht getrieben.«

Gleich würde Peter ihn auslachen und ihm erzählen, dass sich Raubkatzen so nicht verhielten, dass Abel einer mythologischen Darstellung Glauben schenkte, einem Märchen, dass er zu alt war, um noch als Forscher zu arbeiten. Herrgott noch mal! Warum stand er überhaupt noch hier herum und verschwendete seine Zeit?

»Raubkatzen?«, fragte Peter. »Und die sollen diese riesengroße Stadt entvölkert haben?«

»Vergiss es!«, schnauzte Abel. »Deine Mutter hätte mehr Verständnis dafür gehabt, mehr Neugierde entwickelt. Sie wäre ...«

»Was genau war auf dem Fresko zu sehen?«

Abel molk den Telefonhörer. Was war los mit seinem Sohn? Normalerweise verliefen ihre Gespräche immer so, dass sie erst unterschiedlicher Meinung waren, und dann ging es wieder um Signe.

»Papsen?«, fragte Peter. »Was war das für ein Fresko?«

Abel beschrieb so gut wie möglich, was er in der Dunkelheit der unterirdischen Kammer gesehen hatte. Als Peter fragte, ob er an das Original herankommen könne, lachte er. »Dazu müsste ich eine altamerikanische Pyramide abtragen.«

»Das dauert wohl zu lange«, sagte Peter, »aber wenn du einen Moment Zeit hast, würde ich dir gern erzählen, was bei mir gerade los ist, denn es gibt hier etwas, das mit deiner Entdeckung zusammenhängen könnte.«

Hatte Abel Zeit? Nein, die hatte er nicht. Er hockte in einem schäbigen, verlassenen Hotel in Mexiko und hätte schon längst auf dem Weg zum Flughafen sein müssen, bevor Carlos und seine Kumpane hier auftauchten. »Fass dich kurz.«

Die Geschichte, die er zu hören bekam, ließ ihn glauben, dass nicht er, sondern sein Sohn nicht ganz bei Trost war. In Peters Bericht ging es um Affen, die in Bangkok eingefallen waren, um Hirsche, die die Straßen von Liverpool bevölkerten, um Vögel in Houston, um Bären in Vancouver, Pumas in Santiago und Elefanten in Kunming. Abel hätte Peter kein Wort geglaubt, aber er hatte das Fresko gesehen. Geschichte hatte die Tendenz, sich zu wiederholen. Ließen sich die gegenwärtigen Ereignisse mit denen in Teotihuacán vor tausend Jahren vergleichen? »Was hat das zu bedeuten?«, fragte er, nachdem Peter geendet hatte.

»Es ist nur so eine Ahnung«, gab sein Sohn zu.

Abel schwieg. Das klang vage, aber war er nicht selbst gerade erst seiner Intuition gefolgt, der besten Freundin des Wissenschaftlers?

»Wir müssen mehr darüber herausfinden, und zwar schnell«, setzte Peter hinzu. »Wo die Tiere in die Städte eingedrungen sind, hat das Aggression und Gewalt ausgelöst.«

Abel warf einen Blick zum Fenster hinaus. Der morgendliche Verkehr zog auf der Bundesstraße vorbei. »Auf dem Fresko war noch mehr zu sehen, ich konnte es aber in der Eile nicht entschlüsseln.« *Deshalb habe ich dir ja das Bild geschickt*, fügte er in Gedanken hinzu.

»Augenblick«, sagte sein Sohn. »Ich rufe dich gleich zurück.«

Die Verbindung wurde unterbrochen. Was sollte das? Glaubte Peter etwa, Abel habe alle Zeit der Welt? Er warf sehnsüchtige Blicke die Hoteltreppe hinauf. Oben in seinem Zimmer wartete frische Kleidung auf ihn. Auf das dringend benötigte Bad würde er wohl oder übel verzichten müssen, aber wenn er in den nassen Fetzen, die ihm am Leib klebten, am Flughafen von Mexiko-Stadt erschien, würde man ihn bestimmt nicht in eine Maschine nach Europa steigen lassen. Er dachte darüber nach, den Hörer des schnurlosen Telefons mit nach oben zu nehmen, wusste aber nicht, ob die Basisstation über die Entfernung sendete. Ihm blieb nichts anderes übrig, als an der Rezeption zu warten.

Komm schon, Peter, dachte er. *Ruf zurück.* Er probierte es selbst, doch eine Roboterstimme teilte ihm mit, dass der Anschluss derzeit nicht zur Verfügung stehe. Was trieb der Bursche bloß da drüben in China?

Abel ballte die Fäuste und drückte die Knöchel gegen den Wandverputz. Gab es wirklich in Teotihuacán einen Hinweis darauf, was hinter den Vorfällen stecken konnte, von denen Peter sprach? Es konnte doch sein, dass die Gründe viel einfacher waren. Dass die Hirsche in Liverpool an einer Krankheit litten, die ihr Verhalten veränderte. Dass die Vögel in Houston durch elektrische Signale von Satelliten verstört waren und ihre Flugroute nicht mehr fanden. Und die Elefanten in China?, fragte er sich selbst. Sind die einfach aus ihrem schönen Zuhause geflüchtet, weil sie von Touristen die Rüssel voll hatten? Wollten die Bären in Kanada nicht schon immer mal im Pool schwimmen? Vermutlich konnte ein Geschwader Biologen für jedes dieser Ereignisse eine passende Erklärung finden. Aber könnten sie auch sagen, warum sich all das gleichzeitig abspielte?

Das Läuten des Telefons ließ ihn zusammenfahren. »Peter? Was ist los?«

»Hör zu.« Die Stimme seines Sohnes klang aufgeregter als gerade eben, die Worte kamen schneller. Abel konnte kaum folgen. Peter berichtete von einem Sportwagen, in dem er saß, von einer Frau namens Jia. »Ich verstehe nicht!«, rief Abel dazwischen.

»Jia ist Expertin für Datenverarbeitung und kann sich Zugang zu allen möglichen Informationen verschaffen, auch wenn sie gut gesichert oder längst gelöscht sind. Vor einigen Tagen hat sie anhand eines einzigen Fotos von mir innerhalb von fünf Minuten mein halbes Leben offengelegt.« Es folgten Beschreibungen von Nachrichtenordnern auf Peters Mobiltelefon, automatischen Löschvorgängen und eigentlich unwiederbringlich verlorenen E-Mails und Bilddateien. Dann, nach einer Atempause, verkündete er: »Sie hat das Bild von dem Fresko in meinem Telefon wiedergefunden. Papsen! Ich habe es hier vor mir.«

»Schick es sofort weiter, an meine Büroadresse«, rief Abel. »Und an Eva Sandberg an der Uni Stockholm. Sofort! Hörst du!« Er schaute sich nach einem Computer um, mit dem er das Bild würde empfangen können, aber auf einem Beistelltisch stand nur ein veraltetes Modell. Das dauerte zu lange, also musste es auch so gehen. »Bist du so weit?«, fragte er Peter. »Dann beschreib mir genau, was du auf dem Bild sehen kannst. So exakt wie möglich, verstehst du?«

Am anderen Ende entstand eine Pause, dann kehrte Peters Stimme zurück. »Das Foto ist recht unscharf, sind die Gestalten am rechten Rand die Raubkatzen, von denen du gesprochen hast? Sie sind stark stilisiert, aber die taxonomischen Merkmale von Jaguaren sind vorhanden, lange Fangzähne und gezackte Backenzähne, der Schwanz ist verhältnismäßig kurz, die Schnauze eher rund. Es scheinen Jaguare zu sein.«

»Was siehst du noch?«, rief Abel ungeduldig, während er mit großen Schritten den Empfangsraum durchmaß.

»Dreiecke am oberen Rand. Die Spitzen sind abgeflacht.«

»Das sind die Pyramiden von Teotihuacán.«

»Da sind auch Kreise, könnten Augen sein.«

»Augen? Schau genau hin!«, rief Abel.

»Herrgott! Woher soll ich wissen, was diese Steinzeitmenschen gemalt haben? Es sind halt Kreise und Linien. Sie führen zu den Pyramiden hinauf.«

»Könnte es auch sein, dass sie von oben herunterkommen?«

»Schon möglich«, antwortete Peter.

Abel ballte eine triumphierende Faust. Wellen und Wasser. Er hatte es in dem Augenblick gewusst, in dem er den Regen über die Stufen der Monumente hatte fließen sehen. Teotihuacán war ein riesiger Tempel aus Stein und Wasser gewesen. Er erzählte Peter von seiner Entdeckung. »Du bist Zoologe«, schloss er seinen Bericht. »Könnte es eine Verbindung zwischen den Raubkatzen und dem Wasser geben?«

»Das weiß ich doch nicht«, brauste Peter auf. »Ja, natürlich. Tiere suchen nach Wasser. Die Elefanten, hinter denen ich gerade her bin, halten auf einen Fluss zu. Warte mal! Meinst du, das Wasser hat die Tiere in die Stadt gelockt?«

»Wäre das denn möglich?« Abel spitzte die Lippen. »Komm schon, Peter, das ist dein Fachgebiet, ich bin nur ein alter Historiker, der bald selbst Geschichte sein wird.«

Er hörte ein Aufstöhnen am anderen Ende der Leitung. »Die Bären in Vancouver sind alle in der Nähe von Swimmingpools gesichtet worden, einige schwammen sogar darin herum. Die Affen in Bangkok hat man versucht, mit Wasserwerfern zu vertreiben. Aber statt davonzurennen, haben sich die Tiere auf die Pfützen gestürzt und daraus getrunken. In Liverpool ... Moment mal ... Sui, gab es in Liverpool etwas, das mit Wasser in Verbindung stand? Stimmt. Papsen? In Liverpool versammeln sich die Hirsche um einen großen öffentlichen Brunnen auf dem St. George's Plateau.«

»Es muss am Wasser liegen«, sagte Abel. »Aber warum? Wasser gibt es doch fast überall. Warum sollten die Tiere ausgerechnet dort trinken wollen, wo Menschen sind?«

»Wenn es wirklich das Wasser ist, das sie anlockt, dann muss es etwas enthalten, das nur in der Nähe von Städten zu finden ist. Vielleicht etwas aus den Kläranlagen?«

Obwohl Peter ihn nicht sehen konnte, schüttelte Abel den Kopf. »So etwas gab es vor tausend Jahren nicht. Es muss einen anderen Grund geben.«

»Wir brauchen Proben«, schlug Peter vor, »von dem Wasser aus Bangkok und von den anderen Orten. Kannst du eine Probe aus Teotihuacán beschaffen? Vielleicht gibt es diesen historischen Zusammenhang wirklich, und wir stehen hier vor einem Phänomen, das schon öfter in der Geschichte aufgetreten ist, nur konnte man bisher die Zusammenhänge nicht erkennen.«

Eine Wasserprobe aus Teotihuacán. Abel schaute auf die Uhr an der Wand hinter der Rezeption. Telefonierte er wirklich schon zwanzig Minuten mit Peter? Dabei hatte Luis ihm dringend geraten, sofort zu verschwinden. »Ja, ich kann eine Probe besorgen. Was genau brauchst du?«

»Wasser allein genügt nicht, das wird ja keine tausend Jahre alt sein.«

»Sediment«, schlug Abel vor. »In den Bodenschichten am Grund eines Gewässers setzen sich alle möglichen biologischen Spuren ab. Blütenstaub zum Beispiel.«

»Kannst du in Teotihuacán an so etwas herankommen?«,

fragte Peter. »Gibt es da einen Ort, an dem du Sedimentproben nehmen kannst?«

Abel musste nicht lange überlegen. Das Skelett in dem Cenote war eindeutig altamerikanisch gewesen, das hatte der Halsschmuck aus Jadesteinen verraten. Also war der Boden unter den Gebeinen vermutlich seit Jahrhunderten unangetastet. Dort würde er fündig werden. Es gab nur ein Problem: Er wusste nicht, ob Sofia mit dem Gewehr das Krokodil getroffen hatte.

Kapitel 60

Teotihuacán, Mexiko

Abel

Er ließ sich in das durchgesessene Ledersofa im Empfangsraum des Hotels sinken und wollte für einen Moment nichts anderes, als für immer sitzen bleiben. Er schloss die Augen, riss sie aber sofort wieder auf. Er durfte nicht einschlafen. Immerhin hatte er wieder trockene Kleider am Leib. Nach dem Gespräch mit Peter hatte Abel den Rest dessen, was von seinen Nerven noch übrig war, zusammengenommen und war nach oben in sein Zimmer gegangen, um sich wenigstens grob den Schmutz abzuwaschen, sich abzutrocknen und umzuziehen. Jetzt fühlte er sich wieder wie ein Mensch – einer, der auf seine Scharfrichter wartet.

Es dauerte nicht lange, bis zwei Autos auf den Parkplatz fuhren. Eines war Luis' dunkelroter GMC-Pick-up, das andere eine beigefarbene Limousine mit eingebeultem Kotflügel. Vier Männer stiegen aus und kamen auf das Hotel zu: Carlos, Santiago, Benicio und Luis.

»Ich habe euch doch gesagt, dass er nicht hier ist«, hörte Abel Luis rufen. »Sofia hat den Professor schon vor einiger Zeit abgesetzt. Mittlerweile ist er längst auf und davon!«

Die Tür wurde aufgezogen. Ein Glöckchen läutete.

»¡*Cabrón!*« Santiago blieb wie vom Donner gerührt stehen und starrte auf die Sitzgruppe.

Abel fing einen verständnislosen Blick von Luis auf, der ungläubig den Kopf schüttelte. Die Mexikaner bauten sich vor Abel auf. Alle, auch Luis, trugen noch die Kleidung, mit der sie sich an der Grube neben der Pyramide zu schaffen gemacht hatten. Sie waren schmutzig, erschöpft, wütend.

Abel schluckte. Vielleicht war es doch keine so gute Idee gewesen, einfach im Hotel sitzen zu bleiben und auf diese Kerle zu warten. Aber er hatte Peter etwas versprochen, deshalb wollte er nicht davonlaufen und in ein Flugzeug steigen. Er erhob sich.

»Señores, Sie werden es mir nicht glauben, aber ich bin froh, Sie wiederzusehen.«

Luis lachte. Die anderen starrten. Benicio hielt einen Knüppel in der Hand, es war der Schaft eines Spatens, das Blatt fehlte. Dreck klebte daran. Ungeduldig klopfte er damit gegen seine linke Wade. »Ich mach's«, sagte er und ging auf Abel zu.

»Warte!« Luis griff nach dem Arm seines Kumpans.

Benicio fuhr zu ihm herum. »Warum?«

»Vielleicht hat er schon die Polizei gerufen«, wandte Luis ein. »Wollt ihr mit einer Leiche erwischt werden?«

»Ihr?«, echote Santiago. »Ich dachte, wir sind eine Gemeinschaft, und du gehörst dazu. Hat sich das geändert?«

Luis zögerte und nickte in Abels Richtung. »Ohne ihn wäre ich nicht mehr am Leben«, brachte er hervor. »Der Professor und ich sind zusammen durch Xibalbá gegangen.«

»Dann weiß er ohnehin zu viel«, gab Carlos zurück. Luis schwieg. Abel war stolz auf den Mexikaner, er hatte sich offen zu ihm bekannt und war damit weitergegangen, als Abel es für möglich gehalten hatte.

»Señores«, hob er noch einmal an und versuchte, nicht auf

den Knüppel in Benicios Hand zu achten, sondern auf die Gesichter der anderen, auf ihre Augen. Er stand in einem Hörsaal, um seine letzte Vorlesung zu halten. »Ich verstehe Ihre Erregung. Auf Ihren Schultern lastet die Verantwortung von Jahrhunderten. Sie sind die Hombres de Obsidiana, Wächter eines uralten Erbes, und wenn dieses Erbe bedroht ist, müssen Sie handeln. Deshalb bitte ich Sie: Handeln Sie!« Er machte eine Pause. »Indem Sie mir helfen.«

Die Mexikaner wandten sich Luis zu. »Du hast es ihm erzählt?«, fragte Carlos.

Luis zuckte mit den Schultern. »Als ich dachte, wir kommen sowieso nicht mehr lebendig da unten raus, wollte ich nicht an der Seite eines Fremden sterben.«

»Das ist jetzt ohnehin egal«, sagte Santiago. »Beeilen wir uns, bevor wirklich noch die Polizei kommt.«

»Moment.« Diesmal war es Carlos, der die anderen zurückhielt. »Der Professor hat uns um Hilfe gebeten. Oder habe ich mich gerade verhört? Ausgerechnet uns. Was hat das zu bedeuten?« Neugier lag in seinen Augen.

Abel stand da, ganz starr und steif, er leckte sich die Lippen. Alles hing von seinen nächsten Worten ab. »Sie sind die Wächter einer untergegangenen Kultur. Sie hüten Wissen, das niemand sonst besitzt. Und ich kann etwas zu diesem Wissen beitragen. Als Luis und ich unter der Pyramide eingesperrt waren, haben wir etwas gefunden, den Grund dafür, dass Teotihuacán einst verlassen worden ist.«

Luis rief etwas auf Nahuatl und verfiel dann ins Spanische: »Es war ein Bild in einem Saal, es zeigte, wie Raubkatzen die Menschen aus der Stadt vertrieben. Jedenfalls glaubt der Professor das.«

Carlos nickte. »Das wissen wir längst. Dieser Teil der Überlieferung gehört zur geheimen Geschichte Teotihuacáns.«

»Wissen Sie auch, warum die Jaguare in die Stadt gekommen sind?«

Niemand antwortete. Benicio schüttelte den Kopf.

»Weil sie Wasser gesucht haben. Auf dem Fresko, das wir entdeckt haben, gab es eine Darstellung von Jaguaren bei den Pyramiden. Und da war jede Menge Wasser. Die Tiere, die Pyramiden und das Wasser hängen miteinander zusammen.«

»Was ist das für ein Unsinn?«, fragte Santiago mürrisch. »Merkt ihr nicht, dass er uns bloß hinhalten will? Machen wir endlich Schluss mit ihm.«

»Stimmt es etwa nicht?« Abel wusste, dass die Zündschnur brannte. »Sie wissen doch auch, dass das Wasser die Pyramiden herunterströmt und sich davor sammelt.«

»Hast du ihm das auch erzählt, Luis?«, wollte Benicio wissen. Doch Luis schüttelte den Kopf. »Kein Sterbenswort. Er hat es von selbst herausgefunden. Es war auf dem Bild zu sehen.«

»Also gut«, sagte Carlos. »Es stimmt. Einige Gebäude der Stadt dienten dazu, Regenwasser aufzufangen. Wo ist da der Zusammenhang mit den Jaguaren?«

Jetzt berichtete Abel davon, was er von Peter wusste. So gut es ging, spulte er die Vorfälle ab, die sich in genau diesem Moment an anderen Orten auf der Welt ereigneten. Vermutlich vergaß er ein oder zwei, ließ Details aus, doch die schiere Menge an ähnlichen Ereignissen genügte, um die Hombres ins Grübeln zu bringen.

»Und Sie glauben, dass es da eine Verbindung gibt?«, fragte Carlos.

»Was ich glaube, ist nicht wichtig«, antwortete Abel, »aber es besteht die Möglichkeit, dass wir es mit einem zeitlosen Phänomen zu tun haben. Die Funktion Teotihuacáns als Reservoir hat die Stadt möglicherweise in den Untergang geführt. Und jetzt haben wir Gelegenheit, etwas daraus zu lernen. Wenn Sie mir helfen, einen Beweis zu erbringen, dann können wir die Situation an vielen Orten entschärfen. Jetzt. In der Gegenwart. Vielleicht lässt sich eine globale Krise aufhalten, bevor sie begonnen hat. Bedenken Sie: In Ihnen schlummern tausend Jahre Überlieferung. Und jetzt ist der Augenblick gekommen, dieses Wissen zu nutzen. Zum Wohl anderer. Das Schicksal der Menschen von Teotihuacán darf sich nicht wiederholen.«

Der Raum war erfüllt von Schweigen und Gedanken. »Mal angenommen«, sagte Benicio, »Sie haben recht, Professor, und es gibt diesen Zusammenhang – was können wir schon tun, um in England oder China etwas zu bewirken? Wie sollen wir diesen Beweis erbringen?«

In diesem Moment wusste Abel, dass er es geschafft hatte. »Dos Ojos«, sagte er. »Die Antwort liegt im Cenote Dos Ojos verborgen.«

Kapitel 61

Houston, USA

Sonora

»Hier kommt niemand rein. Fahren Sie weiter.« Die stämmige Polizistin deutete in Richtung einer improvisierten Wendemarke, die auf dem Freeway aufgemalt worden war. Fünf Uhr am Nachmittag, las Sonora von der Uhr auf dem Armaturenbrett ab, noch zwei Stunden bis Sonnenuntergang. Von den Grackeln war weit und breit nichts zu sehen.

Sie reichte der Beamtin ihren Presseausweis. »Ich schreibe für den Houston Chronicle.« Sonora hielt, während die Frau den Ausweis kurz musterte und ihr wieder zurückgab, die Ausgabe mit der Titelgeschichte hoch. »Sie haben vermutlich heute meinen Artikel gelesen.«

Die Polizistin holte ein Formular aus ihrem Wagen und ließ es Sonora unterschreiben. »Auf eigene Gefahr«, sagte sie, dann gab sie den Weg zur Abfahrt Richtung Shoppingcenter frei.

Sonora war zur verabredeten Zeit erschienen. Zum einen wollte sie beobachten, wie die Vögel angeflogen kamen, zum anderen wollte sie vermeiden, auf einem Teppich aus frischem Vogelmist den Bodenkontakt zu verlieren. Der Parkplatz am Bayou Place war tagsüber gereinigt worden, soweit das möglich gewesen war. Zwar klebten hier und da noch immer weiße Flecken, vor allem auf den Gebäuden und Schildern, aber der Asphalt war einigermaßen sauber.

Sonora stoppte auf einem der Stellplätze und schaute auf der Suche nach Henry Quillers hellblauem Toyota über die leere Fläche. Der Vogelkundler war nicht zu sehen, deshalb klappte sie ihr Notebook auf und ging die Informationen durch, die sie den Tag über gesammelt hatte und über die sie mit dem Ornithologen sprechen wollte.

Nachdem sie sich mit Quiller verabredet hatte, war Sonora dorthin gefahren, wo sie am liebsten recherchierte: in die Houston Public Library, die Stadtbücherei. Es bedeutete immer einen gewissen Aufwand, dort nach Informationen zu suchen, und mehr als einmal hatte Sonora die Nerven verloren, weil der Abgabetermin für ihren Artikel schon überschritten war, aber die Bibliothekarin immer noch im Archiv nach dem richtigen Buch suchte. Diesmal hatte es keinen Zeitdruck gegeben. Ben Boskovich wartete nicht auf sie, darüber hatte sich Sonora erst geärgert, doch jetzt war sie froh darüber, genug Zeit zu haben, um dieser seltsamen Geschichte auf den Grund gehen zu können.

Sie blätterte die Kopien durch und machte sich Notizen in ihrem Textverarbeitungsprogramm. Nach einer Weile wurde es heiß im Wagen, sie kurbelte die Scheibe herunter, doch die texanische Septemberluft verschaffte ihr keine Linderung. Das Shoppingcenter war aus Sicherheitsgründen geschlossen.

Eine Viertelstunde später hielt der hellblaue Toyota neben ihr. Zuerst sah Sonora die Gummiente auf der Motorhaube, dann stieg Quiller aus. Sie begrüßten sich. Der Ornithologe war eine unauffällige Erscheinung, ein schmaler Mann in einem blaurot karierten Hemd und grauen Hosen mit Bügelfalte. Sein Schnauzbart war ebenso grau wie sein schütteres Haar, und seine lange scharfe Nase erinnerte tatsächlich an einen Vogelschnabel. Vom Grund seiner strahlend blauen Augen schimmerte eine unersättliche Neugier herauf.

»Schön, dass Sie kommen konnten«, sagte er.

Sie deutete zu der Straßensperre mit der Polizistin hinüber. »Hatten Sie Probleme, an dem Zerberus vorbeizukommen?«

»Ich habe sie bei meiner alten Arbeitsstelle anrufen lassen. Ich glaube, die Cops sind froh, wenn sich ein Experte um die Angelegenheit kümmert, auch wenn es ein pensionierter Experte ist.«

Sonora warf einen prüfenden Blick gen Himmel. Die Dämmerung hatte eingesetzt, die ersten Vögel näherten sich. Vereinzelt hockten schwarze Schemen auf den Schildern, mit denen das Shoppingcenter die nächste Preissensation anpries. »Ich habe etwas herausgefunden.« Sonora berichtete von ihrer Recherche in der Bibliothek, von einem alten Magazin für Wetter- und Naturbeobachtungen in der Region, auf das sie gestoßen war, und deutete auf den Stapel Papier auf dem Beifahrersitz ihres Wagens. »Ihr Bericht über die Grackeln auf der Baustelle des Minstrel Tower hat mich neugierig gemacht. Also habe ich nach ähnlichen Vorfällen in der Vergangenheit gesucht.«

»Die würde ich kennen«, sagte Quiller.

»Auch solche, die über fünfzig Jahre zurückliegen?«

Der Vogelkundler kniff die Augen zusammen. »Was genau meinen Sie?«

»Es gab schon früher gewaltige Vogelschwärme in Houston. Hunderte Tiere. Einige Fälle reichen bis zum Beginn des zwanzigsten Jahrhunderts zurück. Vielleicht gibt es sogar noch frühere, aber die Quellen gaben nichts weiter her.«

»Was ist damals passiert?«

»Im Jahr 1918 geschah es in der Poststelle in der Hadley Street. 1924 im Memorial Park, 1931 beim Bau eines Apartmentkomplexes in der Rogerdale Road. Immer waren es gewaltige Schwärme von Grackeln, die dorthin kamen, eine Weile für Probleme sorgten, aber nach einiger Zeit wieder verschwanden.«

»Eine Post, ein Park und eine Wohnanlage, jeweils an unterschiedlichen Stellen der Stadt«, murmelte Quiller vor sich hin. »Die Vögel fallen offenbar wahllos irgendwo ein – aber die Orte müssen eine Gemeinsamkeit haben.«

Sonora blätterte durch die Papiere. »Post, Park und Apartments hatten etwas gemeinsam: Sie waren zu der fraglichen Zeit gerade errichtet worden oder noch im Bau.«

»So wie der Minstrel Tower.« Quiller schaute über die Schulter auf das Shoppingcenter. »Und das da …«

»… steht erst seit dem Frühjahr. Die Vögel kennen diesen Ort noch so, wie er im vergangenen Jahr aussah. Ich bin keine Expertin, aber ich würde sagen: Sie suchen etwas, das es nicht mehr gibt. Könnte das in den anderen Fällen auch so gewesen sein?«

Quiller kratzte sich am Kinn. »Schwer zu sagen. Zugvögel suchen auf dem Weg zu ihren Winter- oder Sommerplätzen nach allem Möglichen, Ruhe- und Futterstellen zum Beispiel. Um das für die fraglichen Fälle zu sagen, müssten wir wissen, wie die überbauten Orte zuvor ausgesehen haben.« Er blickte sie mit hochgezogenen Brauen an.

Sonora schüttelte den Kopf. »Das habe ich versucht, aber nichts Genaues entdeckt. Wie es zum Beispiel an der Stelle des Memorial Park früher ausgesehen hat, war nicht herauszufinden.«

Ein Klatschen ließ sie zusammenfahren. Ein Haufen Vogeldreck war auf der Motorhaube von Quillers Toyota gelandet, auch die gelbe Gummiente war getroffen. Sie grinste trotzdem weiter.

»Kommen Sie, wir setzen uns ins Auto.« Sonora wollte einsteigen, aber Quiller rührte sich nicht vom Fleck. »Was ist los?«, fragte sie.

»Im Auto werden wir die Grackeln nicht gut beobachten können.«

»Aber Mister Quiller ...« Sonora hatte mit einem Mal alle Horrorszenarien im Kopf, die sie laut Boskovich in ihrem Artikel hätte beschreiben sollen.

Quiller öffnete den Kofferraum seines Wagens und holte zwei Regenschirme heraus, einen gab er Sonora. Danach hielt er ihr olivgrünes Ölzeug entgegen. »Das hilft vielleicht ein bisschen. Ich hoffe, es passt Ihnen. Und nennen Sie mich Henry.«

Sonora nahm das Ölzeug wortlos entgegen und schlüpfte hinein. Es war zu groß, und die Oberfläche war an einigen Stellen zerkratzt. Quiller half ihr, die Kapuze aufzusetzen und zusammenzubinden. Dann gab er ihr noch eine Plastik-Schutzbrille, wie sie Schüler im Chemieunterricht trugen. Sonora spannte das Gummi um die Kapuze. Sie kam sich vor wie auf einer Gletscherexpedition, bloß war es auf dem Parkplatz heiß, und das Ölzeug machte es nicht gerade besser.

In einiger Entfernung bemerkte sie den Übertragungswagen eines Fernsehsenders. Die Kollegen winkten ihr durch die Fensterscheibe zu. Vermutlich würde sie in den Abendnachrichten auftauchen, als die Irre, die sich von Grackeln zu Tode scheißen ließ. Sie winkte zurück.

Im nächsten Moment waren die Gesichter der Kollegen hinter Vogelmist verschwunden. Rauschen erfüllte die Luft, als die Grackeln kamen.

Kapitel 62

Houston, USA

Sonora

War es am Abend zuvor auch so schlimm gewesen? Sonora war sicher, dass jetzt noch mehr Vögel am Bayou Place zusammengekommen waren. An Henry Quillers Seite ging sie über den Parkplatz und versuchte nicht daran zu denken, dass sie sich mit jedem Schritt von der Möglichkeit entfernte, in ihr Auto zu flüchten. So mussten sich Schiffbrüchige fühlen, wenn sie feststellten, dass sie von Haien umgeben waren.

Die Vögel kamen heran. »Schauen Sie!« Henry deutete zum Himmel. »Sie nähern sich aus verschiedenen Richtungen. Es sind mehrere Schwärme, die hier zu einem großen verschmelzen.«

Es begann Dreck zu regnen. Die Ausscheidungen der Vögel platschten auf den Asphalt, auch an den Rändern der Regenschirme liefen sie herab. Henry glitt aus und konnte gerade noch von Sonora gestützt werden. Das Flügelschlagen war lauter geworden, hinzu kamen jetzt die Rufe der Vögel, ihr Krächzen von links wurde von rechts beantwortet. Es war über und vor ihnen. Darunter erklang ein Surren. Von irgendwoher kam eine Drohne angeflogen, vermutlich von einem der Fernsehsender ausgesandt. Das Fluggerät hielt über Sonora und Henry und zwinkerte ihnen mit einem roten Dioden-Auge zu. Im nächsten Moment prallte ein Schwarm Grackeln dagegen, die Vögel kreischten, Federn flogen auf. Die Drohne trudelte und stürzte ab, genau auf den Parkplatz. Henry stieg darüber hinweg, Sonora zögerte. Das Wrack war ein Sinnbild ihrer Besorgnis.

»Kommen Sie!« Henry griff nach ihrer Hand und zog sie hinter sich her.

Sonora sträubte sich.

»Schauen Sie doch!«, rief er und lächelte, während um sie herum der Vogelmist niederging.

Irgendwie gelang es Sonora, den Blick in den Himmel zu richten. Es war dunkel geworden, aber nicht, weil die Sonne vollends untergegangen war. Die Vögel verdeckten das letzte Licht des Tages. Der Himmel war in Bewegung geraten.

Henry hatte den Kopf in den Nacken gelegt. Unter dem Ölzeug und mit der Schutzbrille wirkte er wie ein Außerirdischer. »Die Schwärme sind dort drüben am dichtesten. Sehen Sie?«

Sonora schaute in die Richtung, die Henry mit ausgestrecktem Zeigefinger vorgab, konnte jedoch keine Zeichen am Himmel erkennen. Alles war, sie konnte sich nicht helfen, eine einzige gefiederte Apokalypse. Sie lief los, weg von dem Ornithologen, zurück dorthin, wo ihr Wagen auf sie wartete.

Im nächsten Moment lag sie auf dem Boden, ein scharfer Schmerz fuhr durch ihre Schulter. Sie hatte ihre Schutzbrille verloren, wollte wieder auf die Beine kommen, aber sie rutschte aus und fiel erneut hin.

Sie spürte eine Berührung am Arm und dachte, Henry wolle ihr aufhelfen. Dann sah sie, dass er einige Meter entfernt war.

Einer der Vögel hatte sich auf Sonoras Arm niedergelassen. Die Grackel krallte sich in ihrem Ölzeug fest, schaute sich mit ruckendem Kopf um und krähte. Einen Atemzug später landeten zwei weitere Tiere auf ihr. Ein halbes Dutzend näherte sich hüpfend vom Boden aus.

Sonora wollte schreien, aber die Angst, dass Federn in ihren Mund dringen könnten, ließ sie die Lippen zusammenpressen. Nichts anderes konnte sie tun, als zu beobachten, wie Grackel um Grackel auf sie zukam und auf ihr landete.

»Weg!«, rief Henry und wedelte mit den Armen. »Verzieht euch!«

Die Vögel stoben auf und flogen davon.

Diesmal war es wirklich Henrys Hand, die sie auf die Beine zog. Sonora zitterte am ganzen Körper.

»Ich sagte ja, die Tiere sind nicht aggressiv«, erklärte er. »Sie haben nur geprüft, ob Sie eine mögliche Nahrungsquelle sind, ein Kadaver.«

»Beinahe wäre ich zu einem geworden«, gab Sonora zurück. Bevor sie dem Vogelkundler ihren Entschluss zum Rückzug mitteilen konnte, sagte er: »Ich habe da vorn etwas entdeckt!«

Sonora wollte nicht noch weiter durch das Rauschen und Flügelschlagen laufen, durch das Aufklatschen von Kot, durch die Gefahr, durch die Angst. Sie wollte zurück in ihr Apartment und ab morgen Leserbriefe beantworten.

Henry winkte ihr zu folgen. Also gut! Sie las die Schutzbrille vom Boden auf und zog das Gummiband über ihren Kopf.

Mittlerweile war der stechende Geruch überwältigend. Er war sauer und faulig, und Sonora hielt sich eine Hand über Mund und Nase, was jedoch dazu führte, dass sie nicht genug Luft bekam. Sie war sicher, dass sie den Gestank wochenlang nicht aus den Haaren herausbekommen würde. Ein Kadaver konnte nicht schlimmer riechen.

»Da, sehen Sie?« Henry war stehen geblieben und deutete auf etwas am Boden.

Sonora beugte sich vor. Dort war ein Gullydeckel eingelassen, in dessen Mitte eine Messingplatte zu erkennen war. Darin waren Buchstaben eingestanzt, Worte. Einige waren verschmiert.

»Können Sie lesen, was dort steht?«, fragte Henry. »Sonst müssten wir Wasser holen, um die Tafel zu reinigen.«

Noch einmal denselben Weg hinter sich bringen? Das kam nicht infrage. Sonora ging in die Knie, doch auch aus der Nähe ergaben die Worte keinen Sinn. Sie griff in den Vogelmist und wischte ihn mit den Fingern beiseite. Ihre Neugier war größer als ihr Ekel.

»Pine Crest Paper Company.« Sie las den Namen auf dem Schild laut vor. Dann sah sie Henry durch ihre Schutzbrille mit fragendem Blick an.

»Die alte Papierfabrik«, sagte er.

»Davon habe ich noch nie gehört«, musste Sonora zugeben.

»Dann ist diesmal meine Erinnerung hilfreicher als Ihre Recherche.«

Der Ornithologe verschwand hinter einem Vorhang aus schwarzem Gefieder, ein Schwarm Vögel hatte sich auf ihn gestürzt. Nein, erkannte Sonora durch das Erschrecken hindurch, sie landeten auf dem Boden. Lockte der Gullydeckel sie an?

Henry wedelte mit den Armen, bewegte dabei den Regenponcho wie riesige Flügel. Die Grackeln flogen davon und krächzten empört. »Die Papierfabrik stand hier bis in die Siebzigerjahre«, erklärte er. »Dann ging das Unternehmen pleite. Lange standen die Gebäude leer und verfielen, eine Brache inmitten der Stadt. Bis das Shoppingcenter gebaut wurde und die letzten Reste der alten Fabrik abgetragen wurden.«

»Kann das irgendwas mit den Grackeln zu tun haben?«, fragte Sonora. Am Himmel über ihnen hatten die Schwärme der Vögel einen einzigen Wirbel gebildet, einem Hurrikan aus schwarzen Federn. Sonora und Henry standen direkt unter dem Auge des Sturms.

»Vögel haben immer dieselben Zugrouten, das ist überlebenswichtig, sie müssen wissen, wo sie Nahrung, Wasser und sichere Rastplätze finden, um die weiten Strecken zurücklegen zu können. Papier … brauchen sie nicht. Aber sie scheinen sich an diesen Ort zu erinnern.«

»Er zieht sie regelrecht an.« Sonora deutete auf den Wirbel über ihren Köpfen.

»Eine andere Erklärung gibt es wohl nicht«, sagte Henry. »Die Grackeln kommen hierher, weil sie es früher auch getan haben. Aber da haben sie nur eine Rast eingelegt und sind weitergezogen. Diesmal bleiben sie, aber warum?« Er grübelte einen Moment, dann schlug er mit einer Hand in die andere. »Weil sie nicht finden, was sie suchen. Und in dieser Zeit kommen weitere Schwärme an.«

»Ein Verkehrsstau auf der Vogelflugroute?« Sonora spürte, wie Henrys Worte ihr einen Teil ihrer Angst nahmen. Das Erklärbare war meist weniger schrecklich als das, was man nicht verstehen konnte.

»Das mag der Grund sein, warum so viele Vögel hier sind«, fuhr Henry fort, »aber es erklärt nicht, warum sie nach einer alten Papierfabrik suchen.«

Sonora sah zu Boden, wo sich auf dem Gullydeckel neuer Vogelmist sammelte, schon waren die mühsam freigekratzten Worte wieder verklebt. »Sagten Sie, die Vögel suchen nach Wasser?«

Henry nickte.

»In einer Papierfabrik wird viel Wasser benötigt. Früher hat man in meinem Beruf in der Ausbildung noch viel über die Papierherstellung gelernt. Man braucht Wasser, um das Holz zu kochen, um die Fasern zu waschen und das Papier schließlich zu pressen.«

Henry schob sich die Schutzbrille auf die Stirn und musste sofort die Augen zusammenkneifen, denn von dem Wirbel aus

Vogelleibern und Schwingen drang ein starker Luftzug zu ihnen herunter. »Die Tiere müssen hier Wasser gefunden haben. Vielleicht gab es ein kleines Gewässer mit Zufluss, das die Fabrik versorgte.«

»Und als die letzten Reste der alten Anlage zugunsten des Shoppingcenters abgerissen wurden, hat man es zugeschüttet«, ergänzte Sonora. »Aber in der Erinnerung der Vögel existiert es noch.«

»Das wäre ein rätselhaftes Phänomen«, rief Henry. »Normalerweise würden die Tiere ganz einfach woanders nach Wasser suchen. Stattdessen bleiben sie hier. Ich verstehe das nicht.«

Kapitel 63

Region südlich von Kunming, China

Gabriel

Er spürte den Wind im Gesicht. Vielleicht war das Glück, vielleicht war auch das Schicksal auf seiner Seite, aber darauf würde sich Gabriel nicht verlassen. Diesmal wartete er nicht, bis die Elefanten an einem von ihm vorherbestimmten Punkt in die Falle gingen. Diesmal waren die Elefanten der Punkt, auf den er zulief.

Sie waren in der Nähe, er konnte sie riechen, denn der Wind blies kräftig von vorn. Sollte er umschlagen, würden die Tiere wiederum ihn wittern. Dann wäre die Jagd vorbei. Einer grasenden Elefantenherde könnte er sich nähern, einer fliehenden nicht.

Gabriel lehnte die Kalaschnikow gegen einen Baum und zog die Schuhe aus. Mit bloßen Fußsohlen war er in der Lage, die Rumbles der Elefanten, ihre Signale, zu spüren und die Herde zu finden. Auch seiner restlichen Kleider entledigte er sich, denn daran hafteten die Gerüche von Treibstoff und Maschinen, von Essen und Trinken, von Männerschweiß und Wut. Jedes einzelne dieser Aromen konnte in einem Rüssel eine panische Reaktion auslösen.

Er ließ alles zurück, was ihn als Mensch verraten konnte, alles, bis auf das Gewehr und eine Schachtel Patronen. Jetzt kam es nur noch auf den Instinkt an.

Die Sonne war untergegangen. Im letzten Licht des Tages trabte Gabriel geduckt am Waldrand entlang. Er wusste, in welcher Richtung der Fluss lag, dort würde er seine Beute aufstöbern. Nach einer Weile trat er in etwas Weiches. Elefantenlosung. Er zerrieb die Masse zwischen den Fingern und roch daran, sie war frisch. Er nahm zwei Handvoll auf und rieb sich damit ein, machte den Geruch der Tiere zu seinem eigenen, verschmierte den Dung auch auf seinen Wangen und seiner Stirn, um seine helle Haut zu bedecken. Als er weiterlief, summte er leise ein Lied, das er im Kongo gelernt hatte: *Chamäleon schenke mir Mut*. Die Jäger dort sangen es, um mit der Präzision und der Kraft einer Chamäleonzunge zuschlagen zu können.

Er brauchte nicht lange, und das Vibrieren unter seinen Füßen wies ihm den Weg. Im letzten Licht des Tages sah er sie. Die Tiere hatten sich am Flussufer versammelt. Sie waren angespannt, das konnte er an ihrer Haltung erkennen. Einige wedelten mit den Ohren, schlugen mit den Schwänzen und hoben die Rüssel hoch über den Kopf.

Gabriel legte sich auf den Bauch. Er hatte das befreiende Gefühl, jeglichen Ballast der Zivilisation zurückzulassen. Es gab keinen Helikopter mehr, kein Fernglas, kein Zielfernrohr, es gab nur noch ihn, seine Beute, sein Gewehr und die Macht, die in ihm schlummerte.

Auf dem Boden liegend kroch er durch das Gras. Von unten betrachtet, ragten die Elefanten noch höher empor. Ihre Rumbles drangen nun durch Gabriels gesamten Körper. Er glaubte, das leise Trommeln der Elefantenherzen hören zu können.

Etwas packte ihn und hob ihn hoch. Im nächsten Moment schwebte Gabriel zwei Meter über dem Boden, einen Elefantenrüssel um seine Körpermitte geschlungen. Das Tier war zwischen

Bäumen verborgen gewesen, ein Wächter, der die Herde vor Feinden schützen sollte.

Der Druck schnürte ihm die Luft ab. Mit der freien Hand versuchte er, den Griff zu lösen, aber das war unmöglich. Elefantenrüssel verfügten über vierzigtausend Muskeln, Gabriels gesamter Körper bestand nur aus etwa siebenhundert. Er hatte keine Chance.

Aber er hatte das Maschinengewehr.

Er ignorierte die Panik, die Alarmsignale seines Gehirns, das Gefühl, zerquetscht zu werden. Mit einem Ruck hob er das Gewehr und richtete den Lauf auf den Kopf des Elefanten, auf die bösartig funkelnden Augen, die hässliche Fratze. Bevor er abdrücken konnte, wurde er herumgeschleudert. Der Riese schüttelte seine Beute, um sie unschädlich zu machen, um Gabriels Rückgrat zu brechen. Die Welt ging in einem Wirbel unter. Die Schwerkraft zerrte und riss an seinen Knochen, an der Kalaschnikow.

Er zwängte alles Gefühl, das er noch hatte, in seine Hände, schloss die Augen, um nicht abgelenkt zu werden. Er wusste auch so, wo der Elefant war. Die AK-47 war kein Präzisionsinstrument, sie war dazu da, ihre tödliche Ladung zu streuen. Er feuerte eine Salve, das Rütteln hörte auf. Er drückte noch einmal ab, dann wieder. Als Nächstes nahm er wahr, dass er im Gras lag. In seinen Ohren sang ein hoher Ton, die Rückkopplung des Lebens. Darunter vernahm er aufgeregtes Trompeten, das Donnern großer Füße, die sich entfernten.

Gabriel lag auf dem Rücken, das Gewehr fest in der Hand. Er lachte. Jetzt hatte er sie. Die Herde gehörte ihm.

Kapitel 64

Region südlich von Kunming, China

Peter

»Da vorn ist der Fluss«, rief Sui und deutete durch die Windschutzscheibe des Sportwagens. Nach ihren Anweisungen hatte Jia sie, Bao und Peter über Feldwege dorthin gefahren, wo sie den Panlong vermutete. In der Zwischenzeit war es dunkel geworden, und die Scheinwerfer des Autos erhellten nur Ausschnitte der Umgebung. Voraus war das Glitzern von Wasser zu erkennen.

Jia stellte den Wagen ab, und die vier Passagiere stiegen aus. Da war das Rauschen der Strömung, das Rascheln von Blättern, das Singen der Gräser. Von den Geräuschen, die eine Elefantenherde verursacht, war nichts zu hören.

»Sie müssen hier irgendwo sein.« Peter starrte in die Dunkelheit. Noch immer war er wie benommen davon, was er gemeinsam mit seinem Vater herausgefunden hatte: An vielen Orten auf der Welt versammelten sich Tiere in Städten und suchten nach Wasser – ein Phänomen, das es schon vor langer Zeit gegeben haben könnte. Möglicherweise war es dafür verantwortlich, dass ganze Reiche untergegangen waren, ähnlich wie das von Teotihuacán. Sie mussten herausfinden, was dahintersteckte. Die Herde war der Schlüssel.

Aus den Nachrichten war der Aufenthaltsort der Elefanten nicht zu erfahren gewesen. Einzig, dass sich die Polizei darauf vorbereitete, die Tiere von der Stadt fernzuhalten, wurde noch einmal bekannt gegeben.

»Gibt es in der Nähe eine Brücke?«, fragte Peter.

Jia verneinte. »Die nächste Möglichkeit, den Fluss zu überqueren, bietet sich erst ein ganzes Stück weiter nördlich, im Stadtgebiet.«

»Davor liegt noch die Baustelle der Drachenmauer«, ergänzte Sui.

Dort war vor einigen Tagen die Präsentation für das Staudammprojekt veranstaltet worden, dort hatte Peter Sui zum ersten Mal gesehen. Es schien ihm, als lägen die Geschehnisse ein halbes Menschenleben zurück.

»Wenn sie keine Brücke nutzen können, müssen die Tiere auf dieser Seite des Panlong sein«, schlussfolgerte er.

»Und wir wissen, dass sie auf die Stadt zuhalten«, sagte Bao. »Die liegt im Norden.«

»Dann müssen wir da lang.« Jia deutete in die Richtung, in der am Himmel ein heller Schein zu sehen war: die Lichter von Kunming.

»Fahren wir«, sagte Peter. »Ruan Yun und seine Helfer werden sich bestimmt nicht schlafen gelegt haben.«

»Augenblick mal!«, rief Sui. »Zuerst müssen wir überlegen, wie wir die Elefanten diesmal aufhalten wollen und was wir machen, wenn wir auf die Jäger treffen. Sie haben Waffen – alles, was wir haben, sind gute Absichten. Einer von ihnen hat dich verprügelt, sie haben auf uns geschossen und mehrere Elefanten getötet. Und dann sind da noch die Polizisten aus Kunming, die nicht zögern werden, ihre Waffen auf die Herde anzulegen.«

Am liebsten wäre Peter einfach losgefahren, oder, wenn die anderen sich erst umständlich beraten wollten, losgelaufen. Ihnen blieb keine Zeit für langes Pläneschmieden. Jeder vergeudete Augenblick konnte einem weiteren Elefanten das Leben kosten.

Trotzdem hatte Sui recht. Ruan Yun hielt alle Trümpfe in der Hand: Er hatte den Helikopter, er hatte Waffen, er hatte einen professionellen Großwildjäger und einen Trupp Männer fürs Grobe. Zu allem Überfluss hatte er auch noch das Gesetz auf seiner Seite.

Aber: War das wirklich so?

»Yun ist doch der Gouverneur dieser Provinz«, sagte Peter. »Welcher Stelle in Beijing ist er untergeordnet?«

»Es gibt eine ganze Reihe von Funktionären in Beijing, die mächtiger sind als Ruan Yun«, sagte Sui. »Warum fragst du danach?«

»Ist der Sekretär des Politbüros einer davon?«, forschte Peter weiter.

»Chen Akeno?« Diesmal war es Jia, die antwortete. »Er gehört zu den zwölf mächtigsten Männern Chinas. Er könnte Ruan Yun mit einem Fingerschnipsen von seinem Posten entheben.«

Sui schüttelte den Kopf. »Du kannst diesen Mann nicht einfach anrufen und ihn um Hilfe gegen einen führenden Verwaltungsfunktionär bitten. Er würde dir nicht zuhören, nicht mal mit dir sprechen.«

»Vielleicht doch. Der Mann ist ein alter Freund meines Vaters. Durch Chen Akeno habe ich Zugang zu deiner Präsentation für die Drachenmauer erhalten.« Dass er sich dazu als Abel Söneland ausgegeben hatte, verschwieg Peter. Und auch, dass der Parteisekretär davon erfahren hatte. Er wollte nicht noch länger diskutieren – er brauchte Ergebnisse.

Er wählte die Nummern Chen Akenos in seinem Telefon an, wo er sie gespeichert hatte, bevor er nach China gekommen war, und entschied sich für die private, da es bereits Abend war. Während Jia und Sui im Hintergrund aufgeregt miteinander redeten, ging Peter ein paar Schritte zur Seite; mit einem Ohr hörte er auf das Tuten, mit dem anderen auf das Rauschen des Flusses.

»Residenz von Chen Akeno«, meldete sich eine Frauenstimme auf Mandarin.

»Hier spricht Peter Danielsson.« Er versuchte, so unaufgeregt wie möglich zu klingen. »Ich bin der Sohn von Abel Söneland. Ist Herr Chen Akeno zu sprechen?« Bewusst verzichtete er auf den Titel »Parteisekretär«, um dem Anruf einen privaten Anstrich zu verleihen.

»Chen Akeno«, ließ sich einen Augenblick später eine Männerstimme vernehmen. Es folgte keine Frage, keine Aufforderung, keine Warnung. Einfach nichts. Es lag an Peter, die richtigen Worte zu finden.

Noch einmal stellte er sich vor und erklärte, er habe die Telefonnummer von seinem Vater, der aber von diesem Anruf nichts wisse. »Vor zwei Tagen habe ich mich als mein Vater ausgegeben und ihrer beider Freundschaft dazu benutzt, mich auf eine offizielle Veranstaltung in Kunming zu schmuggeln, die Präsentation der Drachenmauer.«

»Ich weiß, was Sie getan haben«, sagte der Mann am anderen Ende. »Sie verfolgen Ihre Ziele mit aller Kraft und unlauteren Mitteln. Rufen Sie an, um sich bei mir zu entschuldigen?«

Peter überlegte einen Moment. »Würde ich das tun, wäre es eine Lüge«, sagte er. »Ich hatte einen Grund für mein Handeln. Und ich würde es wieder so machen, ohne zu zögern.«

Eine Pause entstand. Hatte Chen Akeno aufgelegt? Dann kehrte die Stimme des Chinesen zurück. »Sie sind der Sohn Ihres Vaters, Herr Danielsson. Warum rufen Sie mich denn sonst an? Steckt Abel in Schwierigkeiten?«

»Wir alle«, sagte Peter, »stecken in Schwierigkeiten.« So knapp wie möglich berichtete er davon, was Vater und Sohn gemeinsam herausgefunden hatten. »Die Elefantenherde, die seit einigen Tagen durch Yunnan wandert, ist Teil einer Entwicklung, sie macht ein Phänomen deutlich. Wenn wir das Verhalten der Tiere verstehen, können wir herausfinden, womit wir es zu tun haben. Aber der Gouverneur der Provinz Yunnan, Ruan Yun, will die Tiere abschießen lassen. Er sieht die Sicherheit der Menschen bedroht.«

»Hat er damit nicht recht?«, wollte Chen Akeno wissen.

»Das hätte er, wenn die Elefanten wirklich eine Bedrohung wären. Aber gefährlich sind sie nur, wenn man sie angreift. Sonst sind sie friedliche Tiere. Bitte halten Sie Ruan Yun auf.«

»Yun ist ein fähiger Mann, der selbst entscheidet, was in seiner Provinz geschieht«, sagte Chen Akeno.

Sui tauchte vor Peter auf und sah ihn mit einem ermutigenden Blick an. Sie streckte einen Arm aus und legte eine Hand gegen seine Brust. Ihre Wärme sprang auf ihn über. Mit der freien Hand umfasste Peter Suis Finger.

»Es geht hier aber nicht nur um die Provinz Yunnan«, erklärte er Chen Akeno. »Es geht auch nicht nur um China. Es geht um die ganze Welt. Bitte helfen Sie uns!«

»Ihre Argumente klingen vernünftig«, sagte Chen Akeno nach einer Weile. Im Hintergrund war zu hören, wie eine Flüssigkeit in ein Glas gegossen wurde. »Aber Sie haben meinen Namen missbraucht. Und Sie sind bereit, es wieder zu tun. Das ist keine Grundlage für mich, Ihnen Glauben zu schenken und ein Risiko für Sie einzugehen.«

»Aber die Elefanten werden sterben, wenn Sie nichts unternehmen.«

»Soll ich den Gouverneur Yunnans an die Kette legen, weil Sie mir eine Geschichte erzählen? Das genügt nicht.«

»Und wenn ich Beweise erbringe?«

»Können Sie das denn?«

»Mein Vater ist dabei, eine Laborprobe von Wasser und Sediment aus Teotihuacán zu besorgen. Wenn ihm das gelingt, können wir unsere Vermutungen auf ein wissenschaftliches Fundament stellen.« Peters Blick hielt sich an Suis Augen fest.

»Ich bin skeptisch, aber ich bin bereit, mich überzeugen zu lassen. Wenn Sie mir Daten vorlegen, mit denen sich Ihre Theorie untermauern lässt, überlege ich es mir vielleicht noch mal. Wǎn'ān, Herr Danielsson.« Die Verbindung wurde beendet.

»Gute Nacht?«, wiederholte Peter ungläubig. »Was glaubt der denn, wie viel Zeit wir haben?«

Wie zur Antwort waren aus der Ferne Schüsse zu hören.

Kapitel 65

Baustelle der Drachenmauer vor Kunming, China

Wei

Was würden seine Eltern sagen, wenn sie ihn jetzt sehen könnten? Sie hatten ihm den Namen Wang Wei gegeben, was »großartiger König« bedeutete. Was hatten sie sich dabei gedacht? Dass er, der Sohn eines Lagerarbeiters, einmal zu Ruhm, Macht und Reichtum kommen würde? Daraus war nichts geworden. Weis Thron war ein polsterloser Holzstuhl, sein Thronsaal ein windschiefer Verschlag und sein Reich die Baustelle der Drachenmauer. Als Nachtwächter hatte er nicht einmal Untertanen, denn wenn er den Dienst antrat, verließen die anderen Arbeiter die Baustelle. Wenn er tatsächlich so etwas wie ein König sein sollte, dann der Herrscher seiner eigenen Einsamkeit.

Wei holte die violette E-Zigarette hervor und schaltete sie ein. Immerhin konnte er in der Hütte rauchen, ohne dass sich jemand beschwerte. Er paffte vor sich hin und genoss es, dass das Traubenaroma allmählich den Gestank des Arbeitstages aus dem Verschlag vertrieb. Durch das schmutzige Fenster konnte er die Baustelle am Fluss überblicken. Die kahle, von Baggern zerfurchte Erde glänzte feucht im Scheinwerferlicht. Die Löcher für die ersten Fundamente waren bereits ausgehoben, schwarze

Mäuler, die im Boden gähnten. Ein Netz aus Kabeln und Rohren zog sich kreuz und quer über das Gelände. Die gewaltigen Kräne sahen aus wie stählerne Giganten, die über den ruhig dahinfließenden Panlong wachten. In der Ferne war der schwache Schein der Lichter von Kunming zu erkennen.

Der Dampf aus der E-Zigarette erfüllte den kleinen Raum, deshalb schob Wei das Fenster ein Stück zur Seite. Kühle Luft zog herein, brachte den Geruch von Diesel und Regen. Er warf einen prüfenden Blick zum Himmel hinauf. Schwere Wolken hatten sich vor den Mond geschoben. Wei runzelte die Stirn. Er arbeitete noch nicht lange hier. Die Baustelle war erst vor wenigen Wochen eingerichtet worden. Trotzdem fürchtete er sich ein bisschen davor, Blitz, Donner und Sturm in einem wackeligen Holzverschlag aussitzen zu müssen, denn in seiner Hütte liefen die Kabel für die Beleuchtung der Baustelle zusammen, und er wusste nicht, ob der Vorarbeiter einen Blitzableiter installiert hatte.

Was blieb ihm übrig? Er rauchte und sah zu, wie der Dampf aus dem Fenster abzog. Dabei lauschte er dem leisen Klopfen der Pumpen, die auch in der Nacht das Wasser aus den Gruben beförderten. Der Fluss ließ sich nicht so einfach eindämmen, es schien sogar, als wehre er sich dagegen. Wang Wei schaltete die Zigarette aus und schloss die Augen. Sein erster Kontrollgang war erst in einer Stunde fällig, da blieb Zeit genug für ein Nickerchen. Er lauschte auf das Knacken von Holz, das Summen der Insekten, das ferne Bellen eines Hundes und das sanfte Tropfen von Regen auf das Wellblechdach.

Im nächsten Moment war er hellwach. Da war ein Geräusch gewesen, das nicht hierhergehörte. Erst dachte er, es rühre von einer der Pumpen, die heiß gelaufen sein mochte. Doch als sich der Laut wiederholte, wusste er, dass er nicht von einer Maschine stammte, dazu war er zu melodiös. Das war ein Trompeten.

In dem Moment sah er die Elefanten. Eine ganze Herde tauchte im Licht der Scheinwerfer auf, hintereinander stapften die Tiere am Ufer des Panlong entlang. Nein, korrigierte sich Wei in Gedanken, sie stapften nicht, sie rannten. Die schweren Leiber schaukelten und drängten, die Tiere versuchten sich gegenseitig zu überholen. Sie waren vor irgendetwas auf der Flucht.

Wei hatte im Radio von der umherwandernden Herde gehört, aber die Nachrichten – das war etwas, das immer irgendwo anders passierte.

Die Herde erreichte den Bauzaun und rannte ihn um. Als die Tiere darüber hinwegstampften, drang das helle Scheppern des Maschendrahts durch die Nacht. Ein Haufen Ziegelsteine wurde mit einem Tritt zerstreut, ein Bauwagen fiel um.

Wei griff nach dem Telefon, da wurde die Tür zur Hütte aufgerissen, und ein Ungeheuer stand vor ihm. Es hatte entfernte Ähnlichkeit mit einem Menschen, war über und über mit Schlamm beschmiert, an seiner Körpermitte war die Haut rot und blau, ein Schlachtfeld voller Blutergüsse. Zwei große weiße Augen mit roten Rändern leuchteten aus dem Schmutz hervor.

Wei schrie auf. Der Gestank, der von der Gestalt ausging, raubte ihm den Atem. Er ließ den Telefonhörer fallen und drängte sich gegen die Wand, um so viel Abstand wie möglich zwischen sich und dieses Wesen zu bringen, das ihn jetzt mit einem irrsinnigen Blick ansah. Es hatte ein Gewehr in der Hand.

»Wo ist der Hauptschalter für die Scheinwerfer?« Die Stimme erinnerte an das Fauchen eines Raubtiers.

Mit zitternden Fingern deutete Wei auf die entsprechende Taste.

Die Erscheinung streckte eine Hand aus und drückte drauf. Draußen verwandelte sich die spärliche Sicherheitsbeleuchtung in ein grelles Gleißen, wie das Flutlicht eines Fußballstadions.

Die Elefanten reagierten umgehend, sie liefen durcheinander

und versuchten vergeblich, zwischen den Maschinen, Kränen, Baggern und Betonröhren einen Ausgang zu finden.

»Ist außer dir noch jemand hier?«

Wei schüttelte den Kopf.

»Verschwinde!«

Das ließ sich Wei nicht zweimal sagen. Er drängte aus der Hütte und rannte davon, auf sein Auto zu. In der Ferne, aus Richtung der Stadt, näherten sich die flackernden Lichter von Einsatzwagen.

Kapitel 66

Baustelle der Drachenmauer vor Kunming, China

Gabriel

Es war ein weiter Weg gewesen von dort, wo ihn der Elefant überrascht hatte, bis zu dieser Baustelle, aber er hatte durchgehalten. Sein Atem ging schwer und flach, Anspannung und Schmerz liefen in Strömen aus ihm heraus. Er entblößte seine Zähne. Mit jedem Schritt zuckte er zusammen. Die geprellten Rippen konnte er ertragen. Auch die Kopfschmerzen, die vermutlich von einer Gehirnerschütterung herrührten. Aber die ausgekugelte Schulter kam einer Tragödie gleich. Wie sollte er damit das Gewehr heben und ruhig halten?

Es hatte zu regnen begonnen. Gabriel schwitzte, daran änderte auch der kühle Wind nichts, der mit Macht über den Fluss fegte. Er verließ den Holzverschlag. In einiger Entfernung brauste das Auto des Nachtwächters davon. Gabriel hatte das Gelände für sich. Die Elefanten saßen in der Falle.

Nach seinem Zweikampf mit dem Elefanten, den das Tier verloren und mit dem Leben bezahlt hatte, waren die anderen davongelaufen, immer am Fluss entlang, bis sie auf dieser Baustelle angekommen waren. Jetzt fanden sie nicht mehr heraus. Ängstlich drängten sich die Tiere um die Matriarchin, wohl in der Hoffnung, die Leitkuh werde sie in Sicherheit bringen; doch die Elefantin rührte sich nicht und stieß laute Trompetenstöße aus. Die Herde war am Ende ihres Weges angekommen.

Mit dem gesunden Arm – dem linken – hielt er die AK-47 fest und lief auf die Tiere zu. An seinem Vorhaben, ihnen Auge in Auge gegenüberzustehen, änderten auch seine Verletzungen nichts. Er umrundete einen Kran, trat mit dem rechten Fuß auf etwas Hartes, Scharfkantiges. Schmerz sägte durch sein Bein, nur eine Nebenstimme in der heulenden Sinfonie, die aus dem Orchestergraben seiner Nerven emporstieg.

Dann standen sie vor ihm. Die restlichen Tiere der Herde, an der der Jäger Gabriel Vilain beinahe gescheitert war. Nur beinahe. Gabriel hob die Kalaschnikow mit der linken Hand und versuchte, den Lauf mit der rechten zu stützen. Der Schmerz in der Gelenkpfanne machte ihn fast blind. Er schrie. Er schoss.

Die Herde wirbelte durcheinander. Die Tiere versuchten davonzulaufen, doch Container und Bauwagen waren im Weg, drehten sich, stürzten zur Seite.

Gabriel rannte zu einer niedrigen Betonröhre hinüber. Wenn er den Lauf des Gewehrs darauf abstützte, musste er den rechten Arm nicht gebrauchen. Er hatte die Röhre noch nicht erreicht, als er sah, wie sich die Herde aufteilte. Die grauen Leiber drängten zu den Seiten weg. Die Matriarchin erschien. Die Anführerin schien beschlossen zu haben, dass es nur eine Möglichkeit gab, ihre Gruppe zu schützen: indem sie die Gefahr aus dem Weg räumte.

Das Tier war groß für eine Leitkuh. Die Elefantin trug Narben von Kämpfen, und die Augen, die im Scheinwerferlicht glänzten, glühten, als sich ihr Blick an Gabriels Gesicht festsaugte. Der Regen ergoss sich auf die Baustelle und lief an den Flanken des Tiers herab, als es jetzt auf Gabriel zukam.

Er feuerte. Die Ak-47 bellte. Er war sicher, getroffen zu haben, aber seine Gegnerin wurde nicht langsamer. Er schoss erneut. Jedenfalls wollte er das, doch der Abzug ließ sich bis nach hinten durchziehen, ohne dass der Druckpunkt zu spüren war. Es klackte nicht mal. Die Federn mussten gebrochen sein. Diese verdammten russischen Schrottgewehre!

Gabriel schleuderte die nutzlose Waffe in Richtung der Matriarchin und rannte los. Er hörte sie hinter sich, er konnte ihren Triumph riechen, ihre todbringenden Füße durch den Schlamm malmen hören. Ein Bagger stand zwischen einem Betonmischer und einer mannshohen Kabelrolle. Wasser glitzerte auf seinem grünen Blech. Sein großer, mechanischer Arm ruhte schwer auf dem Boden – die perfekte Prothese.

Gabriel riss die Tür zur Fahrerkabine auf und sprang hinein. Die Matriarchin prallte gegen das Fahrzeug. Die Welt schaukelte. Gabriel wurde gegen die Steuerkonsole geworfen, er brüllte, als sein Schultergelenk zusammengedrückt wurde. Doch der Bagger kippte nicht um. Sein Gewicht gab ihm genug Halt, um selbst dem Angriff eines Elefanten standhalten zu können.

Er schlug die Tür hinter sich zu. Vor der Scheibe zog das Auge seiner Widersacherin vorbei.

Ein Schlüssel! Es musste einen Schlüssel für dieses Gefährt geben. Er tastete nach dem Zündschloss, fand es leer, ebenso die Konsole, auch fiel kein Schlüssel von der Sonnenblende herab. Etwas stach in sein Gesäß. Sein Körper war so taub, dass er es beinahe nicht bemerkt hätte. Der Schlüssel auf dem Fahrersitz.

Gabriel zog ihn hervor. Die Verrenkung kostete ihn so viel Kraft, dass er beinahe ohnmächtig geworden wäre. Er brauchte drei Versuche, bevor er den Schlüssel ins Zündschloss gesteckt hatte. Als der Motor ansprang, schlug sein Herz wie ein Vorschlaghammer in seiner Brust. Er saß nicht einfach in einem Bagger, er war in einen neuen Körper hineingeschlüpft.

Mit zitternden Fingern schob er den Hebel für die Fahrtrichtung nach hinten und trat das Gaspedal durch. Der Bagger setzte zurück.

Die Matriarchin folgte ihm. Immer wieder stieß sie mit dem Kopf gegen die Fahrerkabine; offenbar versuchte sie, ihre Stoßzähne hineinzubohren, um das mechanische Tier aufzuspießen, in das sich ihr Gegner verwandelt hatte.

Als sich die Elefantin aufgeregt im Kreis drehte, gelang es Gabriel, Abstand zu gewinnen. Er fand den Schalter für die Baggerschaufel nicht auf Anhieb, aber als er ihn entdeckt hatte, ließ er ihn nicht mehr los. Er hob den tonnenschweren Arm, und die Schaufel fuhr hoch, blieb drohend über der Kontrahentin hängen. Wasser lief zwischen den Flachzähnen hervor und klatschte auf den Boden.

Die Matriarchin hob den Rüssel und trompetete laut. Für einen Moment hingen Schaufel und Rüssel auf derselben Höhe. Dann rannte das Tier auf die Maschine zu.

Kapitel 67

Baustelle der Drachenmauer vor Kunming, China

Peter

Die Zufahrt zur Baustelle der Drachenmauer war in ein Lichtermeer getaucht, das im Regen glänzte. Ein Dutzend Einsatzwagen blockierten die Straße, auf ihren Dächern rotierten blaue und rote Signalleuchten. Daneben hatten sich Polizisten mit weißem Plastikschutz über ihren Dienstmützen und angelegten Gewehren postiert. Andere standen in Gruppen zusammen, es wimmelte von Menschen.

Jia stoppte den Wagen am Rand der Absperrung, Peter sprang heraus. Nachdem sie die Schüsse gehört hatten, waren sie so nah wie möglich am Fluss entlanggefahren, hatten die Elefanten aber nicht einholen können – bis jetzt. Die Herde drängte sich auf der Baustelle zusammen. Die Zufahrtsstraße war der einzige Weg, auf dem die Tiere dem Irrgarten entkommen konnten.

»Es gibt keinen Grund, auf die Elefanten zu schießen.« Peter hob die Arme und ging auf die Einsatzkräfte zu, so langsam, wie er sich einem wütenden Elefanten genähert hätte. »Sie sind nicht bösartig, sie haben Angst.«

Die Mündungen der Gewehre blieben auf die Baustelle gerichtet. Einer der Polizisten schrie Peter wütend an, er solle sich verziehen.

Er gab vor, den Mann nicht zu verstehen, und ging weiter. Durch die Regentropfen auf seiner Brille sah Peter ihn nur verschwommen. Der Polizist schoss in die Luft. Peter zögerte. Er glaubte nicht, dass der Chinese wirklich auf ihn anlegen würde, aber sie würden ihn verhaften, und das durfte auf keinen Fall geschehen.

Rufe wurden laut. Die Polizisten deuteten zur Baustelle hinunter. In die Herde war Bewegung gekommen. Die Matriarchin lief auf eine Gestalt zu. Wer war das? Wenn die Tiere vor aller Augen das Leben eines Menschen bedrohten, würden die Sicherheitskräfte nicht länger zögern.

»Danielsson!« Der Ruf drang zwischen den Polizisten hervor.

Zunächst erkannte Peter Ruan Yun ohne seine Jagdkleidung nicht, denn jetzt trug er einen dunklen Anzug und einen Schirm. Das nachlässig geknöpfte Hemd und die fehlende Krawatte verrieten, dass er sich in aller Eile umgezogen hatte.

Yun kam auf Peter zu. Im Hintergrund senkte der Polizist das Gewehr. Er wollte wohl nicht versehentlich einen Schuss auf den Gouverneur der Provinz Yunnan abgeben.

»Lassen Sie endlich die Tiere in Ruhe!«, rief Peter Ruan Yun entgegen und strich sich das nasse Haar aus der Stirn.

»Das geht leider nicht«, gab der Chinese zurück und blieb dicht vor ihm stehen. Der Regen tropfte von seinem Schirm auf Peters Hose. »Die Bestien haben Menschen verletzt, und wenn wir sie nicht zur Strecke bringen, werden sie in den Straßen von Kunming ein Gemetzel anrichten.«

War es sinnvoll, Ruan Yun noch einmal auf die Bedeutung der Herde hinzuweisen? Das hatte Peter schon mehrmals versucht, und trotzdem stand er jetzt einem Bataillon Polizisten gegenüber, das nur auf den Befehl wartete, die Elefanten abzuschießen. Warum sprach der Gouverneur dann überhaupt mit ihm? Warum ließ er seinen Widersacher nicht einfach verhaften?

Weil Peter ihm schaden konnte.

Im nächsten Moment bestätigte sich dieser Verdacht. »Ich gebe Ihnen Gelegenheit zu verschwinden. Verlassen Sie Kunming, verlassen Sie China. Niemand wird Sie aufhalten. Aber gehen Sie, und zwar sofort.«

Peter starrte Ruan Yun an. Was der Mann da von sich gab, war ein Schuldbekenntnis. Konnte er es irgendwie dazu nutzen, die Herde zu schützen? Die Gedanken rasten durch seinen Kopf wie die Projektile einer Waffe.

Ruan Yun verschränkte die Arme. »Wenn Sie mir aus dem Weg gehen, wird auch Dayan Sui nichts zu befürchten haben. Ansonsten …«

Sui. Peter warf einen Blick über die Schulter. In einiger Entfernung stand der grüne Sportwagen. Er war leer.

Jia stand in einiger Entfernung mit zwei Polizisten zusammen und hielt sich eine durchsichtige Plane über den Kopf.

Sui und Bao liefen die Zufahrtsstraße hinab, auf die Baustelle zu.

*

Gabriel

Rote Lampen blinkten auf dem Armaturenbrett des Baggers, elektrische Kopien der Elefantenaugen, die Gabriel durch die Plexiglasscheibe des Baggers anstarrten. Das riesige Tier war nur einen Steinwurf von ihm entfernt. Es bewegte sich mit überraschender Leichtigkeit, der Rüssel peitschte durch die Luft. Die Matriarchin riss das Maul auf und schrie. Gabriel antwortete, indem er zurückbrüllte. Er trat auf das Gaspedal und ließ damit auch die Maschine einen Schrei ausstoßen, der Mundgeruch des Dieselmotors erfüllte die Luft und mischte sich mit dem Dampf nassen Zements.

Mensch und Tier starrten sich an. Gabriel wollte nicht abwarten, bis die Leitkuh angriff. Er richtete die Baggerschaufel auf den Kopf seiner Gegnerin und fuhr los. Die Matriarchin musterte den langen, stählernen Arm, der auf sie zurollte, mit aufgerissenen Augen. Aber sie wich nicht zurück.

Gabriel ließ die Schaufel fallen, die mit lautem Klirren auf dem Boden aufschlug. Die Elefantin zuckte zurück. Wieder schrie sie. Das Werkzeug hatte das Tier am Bein getroffen. Ein Gefühl des Triumphes durchfuhr Gabriel. Sein neuer, mechanischer Körper fühlte sich gut an. Ihm war, als habe sein Geist zuvor in einer Hülle aus Fleisch, Knochen und Muskeln gesteckt – minderwertigem Material und anfällig für Verletzungen. Wie viel stärker und dauerhafter war dagegen ein Leib aus Stahl?

Die Elefantin hielt auf den Bagger zu. Sie war langsamer geworden, ihr linkes Vorderbein war verletzt. Trotz der Regenschlieren auf der Scheibe sah Gabriel die Wunden, die die Zähne der Baggerschaufel gerissen hatten.

Mit zitternden Händen fuhr er den hydraulischen Arm nach vorn. Diesmal musste er den Kopf treffen. Er zielte auf die Augen und ließ die Kabine rotieren.

Die Matriarchin stieß einen schrillen Schrei aus und schlug mit dem Rüssel nach der Baggerschaufel. Es klatschte, als das Organ gegen das Metall prallte. Wasser spritzte in die Höhe. Gabriel riss an dem Hebel, um die Schaufel zurückzuziehen, doch der Elefant schlang den Rüssel um den Stahl und hielt eisern fest. Mit aller Kraft zerrte Gabriel an den Hebeln und musste mitansehen, wie einer der hydraulischen Schläuche anschwoll und platzte. Flüssigkeit troff heraus, grünes Blut. Er fuhr nach vorn und stieß gegen den Elefantenkörper. Die Matriarchin stieß einen Schrei aus und taumelte zurück. Ihr linkes Vorderbein knickte ein. Im nächsten Moment senkte sie den Kopf, ihre Stoßzähne bohrten sich in den aufgeweichten Boden.

Kapitel 68

Baustelle der Drachenmauer vor Kunming, China

Sui

»Ma?« Sui wusste nicht, wohin sie zuerst schauen sollte: zu Peter, der auf die bewaffneten Polizisten zulief, oder auf ihre Mutter, die seitlich an der Absperrung vorbeiging, ohne auf die Einsatzkräfte zu achten. Die überraschten Uniformierten hielten sie nicht auf, und schon schritt sie die Zufahrtsstraße zur Baustelle hinab. Bao war in Richtung der Elefanten unterwegs.

»Ma!« Sui rief, so laut sie konnte, obwohl sie wusste, dass sie Bao nicht aufhalten konnte – jedenfalls nicht mit Worten. Sie lief los, der Baustelle entgegen, dorthin, wo sie längst hätte sein müssen, wohin sie gehörte.

Irgendetwas hatte sich verändert. Sui konnte die zukünftige Drachenmauer nicht mehr erahnen. Bislang hatte sie in ihrer Fantasie das Bauwerk vor sich aufragen sehen, es war ein Blick in die Zukunft gewesen, der ihr Motivation und Kraft geschenkt hatte. Doch jetzt tauchte die Vision nicht mehr vor ihr auf.

Stattdessen sah sie, wie die Matriarchin gegen einen Bagger anrannte. Die Schaufel schlug gegen die Beine. Das Tier taumelte, sackte zusammen. Wer auch immer in dem Bagger saß, musste es auf die Elefanten abgesehen haben, denn statt die Gelegenheit zur Flucht zu nutzen, setzte der Fahrer des Baggers das schwere Gerät ein Stück zurück und ließ es nun auf das majestätische Leittier zurollen.

Sui ahnte, wer da gerade die Leitkuh angriff. Der Jäger, der gestern zwischen den Berghängen zwei Elefanten getötet hatte, der Jäger, vor dem Sui Peter gerettet hatte, der Jäger, der auf sie alle geschossen hatte. Sie lief schneller, rutschte im Schlamm aus und stürzte, kam aber schnell wieder auf die Beine. Bao war schon ein gutes Stück voraus und lief mit federnden Schritten dorthin, wo die Matriarchin um ihr Leben kämpfte.

»Ma!« Sui rannte, so schnell sie konnte. Der Sturm wirbelte ihr das Haar ins Gesicht, sodass sie einen Moment lang nichts mehr sehen konnte. Sie wischte es weg. Bao hatte den Schauplatz des Zweikampfs erreicht. Ihre Kleider klebten nass und schwer an ihrem mageren Körper. Sie hob die Arme und gestikulierte in Richtung der zusammengesunkenen Elefantenkuh. Es war wie vor einigen Tagen, als Bao versucht hatte, zu der Herde in dem Dorf zu sprechen. Aber da hatte es keinen Bagger gegeben, der auf sie zurollte.

»Ma!«

Bao hatte sich vor die Matriarchin gestellt und versuchte allem Anschein nach, sie zum Aufstehen zu bewegen. Glaubte ihre Mutter etwa, der Mann im Bagger würde für sie anhalten? Die Baumaschine rollte auf die Elefantin zu, die kleine Frau zwischen ihm und seinem Ziel schien ihn nicht zu kümmern.

Die Erkenntnis durchzuckte Sui wie ein Nadelstich: Egal, wie schnell sie rannte, sie würde ihre Mutter nicht rechtzeitig erreichen.

Die Wände der Garage in Kunming waren mit vergilbten Schriftrollen bedeckt, die mit Klebestreifen befestigt waren und sich an den Rändern aufrollten. Einen Tempel hatte Sui sich anders vorgestellt, wie ein Gebäude in traditioneller Bauweise auf den nebelumwogenen Höhen eines fernen Berges. Dieser Unterstellplatz in einem Hinterhof war nur ein Kasten aus Waschbeton, er roch nach Altöl und sich auflösenden Gummireifen.

So befremdlich der Ort war, so vertraut erschien ihr der Altar, vor dem sie stand: Der Tisch aus dunklem Holz stammte aus Baos und Suis kleiner Wohnung, darauf war ein Tuch aus bunten Flicken ausgebreitet, außerdem Federn verschiedener Größen und Farben, bunte mineralische Steine und frische Kräuter. In der Mitte lagen Suis persönliche Gegenstände: ein Tagebuch, ein Armband, das sie geflochten, sowie Muscheln, die sie gesammelt hatte.

»Bist du dir immer noch sicher, Sui?« Im Eingang zur Garage stand Bao, neben ihr zwei Männer, die Sui von Festen kannte, Schamanen aus anderen Städten. Die Initiation durfte nur in Begleitung von drei ausgebildeten Personen erlebt werden, so hatte Bao es erklärt.

Sui nickte. Sie war fest entschlossen, die Initiation zu absolvieren und ihr Leben an Baos Seite zu einem Abschluss zu bringen, bevor sie ihr Studium aufnahm und alles andere hinter sich ließ.

Im nächsten Augenblick erlosch das Licht in der Garage, das Blechtor wurde heruntergelassen, und leise Flötenmusik erklang. Sui schloss die Augen und begann die Melodie zu summen, so, wie sie es gelernt hatte. Der Klang war alt und vertraut, und Sui spürte, wie er bis in ihr Innerstes drang.

Wie lange mochte sie dort gestanden haben, bevor sie bemerkte, dass die Wände zu atmen begonnen hatten? Ihr war, als sei ein Wind in dem kleinen Raum aufgekommen, als spiele er mit ihrem Haar. Sie fühlte sich von einer unsichtbaren Kraft umhüllt. Oder war das nur die Kälte, die von dem Betonboden allmählich in ihre Beine stieg? Ihr Herz schlug schneller. Ihre Skepsis war groß, aber sie wollte sie bezwingen, wenigstens für diesen Augenblick. Andernfalls, das wusste Sui genau, würde sie sich nie von ihrer Mutter lösen können.

Sie presste die Augen fester zusammen und stellte sich vor, wie sie durch einen Tunnel schwebte. Darin war es dunkel. Irgendwann, so hatte Bao vorhergesagt, werde ein Licht erscheinen, dort würde ihr Krafttier auf sie warten.

Wie lange dauerte das denn noch? Durst quälte Sui, Hunger machte sich bemerkbar, die Muskeln in ihrem Rücken schmerzten. Stundenlang musste sie schon in dieser Garage stehen und auf das Ende des Tunnels warten. Doch immer noch zeigte sich kein Licht. Sui spürte, wie die Erwartung größer wurde als ihre Geduld.

Als sie meinte, es nicht länger auszuhalten, öffnete sie die Augen. Die Garage war verschwunden. Vor ihr erstreckte sich noch immer der Tunnel, mit einem hellen Fleck am anderen Ende. Sui schaute sich um. Die Welt war verschwunden. Sie musste vollständig in eine andere Sphäre gestürzt sein, es gab keinen Ausweg. Sie schrie.

Licht flackerte, als die Neonröhren an der Decke der Garage zum Leben erwachten. In den Blitzen erkannte Sui, dass ihr das Haar ins Gesicht hing, die Strähnen waren hellgrau, es war das Haar einer alten Frau. Schreck gefror ihr in den Adern. Im nächsten Moment spürte sie die Arme ihrer Mutter um sich. »Es ist ein Zeichen, meine Tochter«, sagte Bao, »die Geister haben dich berührt. Du bist viel stärker, als ich dachte.« Sui stieß sie weg und rannte aus der Garage, rannte, so schnell sie konnte.

»Ma!« Ihre Schritte knirschten auf dem Schotter. Alles um sie herum war dunkel, nur vor ihr, auf der Baustelle, brannten helle Lichter. Da wusste sie, dass sie das Ende des Tunnels erreicht hatte.

Dann spürte sie es: Vergangenheit und Zukunft waren eins.

Sie überlappten sich, bedingten sich, waren ohneeinander nicht denkbar, ebenso wie Bao und Sui, wie Peter und sein Vater, wie Teotihuacán und Kunming, wie die Elefanten und der Fluss.

Bao und die Matriarchin, beide waren erstarrt. Die Frau bei ihrem Versuch, auf das Tier einzureden, die Elefantin auf den Knien in einer endgültigen Pose der Niederlage. So durfte es nicht enden.

Steh auf! Mit einem Mal war da ein Befehl in Suis Kopf. Sie verstärkte ihn, er wurde heller. Eine Berührung flackerte durch ihren Geist.

*

Gabriel

Woher war die Frau gekommen, die plötzlich vor dem Bagger aufgetaucht war und die Arme hob? Sie hatte sich vor die Matriarchin gestellt, eine verschwommene Gestalt hinter der Windschutzscheibe, auf die der Regen trommelte. Gabriel war sicher, sie schon irgendwo gesehen zu haben, aber das war jetzt nicht wichtig.

Die Matriarchin war am Ende. Der Kampf mit der Maschine hatte sie ausgelaugt, die Wunde am Bein hatte sie zu Boden sinken lassen. Dieses kluge Leittier hatte es verstanden, Fallen auszuweichen und sich dem Willen des Menschen zu widersetzen. Sein Tod zählte mehr als der aller anderen Tiere zusammen.

Um Anlauf zu nehmen, war er einige Meter zurückgefahren, nun rollte der Bagger auf die Elefantin – und die Frau – zu. Der Arm mit der Schaufel hing nutzlos herunter. Ihn würde Gabriel nicht mehr brauchen. Er musste das Tier nur noch überrollen, mit den stählernen Ketten über seinen Leib fahren und ihn aufreißen.

Bewegung kam in die Matriarchin. Versuchte sie etwa aufzustehen? Sie war eine Kämpferin, das musste Gabriel ihr lassen. Doch ihr Kampf war vorbei.

»Vorbei!«, brüllte Gabriel und schloss beide Hände fest um das Lenkrad, drückte zu, all seine Kraft sollte in die Maschine fließen, alles, alles wollte er hineinlegen, um den grauen Leib zu zermalmen. Nichts durfte von diesem Biest übrig bleiben.

Eine Gestalt tauchte von der Seite auf und riss die gestikulierende Frau aus der Bahn des Baggers. Im nächsten Moment stemmte die Matriarchin das verletzte Bein hoch. Sie schaukelte, dann stand sie aufrecht.

Gabriel spürte das Lenkrad vom Schweiß seiner Hände rutschig werden.

Die Elefantin senkte den Kopf. An den Seiten des Rüssels funkelten die Augen, die Ohren waren abgespreizt, ihre Ränder flatterten im Wind. Sie setzte sich in Bewegung. Sie lief auf Gabriel zu.

Einen Moment lang hatte er die Nerven, die Spur zu halten, weiter geradewegs auf sie zuzusteuern. Aber das Blatt hatte sich gewendet. Was da auf ihn zuwalzte, war kein hilfloser Fleischberg, sondern eine Mordmaschine auf Beinen. Gabriel lenkte zur Seite, versuchte auszuweichen, dann ließ er den Steuerknüppel los und griff nach der Türverriegelung.

Die Stoßzähne drangen durch das Blech und nagelten ihn auf dem durchgesessenen Sitz des Baggerführers fest. Ihm blieben gerade noch genug Atemzüge, um sich die Niederlage einzugestehen.

Kapitel 69

Baustelle der Drachenmauer vor Kunming, China

Peter

»Schießen Sie!« Das war Ruan Yun, der da rief. »Auf mein Kommando!« Eben noch hatte der Gouverneur auf Peter eingeredet, um ihn loszuwerden. Doch dann waren die Polizisten in helle Aufregung geraten, weil Bao und Sui auf die Baustelle liefen und die Situation mit den Elefanten außer Kontrolle geriet. Das musste Peter verhindern. Aber wie?

Er lief los, drängte sich durch die Absperrung, stellte sich den Bewaffneten entgegen und breitete die Arme aus. »Nicht!«, brüllte er, packte den Gewehrlauf eines Polizisten und versuchte, ihm die Waffe zu entreißen. Der Beamte wehrte sich. Im nächsten Moment lag Peter auf dem Boden und hielt den Mann umklammert. Er wusste: Wenn er losließ, würde die Welt um ihn herum auseinanderfallen.

»Lassen Sie die Tiere in Ruhe!«, schrie er, so laut er konnte. Etwas krachte gegen seinen Kopf, und das Gesicht seines Kontrahenten verschwamm im Regen.

Als er wieder etwas erkennen konnte, war der Polizist verschwunden. Stattdessen stand Ruan Yun mit seinem Schirm über ihm, schaute auf ihn hinab und streckte eine Hand aus, um ihm auf die Beine zu helfen. Peter schlug die Finger zur Seite, stützte sich auf und kam stöhnend hoch. Sein Kopf schmerzte.

»Nicht schießen!« Er taumelte wieder los in Richtung Baustelle. Erst nach einer Weile bemerkte er, dass er allein war, die Polizisten hatten sich zurückgezogen.

Stattdessen war plötzlich Sui da, die ihre Arme um ihn schlang und ihr Gesicht gegen seine Brust drückte. Er hielt sie fest, legte den Kopf auf ihr nasses Haar. Hinter ihr tauchte Bao auf. Sie sah auf ihre merkwürdige Art zufrieden aus. Unten auf der hell erleuchteten Baustelle stand die Herde. Die Elefanten lebten. Einige waren in den Fluss gestiegen, tranken und badeten, zwischen ihnen ragte die mächtige Gestalt der Matriarchin auf. Auf ihrem Rücken und ihrem Kopf ruhten die Rüssel der anderen Tiere.

Ein Krankenwagen fuhr mit Blaulicht von der Seite auf einen umgekippten Bagger zu.

»Was ist geschehen?« Peter schwirrte der Kopf.

»Chen Akeno hat den Gouverneur zurückgepfiffen«, raunte Sui, dann war Ruan Yun auch schon bei ihnen. Er warf Sui einen finsteren Blick zu und setzte im nächsten Augenblick ein Lächeln auf. »Ich habe mich dafür entschieden, die Elefanten am Leben zu lassen«, verkündete er.

Peter öffnete den Mund, aber Sui war schneller. »Das ist sehr großzügig von Ihnen, Gouverneur. Mögen die Götter Sie beschützen.«

Ruan Yun deutete eine Verbeugung an.

Peter nickte. Die beiden machten diese Angelegenheit besser auf ihre eigene Art und Weise aus.

Der Gouverneur warf Peter noch einen prüfenden Blick zu, dann schien er zu dem Ergebnis zu kommen, dass keine weitere Bedrohung von seinem Widersacher ausging. Er wandte sich ab und rief den umstehenden Einsatzkräften zu, sie sollten die Baustelle und das Flussufer überwachen und die Absperrung doppelt sichern. »Dass die Elefanten am Leben bleiben, heißt nicht, dass wir sie in die Stadt einladen.«

»Ich verstehe nicht …«, begann Peter und sah Sui ratlos an.

»Es gibt eine Menge zu erzählen«, erwiderte sie. »Aber das Wichtigste ist: Die Herde ist vorerst in Sicherheit.«

»Die Matriarchin ist verletzt«, wandte Bao ein.

»Das werden wir beobachten müssen. Jetzt lassen wir die Tiere erst mal in Ruhe. Kommt«, sagte Sui. »Uns werden sie hoffentlich nach Kunming hineinlassen. Wenn ich nicht bald ein Bad bekomme, schließe ich mich der Herde da unten an.«

*

Kunming, China

Peter

Peter hatte Abel älter in Erinnerung, als weltabgewandten Forscher mit schwerfälligem Schritt, dessen Blick in die Ferne gerichtet war. Der Mann, der jetzt an der Passkontrolle im Flughafen von Kunming stand, wirkte wach und beinahe jungenhaft. Woran lag das? Abel Söneland war wie sonst auch praktisch und wetterfest gekleidet, sein Haar war so kurz geschnitten wie immer, seine Wangen waren glatt rasiert, und er trug die alte Brille mit dem dunklen Rahmen, deren gebrochenen rechten Bügel er mit Isolierband umwickelt hatte.

Peter kniff die Augen zusammen, als er erkannte, was den Unterschied machte: Sein Vater lächelte. Erst in Richtung des Sicherheitsbeamten, dann, nachdem er seinen Pass zurückerhalten hatte, seinem Sohn in der Menge der Wartenden zu.

Vier Tage war es her, seit die Elefanten den Panlong erreicht hatten, seit Chen Akeno die Herde unter Schutz gestellt hatte. Seither hatten sich die Tiere nicht von der Baustelle der Drachenmauer fortbewegt, waren nicht die Straße bis zur Zufahrt hinaufgegangen, die noch immer abgesperrt war und bewacht wurde. Die Elefanten schienen an einem selbst gesteckten Ziel angekommen zu sein. Sui hatte dafür gesorgt, dass die Arbeiten zunächst auf der anderen Seite des Flusses fortgesetzt wurden, wo sich Mensch und Tier nicht ins Gehege kamen. Durch den Strom waren sie voneinander getrennt und beäugten sich, misstrauisch zwar, aber mit Neugier. Störungen blieben aus.

Die Sicherheitstür aus Plexiglas öffnete sich zischend, und Abel trat hindurch. »Du hast es geschafft«, sagte Peter und meinte damit sowohl Abels Reise von Mexiko nach China als auch die Rettung der Elefanten. Es war Abel gewesen, der Chen Akeno in jener Nacht die Ergebnisse des Labortests, die Analyse der Proben aus Teotihuacán, übermittelt hatte.

Peter streckte seinem Vater die Hand entgegen. Im nächsten Moment zog Abel ihn zu sich heran, drückte ihn an sich und klopfte ihm auf den Rücken. »Nicht ich, wir beide haben es geschafft«, sagte er in Peters Ohr. Da war er wieder, jener belehrende Ton, den Abel stets auf der Zunge führte, doch diesmal machte es Peter nichts aus, verbessert zu werden. »Trotzdem wartet auf uns noch eine Menge Arbeit.«

Peter wollte seinen Vater ins Hotel bringen, wo er sich von der Reise erholen und erfrischen sollte. Doch Abel bestand darauf, sofort am Konferenztisch Platz zu nehmen. »Solange wir nicht wissen, warum das Wasser die Tiere anlockt«, sagte Abel, »sind Menschen in Gefahr.«

In den vergangenen Tagen waren weitere Fälle bekannt geworden, in denen Tiere in den Lebensraum von Menschen eingedrungen waren. Mochte die Situation in Kunming auch unter

Kontrolle sein – in Nairobi, Sao Paulo und Reykjavik war sie es nicht. Dort waren Tiere – vom Ameisenvolk bis zum Eisbären – eingefallen und sorgten auf unterschiedliche Art für Probleme. In der Folge hatte es sogar schon Unfälle und Verletzte gegeben.

»Wir haben festgestellt, dass in jedem einzelnen Fall Wasser eine Rolle spielt«, sagte Hubert Baumgartner. Als Vertreter der IUCN war der Naturschützer nach Kunming gekommen und saß in dem großzügigen Konferenzraum von Suis Büro. Außerdem hatten Peter und Sui vier Hydro- und Umweltchemiker aus Kunming und Guangzhou eingeladen, die beiden Frauen und ihre zwei männlichen Kollegen saßen an der Längsseite des Konferenztisches. Bao war ebenfalls da, außerdem Jia und, am Kopf des Tisches: Ruan Yun.

Der Gouverneur hatte darauf bestanden, die Gäste persönlich zu begrüßen und an den Beratungen teilzunehmen. Über die Ereignisse der vergangenen Woche verlor er kein Wort, auch nicht über den Jäger Gabriel Vilain, der einem Unfall auf der Baustelle der Drachenmauer zum Opfer gefallen war, als er, so die offizielle Verlautbarung, versucht hatte, mit einem Bagger einen Elefanten vor dem Ertrinken im Panlong zu retten. Der Leichnam war nach Frankreich überführt worden.

Während Peter die Gäste einander vorstellte und sich für ihr Erscheinen bedankte, holte Abel eine Mappe aus seiner Umhängetasche hervor. Die Tasche war neu. Auch das passte nicht zu Abel. In der Regel benutzte er seine Kleidung und Ausrüstung so lange, bis sie entweder zu Staub zerfielen oder etwas archäologisch Wertvolles daraus wurde. Die Papierbögen, die er jetzt verteilte, waren so dicht bedruckt, dass sie grau aussahen. »Das«, erklärte Abel, »sind die Ergebnisse der Wasseruntersuchung aus Mexiko. Die Probe, die ich genommen habe, stammt eindeutig aus einem historischen Kontext, das Sediment stammt von einer abgelegenen Stelle in einem Cenote bei Teotihuacán. Der Boden dort war seit vielen Hundert Jahren unberührt. Er ist die Grundlage für die Analyse, die Sie vor sich sehen.«

»Ich verstehe das nicht.« Ruan Yun blätterte lustlos die Bögen durch. »Was genau steht da? Und was hat das mit Kunming zu tun?«

»Vor tausend Jahren«, erklärte Abel, »wurde die altamerikanische Stadt Teotihuacán verlassen. Weil Tiere dorthin gekommen waren, viele Tiere, Raubkatzen. Die Überlieferung dieses Ereignisses habe ich bei einer … Expedition entdeckt. Auf einem Wandbild der damaligen Zeit ist zu erkennen, wie die Raubkatzen die Menschen aus der Stadt vertreiben. Außerdem ist darauf Wasser abgebildet, Regenwasser, das die Pyramiden herabfließt. Sie finden das Bild auf Seite drei.«

Papier raschelte, als die Teilnehmenden des Gesprächs zu der genannten Seite blätterten. Ruan Yun holte eine Brille hervor und setzte sie auf. Hubert Baumgartner stützte seine Stirn in seine linke Hand.

Abel gab das Wort an Peter weiter.

»Die Ereignisse von Teotihuacán haben Parallelen in der Gegenwart bekommen«, sagte er. »Mithilfe der IUCN konnten wir Daten darüber zusammentragen, dass in den vergangenen Tagen und Wochen an mehreren Orten auf der Welt Tiere in Städte eingefallen sind. Es handelt sich jeweils um eine andere Art, aber eins verbindet diese Ereignisse: Wasser. Wie es scheint, werden die Tiere davon angezogen. Es sind zu viele Fälle in zu kurzer Zeit, als dass es sich um Zufall handeln könnte.«

»Was soll es dann sein?«, fragte eine der Chemikerinnen. »Leiden die Tiere außergewöhnlichen Durst?«

»Daran kann es nicht liegen«, fuhr Peter fort. »Wasser würden sie auch außerhalb der Städte finden.«

»Longwang, der Drachenkönig, ist daran schuld«, sagte Bao. »Er hat die Jiangshi in den Flüssen und Seen freigelassen. Der

Mensch bemerkt diese springenden Geister nicht, weil er blind geworden ist. Aber die Tiere sehen sie.«

Einen Augenblick herrschte Schweigen. Auf den Gesichtern der Gäste stand die Frage, was diese Frau bei der Besprechung zu suchen hatte. Peter verzichtete auf eine Erklärung. In den vergangenen Tagen hatte er gelernt, dass Dayan Bao immer recht hatte, auf die ein oder andere Art. Sie drückte sich nur anders aus.

»Warum also suchen die Tiere Wasser in Städten?«, fuhr er fort. »Um eine Antwort auf diese Frage zu finden, sind wir hier.« Er verteilte seinerseits Papierbögen. »Bitte sehen Sie sich die Daten an. Das obere Blatt enthält zum Vergleich noch einmal die Zusammensetzung des Sediments von Teotihuacán. Wir können es zwar nicht mit Sicherheit sagen, aber es ist möglich, dass jenes Wasser, das vor tausend Jahren die Raubkatzen angelockt hat, ähnliche Charakteristika aufwies wie das Wasser in den beschriebenen Orten. Die Werte auf den anderen Bögen stammen von Wasser aus Bangkok, Houston, Liverpool und aus Kunming, aus dem Panlong. Ganz unten finden Sie überdies Vancouver, aber dort geht es um Wasser aus Swimmingpools, und die werden von den Eigentümern mit allen möglichen Chemikalien versetzt, weshalb wir diese Werte für weniger relevant halten. Wenn Sie als Experten herausfiltern können, wo die Gemeinsamkeiten liegen, würden wir einen großen Schritt weiterkommen.«

»Was wir an diesem Konferenztisch ergründen«, ergänzte Sui, »kann das Leben von Menschen und Tieren retten.«

Alle Köpfe beugten sich über die Unterlagen. Ein Mann machte sich Notizen, ein anderer kratzte sich am Kopf und murmelte vor sich hin. Die zwei Chemikerinnen begannen, die Papiere gemeinsam durchzugehen und sich flüsternd zu unterhalten. Die Suche nach Aufschluss dauerte gut eine Stunde. In dieser Zeit ging auch Peter die Werte noch einmal durch, zum x-ten Mal, seit Abel die Daten übermittelt hatte. Er und Sui hatten sich die Zahlen sogar laut vorgelesen, in der Hoffnung, Klarheit über das Phänomen zu erlangen. Schließlich waren sie zu dem Schluss gekommen, dass es nicht genügte, Werte zu vergleichen. Sie mussten wissen, welche Bedeutung die einzelnen Bestandteile hatten. Deshalb hatte Sui vorgeschlagen, dass sich alle Beteiligten versammelten, und sie hatte die Unterstützung der Wasserchemiker angefordert.

Ein leises Klacken hallte durch den Raum, als einer der Forscher seinen Bleistift auf den Tisch warf. »Ich sehe keinen Zusammenhang«, sagte er. Die beiden Wissenschaftlerinnen stimmten zu. »Keine Übereinstimmung«, meinte auch der Letzte in der Runde.

»Sind Sie sicher?«, fragte Peter. Das Resultat war zwar nicht überraschend, aber enttäuschend. »Vielleicht verlangen wir zu viel in zu kurzer Zeit? Wollen Sie die Daten in Ruhe durchgehen?«

»Das würde uns nicht weiterbringen«, kam die Antwort. »Das Wasser aus Mexiko hat eine andere Zusammensetzung als das Wasser aus Texas, und das wiederum unterscheidet sich in fast allen Punkten von dem aus Bangkok. Auch Houston und Liverpool sind anders.«

Eine der Frauen lehnte sich in ihrem Stuhl zurück und klopfte mit den Knöcheln auf die Papiere. »Der Sauerstoffgehalt ist unterschiedlich, es gibt verschiedene Mengen und Arten von Metallen und Mikroorganismen, überdies kommt Mikroplastik in dem US-amerikanischen Wasser vor und in den anderen Proben nicht. Keine Parallelen.«

Ein dumpfes Murmeln war zu hören. Es kam zwischen Abels Händen hervor, die er sich vor das Gesicht hielt.

»Was hast du gesagt?«, fragte Peter.

Abel nahm die Hände herunter. Er lächelte – schon wieder! »Die Kollegin hat mich auf eine Idee gebracht«, sagte er. »Wir sollten nicht länger denken wie Naturwissenschaftler, sondern wie Historiker. In der Archäologie ist manchmal nicht das wichtig, was wir bei einer Ausgrabung finden, sondern das, was nicht da ist, obwohl es vorhanden sein sollte. Vielleicht liegt der Fall hier ähnlich.«

Peter schaute die vier Chemiker an. »Was denken Sie darüber? Müsste etwas in den Proben enthalten sein, das die Daten nicht abbilden?«

Wieder war das Rascheln von Papier zu hören. Diesmal kam die Antwort schnell.

»Algen«, sagte eine der Forscherinnen. »In keiner einzigen Probe sind Algen vorhanden.«

»Das ist tatsächlich ungewöhnlich«, ergänzte einer ihrer Kollegen. »Algen sind in fast allen Gewässern zu finden, egal ob Süß- oder Salzwasser. Sie können sogar in Polargebieten überleben.«

»Sie sind überall, wo es Wasser gibt«, sagte die Forscherin. »In einigen Fällen kann man sie sehen, in den meisten aber nicht, weil sie mikroskopisch klein sein können. Trotzdem müsste die Analyse sie erfasst haben. Aber da ist nichts. Das ist eigentlich unmöglich.«

»Nicht ganz.« Peter konnte nicht anders, er musste lächeln. »Fragen wir jemanden, der sich mit Algen auskennt: die Zwerggans.«

Kapitel 70

Baustelle der Drachenmauer vor Kunming, China

Peter

Der Fluss glänzte silbern im Septemberlicht. Vom jenseitigen Ufer war das Dröhnen der Baumaschinen zu hören. Die Arbeiten an den Fundamenten der Drachenmauer wurden fortgesetzt.

In einiger Entfernung grasten die Elefanten. Die Herde hatte die Baustelle verlassen und ein Stück flussabwärts ein ruhiges Fleckchen gefunden. Von den fünfzehn Tieren, die das Naturreservat im Süden Yunnans verlassen hatten, waren elf am Leben, darunter die Matriarchin. Die große Leitkuh erholte sich von ihren Verletzungen, ihre Rastlosigkeit hatte sie abgelegt. Immer wenn eines der Tiere sich zu weit von der Herde entfernte, dirigierte die Matriarchin es zurück zu den anderen. Sie schien sich vorerst nicht vom Panlong wegbewegen zu wollen.

Die Tiere genossen die Nähe des Flusses und ernährten sich von dem, was die nahen Wälder ihnen boten. Einmal am Tag kam außerdem ein Lastwagen und kippte eine Ladung Lebensmittel in der Nähe aus, unverkäufliches Obst aus Supermärkten und altes Brot aus Bäckereien – eine Initiative Ruan Yuns, dem dieser Vorschlag von Peter und Sui unterbreitet worden war.

Als Peter mit den Konferenzteilnehmern das Ufer erreichte,

konnte er es kaum erwarten, den anderen die Lösung des Rätsels zu präsentieren. »Dort vorn sind die Zwerggänse«, sagte er, »sie kommen aus Russland und sind dabei, ihr Winterquartier zu beziehen.« Er deutete auf einen Schwarm Vögel auf einer Feuchtwiese, ein Stück weiter südlich. Zweimal musste er auf die Tiere aufmerksam machen, denn die Chemiker schauten nur zur Elefantenherde hinüber. Erst als Peter wiederholte, dass die Zwerggänse dabei helfen konnten, das Fehlen der Algen im Wasser zu erklären, hörten die anderen ihm zu.

»Fressen Zwerggänse denn Algen?«, fragte Ruan Yun.

»Ja«, sagte Peter, »aber diese Vögel gibt es nicht überall auf der Welt. So einfach ist die Angelegenheit nicht zu erklären.«

Peter war vorbereitet. Er holte die leere Plastikflasche aus seinem Rucksack und tauchte sie ins Wasser. Als sie voll war, hielt er sie ins Licht. Er lächelte. Die Zwerggänse hatten ihn nicht enttäuscht. Wie einen Siegespokal hielt er die Flasche in die Höhe, sodass alle sehen konnten, was darin herumschwamm.

Das Wasser war ein wenig trüb und hatte eine bräunliche Färbung, vermutlich von Ablagerungen, die aus dem Boden ausgewaschen wurden. Aber das war nebensächlich. Wichtig waren die Insekten darin.

Peter klopfte gegen das Plastik. »Sehen Sie den kleinen Kerl da?«

Die anderen traten näher und kniffen die Augen zusammen.

»Er heißt Neochetina eichhorniae«, stellte Peter vor, »ein Rüsselkäfer. Er steht auf dem Speiseplan der Zwerggänse – und frisst seinerseits Wasserhyazinthen.«

»Was hat das mit Algen zu tun?«, wollte Hubert Baumgartner wissen. »Worauf willst du hinaus?«

Peter spürte, wie die Unsicherheiten der vergangenen Woche verdampften, wie alle Fragen zu einer Antwort führten. »Die Wasserhyazinthe verbreitet sich derzeit in vielen Ländern auf der

Welt. Durch Erderwärmung, aber auch, weil der Mensch sie als Zierpflanze dort eingeführt hat, wo sie eigentlich nicht hingehört. Mittlerweile bedeckt sie ganze Gewässer, vermindert die Sauerstoffzufuhr und begünstigt damit das Wachstum von Algen. Insbesondere in der Nähe von Städten.«

»Aber in unseren Proben waren keine Algen enthalten«, wandte Sui ein.

»Genau«, sagte Peter. »Weil dieser kleine Kerl hier, dieser Käfer, die Wasserhyazinthe frisst und dabei die Algen gleich mitvertilgt. Er hält das Wasser sauber. Er liebt Gewässer mit Wasserhyazinthen und kann sich wegen des reichen Nahrungsangebots gut darin vermehren, wird an vielen Stellen vom Menschen sogar bewusst angesiedelt und arbeitet als natürlicher Wasseraufbereiter.«

Hubert Baumgartner nickte. »Ich verstehe«, sagte er.

»Ich nicht«, wandte Ruan Yun ein. »Was hat das mit den Elefanten zu tun?«

Es war einer der Chemiker, der es für alle noch einmal zusammenfasste. »Durch Erderwärmung ist das Wasser überall auf der Welt von starkem Algenwachstum befallen. Die Qualität von Wasser ist aber für alle Tiere lebenswichtig. Deshalb suchen sie nach neuen Quellen, nach Orten, wo es noch sauber ist. Dass sie diese Orte ausgerechnet in Städten finden, klingt für uns wie Ironie.«

»So funktioniert Natur.« Peter konnte die Begeisterung in seiner Stimme kaum unterdrücken. »Der Mensch beseitigt ein Problem, das er selbst geschaffen hat, nämlich die Wasserhyazinthe und die Algen, ruft damit aber ein neues Problem hervor, nämlich die Tiere, die in die Städte kommen. In einem Ökosystem hängt eben alles mit allem zusammen, und davon sind Menschen nicht ausgenommen, auch wenn wir das manchmal gern glauben würden.«

»Ich sagte doch, es liegt an den Jiangshi«, warf Bao ein. »Sie sind diesmal nur in Form von Käfern erschienen. Aber in Wirklichkeit sind sie springende Geister.«

Ruan Yun räusperte sich. »Ich soll ernsthaft glauben, dass die Elefantenherde über fünfhundert Kilometer gewandert ist, um an diesem Fluss zu trinken?«

»Natürlich nicht«, sagte Sui. »Sie haben es zuerst am Mekong versucht, das haben wir gesehen, danach steuerten sie mehrere Seen an, darunter den Fuxian. Als das nicht funktionierte, sind sie immer weitergelaufen, bis sie schließlich vor Kunming fanden, was sie brauchten.«

»Ich brauche jetzt auch etwas zu trinken«, sagte Abel. »Und es muss nicht unbedingt Wasser sein, egal wie sauber es auch sein mag.« Die Gruppe stieg in den Transporter, um in die Stadt zurückzufahren. Sui hielt Peter zurück und führte ihn zu einem schmalen Weg am Ufer des Flusses.

»An dieser Stelle«, begann sie, »haben wir uns getroffen, um über den Schutz der Zwerggänse zu beraten.« Bevor er etwas sagen konnte, fuhr sie fort: »Ich kann den Bau des Staudamms nicht aufhalten, aber ich kann dafür sorgen, dass wir dabei das natürliche Gleichgewicht nicht aus dem Blick verlieren. Es wird nicht einfach sein, die höheren Kosten beim Bauträger durchzusetzen, aber ich könnte es versuchen.«

»Das wäre großartig.« Er fing ihren Blick auf, ihre smaragdgrünen Augen blickten auf einen Punkt tief in seinem Innern.

»Würde die Zwerggans den Panlong dann weiter als Winterquartier nutzen?«

»Vielleicht«, sagte er, »man müsste das näher untersuchen.« Er spürte eine Berührung, sie griff nach seiner Hand. Es kam ihm wie selbstverständlich vor. Ihre Finger waren klein und schmal, aber ihr Druck war kräftig und vermittelte eine große Ernsthaftigkeit.

»Hast du Lust, das von China aus zu erledigen?«

»Wie lange wird das dauern?«, fragte er.
»Acht bis zehn Jahre.«
»Schade«, sagte er, »ich hatte auf mehr gehofft.«
Als sie seine Brille abnahm und sich reckte, um ihn zu küssen, verschwamm alles um ihn herum, und es gab nur noch ihr Gesicht vor seinen Augen.

Kapitel 71

Bangkok, Thailand

Nok

An diesem Samstagabend waren die Straßen von Bangkok ein pulsierendes Meer aus Farben, Geräuschen und Düften. Neonreklamen warfen flirrende Lichter auf die vorbeifahrenden Tuk-Tuks, deren Motoren ein ohrenbetäubendes Konzert gaben. Am Straßenrand drängten sich die Imbissverkäufer und priesen ihre Waren lautstark an. Der süßliche Duft von Mango klebte in der warmen Abendluft.

Langsam steuerte der Streifenwagen durch den dichten Verkehr. Nok hatte die Fenster heruntergekurbelt, einen Arm ließ er raushängen, der andere lag locker auf dem Lenkrad. Er war Herr der Lage, jedenfalls wollte er diesen Eindruck vor seinen Fahrgästen erwecken.

Er nickte seinem Vater auf dem Beifahrersitz zu und lächelte im Rückspiegel seine Mutter, seine Schwester und seine Großmutter an, die im Fond saßen. Für die Frauen war es der erste Besuch in Bangkok – der erste überhaupt in einer großen Stadt. Sein Vater hingegen gab sich weltmännisch und tat so, als wisse er schon alles, was Nok erzählte, schließlich war er schon einmal in Bangkok gewesen, als sein Vater, Noks Großvater, wegen einer komplizierten Operation in eine Fachklinik hatte gebracht werden müssen.

Nok hatte die Erlaubnis erhalten, seine Familie mit einem Streifenwagen durch die Stadt zu fahren. Er war sehr stolz und fühlte sich großartig. Von hinten legten sich immer wieder die Hände seiner Großmutter anerkennend auf seine Schulter, dorthin, wo seine neuen Rangabzeichen waren.

Er hatte ihnen alles von seinem Abenteuer mit den Affen erzählt, davon, wie er den Sergeant gerettet hatte, und davon, wie die ganze Situation sich aufgelöst hatte, als klar geworden war, dass die Affen gar nicht die Menschen hatten angreifen wollen, sondern dass sie nur auf das Wasser aus gewesen waren, jenes Wasser, das Nok und Boonmee in ihren Flaschen mit sich geführt hatten.

Affen-Nok. Der Name würde an ihm kleben bleiben. Immerhin: Weil er den bewusstlosen Boonmee aus dem Tempelgelände getragen hatte, war Nok befördert worden. Jetzt war er Sergeant. Sergeant Affen-Nok nannten ihn die Kollegen, aber er scherte sich nicht darum, sondern trug den Namen mit Stolz und Würde.

Boonmee hatte überlebt und die Blutvergiftung auskurieren können, die Ärzte hatten ein wenig Muskelfleisch aus seiner Hand entfernt, aber der Daumen war noch dran, wenn auch nicht mehr so beweglich wie zuvor. Schlimmer waren die psychischen Nachwirkungen. Sergeant Boonmee war traumatisiert und hatte sich in den Ruhestand versetzen lassen, nicht ohne eine flammende Rede über Noks Tapferkeit zu halten. Dabei hatte er verschwiegen, wer für die ganze Misere eigentlich verantwortlich war. Auch Somchai, der junge Polizeistudent, schwieg darüber, wer mit seiner Steinschleuder auf die Affen geschossen und die Ereignisse damit überhaupt in Gang gesetzt hatte.

Nok bog in die Na Phra Lan Road ein, und als seine Schwester ihn darum bat, schaltete er das Blaulicht auf dem Dach des

Wagens an. Seine Großmutter klatschte Applaus, seine Mutter wandte ein, dass das doch bestimmt nicht erlaubt sei und sie nicht wolle, dass Nok Schwierigkeiten bekomme. Auf dem Beifahrersitz musste sich sein stets streng dreinblickender Vater ein Lächeln verkneifen.

»Können wir uns jetzt Wat Phra Kaeo ansehen?«, fragte seine Großmutter. Der Besuch der Tempelanlage war ein lang gehegter Traum der alten Frau.

Er nickte. »Ich habe einen Touristenführer hinbestellt, die Abendführungen sind besonders schön, denn dann werden die goldenen Stupas angestrahlt.«

»Und die Affen?«, fragte seine Schwester. »Werden die auch da sein?«

»Ja, aber ihr braucht keine Angst zu haben. Die Tiere haben deutlich gemacht, was sie wollen. Man hat ein Becken für sie angelegt, das regelmäßig mit frischem Tempelwasser gefüllt wird. Darin baden sie und trinken, so viel sie wollen. Solange sie dabei niemand stört, verhalten sie sich friedlich.«

»Du redest nur von uns«, wandte sein Vater ein. »Kommst du denn nicht mit?«

Nok stellte den Wagen am Straßenrand ab. Auf der gegenüberliegenden Seite war das Tor zu sehen, durch das er Boonmee getragen hatte. »Nein«, sagte Nok und schaltete das Blaulicht aus. »Ich warte hier auf euch.« Er war dankbar dafür, dass die anderen ihn nicht zu überreden versuchten, noch einmal durch das Tor zu gehen. Sie respektierten seine Zurückhaltung, denn sie kannten den Grund dafür.

Nachdem die vier Besucher von dem Gästeführer begrüßt worden und im Innern der Tempelanlage verschwunden waren, klappte Nok das Handschuhfach auf. Seit er Sergeant war, durfte er eine Dienstpistole tragen, doch aus irgendeinem Grund hatte er noch immer seine Steinschleuder dabei, wenn er Streife fuhr.

Zwischen dem Strafzettelblock und seinem Tagesproviant lag es, das Ding, mit dem er den ganzen Ärger ausgelöst hatte. Nok schaute wie hypnotisiert auf die Gummischlaufe, für einen Moment kehrte die Erinnerung zurück. Er hatte darüber nachgedacht, die Schleuder wegzuwerfen, dann aber beschlossen, sie zu behalten. Solange sie da war, würde er sich daran erinnern, wie sein unbedachtes Handeln beinahe in einer Katastrophe geendet war. Er griff nach der Wasserflasche, die neben der Steinschleuder lag, und klappte das Handschuhfach zu. Dann ließ er sich in den Sitz zurückfallen und trank, bis nichts mehr übrig war.

*

Bern, Schweiz

Sonora

Genau so hatte sich Sonora die Schweiz vorgestellt. Als sie aus dem Flughafen trat, stand sie den Berner Alpen gegenüber, majestätischen Kolossen mit schneebedeckten Gipfeln. Dagegen sahen die Rocky Mountains aus wie Schutthaufen.

»Was für ein Anblick«, sagte Henry neben ihr mit vor Ehrfurcht bebender Stimme.

Sonora atmete tief durch. Es war nicht einfach gewesen, Ben Boskovich von der Dienstreise in die Schweiz zu überzeugen, aber sie hatte ihm klargemacht: Wenn er nicht wollte, dass sich seine neue Chefreporterin von der Konkurrenz abwerben ließ, würde er sie und den Fachmann für die Story um die Vogelinvasion von Houston bei der IUCN in Bern recherchieren lassen müssen.

Eine Stunde später saßen Henry und sie dem Mann gegenüber, der bei der Internationalen Naturschutzunion das Phänomen der nach Wasser suchenden Tiere untersuchte: Hubert Baumgartner.

»Sie haben also das Auftauchen der Grackeln in Houston mit einer verschwundenen Wasserstelle in Verbindung gebracht«, sagte der Schweizer.

Sonora nickte. »Dort, wo sich die Vögel versammeln, stand früher eine Papierfabrik an einem kleinen See, den es nicht mehr gibt. Aber das ist nicht alles. Die Grackeln haben dieses auffällige Verhalten schon in früheren Jahren gezeigt, an anderen Orten in der Stadt. Henry Quiller und ich sind dem nachgegangen. In jedem einzelnen Fall spielte ein Gewässer eine Rolle, das entweder verlandet ist oder überbaut wurde.«

»Das passt in gewisser Weise zu dem, was wir aus anderen Städten wissen«, erwiderte Baumgartner. »Sie haben ja von den Elefanten in Kunming gehört, von den Raubkatzen in Santiago und all den anderen Vorfällen.«

Das stimmte. Sonora hatte die Nachrichten verfolgt. Was sie jedoch erst durch einen Anruf bei der IUCN erfahren hatte: Man vermutete einen Zusammenhang zwischen den Ereignissen. Da wusste sie, dass sie sofort in die Schweiz reisen musste, um sich über jedes Detail dieser verrückten Geschichte zu informieren. Hier ging es nicht um Houston allein, hier war etwas Großes in Bewegung geraten.

»Wir sind mit unseren Informationen bislang nicht an die Öffentlichkeit gegangen, weil die Untersuchungen noch nicht abgeschlossen waren«, erklärte Baumgartner. »Aber jetzt ist der Zeitpunkt gekommen. Die Leute müssen erfahren, was sich abspielt, und sie müssen wissen, was zu tun ist. Der Mensch muss damit aufhören, Tieren mit Aggression zu begegnen, nur weil sie auf Veränderungen ihrer Umwelt reagieren, Veränderungen, die in den meisten Fällen von Menschen verursacht werden. Wir müssen den nötigen Respekt aufbringen und unsere Möglichkeiten für ein friedliches Miteinander nutzen.«

Sonora schrieb mit. Das war, worauf sie gehofft hatte, sie war der Wahrheit dicht auf den Fersen. Doch etwas kam ihr merkwürdig vor. »Wenn die Resultate Ihrer Nachforschungen wirklich die Menschen in vielen Ländern betreffen, warum veranstalten Sie keine Pressekonferenz mit Medienvertretern aus aller Welt?«

»Weil *Sie* danach gefragt haben, weil *Sie* an den Hintergründen interessiert sind, habe ich *Sie* eingeladen«, erklärte Baumgartner. »Sensationspresse und mediale Aufschreie gab es genug, das hat die Tiere eher in Gefahr gebracht. Ihre Berichterstattung im Houston Chronicle war anders, zurückhaltender, Sie nennen die Fakten und sind mit Ihrer Meinung vorsichtig. Die Situation ist brisant, und Sie sind zur richtigen Zeit am richtigen Ort. Deshalb haben Sie die Story exklusiv.«

Sonora lächelte. Gleichzeitig bedauerte sie, dass ihr Chef das nicht gehört hatte. »Einverstanden«, sagte sie und klickte mit ihrem Kugelschreiber. »Dann werde ich Sie jetzt weiter mit Fragen löchern. Bereit?« Ihr Gesprächspartner nickte. »Mister Baumgartner«, begann Sonora, »was ist das für eine Geschichte mit diesem Käfer? Und was hat der mit Elefanten zu tun?«

Baumgartner lehnte sich in seinem Stuhl zurück. »Das, Miss Morales, ist eine lange Geschichte.«

Nachwort

Städte, Länder und Nationen – die Grenzen, die Menschen um ihre Territorien ziehen, haben für Tiere keine Bedeutung. Das wird besonders in jüngster Zeit deutlich, weil der Klimawandel ganze Rudel und Herden in Bewegung setzt. Wenn sich die Lebensbedingungen in ihren Revieren verschlechtern, wandern die Tiere ab – und dringen in den Lebensraum des Menschen ein.

Im März 2020 verließen fünfzehn Elefanten das Xishuangbanna-Naturreservat im Südwesten Chinas und zogen nach Norden. Dass Elefanten außerhalb ihres Reviers unterwegs sind, ist nicht ungewöhnlich, diese Herde jedoch lief immer weiter. Die Tiere wanderten durch ihnen unbekannte Regionen, erkundeten auf der Suche nach Nahrung unterschiedliche Landschaften, durchquerten Wälder und Wasserläufe, drangen in Siedlungen und Städte ein und waren durch nichts zu bremsen. Zusammenstöße mit Menschen waren unvermeidlich. Die Elefanten fraßen Reisfelder leer, liefen über Autobahnen und richteten Schäden auf Bauernhöfen an. Um sie von Ansiedlungen abzulenken, waren Hunderte Polizisten und Notfallhelfer im Einsatz, sie sperrten Straßen vor den Tieren ab und legten an anderer Stelle tonnenweise Getreide, Ananas und weiteres Futter aus. Es gelang schließlich, das Eindringen der Elefanten in die großen Städte zu verhindern. Die Herde erregte weltweit Aufsehen.

Nachdem sie fünfhundert Kilometer gewandert waren, näherten sich die Elefanten der Millionenstadt Kunming. Dort wurde zu dieser Zeit die Weltnaturkonferenz der Vereinten Nationen vorbereitet. Regelmäßig entwickeln die Mitgliedsstaaten darin das UN-Abkommen über die biologische Vielfalt weiter, das 1992 von der Weltgemeinschaft beschlossen wurde. Wegen zunehmender Konflikte zwischen Menschen und Wildtieren sollten auf der Konferenz neue Maßnahmen zum Artenschutz formuliert werden. Die weltweite Situation von Wildtieren bekam durch das Auftauchen der Elefantenherde in der Nähe des Kongressortes viel Aufmerksamkeit.

Schließlich kehrten die Elefanten um und wanderten zurück nach Süden. Im Dezember 2021 erreichten sie ihr ursprüngliches Zuhause, das sie bisher nicht wieder verlassen haben. Ihre Wanderung über fast eineinhalbtausend Kilometer ist der längste Marsch, den asiatische Elefanten jemals unternommen haben.

So wie die Reise der Herde haben auch die anderen im Roman aufgezeigten Gegebenheiten eine reale Vorlage, etwa die Käfige, in denen Touristen ihre Lunchpakete verzehren können, um nicht von Affen belästigt zu werden. Allerdings stehen diese Käfige nicht in der Tempelanlage Wat Phra Kaeo in der thailändischen Hauptstadt Bangkok, sondern im Nationalpark Iguaçu in Argentinien und Brasilien. Was es hingegen in Lopburi nördlich von Bangkok gibt, ist eine Sondereinheit der Polizei, die sich um Probleme von Einwohnern und Besuchern mit den Affen in der Stadt kümmert, denn in den vergangenen Jahren sind immer mehr Makaken aus den umliegenden Gebieten dorthin gezogen. Sie laufen in Gruppen durch die Straßen, belagern Plätze und Hauseingänge, hüpfen Passanten auf die Schultern. In Houston im US-Bundesstaat Texas legen Grackeln bisweilen den Verkehr lahm, indem sie sich in großer Zahl auf Straßen versammeln, Schilder verdecken und Autos anfliegen. Die Zugvögel kommen in immer größeren Schwärmen in die Stadt und sorgen für Szenen, die aus dem bekannten Hitchcock-Film stammen könnten.

Aggressivität bringen die Tiere allerdings nicht mit in die Städte – sie entsteht erst durch das Aufeinandertreffen von Mensch und Tier.

Die Ursachen für diese Phänomene sind vielfältig, aber letztlich dem Klimawandel zuzuschreiben. Tiere dringen in den Lebensraum des Menschen ein, weil der Mensch sich im Lebensraum der Tiere ausgebreitet und die Natur in einer Weise verändert hat, die oftmals zerstörerisch ist.

Es gibt bereits Beispiele für die Anpassung von Wildtieren und Pflanzen an den neuen Lebensraum Stadt. So haben Mäuse im Central Park von New York Enzyme in ihrem Verdauungssystem entwickelt, die es ihnen erlauben, sich von menschlichen Abfällen zu ernähren, die sie in der Regel nicht oder nur schwerlich verdauen können. Der weitverbreitete Weißklee verzichtet im urbanen Umfeld darauf, Blausäure zu produzieren, die sonst dafür sorgt, dass er nicht so schnell gefressen wird. Dadurch spart er Energie, die er in Wachstum und Samenertrag investiert. Damit kann sich Weißklee in der Stadt verbreiten.

Der Mensch verändert die Natur nachhaltig. Er bestimmt durch sein Verhalten, wie sich Tiere und Pflanzen zukünftig entwickeln und wo sie leben werden.

Dass die Elefanten in China die Herausforderungen ihrer langen Wanderung meistern konnten, zeigt, wie einzigartig diese Tiere sind. Zu den Besonderheiten im Sozialgefüge einer Herde zählt: Innerhalb eines Familienverbandes herrscht ein hohes Maß an Kommunikation.

Im Juni 2024 veröffentlichte der Biologe Michael Pardo von der Colorado State University das Resultat seiner Untersuchung von Elefantenkühen in Kenia. Pardo und sein Team fanden heraus, dass Elefanten sich mit unterschiedlichen Tönen ansprechen. Dabei benutzt jedes Tier einer Herde eine andere Lautfolge für jedes andere Tier, ähnlich einem Namen. Dieses Phänomen ist bislang bei keiner anderen Tierart beobachtet worden. Es zeigt, dass Elefanten komplexe kognitive Leistungen erbringen und möglicherweise zu abstraktem Denken fähig sind.

Die Faszination, die von diesen Tieren ausgeht, beschreibt auf einzigartige und mitreißende Weise die Zoologin Angela Stöger von der Universität Wien in ihrem 2023 erschienenen Buch *Elefanten*. Unter den darin beschriebenen Experimenten zur Kommunikation der Tiere war auch das mit einem Subwoofer, einem Basslautsprecher, den die Forscherin auf einen Geländewagen montierte und damit Rumbles abspielte, Laute mit tiefer Frequenz, um die Reaktion der Elefanten zu beobachten. Der Versuch diente als Vorlage für eine Szene im Roman; Sui, Peter und Bao waren jedoch mit einfacheren Mitteln ausgestattet, als es für die wissenschaftliche Arbeit notwendig war.

Eine große Rolle in *Die Herde* spielt die altamerikanische Stadt Teotihuacán, deren Ruinen etwa vierzig Kilometer nordöstlich von Mexiko-Stadt stehen. Teotihuacán war eine der ersten großen Städte Altamerikas, wurde von seinen Bewohnern jedoch nach der Blütezeit zwischen 100 und 600 n. Chr. erstaunlich schnell aufgegeben. Bis heute rätseln Forscher, was dieses Ende herbeigeführt haben könnte.

Einen möglichen Hinweis und eine Sensation für Archäologen lieferte ein Loch im Boden vor dem Tempel der gefiederten Schlange, das 2003 durch Zufall entstand. Bei einer Überschwemmung brach die Erde auf dem Besichtigungsgelände an dieser Stelle ein und offenbarte einen bis dahin unbekannten unterirdischen Tunnel. Wie sich bei Untersuchungen herausstellte, verlief der Gang unterhalb der Pyramide. Bei seiner Erkundung wurden fünfundsiebzigtausend Artefakte geborgen, darunter Gefäße und Figuren aus Jade, Obsidian, Keramik und Gummi, vermutlich handelte es sich um Opfergaben. Auch Holzkohlebrocken lagen in dem Tunnel, Reste von Fackeln, die den Arbeitern beim Bau der Anlage Licht gespendet hatten. In zwei Kammern bestand die Decke aus Putz, in den die Erbauer Pyrit und andere Mineralien eingearbeitet hatten, sodass sich im Schein von Fackeln ein beeindruckendes Schauspiel offenbarte: ein Sternenhimmel unter der Erde.

Die Archäologin Susan Toby Evans von der Pennsylvania State University erkennt an der Lage und Ausrichtung von Teotihuacán, dass die Stadt wie ein großes Regenauffangbecken ausgestaltet war. Von den Hängen der umliegenden Hügel lief das Wasser in die Straßen und auf die Plätze und sammelte sich vor den Pyramiden. Auch von den Stufen der Monumente soll es herabgeflossen sein, sodass sich die Bauwerke möglicherweise aus den Fluten erhoben haben wie Berge aus einem Schöpfungsmeer. Hinzu kommt, dass der Grundwasserspiegel in Teotihuacán vor zweitausend Jahren dreizehn bis vierzehn Meter unter der Erdoberfläche lag – und damit etwa auf dem Bodenniveau des 2003 entdeckten Tunnels. Vielleicht entsprang dieses Wasser in der Vorstellung der Stadtbewohner einer göttlichen Unterwelt. Gewiss ist, dass die Teotihuacános einen außerordentlichen Bezug zum Wasser hatten. Dass Tiere wegen des Wassers in die Stadt kamen, ist zwar denkbar, entspringt aber in diesem Fall einer anderen Quelle: der Fantasie des Autors.

Die Community für alle, die Bücher lieben

Das Gefühl, wenn man ein Buch in einer einzigen Nacht verschlingt – teile es mit der Community

In der Lesejury kannst du

★ Bücher lesen und rezensieren, die noch nicht erschienen sind

★ Gemeinsam mit anderen buchbegeisterten Menschen in Leserunden diskutieren

★ Autoren persönlich kennenlernen

★ An exklusiven Gewinnspielen und Aktionen teilnehmen

★ Bonuspunkte sammeln und diese gegen tolle Prämien eintauschen

Jetzt kostenlos registrieren: www.lesejury.de

Folge uns auf Instagram & Facebook:
www.instagram.com/lesejury
www.facebook.com/lesejury